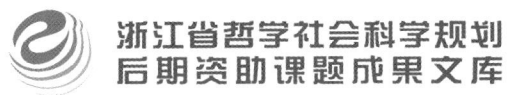

"80后"作家笔下的精神图景研究

黄江苏　著

中国社会科学出版社

图书在版编目(CIP)数据

"80后"作家笔下的精神图景研究/黄江苏著. —北京：中国社会科学出版社，2023.8

(浙江省哲学社会科学规划后期资助课题成果文库)

ISBN 978-7-5227-1810-1

Ⅰ.①8… Ⅱ.①黄… Ⅲ.①作家评论—中国—现代 Ⅳ.①I206.6

中国国家版本馆 CIP 数据核字(2023)第 071293 号

出 版 人	赵剑英
责任编辑	田 文
特约编辑	刘 坤
责任校对	王文华
责任印制	王 超

出　版	中国社会科学出版社
社　址	北京鼓楼西大街甲 158 号
邮　编	100720
网　址	http://www.csspw.cn
发 行 部	010-84083685
门 市 部	010-84029450
经　销	新华书店及其他书店
印　刷	北京君升印刷有限公司
装　订	廊坊市广阳区广增装订厂
版　次	2023 年 8 月第 1 版
印　次	2023 年 8 月第 1 次印刷
开　本	710×1000 1/16
印　张	17.75
字　数	247 千字
定　价	96.00 元

凡购买中国社会科学出版社图书，如有质量问题请与本社营销中心联系调换
电话：010-84083683
版权所有　侵权必究

序

陈思和

  黄江苏先生在复旦大学攻读博士学位时，研究的是周作人的文学道路。我曾经担任过他的论文答辩导师。记得那一年郜元宝教授有两个学生答辩，一男一女，都是研究周作人，黄江苏研究的是"文学店关门"，另一位女生研究的是周作人的古希腊文学翻译，都是充满学究气而且很难写的题目。因为难写，我就记住了这次论文答辩经过。后来黄江苏到浙江师范大学任教，与我也一直保持着联系。最近我收到他的新著《"80后"作家笔下的精神图景研究》，感到眼睛一亮，从研究周作人一下子跳到了"80后"作家的创作研究，需要何等的勇气！

  据黄江苏先生说，他做这个题目的研究，是受到我在十年前与金理一次谈话的启发。那时金理刚从博士后出站回到中文系，也是沉浸在许多高大上的研究计划之中，而我劝他要把注意力拉回到当下社会生活，着眼点就是研究同代人的创作。"做同代人的批评家"，为的是让同时代的批评与创作携起手来，共同解读当下的生活现实。在眼下诸多不宜言说的禁忌之外，唯有文学用说梦的艺术可以保留时代真相，流传后世。随后，金理等年轻的批评家、学者把研究热情转向"80后"作家创作的阐发、宣传和批评，有力推动了新一代作家创作的整体性发展。二十多年前上海《萌芽》杂志发起"新概念作文"竞赛，"80后"的年轻人开始用他们无拘无束的写作赢得社会关注，其间虽然几经波折起伏，到今天，"80后"作家都年趋不惑，他们的创作也已经蔚为大观。年轻的批评家、学者和作家精诚合作，改变了文学萎靡的颓势，显示出新的时代文学的力量。黄江苏的这部新著，就是在这样一个背景下去认识和评价当下文学，我认为正当其时，呼应了当下时代对文学的要求。

什么是当下时代对文学的要求？这本来也是见仁见智，不易作正面解答。但以我亲身亲历四十年文学发展的体会而言，很显然，当下正处于文学换代的转折点上。前一个时代，是以中国人刚刚结束一场噩梦为开始的。"50后""60后"的作家也是从生机勃勃的青春岁月走上文学道路，他们无所畏惧，先是响应时代拨乱反正的要求，后来就很快形成了独立的精神立场。不管在现实生活中出现暴风骤雨还是混沌黑暗，总有那么一批人，不改初衷而潜心创作，不离不弃对文学的信仰，坚持用自己的笔来刻画大时代的复杂情感，他们是自己的时代的精神记录者。经过三十多年的努力，他们的写作，形成了稳定的、独立的、成熟的个人风格，就像一棵棵参天大树，个体与个体连接起来，就是一片森林。然而，就如我在《从"少年情怀"到"中年危机"》一文里特别强调过的，这样一种在三十多年的文学实践中形成的、辉煌而丰富的文学风气，到了21世纪第一个十年开始出现"中年危机"：20世纪90年代的文学发展中，多元共存本来是在理性竞争下进行的，但由于市场经济的压力、文学边缘化以及媒体的明星化倾向，导致了中年以下更年轻的后继者难以有进一步发展的空间。中年期的文学规范讲究宽容和理性，讲究实力的比较，初出茅庐的青年是很难在中年的成熟规范下轻易取胜的。于是我提出这样一个问题："所谓80后作家，完全在主流规范以外求生存，他们寄存于现代媒体，接受媒体的包装和塑造，成为网络上出色的写手。这对于我们自'五四'发轫而来的文学传统而言，到底是一个令人兴奋，还是感到沮丧的局面？"这个问题，是我在十年前提出来的，我针对的是当时流行的网络文学、类型小说，以及各种新媒体包装的文学读物，成为文学青年最为迷恋的寄生之地。但平心而论，我对当时"80后"创作的前景并没有失望，而是"兴奋"与"沮丧"兼而有之。我渴望的是新的先锋精神重新降临文学思想领域，这不是要年轻一代重新回归传统的秩序和规范，而是不辜负这个日新月异变化着的当下时代，创造出属于他们自己的时代的文学话语。所以说，讨论到当下时代对文学的要求，依我的看法，最紧要的就是龚自珍的两句话：我劝天公重抖擞，不拘一格降人才。文学换代需要造就大批的青年一代作家。

转眼又十年过去，今年是2022年。前几天读了黄江苏的新著，让我兴奋地感受到了身边的文学新潮方兴未艾，正随着时代生活而涌动，这股文学新潮中的弄潮儿正在摆脱网络上流行的文学类型以及各种新媒体的写作游戏，真正担当起当下时代文学的神圣使命。这是一本严肃的旗帜似的著作，作者身为"80后"学者和批评家，他没有与同代人同享狂欢的欲望盛宴，却与同代人共赴精神的崎岖峻岭。我读着这部著作，仿佛遇着一个年轻的导游，引着我攀登一片山色各异的群峦，不断地指给我看各种风光，也夹杂了他自己对景物的欣赏、赞叹、批评和解说，让他的主观感受也成为山色中的一道风景。我们在书中随处可见作者的议论融入了自己的人生滋味，以证明他与同龄作家之间的相知相爱。而且，作者在博士研究生就读期间的学术成果也没有被藏之名山，研究周氏兄弟而获得的知识积累和人文学养，细雨润无声地融入对当下文学的研究与批评中，使他的当下评论尤其显得丰润而且厚重。

我应该承认，在新一代作家的领域里，我已经落后于时代。黄江苏在书中讨论的很多作品我都没有读过，因此我无法判断他对作品的具体评价是否准确，但是我相信黄江苏的研究工作是认真严肃的，读他的评论文章本身就是一个学习提升的过程和精神享受。如果说前面几个章节还是一般的概而论之，但从第五章讨论双雪涛、第六章讨论苏瓷瓷等人的作品开始，尖锐的人文战斗气息从文字间直逼读者心灵，接着是对胡迁之死的追责拷问，对《大象席地而坐》《大裂》等先锋作品的解读，直接打破了关于"小时代"的文学偏见和错误导向，大大地拓展了新一代作家们所营造的文学视野。黄江苏对他所研究的对象是严格挑剔的，早期"80后"作家中被媒体包装成名的几位"明星"，他不屑一顾，在第八章《刺破"小时代"的幻象》中他反复讨论张悦然的创作如何突破"小时代"的局限，走向更为开阔的艺术境界，而对"小时代"原创者的创作只字不提。其实"小时代"作为一种社会现象，用来概括独生子女时代某些青年精神症候还是有一定概括性的，但他无视这类创作，并朝着相反的方向把新一代创作引渡到更为广阔的天地。他从郝景芳的《生于1984》解读出作者对乔治·奥威尔《1984》的呼应，从张悦然的《茧》联系到乔叶的《认罪书》对历史责任的追索，从郑小驴的《西洲曲》追溯到莫言的《蛙》，从苏瓷瓷的创作联想到黑塞笔下的"荒原狼"意象……然而更高的参照系则是以鲁迅为代表的新文学的战斗传统，他所议论的文字下，鲁迅的精神无处不是作为核心力量在闪烁锋芒。

  我认为黄江苏的学术研究是一种正典化的工作，在当前是非常需要的。我们眼前的这一片广袤而略显杂芜的土地是当下时代最重要的文学领地，而文学评论家、研究者的立场和态度，很可能会鼓励这片土地上某些种类的植物的生长。做同代人的批评家，就是要鼓励批评家投身于当下的社会生活，与挣扎在生活一线的写作者同声相应、同气相求，相濡以沫、携手共进，共同来开垦这一片文学新天地。当然，文学评论家不是农民、不是园丁，更不是土地所有者，他们的立场只能是个人的，谁也没有资格来决定文学园地必须生长什么植物。他们只是特殊的读者群体，他们有资格告诉人们，他们选择什么样的植物，选择的原因又是什么。黄江苏是一位具有先锋立场的批评家，他的选择和推荐有鲜明的特点，也是我所欣赏的青年评论家所应有的立场和态度。我尤其欣赏他在这本书最后的余论部分，许多议论都深得我心。限于篇幅，我就不深入去谈了，但我希望这部新著只是黄江苏学术道路的一个新的开端，希望他不要轻易地变换阵地，而是深入地、持久地、坚韧地研究下去，与时代同行，与文学同行，与"80后"作家同行。

2022年3月27日在又一轮疫情闭关中

目 录

绪 论 …………………………………………………………（1）

第一章 "80后"作家的生成机制与人员更迭 ……………（5）
 第一节 重审"新概念"作文大赛的神话：起源、
    模式与后劲 …………………………………（6）
 第二节 "新概念"之外的作家的出场方式：大学
    教育与社会磨炼 ……………………………（11）
 第三节 期刊编辑、评奖、学术研究的合力及"80后"
    作家的更迭 …………………………………（14）

第二章 "80后"作家研究的历史进程与热点事件 ………（18）
 第一节 两个阶段与两种性质 ……………………………（18）
 第二节 文学史的视角 ……………………………………（24）
 第三节 关于"80后，怎么办？"的讨论 …………………（28）

第三章 "80后"作家研究的挑战、出路与价值 …………（39）
 第一节 质疑之声与冷寂之境 ……………………………（40）
 第二节 自然的或文化的代际，走出整体主义的迷误 …（45）
 第三节 告别"密林中"的困境，融入悠久的传统 ………（49）

第四章 "80后"作家笔下的精神图景总览 ……………… (55)
- 第一节 一代人的心灵世界与精神之窗 ……………… (55)
- 第二节 自我与他者：生存图景的刻画 ……………… (58)

第五章 成长历程的反思 ……………… (65)
- 第一节 教育问题中的人文精神寻思 ……………… (66)
- 第二节 涉世之后理想的破碎及重生 ……………… (73)

第六章 存在困境的逼视 ……………… (88)
- 第一节 "空心人"与孤立无援的旅程 ……………… (88)
- 第二节 与虚无和好，及"荒原狼"之声 ……………… (102)

第七章 精神传统的赓续 ……………… (121)
- 第一节 在功利庸俗的时代"大裂"与"掘藏" ……………… (121)
- 第二节 关于自由的破与立 ……………… (138)

第八章 刺破"小时代"的幻象 ……………… (148)
- 第一节 介入社会的青年形象 ……………… (148)
- 第二节 直面前辈的历史与当下的生活 ……………… (160)

第九章 城乡之间的游走 ……………… (177)
- 第一节 "进城者"的"零余感" ……………… (177)
- 第二节 都市病症下，人如何自处？ ……………… (189)

第十章 对底层苦难的书写 ……………… (201)
- 第一节 从打工诗歌到知识分子之诗 ……………… (201)
- 第二节 如何从苦难到达爱？ ……………… (215)

第三节 对"平庸之恶"的不同审视 …………………………（229）

余 论 …………………………………………………………（243）
　第一节 反"秩序收割",与传统争胜 …………………………（243）
　第二节 "原始地开始",在孤独中对话 ………………………（250）

参考文献 ………………………………………………………（257）

后记:这十年 …………………………………………………（263）

绪　　论

　　自 1999 年《萌芽》杂志举办"新概念"作文大赛以来，文学的"80 后"诞生已经二十余年。"80 后"作家却仍然是个充满争议、略显尴尬的名称。一方面，作家从来没有停止反抗，他们被认为是最为标榜个性、恐惧和排斥趋同的一代，对这个大而无当的名号本能抗拒。另一方面，研究者也在不断反省或批判这种命名的合理性，有人甚至炮轰这是批评的懒惰和无能。[①] 在这种情形下继续谈"80 后"作家，是否显得愚不可及呢？

　　然而这却是更大的文学环境背景所造成的尴尬。自 20 世纪 90 年代以来，文学日益变得没有主潮、逐步边缘化。生逢此世，要对这批年轻作家的文学创作命名殊非易事。所以，反省归反省，批判归批判，许多研究者仍然不得不承认这个"吊诡"的局面：不完全认可这个简单的命名，但在更合适的术语出现前，仍然只能如此言说。[②] 这种无奈，或许正昭示了"80 后"作家这个名称渴望被告别却无法告别，甚至终将会铭刻在历史中的定命。

　　迄今所见的研究论著里，见到过"80 后"写作、"80 后"青春文学、"80 后"文学等林林总总的说法，但万变不离其宗，"80 后"这个时间标

---

① 许志英、丁帆：《中国新时期小说主潮》，人民文学出版社 2002 年版，第 614 页。
② 白烨：《新实力与新活力："80 后"文学现象观察》，长江文艺出版社 2019 年版，第 13 页。

记,总是最深刻的烙印。"80后"据说有2亿人[1],这是个庞大的群体,是有历史转折意义的一代。这一代人浮出历史地表,却是文学的贡献。对这个提法起源的追溯,最后无一例外指向文学圈里的表述。[2] 有人通过列数据表显示出,以"80后"题名的文章最早集中在文学领域,后来才慢慢扩展到其他人文社科领域。[3] 也就是说,有2亿人之众的"80后"一代,不是由什么社会运动推上历史舞台,而是经由文学创造闯进人们的视野。这让人不由联想起经由白话文运动浮出历史地表的"五四"那一代知识分子,虽然目前来看两者的创造力、影响力远远不能同日而语,但至少可以说,他们与文学有着同样的脐带相系般的不解之缘。

所谓"少年强则中国强","青年"曾经被当作不言而喻的力量与正义被礼赞过。正如"80后"这代人终将承担起决定社会走向的历史重任,当"80后"的作家刚出场时,也曾引起过极大的轰动,被寄予极高的期望。为"新概念"作文大赛做初评委的吴俊曾写道:"我认为从这些作品中也应该可以得出一个基本判断,若干年后的中国文学写作肯定不会再是当今主流文学的模样。……关注'新概念',其实就是关注中国文学的未来,也就是关注我们未来的精神和思想的表达方式。"[4] 被戏称为"80后"文学的保姆的白烨也多次进行类似的预言,例如:"当他们登上文坛并成为创作主力之后,他们那真正'个性化'写作和'个性化'品格,必将会给当代文学带来一个整体性和革命性的变化。"[5]

当然,伴随"80后"作家的不只是光环,也有恶评。这一代作家最初的出场亮相,可以说是前无古人,后无来者的——"90后""00

---

[1] 石培龙:《第二媒介时代的文学景观:"80后"写作现象研究》,中国社会科学出版社2016年版,第56页。
[2] 王涛:《代际定位与文学越位:"80后"写作研究》,巴蜀书社2009年版,第8页。
[3] 石培龙:《第二媒介时代的文学景观:"80后"写作现象研究》,中国社会科学出版社2016年版,第58页。
[4] 吴俊等:《初赛评委眼中的"新概念"》,《萌芽》2005年第3期。
[5] 白烨:《新实力与新活力:"80后"文学现象观察》,长江文艺出版社2019年版,第239页。

后"作家们所引起的声浪就小了很多。在毁誉相随间,二十年过去了。二十年不算漫长,也不算短暂,1935年上海良友图书公司出版《中国新文学大系》时,现代文学也是行进了将近二十年的历程。蔡元培在《总序》中说:"吾国历史,现代环境,督促吾人,不得不有奔轶绝尘的猛进。吾人自期,至少应以十年的工作抵欧洲各国的百年。"① 被称作"80后"作家的这个群体,按理也应该承担着文学和文化传承的时代使命,那么,在21世纪已过的最初的二十年里,他们究竟作出了怎样的成绩呢?

要对此作出系统全面的回答,非常困难。何以如此,则牵涉"80后"作家这个名称的另一个尴尬之处:在这面陈旧的旗帜下,实际上熙来攘往,早已换了好几拨人。抚今追昔,我经常联想起一句不是特别贴切的诗词:萧瑟秋风今又是,换了人间。当年被热炒过的"偶像派""实力派",如今几乎无差别的消失于文坛;曾经的门面担当,如今已后会无期。即便是贯穿始终的同一个人,前后也几乎是截然不同的面貌,这在张悦然、颜歌、周嘉宁身上都清晰可见。而许多后起的作家,与当年那些纷争吵闹毫无关系,却似乎要被迫共享同样的系谱。

我想要一开始就指出这点,因为这关涉我研究的重心与性质。在"80后"作家出场之初,有学者曾说:"'80后'写作对中国文学而言是质变,而非量变,具有明显的断裂性质。"② 不久前也还有学者认为:"'80后'文学现象的出现和崛起,代表的显然就是中国的作家代际之变,文学审美观之变,文学生产机制之变,总而言之是传统之变和文学史之变——'80后'文学形成了与中国传统文学史的区别性特点。"③ 这

---

① 鲁迅等:《1917—1927中国新文学大系导言集》,天津人民出版社2009年版,第6页。
② 石培龙:《第二媒介时代的文学景观:"80后"写作现象研究》,中国社会科学出版社2016年版,第64页。
③ 吴俊:《文学的世纪之交与"80后"的诞生(下)——文学史视野:从一个案例看一个时代》,《小说评论》2019年第3期。

些学者各有自己的观察视角,然而在我看来,他们作此判断所引以为据的那些点,是类似"青春、网络、非主流"①等文化视角,揆诸当下"已换了人间"的"80后"作家队伍现实,并不一定全部适用。与之相对的,我研究的重点,不在于"80后"作家中那些被当作文化现象的部分,而是在文学史的传统之下,作为严肃文学探讨对象的那些作家作品。

单纯从字面上看,"80后"作家的确是个巨大的筐,里面各种类型并存。当大家在谈论这个词的时候,心中的所指可能是完全不同的两拨人。但如俗话说的,驴有驴道,马有马道,纷乱过后,终究是大江大河,小沟小渠,各归各处。除了那些已拥有自己的"江湖"的类型文学作家之外,对于仍然在通常所说的纯文学领域内耕耘的"80后"作家来说,他们所面对的,却仍然是那个千百年赓续的文学殿堂。

回顾文学"80后"走过的二十年,我看到的是一场未完成的文学起义,其中的先起者想要撼动纯文学的格局,但无功而返,某些机灵者在大闹一场之后,扬长而去。一切都得重新来过,留下来的,后加进来的,只能背负起一切的荣辱、是非与甘苦,辛勤劳作。未来的历史谁也没法预测,不知道今后在这个群体中,是否还会有人横空出世,但以文学史已有的经验来说,二十年过去,这个作家群体的组成已经渐趋稳定和明朗了。在这个通信便利但人心愈隔的时代,需要有个机缘,搭起他们交流的平台。如果他们能在一本书里相聚,将会形成什么样的风景?时日增长,从青年逐渐步入不惑之年的他们,能挑起文学传承的大梁了吗?他们笔下展现了何样的精神图景?从中我们能看出怎样的时代与人生?走出文学而在更广阔的视野中,这代人是否已准备好成为文化传承、历史发展的栋梁?这是本课题的核心关切与全部研究热情的来源。

---

① 江冰:《80后文学:青春、网络、非主流》,《文艺争鸣》2014年第5期。

第一章

"80后"作家的生成机制与人员更迭

"80后"作家有哪些？这个问题迄今为止还没有得到明确的回答。这也许是因为存在现实的困难，因为在文学创作的各个门类里，处于这个年龄段的写作者有多少，几乎无法统计，而且作为当下正在进行的事态，你没法预料，说不定哪天就会有人横空出世，又多出一个才华横溢的作家。曾经有朋友在聊天中向我表达过一种忧虑，质疑批评家是否太过于懒惰或势利，每次谈论"80后"作家总是点到固有的知名的那几个，就好像那些每次开会必到的固定"代表"。现在看来，这种忧虑还没有成为现实，这个群体仍然处于变动不居的状态中，不断有新生力量在崛起。

当我们限定范围，在通常所说的严肃文学领域里，努力去梳理出一份尽可能完备的名单的时候，其实也是在探询这个作家群体是怎样历史地动态地生成的。当我从各个渠道搜集名单时，同时也会看到这些人是怎样从那么多的写作者中，因何种机缘而进入了文学圈那个最广泛重叠的视野、最核心的中央舞台，这实际上也是在厘清我们这个时代的文学生产机制。我初步梳理了他们的几种生成方式，接着发现，每种不同的方式背后都有着文学运行机制中的一股力量，体现出文学场的内在规律、特征。当然这些方式和力量之间彼此会有交叉，并不是壁垒森然、泾渭分明的。除了考察共时性的"80后"作家生成机制之外，还需要历时性地考察"80后"作家队伍的人员更迭，这才能得出对这个庞大群体的较为准确的认识。

第一节 重审"新概念"作文大赛的神话：起源、模式与后劲

谈论"80后"作家，绕不过"新概念"作文大赛。几乎所有人都认为，"新概念"作文大赛是孵化器，促成了"80后"作家的诞生。事实也是如此。自从这个比赛"制造"了韩寒这样的"明星"人物之后，它就如同强大的磁场般，吸引着青年才俊不断前来，并以独有的方式和效率，源源不断地贡献着文学新人，直到当下，都没有停止。韩寒1999年获奖，2000年即出版了长篇小说《三重门》，后来这几乎成了一种模式：在这个比赛中崭露头角的天才们，很快就被出版商包围，出书、签售、媒体热议，开始进入从写作到出版的流水线。第二届获奖的周嘉宁就是这样，后来的张悦然、郭敬明、七堇年（赵勤）等也在这个模式下相继涌现，并成为名噪一时的当红作家。

然而，在众口一词之下，其实也有些被遮蔽或被忽视的问题，需要重新审视。例如，这真的只是一场纯粹的文学事件吗？新闻传播界与商业出版力量，在多大程度影响了它的性质？它对一代人的文学后劲到底有着何种影响？

先是要审视大赛的本相。这里的核心问题是，大赛真的是为文学而办的吗？吴俊曾高度评价它的文学史意义，认为它是"一场发生在传统样式文学内部的革命"；"以其崭新的文学写作理念，激活了社会层面中的原生的文学精神和文学生命，特别是使文学写作与一代甚至几代人的青春成长过程产生了直接的关系，文学写作由此从根本上突破了以往的种种规约，真正成为'人生的文学'"；"直接促成了一批最年轻的当代文学作家的诞生，但又不仅是一代作家的诞生。……他们的出现才是真正标志了中国当代作家的实质性'换代'，此前所有各代作家之间的差别，恐怕加起来也无法赶上共同的与这代作家之间的差别鸿沟。中

国作家开始了实质性的换代,岂不就意味着中国文学也开始实质性的换代了吗?——或许,新的文学传统正就此萌芽。《萌芽》的新概念作文大赛直接写出了中国当代文学转折史的这一章"。① 按照这种思路阐释下去,长此以往,新概念作文大赛在世人心目中,就是个纯粹的文学事件。

然而,如果我们查考历史现场,情况却有很大的出入,可以说,组成大赛的各方力量,有着迥异的初衷与考量。对于大赛的筹划、发起,主办方《萌芽》杂志和主编赵长天,最初是为了刊物生存、经济效益发动这场比赛,最切己的目的是获得广大的校园读者,所以他们最初设定的针对对象是中学语文教育和高考制度。这在最早的"新概念作文大赛"倡议书中,表述得清清楚楚。《萌芽》杂志的编辑李其纲后来公布了其手写的《新概念作文大赛可行性方案(草案)》,其中也明确说出发点是"探索一条还语文教学以应有的人文性和审美性之路",并作为"现行高考制度的补充形式"②。

大赛很多衍生事件都是围绕着这方面展开。自 1999 年第 1 期《萌芽》杂志发出倡议书之后,第 5 期公布了获奖名单,同时就披露了陈佳勇、徐敏霞等人保送上北大、复旦等名校的新闻,第 9、第 10 期的"启事"中仍在相继披露被名牌大学破格录取的获奖者名单,而在 2000 年第 1 期杂志中,则刊登了中学语文教师对作文教学进行研讨的文章。应当说,主办方所瞄准的这个着力点,对很多参赛的年轻人来说可谓"深得我心",有人就直言:"参加新概念比赛,大家都会把目光集中在一等奖上,因为一等奖得主可以被重点大学提前录取或纳入重点注意范围。这也可以说是我参赛的主要动机,相信此点也是吸引一万五千人参加的最

---

① 吴俊:《文学史的新视角:新媒介・亚文化・80 后——兼以〈萌芽〉新概念作文的个案为例》,《文艺争鸣》2009 年第 9 期。
② 李其纲:《新概念作文大赛历史》,华东师范大学出版社 2016 年版,第 12 页。

得到认同的原由。"① 而更让人唏嘘不已的是，有的获奖者如愿以偿，获得保送上大学的机会之后，回到学校，竟然对每天起早贪黑埋头在题海中苦斗的同学，产生了负罪感，或者在同学异样的眼光和情绪中，变得处境微妙！② 由此可见，考上理想的大学，在年轻人心目中那超常的分量，甚至可以说它扭曲了青少年的心灵，才会导致这样的获奖者的境遇！可以说，在很长一段时间里，探讨对应试教育、大学招生制度的变革，都是围绕着新概念作文大赛的最重要关切，在2001年第11期上刊发的大赛工作会议纪要，这些问题仍然占据了重要的篇幅。所以说，新概念作文大赛的本相里，有着诸多矛盾和错位，主办者要经济效益，却向社会拉起教育改革的大旗；评委们要文学才华，许多参赛者却看重保送上大学的机会，这种错位无疑为新兴文学力量的发展埋下了隐患。

顺理成章地，接下来需要重新审视的就是，大赛对"80后"作家、对新的文学产生，究竟产生了多大程度的影响。这可以从它贡献了多少还在持续写作、为文坛所称道的作家上直观地看出来。每年成千上万的参赛者，数十人的获奖者，不可能都成为后起的文学新人、未来的文学中坚。很多人只是因为在青春期与文学有缘，使得这次比赛成为文学与成长相伴的见证，在昙花一现之后，并不妨碍他们继续自己应有的人生方向，在成年以后走上各种各样的工作岗位。所以退潮之后，我们才能看到哪些人留了下来。时至今日去看，在第一届比赛中声名最响、后来频频被媒体采访的刘嘉俊、徐敏霞、陈佳勇等，都已经远离主流文学，分别做了报纸、杂志的记者或编辑，以及影视集团的商人。其他根基更浅、关注度更低的参赛者，就更加容易风流云散了。而另一些在新概念作文大赛后试图继续走文学道路的人，也因为种种原因淡出了主流文学的视野。譬如当年曾被炒作过的"实力派五虎将"，蒋峰、张佳玮、小

---

① 张尧臣：《我的新概念经历》，《萌芽》2000年第10期。
② 王越：《回首》，《萌芽》1999年第9期。

饭，都曾经是新概念作文大赛的获奖者，因此成名后也在媒体、粉丝、书商的簇拥下度过一段"红火"的日子，到现在也仍然在与文字打交道，然而只停留在商业写作、娱乐和体育评论等消费文化之中，与严肃文学渐行渐远，归期难定。还有两个，李傻傻和胡坚，虽然没有参加新概念作文大赛，但也在《萌芽》杂志发表作品或有过关联，如今同样也在纯文学领域隐身不见。有时候历史会跟人开玩笑。即便是新概念作文大赛贡献出来的两个"头牌"，在很长时期里，每当谈到"80后"作家，人们就会脱口而出的那两个名字，韩寒和郭敬明，如今也已"华丽转身"。韩寒在陷入"代笔门"风波之后，用一部电影《后会无期》来向文学读者告别，已长时间没有新书出版。郭敬明也一样化身为商人和电影导演，而且因其抄袭事件及拜金表现，有一段时间几乎成了精英文化界的公敌，不断被批判。再用韩寒和郭敬明来代表"80后"作家，实际上已经名不副实，对其他认真写作的人不公正。当年那些承载了文学界的希望，被认为会带来一场轰轰烈烈的变革的年轻人，许多竟然只是大闹一场，悄然离去，作为历史事件而言，似乎经常逃不过"播下龙种，收获跳蚤"的结局。

  当然，新概念作文大赛也确实贡献了很多青年作家，有很多在大赛中成名的年轻人，后来坚持了下来，成为今天仍然被学院批评家和读者频频提起的名字，其中有张悦然、周嘉宁、颜歌、郝景芳、张怡微、林培源等。诚然，新概念作文大赛为他们提供了崭露头角的机会，让他们不用费多大力气就站在了文学现场和前沿，可是到今天来看，他们中有的人回顾早年的文学历程，却并不觉得是荣耀，反而是急需告别的过去。这里面最典型的是周嘉宁，她在一次访谈中曾说："一个人各方面开窍较晚的话，出名早了也不知道自己要到什么地方去。"[1] 在一次访

---

[1] 吴越：《出名太早，不知向何处去："80后"周嘉宁与同龄英国作家乔·邓索恩共话"成名后"困惑》，《文汇报》2012年8月23日。

谈中她还说过，自己"很多不成熟的东西在不该拿出来的时候，被拿出来了。要不是很多媒体的炒作和无良书商的介入，之前很多书都是不应该被出版的。可以写，但那些东西不应该被发表"①。回顾周嘉宁的文学历程，这的确是一个尴尬的事实：因着成名早，出书容易，她早年的写作比较随意。据她介绍，她的长篇小说《陶城里的武士四四》是写给男朋友的，《夏天在倒塌》的故事是为某摄影师的照片配文字而衍生出来的，乡村题材的《女妖的眼睛》事后去看甚至不像自己的作品。②在度过了那段不自觉，甚至可以说不严肃的写作期之后，如今周嘉宁的创作发生了巨大的转变。可以说，对于研究周嘉宁当下和以后的创作来说，前面列举的那些作品几乎可以忽略不计，就像她创作过程中发生的一些畸变和肿瘤，不值得留恋。类似的情况也发生在颜歌、张悦然等人身上。读颜歌的近作《我们家》，那种充满浓郁的四川地方风味的现实主义小说，你很难想象这个作家曾经写过许多《异兽志》《妖孽派秘笈》之类的作品。在他们身上，多少都存在"悔少作"的心理，似乎是迷失了道路，然后重新进行艰难的蜕变。而这一切，与新概念作文大赛的成名模式有着不可分割的关系。

我充分尊重新概念作文大赛对"80后"这一代作家的重要贡献，它在这一代人中所催生的文学热潮，对这一代人文学天性的激发和释放之功，无论如何不能抹杀。但在它的辉煌功绩之外，也应该反思这种模式的某些弊端。在历史上，似乎还没有一代人，是因为一个作文比赛，而集群式爆发。所谓"飘风不终朝，骤雨不终日"，集群式的爆发轰轰烈烈、热闹非凡，却胜在一时、难以持续。一群青春期孩子，突然被推到社会的聚光灯下，因为涉世未深而自命天才、"初生牛犊"而自信必

---

① 《周嘉宁：之前的小说不该被出版》，《外滩画报》2013年5月29日。
② 楼悦：《住在陶城里的小姑娘——访周嘉宁录》（http:// tieba.baidu.com/f? kz = 145738018）；韩寒、何员外等：《那么红：青春作家的自白》，中国文联出版社2005年版，第146、152页。

胜，一时间能成为一道风景，引起众人惊叹。可是揠苗助长，却反而欲速不达。潮水过后，真正能坚持下来的并不多。如果没有这个大赛，那些真正热爱文学的年轻人也会慢慢成长，脱颖而出吧。那么会用怎样的方式，成长为不一样的面貌呢？如果是一种自然的秩序更替，而不是人为加速的裂变式争夺，或许会更健康也未可知。现在看来，新概念作文大赛的声势过于浩大，以至在人们的头脑中留下了不可磨灭的印象，因而长时间地霸占了对"80后"作家的想象空间，对后起的、不是经由新概念作文大赛走出来的、勤奋写作的年轻作家，是无形的遮蔽。如今，则是时候让这些被遮蔽的作家走进更多人们的视线了。

第二节 "新概念"之外的作家的出场方式：大学教育与社会磨炼

文学是很特别的门类，也许是因为它与现实人生的关联如此切近，以至它的准入"门槛"有时候显得很低，"我手写我口"皆可为文学。从现代文学以来，也许就一直存在着这么一种观察视角，作家们可以从是否受过系统的大学教育这个角度，分成两类。有胡适、徐志摩这样的读过名牌大学的"精英"作家，也有沈从文这样的"草根"出身，从社会底层阅世知人，完全靠自己的悟性，摸爬滚打走向文学创作的作家。在"50后"作家中也是这样，可以分成是否上过大学两种类型，前者如韩少功、贾平凹，后者有莫言、王安忆。到了"60后""70后"，上过大学的作家慢慢多了起来，例如刘震云、苏童、格非、徐则臣等，都有名校中文系学习的经历。但是像沈从文那样的也仍然存在，比如"60后"作家有余华、"70后"作家有刘玉栋等。在"80后"作家当中，这样两种人生模式仍然并存，而这对他们后续的文学道路有着重要的影响。辅以大数据分析的话，也许能看出一些作家的涌现随着时代变化的端倪。

"80后"作家当中颇有一些学习优异的"佼佼者",就像媒体渲染的高考战场上的"天之骄子",例如甫跃辉,就是从云南边陲与缅甸交界的山村中,通过高考,到了上海的名牌高校复旦大学读书。此外,颜歌在四川大学一路读完了本科、硕士、博士。还有文珍、王威廉,他们都在中山大学读过本科,学的专业分别是金融、人类学,研究生阶段转入文学专业。还有周李立是中国人民大学的学生,蔡东本科和硕士就读于山东师范大学,孙频曾就读于兰州大学,林培源则在深圳大学,因着新概念作文大赛而出名的周嘉宁和张怡微,后来也进入复旦大学学习。

对于这些作家来说,大学的意义至少有两个方面。一是中文系的课程打开了他们的文学视野,为他们提供了丰富的文学阅读资源,系统的文学教育无疑是有益的熏陶和培育。二是老师们在现实的文学运作层面上的引导、指点和提携,无疑为他们走上文学道路提供了便利。文学青年投稿如同泥牛入海,应该是这个时代并不鲜见的遗憾事实,但这些作家们却堪称幸运儿,在他们的成长过程中,没有经历多少坎坷,就遇到了自己的伯乐。例如甫跃辉在硕士阶段师从王安忆,在自己努力写作的基础上,无疑能获得许多引荐机会。于是他们都早早地在《人民文学》等传统的知名刊物上发表作品。这方面还有一些所谓的"文二代"情况与之相似,例如李锐的女儿笛安、孟繁华的女儿孟小书,她们都曾在国外留学,然后很顺利地在国内知名文学期刊上发表作品,并且引起了批评家的关注,成为崭露头角的文学新锐。

相比之下,另一些出身底层的年轻人,文学之路则艰难得多,也传奇得多。2001年,四川女孩郑小琼从卫校毕业,离开家乡到东莞打工,她没有去图书馆的便利,只能在地摊上买过期的打工杂志,那就是她最初的精神资源。从仿写那些打工诗歌开始,郑小琼也经历了许多投稿如泥牛入海的时刻,后来在东莞一个镇的报纸副刊上发表作品,虽然是卑微的起点,却也是敲开了命运的另一扇门。在那以后,她开始认识另一些打工诗人,找到同类,抱团取暖。在她的回忆里,直到2003年,她才由一个诗友带到网吧里，学会了上网，开始在网络空间开拓广阔的思想天地。在工厂车间里的繁重体力劳动之外，她用巨大的热情阅读写作，磨炼诗艺，在底层文学青年办的民刊上发表作品，积累资源，直到2006年，她开始出版诗文集，2007年，获得了《人民文学》的一个散文奖，她才算引起了文学评论界的关注，开始有了广泛的文学声誉。

同样是卫校毕业的湖北女孩苏瓷瓷，则在家乡一个精神病院里工作了五年，做护士和宣传干事，还曾出现精神危机导致了两次自杀。她没有经历郑小琼那样在地方刊物投稿的过程，而是在网络上开始了诗歌写作，也在网络上幸运地遇到了她的伯乐——湖北省的优秀作家李修文、张执浩等人，他们看到了她的才华，鼓励和引导她。苏瓷瓷在2005年辞去了精神病医院的工作，待在家里足不出户地写作，很快就获得了认可，在2007年获得了中国作协第五届文学新人奖。同为湖北女孩的宋小词，也是中专毕业，但家庭文化程度更高的她，生活道路要更为平顺些，后来读了师范院校的成人教育班，做了乡村中学教师，然后开始文学创作道路，跟"70后"作家鲁敏的人生道路非常相似。

更具传奇色彩的是贵州作家曹永，他是农民的孩子，据说在小学时代即读完了金庸的全部武侠小说，初中没有毕业就开始自发写作。2004年，他给威宁的地方刊物寄去一部几十万字的武侠小说，由此遇到了他的伯乐，开始逐渐走向纯文学创作道路。这一类作家还有来自广东陆丰的陈再见，他也是高中辍学，当了两年代课老师，2004年来到深圳打工，因着按捺不住的文学热情而开始写作，最初只能在网吧里输入他在工作时偷偷写下的文字。经过了好几年的锤炼，2008年，他开始发表作品，并引起了学术界的关注。

目前来看，接受大学教育、"科班出身"的"80后"作家后劲更足，他们占据着天时地利人和，在文学征途中掉队的较少。从社会底层磨炼出来的作家，如曹永等，则慢慢淡出了文坛视野，尽管也不排除再度归来的可能。苏瓷瓷则在写作遇到瓶颈期后，去中国人民大学作家班进修。这是很常见的作家轨迹，广为人知的作家如余华、莫言在鲁迅文学院进修的经历，都多少说明了人文艺术教育的重要性。对于作家掉队的情况，每个时代都有，个中缘由也难一言以蔽之，有的是生性散淡，有的是不觉得人生只该为此献身，有的甚至可能为生计所迫而放弃。当作家的涌现越来越多地跟高等教育紧密关联在一起，追随野蛮生长的文学热情和天赋才能脱颖而出的作家越来越罕见的时候，我有点忧心这是不是折射着文学感召力的下降。如同随着城镇化的进程，《秦腔》之类的乡土挽歌增加，年轻的乡土作家也在减少，社会学领域常说的阶层固化的新现象也在影响着作家的诞生概率，缪斯女神那一视同仁的真善美的仙乐，还照样对学院外的社会底层人士奏响吗？这有待对当代文学的持续观照来验证。

第三节　期刊编辑、评奖、学术研究的合力及"80后"作家的更迭

早在2004年，"80后"作家刚刚成为热门话题的时候，就有出版社联合著名作家马原，推出了一本"80后实力派五虎将精品集"，与所谓的"80后"偶像派作家对峙。[①] 这当然只是商家与传媒吸引眼球的炒作噱头，实际上这本书里的作家如今基本上远离了严肃文学。此后，"80后"年轻作家的涌现，更多还是依赖文学期刊、文学评奖及文学批评与研究这条传统的路径，是否能站立起来，最终依靠的是他们在真正的文学竞技场上的表现。

在《萌芽》"新概念"作文大赛推出"80后"作家这股新生势力以后，其他一些文学期刊也开始瞄准这个话题，发掘这代作家，帮助他

---

① 马原主编：《重金属：80后实力派五虎将精品集》，东方出版中心2004年版。该书收入胡坚、张佳玮、小饭、蒋峰、李傻傻的作品。据说"偶像派"是指韩寒、郭敬明、春树、张悦然、孙睿。

们成长。2009年，老牌文学杂志、被称为"国刊"的《人民文学》将其第600期杂志编为"80后"作家专号出版，据说因为收录了郭敬明的作品而卖到脱销。2014年，同样是老牌的，也是南方最负盛名的文学杂志《收获》也以青年作家小说专辑的形式，大力推介"80后"作家的作品。《广西文学》2013年举办"80后作家小说创作恳谈会"，2014年第5期推出专号。浙江的西湖《西湖》、贵州的《山花》、山西的《名作欣赏》，都以"80后"、青年作家、新锐势力等名义开设过专栏或出版过专号。不管这些杂志的编辑们出于怎样的编辑"初心"（有的批评家甚至将之视为一种"示好和收编"[①]），都在实际上推动了这个群体发挥出更大的影响力。在这些专栏发表作品的"80后""新人"，会进入更广泛的公众视野，积累了一定的文学资本后，进入出版社组织的丛书中。例如安徽文艺出版的"新生代作家小说精选大系"、花城出版社的"锐·小说"系列、作家出版社的"21世纪文学之星丛书"等，都是主推"80后"作家的作品。这些丛书，加上著名批评家的作序，像浩大的军容展示，类似"集群效应"，能形成一股气势，对于"80后"作家开拓文坛阵地起到了极大的帮助。此外，各省级作协也比较注重培养文学的后继力量，支持和配合新作出版，为年轻作家举办各类研讨会。这些都显示了当代文学运作机制的新特点。

在这些年轻人踏上文学之路后，近年来各种形式的文学评奖行为，也为他们站稳阵脚起到了重要作用。这也是当代文学的显著特色，是非常值得研究的某种文学权力机制。像卢新华的《伤痕》那样的作品，是因着与时代心声的共振，自然打动成千上万读者的心，在几十年后，作者还能向名校图书馆捐出上千封读者来信。路遥在《早晨从中午开始》这篇随笔中，则谈到《人生》获得全国优秀中篇小说奖以后，自己人生中发生的种种改变。从中我们可以看到，专业读者、文学批评

---

① 丛治辰：《世界两侧》，北京大学出版社2016年版，第160页。

家、文学界的管理部门,他们对当代严肃文学创作所产生的巨大影响力。时至今日,尽管像网络文学这些领域已经有了自己的"游戏规则",但在相对的纯文学领域,奖项的推动力仍然不可小觑。

典型的如郑小琼,因为获得了《人民文学》的新浪潮散文奖,而获得了东莞市作协抛来的橄榄枝,邀请她去行政部门工作,帮忙写文书。不能不说是获奖提升了她的被关注程度,因为在此前一年,她申请东莞市作协的合同制作家聘任,还落选了。尽管这个奖只是一家民营企业与《人民文学》合办的小奖项,但它对郑小琼的文学道路帮助是很大的,此后开始有越来越多学院派批评家关心她的创作。同样地,甫跃辉曾获得过浙江的西湖杂志社主办的"郁达夫小说奖",王威廉获得过江苏省作协与人民文学杂志社合办的"紫金·人民文学之星"奖,等等。这些奖项评选将年轻的写作者直接推到了资深的文学批评家和研究者面前,为他们打通了走向更高关注度的文学前沿的捷径。

一些批评家开始把"80后"作家研究当作重要的课题加以研究,他们的各种形式的学术活动向人们提供了可靠的信息。这里面典型的案例,是谢有顺和李德南在湖南的《创作与评论》上开设的专栏,"80后文学大展"(后更名为"新锐")。这个专栏每一期选择一个"80后"作家,采用"作品+评论"的独特形式,既是为这个作家的作品"把脉"、对话,也是向世人推介这代人中的文学佼佼者,讲述他们的文学实绩。在四年的时间里,这个专栏共推出了四十几位"80后"作家,真正是"集束式"的展现,是"80后"文学版图的谱写。还有金理和何平主持的"双城文学工作坊"等文学活动,及后来发表的文章,也为推介这一代文学新人作出了贡献。

这些工作值得肯定与敬佩。现代文学史上,有"五四"先驱者们的白话文作品在遭到守旧派攻击时,蔡元培给予鼎力支持的佳话;有郁达夫的小说被认为是不道德的文学时,周作人的力排众议让郁达夫终生铭感的美谈,这些都证明了文学批评工作的价值。当然,从另一面也得反省，当文学批评具有某种话语"权力"之时，如何自存敬畏之心。当下作家新作推出之际，出版社邀请批评家写评论，几乎已经成了普遍的运作模式，这时候如何不被人情因素过度捆绑，秉笔直书，固守良知，就成了常见的考验。此外，文学批评需要开放的视野、宽大的心胸，对各种艺术探索的敏感与尊重，尽量避免遗珠之憾。对于研究者和读者来说，也应该对批评的限度有清醒认识，尽量开拓阅读视野，不只局限于批评家圈子的转述意见。

期刊、出版社的推动，文学奖项的评选，批评家的研究论述等，互相配合，形成合力，共同汇聚出我们现在所知道的最重要的"80后"作家的名单：张悦然、甫跃辉、蔡东、郑小驴、孙频、颜歌、双雪涛、周嘉宁、王威廉、陈再见、郑小琼、苏瓷瓷、林培源、文珍、陈崇正、张怡微、李晁、马金莲、霍艳、马小淘、曹永、宋小词、毕亮、周李立，等等。这份名单及其背后的大量作品，体现出"80后"文学的新动向。从最初的青春写作、校园文学，到越来越多的成人化、社会化的严肃写作；从最初"80后"作家擅长对个人情绪的内视角书写，到广阔社会人生的多视角表现；等等。

这些作家能不断进入批评家的谈论中，为广大文学读者所熟知，最终凭靠的，当然是他们的创作水准，是他们的作品的分量。我们考察"80后"作家笔下的精神图景，考察这代人的文学水准和精神境界，主要以他们的作品为代表。而另一批作家，如韩寒、郭敬明、李傻傻、春树、张佳玮、胡坚等，虽然曾名噪一时，但后来都转向了其他的领域，与严肃文学走远了（不排除仍有回归的可能），故不在本书研究之列。这并非圈子游戏，实际上我仍然期待着有意外惊喜的发现，期待着这代人中有更多被缪斯女神选中的英才。

第二章

"80后"作家研究的历史进程与热点事件

自从"80后"作家面世以后,相关的批评和研究就如影随形展开,在2004年渐成声势。这一年里,白烨的文章《崛起之后——关于"80后"的问答》①,像为"80后"作家群体画出阵势;而吴俊的文章《"80后"的挑战,或批评的迟暮》②,则像对批评家阵营吹响号角。同一年,一南一北的两大中心城市,分别为这群作家召开了研讨会:7月,上海作协召开"80年代后青年文学创作研讨会",11月,中国当代文学研究会与北京语言大学人文学院联合举办"走近'80后'研讨会"。这以后,关心当代文学的著名研究者,几乎都难以对"80后"作家及文学现象保持沉默,或多或少,或褒或贬,都留下了参与探讨的文字。所以,回顾"80后"作家研究的历史,文献资料是非常浩瀚的。在我的观察里,对应着"80后"作家队伍的更迭和前后蜕变,迄今为止的相关研究,可以2012年为界,分为"两个阶段,两大性质"。

第一节 两个阶段与两种性质

前一阶段的"80后"作家研究,面对的是刚出场的第一批"80

---

① 白烨:《崛起之后——关于"80后"的问答》,《南方文坛》2004年第6期。
② 吴俊:《"80后"的挑战,或批评的迟暮》,《南方文坛》2004年第5期。

后"作家，更关注"现象"，而非文学作品，基本上侧重于文化研究或文学的外部研究，所以他们更为经常采用的说法是"80后"文学。被戏称为"80后"文学的保姆的白烨，在2004年时援引数据称，以"80后"为主体的青春文学作品，已占到整个文学图书市场的10%左右，与整个中国现当代文学作家作品的份额相当，但他判定"80后"文学"进入了市场，还没有进入文坛"，仍然是一种文化现象。① 此后许多研究者都是在此思路上展开"80后"作家研究，例如2011年苏文清的专著《"80后"写作的多维透视》，首先就是谈其与青年亚文化的关系。② 2014年，江冰领衔的国家社科基金资助项目成果《新媒体时代的80后文学》出版，首次提出"80后"文学的三大文化背景：网络文化、在全球化语境下具有中国特色的青年文化、大众消费文化。③ 在同年发表的论文中，江冰提出，致青春、与网络互动、非主流趣味，是"80后"文学最重要的三大特征。④ 2016年出现的两部著作，似乎从不同的方向呼应了江冰的观点。石培龙在其教育部人文社会科学研究项目成果基础上出版的《第二媒介时代的文学景观："80后"写作现象研究》中提出，"80后"写作是互联网所开启的第二媒介时代文化变革的表征，它对于中国文学而言，是质变而非量变，具有断裂性质，其示范意义远大于文本价值。⑤ 同样是以教育部人文社会科学研究项目结题而成的著作，孙桂荣的《新世纪"80后"青春文学研究》，旗帜鲜明地"80后"作家的写作定性为"青春文学"，探讨它的诸如玄幻、恐怖、穿越等几种类型与面相。⑥ 在这方面，焦守红的《当代青春文学生态研究》⑦ 出

---

① 白烨：《新实力与新活力："80后"文学现象观察》，长江文艺出版社2019年版。
② 苏文清：《"80后"写作的多维透视》，中国社会科学出版社2011年版。
③ 江冰：《新媒体时代的80后文学》，人民出版社2014年版。
④ 江冰：《80后文学：青春、网络、非主流》，《文艺争鸣》2014年第5期。
⑤ 石培龙：《第二媒介时代的文学景观："80后"写作现象研究》，中国社会科学出版社2016年版。
⑥ 孙桂荣：《新世纪"80后"青春文学研究》，人民出版社2016年版。
⑦ 焦守红：《当代青春文学生态研究》，湖南师范大学出版社2008年版。

现得更早，虽然全书的章节标题都没有出现"80后"，但它实际上是以"80后"作家为主体对象的研究著作。

还有一种文化研究的视角比较特别，这是来自儿童文学界学者们的观察，他们在"青春文学""低龄化写作"这些论题上探究了韩寒、郭敬明、蒋方舟等出道伊始的写作。他们有的肯定年轻写作者风起云涌的创作潮，譬如王林认为："低龄化写作使长期被遮蔽和被隐匿的儿童发出了自己的声音。从文化学上看，更像是一次文学的少数族群与主导文化争夺符号权力的斗争。孩子们厌倦了主流文学对他们的叙述，跳出来'自画青春'，自己生产符号。"① 从这个角度，学者们认为这种写作现象是中国改革开放和思想解放过程中所结的成果。但在此之外，也有人犀利指出这个成果的苦涩之处，即这股"青春写作"风暴中的不足与危机。张嘉骅认为有三点：首先是与商业炒作太过紧密；其次，它在某种程度上造成了社会的某些迷思，使不明就里的大众容易将"早熟"与"天才"画上等号，进而影响一些家长对孩子的正常教育；最后，很多青春写作的文本表现出对成人世界的轻视和不屑，体现了极端自我中心主义，也暴露出自己在"成人化"过程中的不合理处。② 他们剖析这些"80后"作家的具体文本与言论，得出的这些切中肯綮的观点，在当时没有得到重视，但今天看来是非常清醒而重要的。

当然，早期的"80后"文学研究也并非完全脱离作家作品，还是有一些传统的作家论和文学流派、思潮研究模式的论文刊发，如张清华通过为春树写专论而延伸到对"80后"作家创作症结的思考。③ 季红真的《从反叛到皈依——论"80后"写作的成人礼模式》④ 是篇2万

---

① 王林：《大陆低龄化写作的文化学意味》，载台东师院儿童文学研究所编《儿童文学学刊》第8期，台北：万卷楼图书股份有限公司2002年版，第369页。
② 张嘉骅：《儿童文学的童年想象》，福建少年儿童出版社2016年版，第230页。
③ 张清华：《"残酷青春"之后是什么？——由春树感受"80后"写作》，《南方文坛》2007年第4期。
④ 季红真：《从反叛到皈依——论"80后"写作的成人礼模式》，《文艺争鸣》2010年第8期。

字左右的长文,分析了大量早期"80后"作家的文本,从中探寻他们的创作心理轨迹,去理解这代人的生存状态和精神图景。此外,2009年出版的王涛的著作《代际定位与文学越位:"80后"写作研究》,2012年出版的郭艳的《像鸟儿一样轻,而不是羽毛:80后青年写作与代际考察》,都有一些对"80后"创作心理、身体美学的特色的研究。但这些论著因为面世较早,所研究的都是早期的"80后"作家,或者是他们创作起步阶段的作品,因为文本内涵本身的限制,解读自然也还比较简单。

事情在2012年前后开始起变化。这一年,陈思和在与年轻学生的对谈中,鼓励他们"做同代人的批评家"[①]。这似乎是个催化剂,或者说是个风向标,一方面此后有越来越多年轻的研究者展开"80后"作家作品的研讨,另一方面研究者也越来越多地回归"知人论世"之类传统的作家作品论模式,回归文学的内部研究。当然,这一切与越来越多有志于严肃文学的"80后"作家的出现,以及他们越来越成熟的作品面世,也有着直接的对应关系。

同代的批评家崛起,站到了"80后"作家研究的前沿。这里面影响最大的是杨庆祥、黄平、金理。他们在2011年就合作了《"80后"写作与"中国梦"——我们时代的文学想象与生产》[②]这组对话。光看此文标题,也许会给人"出语惊人"或者冀望于关联宏大命题以引起注意的印象,但细读可知,文中不少真知灼见,包含了三位研究者对此论题的思考精华,不少观点在他们之后的论文中都有所延伸。三人的研究各有特色。黄平在《大时代与小时代——韩寒、郭敬明与"80后写作"》一文中,一反学术界对郭敬明几乎视若"过街老鼠"的态度,犀利地指出,郭敬明其实才是当下时代的"主流作家",他的写作"对应

---

① 陈思和、金理:《做同代人的批评家》,《当代作家评论》2012年第3期。
② 金理等:《"80后"写作与"中国梦"——我们时代的文学想象与生产》,《上海文学》2011年第7期。

着1990年代特殊的历史语境……个人与历史脱钩"。"1990年代的'孩子',找到了自己的文学代言人……郭敬明的写作,作为个人化写作最极端也是最深刻的产物,在个人化写作的尽头,暴露出高度的政治性:试图以所谓'忧伤'填充青春的社会性,定义何为'青春'。""郭敬明自己恐怕都没有觉察到,他的写法不无怪诞地弥合了'抒情'与'资本'的冲突,这是'浪漫主义'兴起数百年来一直无法解决的问题。"[1] 这是一种真正深入"80后"一代人切身的处境与内心的感受的研究,敏锐地发现了这代人与自己所处时代的深刻内在关联逻辑。但这并不意味着黄平能完全认同这种文学面貌,所以他看透了郭敬明的时代性之后,也明确指出,这是一种"最卑下的浪漫主义"。此文的许多判断,读来都不无启示,例如,"'80后'一代,既是大历史的孤儿,又是市场经济的自然人"。韩寒的杂文之类的"大时代终结以后的大时代写作,是一场文化游击战,需要与戏谑的对象互文理解"。黄平从这些判断出发,将"80后"一代的文化宿命理解成"反讽者","在我所谓的'参与性危机'没有根本解决之前,'80后'就是反讽者,这是一代人的精神底色。一切总体性的立论设想,必须要经过反讽的过滤。请允许我罗列我所理解的'80后'的关键词:个人、反讽、虚无、喜剧"。[2] 此后,在他对"80后"作家具体文本的探讨中,都比较细心于对这种"反讽美学"的探究,并且试图到文学史的长河中去寻找渊源。

杨庆祥的研究也注重"80后"作家作品的时代性,力图从中看出人与时代的精神症候,他从张悦然的短篇小说《家》中探讨当代小资产阶级的历史意识与主体意识[3],这种思路与他那篇引起广泛讨论的名

---

[1] 黄平:《大时代与小时代》,北京大学出版社2014年版,第255—271页。
[2] 黄平:《反讽者说:当代文学的边缘作家与反讽传统》,上海文艺出版社2017年版,第318页。
[3] 杨庆祥:《当代小资产阶级的历史意识和主体想象——从张悦然的〈家〉说开去》,《文学评论》2013年第2期。

文《80后,怎么办?》是一致的,在后者中他批评了这代人身上体现出的"历史虚无主义"等问题,值得在下文专门探讨。金理的"80后"作家研究更为系统,他更偏向传统的文学史研究方法,撰写了专著《历史中诞生——一九八〇年代以来中国当代小说中的青年构形》,为当下文本中的青年形象寻找谱系。这体现了纯正的文学批评的路径。金理研究路向的传统性,还体现在努力构建历时与共时交织的文学坐标,在《多重视野中的"80后"文学》等文中,他将目光投向欧美、日本等异域的"80后"作家,以全球的、比较的视野来研究当下的青年写作。金理的"80后"作家作品研究的另一个特色,是弥漫着强烈的社会关怀,例如在《失败青年故事的限制与可能——以〈可悲的第一人称〉为例》中,通过细读郑小驴的这篇小说,他一方面剖析当下失败青年群体受制于现实秩序,以及现实秩序统驭青年的复杂性;另一方面试图在唤起失败者的自觉背后,摸索一代人在历史中确立主体位置的可能,体现出了恢复文学与现实生活的真切互动的强烈"介入"感。[①]

除了这三位年轻的"同代"批评家,李德南、方岩、徐勇、祁春风等也是对"80后"作家关注甚深、用力颇勤的几位。李德南在2014年关注到"80后"小说在新的文学机制和时间境域中的分化和发展[②],徐勇则提出三种"80后"作家类型:"传统、青春、另类"[③],虽然不是特别严密、严谨,但也不无启示意义。祁春风的博士学位论文修改而成的专著《自我认同与青春叙事:"80后"作家研究》则聚焦于青春叙事中的自我认同危机问题,偏向于主题学的研究。近年来,陈丙杰

[①] 金理:《失败青年故事的限制与可能——以〈可悲的第一人称〉为例》,《中国现代文学研究丛刊》2018年第5期。
[②] 李德南:《在新的文学机制和时间境域中诞生——"分化时代"的"80后"小说》,《山花》2014年第5期。
[③] 徐勇:《所有坚固的一切都将永驻:青年文学与"80后"写作》,上海人民出版社2018年版。

《内心的火焰：中国80后诗歌研究》①也很值得关注。以这些年轻批评家为代表，各种对"80后"作家作品的文学内部研究开始越来越活跃。当然，这并不意味着更年长的批评家们在这个领域的关注就不够，事实上，陈思和、郜元宝等学者对此都有深切的思考。

第二节　文学史的视角

学术界还有一种研究方式是从文学史的视角来看"80后"作家，分析他们给文学史长河带来的新质素。李云雷曾提出，新世纪以来文学最重要的三大变化之一，就是"80后"这批作家的出现，导致了文学观念的变化，文学从精神和艺术的事业，变成娱乐和消遣的作用。②虽然我不认同后半句的判断，但他对"80后"作家带来的冲击的高度重视，还是很有见地。

在这方面探索更深的是吴俊。作为"新概念"作文大赛的初赛评委，吴俊可以说是亲手扶持着"80后"作家的"萌芽"和成长，对他们寄予了深切的热情与期望，在一篇"评奖印象"中他写道："我认为从这些作品中也应该可以得出一个基本判断，若干年后的中国文学写作肯定不会再是当今主流文学的模样。……关注'新概念'，其实就是关注中国文学的未来，也就是关注我们未来的精神和思想的表达方式。"③从"80后"作家身上觉察到的"换代"感，自始至终贯穿在吴俊所有此类文章中，在差不多同时写的一篇文章中说："如日东升的'80后'文坛和文学，不仅在挑战而且也在讽刺当今的批评家们。文学批评不只是有点滞后，简直已有迟暮和腐朽之态了——20世纪80年代以来，批评还从未有过如此迟暮之态。这大概是真正预示了历史性的文学'换

---

① 陈丙杰：《内心的火焰：中国80后诗歌研究》，复旦大学出版社2021年版。
② 李云雷：《当代中国文学的前沿问题》，山东文艺出版社2017年版，第3页。
③ 吴俊等：《初赛评委眼中的"新概念"》，《萌芽》2005年第3期。

代'的开始。"①

  细看之下，吴俊反复强调的，是"80后"作家的"诞生"所凝聚着的文学史意义，他的聚焦点在于"出场"和"立足"，而不在于作品，对于文学本身的内部研究并不多。他敏锐地看到，在世纪之交的时刻，"文学的转型或新的文学的生成，水到渠成地汇入了80后一代文学年龄的成长和成熟过程，推动时势选择了这代人作为主要的文学代言者之一。"也就是说，文学相关的新因子助推了"80后"作家，或者也可以反过来说，"80后"作家鲜明地体现和承载了这些新因子，形成了文学的新局面。这种新因子，在他的思考里，主要有两个方面，跟之前江冰的观察不谋而合，即新媒介和文学商业化力量的出现，他说："80后现象提醒我们必须看清当下的文学事实：由于互联网和文学市场化以及文化商业资本的复杂作用，传统体制以外的文学生存已经成为现实的文学生态。文学的多样性和多取向已经不再是任何一种权力集中体制所能完全有效控制的了。……文学空间已成多元格局，各种不同的文学价值已有可能在不同的空间实现自身价值的最大化。"他高度评价"新概念"作文大赛的成功，以及"80后"作家的强势崛起："这种巨大的改变，在中国经验里是必须由国家力量才能完成和做到的。但现在，却由《萌芽》借力于社会转型的时势大潮以一个刊物的努力而助成其功。……不再主要依靠政治或意识形态的权力，就将文学写作与文学教育直接联贯了起来，既使文学写作变得格外的纯粹，也使文学教育有可能走上自省而活泼开放之路。""这批作家（即一般所谓'80后'作家）因其诞生和成长的社会条件、文化条件、生活条件乃至政治条件等，全都迥异于此前的所有各代作家，所以，他们的出现才是真正标志了中国当代作家的实质性'换代'，此前所有各代作家之间的差别，恐怕加起来也无法赶上共同的与这代作家之间的差别鸿沟。……中国作家

---

① 吴俊：《"80后"的挑战，或批评的迟暮》，《南方文坛》2004年第5期。

开始了实质性的换代，岂不就意味着中国文学也开始实质性的换代了吗？"①

在吴俊看来，韩东、朱文等在20世纪90年代发起的"断裂"并没有成功，因为那还是在传统文学内部进行的，而"80后"作家实现了这一点，因为他们因应了历史潮流。"'80后'是以断裂的方式跨越历史断裂的一代作家。……'80后'不需要宣言造反，新媒体本身就把纸媒的整个世界都掀翻掉了——这是一个时代的社会生产力的造反，并不是'80后'起来掀桌子的。严格地说，这场变革不需要'80后'文学来引导，'80后'只不过借助于这个时势，顺势而为成就了一个新的权利拥有者。"②吴俊一直保持着对互联网新媒体与文学互动的严密与独到的观察，他认为"互联网新媒体的技术，已经不择不扣地成为了全体社会几乎所有方面的主要使用工具，包括生产工具，社交工具，文化生活工具，还有日常生活工具，而不仅局限于通讯工具。当互联网新媒体已经成为一个时代全社会各行各业的主要工具时，它显然就是这个社会所处或发展阶段的主要工具标志，即生产力水平标志了。"这样，互联网新媒体也就不可避免地影响生活的各个方面，也包括"如何重构了文学，重构了文学的价值观"。他认为现在是一个博弈的时代：经典传统的终结的反抗与新媒体时代的文学生态的塑造同时进行。在这样的变局里，"文学生产也随之有了市场化的生产机制，典型代表就是80后现象。史无前例的只有80后。由此才能理解80后在中国文学史上的意义。有了全民共享的互联网以后，这个作家代际诞生现象也就不能存在或复制了"③。

---

① 吴俊：《文学史的新视角：新媒介·亚文化·80后——兼以〈萌芽〉新概念作文的个案为例》，《文艺争鸣》2009年第9期。

② 吴俊：《文学的世纪之交与"80后"的诞生（下）——文学史视野：从一个案例看一个时代》，《小说评论》2019年第3期。

③ 吴俊：《新时期文学到新世纪文学的流变与转型——以〈萌芽〉"新概念"作文、新媒体文学为中心》，《小说评论》2019年第1期。

吴俊是这样看待"80后"作家独一无二的文学史转型意义的。但我觉得，他的观察只停留在初起之时的"80后"作家身上，他并没有认真辨析他在使用这个词的时候的全部所指。或许这也充分彰显了这个词天生的缺陷，它太笼统，不加区别的涵括的作家太多了。如果只谈论初期的"80后"作家，吴俊的判断是成立的；然而如果要看这个词的全部所指，那么2012年以后涌现的甫跃辉、双雪涛、班宇等，这些在传统文学机制下诞生的作家，则显然并不具备吴俊所描述的文学史转型和"断裂"的性质，他的论述在这里并不适用，期待落空了。还有，即便是对初期的"80后"作家，吴俊所关心的也只是他们的"出场"本身，以及围绕他们发生的论争与博弈，对于他们的作品解读甚少，从作品内部去看渊源和传承的工作并没有展开，这也让吴俊的观察和论析有些"不及物"的危险。

高玉从文学内在的传承看，认为"80后"文学与传统小说并没有彻底断裂："'80后'小说有它自己的创新，但其中每一种创新都可以说是有源头的，青春文学、校园文学、网络文学……都不是他们的首创，而文学的消费性、文学的市场化、游戏化也不是从他们这里开始的。"但他同时又认为："'80后'小说把青春、校园、网络、消费、市场、游戏这些在以前的文学作品中尚属次要的因素发扬光大、提升、创新，凸显出来，从而成为一种显著的文学现象。"或许是从这个角度，他推导出与前面稍显矛盾的观点："如果我们一定要把所谓正统的文学界称作'文坛'，那么，'80后'文学就是另外一个'文坛'，一个和传统的文坛并列的文坛，不是'坛中坛'，而是'坛外坛'，且是一个完备的坛。""它的产生以及特征具有深刻的社会原因和文学根据，对中国当代文学的格局构成了巨大的冲击，不论它未来如何发展，它都将在中国当代文学史上具有一定的地位。"[①]

---

① 高玉：《"80后"小说的文学史地位》，《学术月刊》2011年第12期。

这些研究者对"80后"作家进入文学史，在文学史长河中的可能具有的地位和价值的探讨，已经部分地实现在某些文学史著作中。早在2009年，张志忠主编的《中国当代文学60年》和吴秀明主编的《当代中国文学六十年》里，不约而同地用了单独的章节，来介绍"80后"作家作品。洪治纲《当代文学思潮十五讲》也有一讲是关于"80后"的。2018年，朱栋霖等主编的《中国现代文学史：1915—2016》教材里，也用了一些篇幅来介绍"80后"作家作品。

第三节 关于"80后，怎么办？"的讨论

关注"80后"作家研究的批评家杨庆祥，曾引发过一场热点事件，就是关于"80后，怎么办？"的讨论。事情的起因是2013年11月出版的第6期《天涯》发表了杨庆祥的《希望我们可以找到那条路》，2013年秋季号《今天》杂志发表时改名为《80后，怎么办？》，同年11月27日中国人民大学举办了同名的专题研讨会，2015年6月北京十月文艺出版社出版了同名的书籍，后来陆续有相关的书评文章，继续谈到这个话题。

据说，《天涯》杂志发表这篇文章的过程颇为曲折，管理新闻出版的相关机构专门派驻了一个工作小组，对这篇文章严格把关[①]，这篇文章的影响力由此可见一斑。杨庆祥从个人生活实感出发，引出这代人被飞速发展的社会甩了出去，因而成为失败一代的痛切感受。据杨庆祥后来的解释，他在这里谈论的"80后"，是有特指的，工农家庭出身的"80后"年轻人，所谓的"官二代""富二代"的年轻人则不在此列，这批年轻人基本上失去了依靠个人奋斗改变社会阶层和底层命运的机

[①] 杨庆祥：《80后，怎么办？》，北京十月文艺出版社2015年版，第116页；对文章发表经过，杨庆祥在后来的研讨会上表述得更详细，见《今天》2013年冬季号，总第103期。

会。除此之外，他也探讨了这代人身上存在的"历史虚无主义"问题，历史之"重"被刻意"轻"化了，哪怕偶尔出现了韩寒之类的貌似与时代胶着在一起的抵抗，实际上也是一种"假面"的抵抗。在此精神症候之下，"80后"亟须寻路，打破小资产阶级的幻想，直面失败而力求浴火重生。

虽然杨庆祥这篇文章的具体观点有待商榷，但它的价值仍然是巨大的。到现在为止，这恐怕也仍然是文学界唯一一篇由"80后"撰写的对这代人整体沉思、把脉、发出宣言的文章，它就像一声号角，想要唤起这代人对自身处境和未来走向的广泛讨论，这背后牵涉的问题之广泛，按理说可以比肩历史上的"潘晓来信""人文精神大讨论"等著名的事件。

中国人民大学文学院为这篇文章召开了专题研讨会，根据《今天》杂志发表的"研讨纪要"[1]，有18人留下了发言记录，其中8人是"80后"。他们基本上是来自中文系中国现当代文学专业的学人，试图跨界探讨一个并非纯文学的问题。陈福民在发言中也意识到了这一点，他指出先不要苛责"问题的真与假和虚与实，提的问题对不对"，"我个人觉得提就是对的，这一点真是文学的光荣"。文学是于人生很切要的工作，关怀现实，引起对社会问题的讨论，是文学的优良传统，文学界人士发起这场对"80后"一代的探讨，其实是对传统的赓续。

在讨论中，"80后"学人比较认真地回应了"怎么办"的问题，既真诚地袒露迷茫与困惑，也表达自省与希望。飞氘提到，"最根本的困惑是今天怎么样重建历史的视野和阶级意识"，以及"在历史被叙述成一片废墟的时候，我们自觉的意识和主体怎么样才有可能生成"。李雪则指出，"可悲的是小资产阶级牢牢地被编码到我们的生活结构中，而且在我们的体制和结构外，小资找不到可以投入的新的阵地，所以只

---

[1] 见《今天》2013年冬季号，总第103期。以下所列讨论者的发言都出于此，不再另注。

好一遍遍地操练所谓的小资产阶级文化给定的生活程序","失去了变成其他样子的多种可能性"。黄平提出不同的看法,认为"80后"与其说是"小资一代",不如说是反讽的"无",一种周星驰的"无",一种王小波的"无"。这样的"无"不能被视为空无,这种"无"本身就是历史性的东西。通过反讽的"无"的过滤,"80后"能重建总体性的东西,而不是说重复历史上一次又一次的总体性想象。戴潍娜也表达了偏向乐观的看法,认为"80后"是很有希望的一代,这代人"唯一真实的经验背景或者底色是纯个人奋斗,……心灵质地其实是非常坚硬的,现在突显的困顿感其实蕴藏了很深的反叛力量"。

  参与研讨的学者也提出,"80后"的问题可能要跳出这代人本身去看,它跟前辈人所创造和提供的环境也有很大的关系,陈华积和李雪都提到这一点,一些非"80后"的前辈学人则在反躬自省这个问题背后所牵涉的整个社会的问题。杨早提出,"80后怎么办可以上升为我们怎么办,作为知识分子群体怎么办",并且认为答案可能是"如何把学术和生活做统一,或者你的研究如何谋求跟现世相通的道路"。陈福民、孟繁华都持相似的观点,孙郁提出要在没有路的地方走出路来,"现在我们主要的任务是要做好本职工作,要开拓疆野"。

  总的来说,中国人民大学组织的这场研讨,没有溢出杨庆祥的文章所设定的问题太远,与会的"80后"年轻人对杨庆祥所提出的"小资产阶级"意识形态较有同感,但我认为类似的思考其实王晓明等学者也有过,《在新意识形态的笼罩下》[①]即是其集中表达。此外,与会的讨论者也提到日本等亚洲国家的青年也有内趋化的现象,这与社会阶层固化有关系。这些问题的解决,需要制度变革、各学科门类合力,文学工作者除了提出问题,在具体建设上多少显出乏力感。有的人于是走向一种惯常的反应,就是交给未来,陈楸帆就提出:"80后的历史位置还没有显现

[①] 王晓明:《在新意识形态的笼罩下》,江苏人民出版社2000年版。

出来，只是因为时候还没有到，就像五六十年代的人的历史地位也是近十年或者二十年我们才有比较明确的定论。"这场本应该意义重大、吸引更多不同学科和社会群体参与的讨论，最终昙花一现，社会反响有限。"80后，怎么办？"变成了一小部分的"80后"人文知识分子的焦虑与寻思，甚至只是中文系的中国现当代文学专业圈子内部的沙龙探讨，同为"80后"，我身边的研究古代文学的同行就几乎没有关注这个话题。

我对"80后，怎么办？"的讨论，作过以下思考。①

一 存在统一的"80后"群体吗？

我看到杨庆祥《80后，怎么办？》这篇文章。第一时间里曾产生很多错愕，在脑海里久久盘旋：这是谁在说话？以什么语气说话？存在统一的"80后"群体吗？这个群体陷入危机了吗？因为我知道作者杨庆祥也是"80后"，所以这让我更加糊涂。一个"80后"说"80后，怎么办？"这究竟是自问，还是将自己拎出来问别人？是以先觉者自居而唤醒后觉者指点迷津吗？他怎么知道别人还在沉睡，而不是如他一样已经醒过来各自寻路呢？

我想这是杨庆祥此文面临的最大难题。他既在"80后"之中，又想置身在80后之外；既有可能是问题的当事人，又想成为问题的审判者，于是不可避免地有几分尴尬。问题的症结就出在"80后"这个称谓上。这是一个既实又虚的称谓。我们都是20世纪80年代出生的人，我们确实面临着相似甚或相同的社会形势与时代困境，可是我们又是独立的个体，既不是绑在一起的连体兄弟，也不是程序相同的流水线上的产品，所以我们的认识与反应可能迥异。也缘于此，当我看到杨庆祥在文中发问："我们是谁？我们属于哪个阶级？我们应该处在世界史的哪一个链条上？"的时候，竟然哑口无言，一个都回答不出来。倒是最后

---

① 以下内容以《我是80后，我怎么办？》为题发表过，见《天涯》2014年第6期。

一问:"我们应该如何通过自我历史的叙述来完成自觉的、真实的抵抗?"因为有"自我历史的叙述"几个字,让我觉得有几分作答的可能。实际上,我这篇回应文章也可以算是一份"自我历史的叙述"吧。

我常常想,鲁迅、周作人、钱玄同他们,作为19世纪80年代出生的人,当其出场时,为什么没有被称为"80后"?莫言、贾平凹、张炜、池莉他们,都是20世纪50年代出生的人,为什么也没有被称为"50后"?所以我去查考"80后"这个词的来源及含义,结果颇让我意外。据说它最早是于2001年出现在网络论坛上,指一批活跃的出生于80年代的诗人,后来扩大到80年代出生的写手、作家,后来又扩大到整个这个年代出生的青年人。① 意外在于这是少有的由文学界贡献到社会学等其他领域的概念;其次在于它竟然被认为是一个实体,包含了某种文化含义。也许这就是"50后"不名于世,而"80后"到处通行的原因吧。可是简单一想,"80后"青年人已经数以亿万计,商人、政客、学者、文人、工人、农民行行皆有,这样一来,除了共同的年龄标记之外,在他们中还能概括出多少共同的文化内涵呢?

所以我还是坚持前面说的,"80后"面对的大世界可能是相似甚或相同的,可是他们内在的小世界却各个不同。以是之故,谈论"80后,怎么办?"是困难的,有多少个"80后"就可能有多少种回答。这个问题需要"80后"众声喧哗,每个人都来回答"我是80后,我怎么办?"而不是由一个人领衔独唱,高屋建瓴,指点迷津。

二 "80后"有问题,但不仅仅是"80后"的问题

在我看来,杨庆祥的文章很了不起,他提出了值得一代人思考的问题。可是在行文逻辑上,我觉得他却有些飘忽跳跃。第一部分,他讲到"我们被时代淘汰了","社会的运行模式已经不能鼓励正常的生活和发

---

① 黄洪基等:《关于"80后"的研究文献综述》,《中国青年研究》2009年第7期。

展",我们注定是失败者。按照一般的思路,接下来他应该分析社会在哪里出了问题,以至于把我们这部分人甩到了外面,可是他却没有这样写,而是转到了批评"80后"自身的问题,认为"80后"是历史虚无主义者,对历史漠不经心,缺乏历史的存在感。正当我想反驳不是每个"80后"都这样,"韩寒"(假如他是真实存在的写作者)就是一个明显的反例,他如同鲁迅一样,用自己的杂文,同自己时代中的各种事件,诸如毒奶粉、强拆迁等,作着坚韧的战斗,却看到杨庆祥紧接着就对"韩寒"展开了批评,认为他的抵抗缺乏高度和深度,仍然是消极的。最后,杨庆祥的文章跳到了认识"80后"自身的阶级属性上去,认为"80后"是小资产阶级,而在全球化的资本剥削体系和日益僵化的官僚权贵机器之下,小资之梦注定破碎,"80后"亟须重新寻路。

先说"历史虚无主义"吧。从杨庆祥的文章来看,它的意思是指对历史没有记性,诸如包产到户、80年代末的大事件、90年代的市场经济改革等事件,都没有对"80后"的生命构成冲击。事实上,我认为这也没有什么可奇怪的,因为这些历史事件发生的时候,"80后"确实还小,这些事情基本上只留在父辈和兄长的记忆中,这没有什么好沮丧的。如果历史事件的影响强烈到连幼儿都不由自主卷入其中,那倒很有可能是不正常的了。我们只参与我们长大成人以后的历史事件,例如杨庆祥也提到的汶川大地震等,我们只需对成人以后的历史事件负责,需要若干年后才能评判我们的历史意识如何。退一步说,即使"80后"真的都具有"历史虚无主义"倾向,这个责任就完全在于"80后"自身吗?回望一下我们接受的历史教育,打量一下我们对当下重大事件的了解,我们到底知道多少真相呢?或者说,我们到底有多少自由地探究真相的权力呢?

在这一点上,我认同陶东风先生的观点。在谈到青年人对父辈话语的隔膜时,陶东风曾说,这"其实是制度化的记忆剥夺的结果","因为经历的不同造成的个人记忆差异,只是一种生理—心理现象,而不是文化现象。由于没有共同经历而缺乏共同个人记忆的两代人，不见得一定不能分享共同的集体记忆和文化记忆。集体记忆如果通过文化符号（包括文学艺术和各种建筑物、纪念碑、博物馆等）得到记录、铭刻、物化，通过制度化的仪式（比如每年一度的反法西斯主义活动），通过制度化的教育（比如在教科书中认真如实地记录在历史上的各种灾难），是完全可以得到传承的（德国没有经历过二战的青年同样具有与父辈分享的二战记忆就是证明），我们和子辈缺乏共同的集体记忆因此不是自然现象或生理现象，而是人为的文化现象"。[1] 我认为杨庆祥提出来的"80后"的"历史虚无主义"也完全可以这样理解。在很大程度上，这并非"80后"自己不争气、冷漠、无知，而是社会塑造的结果。

　　扩大开去，我还想指出，还有很多对"80后"的批评指责，实际上是轻率且不公平的。正如"80后"作家笛安所说，我们跟父辈之间成长背景的差异，要远远大于一些发达国家中年轻人跟父辈的差距。[2]因着这样的巨变，年轻人的某些生活方式、审美趣味、话语特征的不同，父辈应该尽最大可能去包容，在不能理解之前，且保持沉默观察，而不应急于棒喝。要知道时代更迭之际，这些现象是自然出现的，"五四"时期的新青年，又何尝不被目为奇装异服、无君无父呢？除此之外，如果"80后"真的犯了什么原则性错误，那当然应该批评教育。可是，要记得长远地看待问题。我还是要再提到陶东风先生，在前引的同一篇文章中，他批评了青年人的自私、颓废、犬儒主义、分裂人格等许多严重的问题，可是接下去却意识到："这样简单的指责是无济于事的，也是不公平的。即使今天的青年文化是畸形的、变态的，那也一定联系着父辈文化的畸形和变态，联系着我们这个时代和社会的畸形和变

---

[1] 陶东风：《两代人还是两种人？——关于当今中国青年文化的几点思考》，《山花》2012年第7期。

[2] 笛安：《都市青春梦》，《名作欣赏》2013年第2期。

态","扪心自问,我们做父母的当中又有多少人能够做到不说假话、空话?做到心口合一?言行一致?……我甚至认为,很难说青年们的这一套不是从父母那里学的"。我因着这些话而对陶先生充满了敬意。这样设身处地的同情之理解实在太少了,这样诚恳的反躬自省也实在太少了。"子不教,父之过","上梁不正下梁歪",这些朴素的常识道理,都被有意无意地忽视了。很多人在对年轻人的轻率指责中,快意地抹去了自己身上的污点。

"80后"有问题,但并不仅仅是"80后"的问题。"80后"身上的病毒并不是突然凭空长出来的。"80后"并没有降生和成长在无菌室里,相反,"80后"是被父辈带到了一个混乱污糟的世界里。以切身经验而论,我没有想到十年寒窗,等我具备了写论文的能力时,面对的却是一个发表论文要交版面费的局面。就在最近,我还获得了一个很震撼的经验。新近认识的一个正在打点着成为畅销童书作家的女孩子告诉我,为了将名人的商业效应利用到极致,出版商、书商雇用枪手写书署上名人的名字出版,这是业内很常见的做法。我惊讶得目瞪口呆。好歹也学了这么多年文学,但我却是第一次听说这种内幕。这对我造成了很坏的影响,以至于现在看到"80后"名作家过于密集出版的作品,我就忍不住想它是不是枪手代笔的。当韩寒之真假的争论出现的时候,我在情感上是很坚定地支持韩寒的,现在却不得不多几分保留。我钟爱的文学居然也不纯洁了,世界上还有哪一个角落没曾被弄脏过呢?这些坏点子,都是"80后"想出来的吗?出版商、书商,都是"80后"吗?我们生活的年代,确实不曾如前辈人那样遭遇战争和饥荒,可是,我们遭受的精神上的混乱与荼毒,就真的比他们轻吗?

三 灵魂得救之路

我并不是推脱责任,更不是说,因着世界整体的败坏,"80后"就可以心安理得,狂欢作恶。相反,我想说的是,面对这样的世界,"80

后",准确地说,是身为"80后"的我,该如何在世,如何得救。

我对世界的基本体认是,在好的一面,它当然还有让人热爱、敬畏、欣赏、沉醉的地方;但在坏的一面,它也已经坏到了极点。不幸的是,在我的观察里,前者是处于弱势的,正义是被压制的。更不幸的是,根本看不到好转的迹象和势头。许多人已经没有了独立不移的良心标尺,永远只是在趋附利益和权势中摆动。我不相信凭个人的力量可以扭转这种局面,短时期内也看不到这种局面可以扭转的迹象。但是,闷死吗?沉沦吗?在死去之前狂欢作恶吗?

我的答案是,不可以,一定要做个好人。像易卜生说的,世界像一艘船要沉了,要紧的是救出你自己。在黑暗的世道里,首先是让自己成为一个正确的人。当掀翻铁屋子无望,我只有转向内心,在肉身死去之前,让内里的灵魂得救。当我不敢与恶势力抗争的时候,我至少不与它合作;当我不敢公然斥责它的时候,我至少不违心地赞美。在任何时候都要求自己谦卑爱人,反躬自省,对天上的神明和内心的良知负责,心甘情愿承受代价。我曾将自己出版的小书自序题为"萤光自照,汇涓成海",当时我也说过,"汇涓成海"是太遥远的理想,现在我要补充的是,在自己成为一个正确的人的前提下,能感染三两个知己好友,互相扶持走完一生,在不完美的现世享一点瞬时和局部的喜乐,也已经很不错了。

杨庆祥的文章中说,"80后"的阶级属性是小资产阶级,小资之梦的以下内容是明确的:"独立、自由、尊严的生活,这种生活,建立在物质和精神生活的双重保障之中。"这话是对的,我的梦想之很大一部分就是这些内容。可是他后面说:"在中国90年代以来的语境中,它代表了一种终极的乌托邦式的存在",我就不太明白了。他说:"小资产阶级在当下日益板结化的社会结构中根本就找不到出路——它唯一的现实出路也许是赤贫化,成为新的城市无产阶级",这话我也看不明白。我的确也如杨庆祥文中说的,在农村里没有了我的田地,在工厂里没有了我的车间，可是在大学里暂时还有我的教席，不管写下的文章能不能发表，手中也还有一支相当于锄头与矿锤的笔，在我工作的金华这个小城市，生活总不至于没有着落。对于我这样一个穷苦人家出身的孩子来说，生活在逐渐改善，在可预见的范围内，物质生存不是最大的苦难，精神生存才是。所以我对杨庆祥这些话感到不解。也许在话语生产的自身逻辑中，它们是顺畅的，可是揆诸个体生活的实感，我又觉得它们是虚假的。这也是我在个人学术取向上疏离这一套话语的原因。但我能理解它一定程度上的合理性。譬如杨庆祥在文中谈到工农阶级地位的变化，谈到"现实迫使我们重返十九世纪的一些重要命题：公平、正义、反抗和革命"，我都深有同感。我突然产生了一种感觉，借用两个我并不是很熟悉因而可能不很恰当的词汇来描述我们学术取向的不同，也许姑且可以说，他走的是"外王"之道，而我走的是"内圣"之路。

我的专业是中国现当代文学，从小爱写些散文、诗歌，心思比较敏感细腻。我常常头疼于学术界爱舞弄理论术语，追求"范式""架构"，并以为这就是有学术价值，气象阔大，因此而懒于做微观研究。但我觉得那些东西一方面常常空疏而多有漏洞，另一方面与现实生命的触动和关联并不大。其恶果之一是现在有了各种课题基金申报以后，有的差到连句子都写不通顺的人，因着搬弄几个宏大的术语，加上投合某种需要，居然也名利双收，开始睥睨自得起来。我为此感到痛心，所以希望自己能走相反的路。尽量做一些微观研究，聚焦一部作品，一个作家，做到下笔有底，有理有据，而且有所言说都指向"人"。关心作家寄寓在作品中的核心思想，关心作品的语言和技巧背后的审美趣味、逻辑能力，以及对人生的启示裨益。这是我认定的一条路。我敬重文化研究、制度批评，但我更感兴趣的是"人"的批评。我想，无论何种形式的变革，都需要人来承担，也将要作用于人。假如人不愿意反思自己、净化自己，任何形式的变革都可能是一场徒劳。相反，假如人人都能见贤思齐，修身成圣，可能无须激烈的变革，罪恶和苦难就已经自行瓦解，人间的天国自然实现。纵然明知道这是不可能的，但我仍然愿意以与绝望捣乱的心态，以文学为武器，终毕生之精力，拷问人心善恶、人情真伪。在这个过程中，其实是拷问我自己，涤荡我自己，纵然因此而在世界上受苦受累，但至少内心知道灵魂在得救。假如能触动感染两三同道，看到"80后"中多出几个逆天抗俗、在潮流中如一块寂寞的石头、对一切表演加以冷眼、对真理与灵魂得救却充满热忱的人，那就更是齐天之幸了。

第三章

"80后"作家研究的挑战、出路与价值[*]

作为21世纪以来重要的文学现象之一,"80后"作家进入学术视野,已有十多年的历史,对此给予高度重视者不乏其人,譬如有学者在回顾中国当代文学六十年发展的著作中,对此有专章介绍,并称"'80后'文学无疑成为21世纪以来文坛最受瞩目也是最为重要的文学现象之一"[①]。另有学者在谈"新文学终结"时,首先就是指"80后"作家的出现带来了文学基本观念的变化,致使文学从"精神和艺术上的事业",被降格到"娱乐和消遣作用"来看待[②],等等。但这些论述的出现已是若干年前,这些论者并没有在这方面持续研究下去。在另一些学者那里,"80后"作家研究则还遭遇着诸多尖锐的质疑,它是否成立或者具有学术价值,还并非不言自明。这些年来,"80后"作家队伍及其创作在持续发展,不断有旧的退场、新的涌现,却未见相关的研究携手并进,甚至每当谈起这个话题,很多研究者第一时间想到的还是韩寒、郭敬明等名字,那些真正进行着更为严肃的文学探索的作家,诸如苏瓷瓷、蔡东、孙频、郑小琼、双雪涛、胡迁等,反而并未被知晓。该如何打破这种局面,冲出这种困顿,回答这些质疑?"80后"作家研究已经有了哪些解决问题的尝试,它目前存在的主要困境是什么,解决之道又

---

[*] 本章曾发表于《杭州师范大学学报》(社会科学版)2020年第1期。
[①] 张志忠主编:《中国当代文学60年》,高等教育出版社2009年版,第391页。
[②] 李云雷:《当代中国文学的前沿问题》,山东文艺出版社2017年版,第3页。

在哪里？这项研究可以或者应该回应哪些重要的思想文化和文学话题，它的价值指向在何方？所有问题，都亟待一番清理，才能让这项研究茁壮成长，进而为当代甚至是未来的中国文学发展贡献力量。

第一节 质疑之声与冷寂之境

对"80后"作家研究的批评，首先是对以生理年龄作为命名方式的合理性的质疑。有研究者不无尖锐地指出，"整天把年龄胎记露在外面以寻找文坛定位，这恰恰是文学上不成熟的标志"，因为以往的文学史上通常多见的是文人群体之间的"忘年交"，"几世同堂"而无隔阂，即便是批评，也不一定要同龄人才更相知，"隔代亲"的例子比比皆是。如果"文学史上熟知的'代'的概念被猛然压缩为'代际'，关于50后、60后、70后、80后、90后的谈论不绝于耳"，那就会出现很荒唐的局面，"好像以后研究文学史，非得先看作家身份证不可。"[①] 这就是说，单纯地以年龄画线并无道理。而且，这种命名方式会造成难以化解的尴尬局面：1979年和1980年出生的作家，有可能出生时间只差了一秒钟，为什么却注定要成为两茬人，隔着无法逾越的沟壑天堑，而不能平起平坐，放在一起研究呢？

第二种批评者与之相似，他们虽然没有对以出生年代来标示一个作家群体的做法那么反感，但他们指出，这样做实际上等于什么都没讲，因为完全看不到这个作家群体所借以成立的那独特的文学风格或审美特质。换言之，除了因为年龄相近而把他们召集在一起之外，这些作家在文学志趣和艺术追求上有什么相同的地方呢？这实际上是在问，"80后作家"或"80后文学"，如果能成为一个学术概念，它究竟有什么独特的内涵？赵毅衡在一篇评论中就曾说过类似意思："半个世纪后，当这

[①] 郜元宝：《何必以"代"论文学》，《太原日报》2014年12月8日。

一代接近了我的年龄,哪怕黄平那时雄辩能力比今日更上几个层楼,也难说清'80后写作'是什么意思"①。

批评之三,则更接近诛心之论。批评者认为,这个话题无非是一种宣传和炒作,它并没有学术命题的正当性和合理性,而只是一个精心建构的符号化的消费品。而且这里面有着市场和学术的合谋,"学术权威联合曾被他们鄙视的传媒和商业的力量,推出各种'80后'作家、批评家","分期上被严格限定为上世纪80年代出生,并且提出同代人批评同代人,打造一个完全属于'80后'的圈子。""这是一个精心设计的圈子游戏,具有严格的准入机制和封闭成熟的循环机制。从人才的选拔、培养,到自我批评与肯定,以至于出版发行和媒体造势,甚至是评奖,环环相扣、天衣无缝。""'80后文学'并不是一个开放性的见者有份的议题,而是少数具有最终解释权的小圈子的话语游戏。""一个用来抢占话语高地的旗帜鲜明的符号,一个可操作被恣意赋予意义的符号。"②

除了这几种最为典型的批评之外,其他的对"80后"作家研究的看轻、质疑和隔膜也不鲜见。早些年很多研究者认为,"'80后'青春写手所表达的基本上都是封闭的'代际经验',缺乏丰富的社会内容和人生经验……这类作品实在太单薄,甚至太粗糙","他们那堆里至今没有鲁迅(韩寒是有鲁迅风格的'80后',值得期待),没有陈独秀,没有胡适也没有周作人"。③ 这些基本上是对"80后"文学的失望之词,也有研究者忧虑他们的某种写作倾向,"大量生产即便是最宽容的态度也无法接受的'文学作品'。这种'非文学性(写作)'很有可能

---

① 赵毅衡:《论黄平:新理性批评的精神世界》,《南方文坛》2015年第3期。
② 李定通:《"80后文学":符号化建构的尴尬》,《文艺评论》2016年第3期。
③ 谢泳等:《"80后"作家办杂志》,《江南》2010年第4期。

使人对其文学品质难以保持充分坚定的信任感。"① 实际上，在这些论调的出现后的这些年了，"80后"文学已发生了很大的变化，当年被认为缺乏的社会内容和人生经验也在增长，但很多研究者仍停留在过去的观感里。

这些批评角度各异，但实则根底里相通。总的来看，它们在围绕一个核心问题：这个作家群体或者说代际群体能够成立的依据是什么，换言之，它的独特内涵是什么？只要能回答这个问题，那么无论是"年龄胎记"的讥讽，还是"圈子游戏"的大棒，自然都能够不攻自破。而研究者们已有的努力，事实上也正围绕着这个问题进行。

这些质疑，体现出这个领域的研究现状不容乐观。其中突出的问题，就是相关的研究缺乏持续性。当"80后"作家刚出现的时候，作为新生力量，其带来新鲜的命题，必然促使知名批评家们起来应对，像雷达的《我看"80后"的精神追求——写给马亮和"80后"》②，李敬泽的《一种毁坏文化的逻辑——关于"80后"》③ 等，态度立场各异，但无论是曾寄予厚望，还是曾犀利解析，这些学者们都很快离开了这个话题，回到自己更为熟悉的领域，譬如吴俊，在写过几篇这方面的论文之后，就没有继续关注了。还有些学者，则是偶一为之，譬如郜元宝曾应《收获》杂志的邀请，为郭敬明的《爵迹》写过评论；④ 陈思和在应甫跃辉邀请写序的时候也对他的写作有过评议。⑤ 还有些作家、学者，则是以对年轻人"寄语"的姿态，虽然语含赞赏，但更多的属于礼貌性质。还有些人还是把它当作"赶时髦"的话题，而彻底束手不为。总的来说，这个领域热闹一时，而缺乏延续性，对最新现状，更是缺乏深入研究。

---

① 吴俊：《文学史的新视角：新媒介·亚文化·80后——兼以〈萌芽〉新概念作文的个案为例》，《文艺争鸣》2009年第9期。
② 雷达：《当前文学症候分析》，作家出版社2009年版，第279页。
③ 李敬泽：《为文学申辩》，作家出版社2009年版，第64页。
④ 郜元宝：《灵魂的玩法——从郭敬明〈爵迹〉谈起》，《文艺争鸣》2010年第11期。
⑤ 甫跃辉：《安娜的火车》，北京十月文艺出版社2015年版，第1页。

目前这个领域，是年轻的研究者担当主力，例如杨庆祥、金理、黄平、李德南、方岩、徐勇，等等。他们大多有对作家作品的个案研究，但出于证明研究合法性的焦虑，也有相当多的精力，在试图回应上述的质疑。他们的努力值得尊敬，然而却也在不自觉间又制造了新的问题。同时，因为学术现场的冷寂，年轻的研究者的思考和探讨，能够激起的回应毕竟有限，某种意义上他们也陷入了自说自话的困境——所谓的制造"圈子游戏"的指责，实在很冤枉，因为没有广泛的学术对话和交流，也恰恰是他们感到最悲哀和无奈，而最不愿意看到的局面。

有些年轻的研究者，也看到以生理年龄画线可能的确是种硬伤，所以试图为这个概念注入实际的内涵，却并不成功。譬如有研究者将它理解为"城市化时代的青年文学"，但他们马上就意识到，这个定义还是歧义丛生，"中国城市化的初步启动其实可以追溯到19世纪下半叶，……像路遥笔下的高加林也是一个城市化时代的青年故事"。因此，所谓的"城市化时代的青年文学"的边际过于广大，而且即便勉强征用，它也还只是某种"自然史"的命名，暂时还看不出自觉的美学反应。[①] 这些是定义提出者一开始就有清醒自觉的，某种程度上也体现了勉为其难的状况。在我看来，这样的定义实际上让问题不减反增。譬如如果强调"城市化"时代，那么像马金莲这样的倾情于乡土的"80后"作家如何安置？何谓"青年文学"，指青年写的，还是指写青年的？无论何种指向都有困难，因为"80后"一代也慢慢告别青年时期，而他们所书写的也不都是青年人的生活，如蔡东的表现老年人生活的《往生》，这样的作品是否就要剔除？这些问题都是这个权宜性的定义所难以解决的。此外，还有人试图用"青春、网络、非主流"这些词来概括"80后"文学的特征，其实揆诸当下"80后"作家的写作事

[①] 黄平、金理：《什么是80后文学》，《南方文坛》2014年第6期。

实，这些标签都已经过时、无效。可以说，这些定义不仅没有解决实际问题，很好地回应以上的批评，某种程度上反而是落入了陷阱，给以上的某些批评以口实——所谓"炒作概念""抢占话语权"这些诛心之论，或许就是由此找到了某些似是而非的把柄。

此外，年轻的研究者还提出"80后写作与中国梦"的论题，把"80后"写作阐释为一种"中国梦"的叙述[①]，试图将这个群体的文学与某种宏大的时代命题关联起来。后来，又有人提出"80后，怎么办？"的讨论，从文学扩展到一代人如何安身立命的社会、文化命题，牵涉诸如社会阶层的固化、历史虚无主义的反思等方面，有某种重返"五四"新文学或者是20世纪80年代初新时期文学带来的思想解放气象的抱负。这些都可以视作对"80后"作家群体作某种思想内涵的归纳，对确立"80后"作家研究的存在合法性的努力的延伸，同时，也是对这个研究领域的价值指向的开拓性探索。然而，这些观点最终激起的影响非常有限，基本上还是局限在关心这个话题的小圈子里，因为没有持续的回应，它们也没有结出后续的理论成果，导致无疾而终。这或许是某种根本性的尴尬。就像有的研究者私下里说的，学术研究的黄金时代已经过去了，80年代那种一篇论文出来争相讨论的状态，已经难以再现。今天，有了各种名目繁多的"重大课题"，有了太多充满表面光环和利益驱动的研究项目，对这些初出茅庐的年轻作家的探讨，还有多少人会关心呢？甚至可以进一步说，即便是那些"重大课题"，又有多少人关心它的实质成果质量如何呢？这是今天的年轻学人面对的根本困境。他们本来就在学术圈的边缘，缺少话语权力，这种无人关心、自说自话的学术环境，对"80后"作家研究这个命题来说，无疑是雪上加霜。

[①] 杨庆祥、金理、黄平：《"80后"写作与"中国梦"》，《当代文学研究资料与信息》2011年第4、5期。

第二节　自然的或文化的代际，走出整体主义的迷误

在梳理了学术界的质疑和已有研究的情况之后，我还是要就最基本的问题给出自己的回答："80后"作家群体作为学术研究对象而成立的理由是什么？这种代际划分的方式是否合理？

无论是在思想界还是文学界，代际研究无疑都是重要的方法兼命题。有学者曾提出过中国近现代的六代知识分子的划分的观点，鲁迅也曾有创作关于中国四代知识分子的人生道路的长篇小说的念头。鲁迅的划分是章太炎那一代、鲁迅自己这一代、瞿秋白等人那一代、冯雪峰等革命青年一代[①]，等等。他们划分代际的标尺，都不是固定的生理年龄，比如在鲁迅的划分里，章太炎比鲁迅年长十二岁，而瞿秋白比鲁迅年轻十八岁；在其他人的划分里，辛亥与"五四"之间，则相隔不过几年。

然而到了今天，思想文化界的状况已经大不相同，代际划分的方式也相应地会出现重大变革，但人们却停留在过去的思维习惯里，还没有足够的敏锐来接受这种代际划分方式的转变。实际上，我们略析鲁迅的代际划分，从章太炎到鲁迅，是有思想上的师承关系的，然而现代社会里，不同时空的文化资源蜂拥而至，在当下发达的媒介与教育体制中同时呈现，导致思想资源的接受路径与时间维度趋同或混杂，从师承关系的角度去划分作家代际，越来越难以实现。而时代思潮的分化、自媒体等表达渠道的出现，使得有的研究者提出的时代"共名"[②]越来越不可能，在"无名"的时代、碎片化的历史中，像有些学者提出的"辛亥一代""五四一代"等那样，用某个事件来将

[①] 冯雪峰：《1928—1936年的鲁迅》，上海文化出版社2009年版，第190页。
[②] 陈思和：《中国当代文学史教程》，复旦大学出版社1999年版，第12页。

同时空中的人整合为一代，也已经非常困难。于是，那个看似偶尔出现的"80后"的提法不胫而走，实际上已广为接受，非但衍生出"90后""00后"的提法，并且还往前给那些不曾如此自称的前辈追加出"50后""60后"等称谓。不管是认真还是调侃，不可否认的是，这种命名已在不同的场合、不同的人群中都难以避免地被提及。只不过，习惯了过去的思维方式、坚持着保守的"精英"立场者，总习惯性地固守陈规，哪怕不得已要采用这个表述，也仍然在内心里下意识地有所抗拒。他们还没有足够的洞察力，发现这种代际划分方式，已经产生出新的文学社会学概念，背后已经有了丰富的社会历史内涵。在将来，以自然年龄划分代际的方式也许不会一直有效、无限延续下去，但至少对于具有转折性意义的"80后"这代人，它是适用并合理的，实际上也被赋予了文化含义。

也有研究者认为这种方式并不是从"80后"这代人开始的，而是"从20世纪90年代以来，以作者的出生年龄为文学代际划分依据的做法已经是代代相传，演变为文坛和媒体的一种成规"。他说，"将文学与年龄联系起来的媒体策划，可以追溯到《青年文学》1994至1997年开设的'60年代出生作家作品联展'栏目"，此后，"'70后作家'与'美女作家'在20世纪90年代末成为热门话题"，先后有1996年《小说界》开设的"70年代以后"，1997年《芙蓉》开设的"70年代人"，1998年《山花》推出的"70年代出生作家"等栏目，《作家》《人民文学》以及一些出版社的丛书，都有类似策划。[①] 由此，对这种代际划分方式的实际普及率也可见一斑。在学术界，"70后"作家的提法及相关研究，略加检索，也已经说得上蔚为大观。所以，我们又如何还能完全回避这种代际划分方式呢？

如果能更理性地思考，其实我们会承认，以年龄来作为划分代际

---

① 黄发有：《文学年龄：从"60后"到"90后"》，《文艺研究》2012年第6期。

的标志也并非完全不合理。以生理年龄画线诚然有生硬之嫌，的确没人能说清楚1979年12月31日出生，与1980年1月1日出生，这之间有什么本质性的差别。但是这样提问题的人本身，其实同样犯了单纯纠缠生理年龄的毛病，陷入了整体主义的迷误。如果不过于钻牛角尖，不单纯从生理的角度去"一刀切"地看待这个提法，而从文化差异的角度去看待它，你不得不同意，20世纪80年代出生的这代人，在历史坐标系上的确具有自己鲜明的文化特色，它与70年代人、60年代人，在大体上（但并非"一刀切"的）还是有显著的区别。譬如很多人意识到，他们很多是计划生育政策所产生的独生子女，因而有比较孤独的童年经验；又如，因为成长于全面改革开放时期而形成了较为疏离宏大意识形态的心理特点，以及为市场经济转型的背景所形塑的热衷于消费文化的特点；等等，都较前面几代人更为突出。可以说，这些特点提供了"80后"一代这个提法的某种合法性，所以在社会学领域，作为一个人群，它已然成为重要的研究对象，并没有特别的尴尬。如果暂且抛开文学不谈，只就社会学这个话题讨论，生理年龄可以作为划分一代人的标志了，这何尝不是一件好事？因为这首先意味着某种自然回归，就像我们在一个家庭里区分代际的时候，本来就是用生理年龄；其次，这意味着历史再也不会将生理年龄上的好几代人无差别对待了，历史上那种不同年龄段的人浑然一体同做狂热的事情，或者大学同一个班级里各个年龄段的学生居然处于同一个低微的起跑线的状况，何尝不是巨大的悲剧？某种程度上，这也可以用来回应前面对"80后文学"研究的第一种批评，即用出生年代来标识这个作家群其实是有一定理由的。

在论证了"80后"作家作为代际群体的合理性之后，接下来要解决的就是，这种代际研究的正当路径与方法该是如何？

前面谈到有些研究者试图定义这个群体的文学的特性，但这种努力明显失败了。这里体现了文学与社会学的不同特质，文学是如此排斥同质性，而以个体独立为生命。朋友之间可以成为圈子，友辈之间的文学却不能等量齐观，很难成为整体。作为一个松散群体而非文学社团、流派，"80后"作家的写作并不一定表现出某种固定的美学风格，所以试图用"反讽"之类的美学词汇来概括会显得牵强。这些探索昭示出某种代际研究的方法论的偏差，概而言之，可以说是犯了一种死板的整体主义的错误。

整体主义并非完全不可行，否则所有的宏观研究就无立足之地。前面说到"80后"作为一个群体，具有某些显著的文化特征，就是例证。但是整体主义是有限度的，社会学比较适宜成为它的应用范围，当遭遇文学的时候，它却可以说遇到了天敌。文学是最强调个体性和独创性的文化门类，正如康德所说，审美作为一种反思性判断力，是从特殊到一般的认识行为，它首先要解决的是面对特殊的个体的问题。在具体创作中，"80后"作家并非固定的整体，所以很难给他们的文学去下一个普遍有效的定义，尤其是在他们并没有主动和自发地提出文学主张的时候。所以我认为，只有从最原始的字面意义上去理解时，"80后文学"才能成立，即它只是"80后作家所创作的文学"，这种中性的理解才是客观且无可指摘的。它是个权宜性的说法，在某种更具体的美学或思想的特质浮现或分化出来之后，这个名词及这种理解自然会被取代。但在目前，它却是诚实可靠的。

所以，在具体的研究中，我只愿意承认，我是在对"80后"作家所创造的文学进行研究，而不是有特殊的"80后文学"。或许这才是所谓"80后文学"研究的真正出路，那就是冲出整体主义的迷雾，真正落脚到个体，从作家论的路径出发，由对一个个作家细致真实的体察，最终阐述这一代人的文学有哪些独特的魅力与贡献。韦勒克和沃伦的《文学理论》中曾经说过："探讨文学的普遍法则的努力终归要失败。……没有任何普遍法则可以用来达到文学研究的目的：越是普遍的就越抽象，也就越显得大而无当、空空如也；那不为我们所理解的具体艺术作品也就越多。"① 这也给我们对整体主义的迷恋提了个醒。事实上所有的作家都不喜欢被扣上某个大帽子，被生拉硬拽地成为团体之一分子，他们都希望自己的独特性能强烈彰显，作为个体被充分欣赏。所以虽然我们要研究这代作家，总结他们的文学贡献，为他们将来在文学史上的留存勾勒形象，但是我们却不是直接地刻画群像，而是先进行单个的白描，充分做好微观研究，让代际研究建立在坚实的个体研究的基础上，先有微观的精准，而后才能把握住宏观的精髓。

有研究者认为，"70后""80后"这些概念的产生，是具有症候性的文学事件，它表明了"文学革命终结"，"其实质在于以年龄的因素取代了文艺思潮的因素。随着这一命名方式的普泛化，一种'稳定'的文学秩序便取代了一种可以在思想艺术层面进行交流、交融、交锋的文学场域"②。或许真的是这样，在没有交锋的文学场里，我们只有更耐心地去细察每一个个体的特质，在整体主义之外，来进行这个群体的研究。

第三节　告别"密林中"的困境，融入悠久的传统

尽管备受冷落，但并不代表"80后"作家研究没有意义。这意义，首先来自文学传承的需要，当人们说当代文学存在"低谷的一代"时，他们指的是"70后"一代作家③，而似乎还来不及意识到"80后"可能是问题更为严重的一代，但这并不意味着这代人的文学话题还不急于提上议程。

我开始做"80后"作家研究，受陈思和的影响很大。他的《从

---

① ［美］韦勒克、沃伦：《文学理论》，刘象愚等译，生活·读书·新知三联书店1984年版，第5页。
② 李云雷：《当代中国文学的前沿问题》，山东文艺出版社2017年版，第5页。
③ 陈思和：《低谷的一代——关于"七〇后"作家的断想》，《当代作家评论》2011年第6期。

"少年情怀"到"中年危机"——20世纪中国文学研究的一个视角》,谈到20世纪80年代成长起来的一批作家,在文学史上罕见地持续引领风骚三十年,当下的文学似乎进入了成熟辉煌的中年期。但他转而提出一个感到忧心的问题:未来会怎么样呢?有没有可能像有的民族国家,"文学在某个机遇中突然爆发灿烂光华,一时间名家辈出,犹如流星划过,过后就恢复了冷寂和沉默"[①]?无独有偶,后来又在朱大可先生的文章中看到了相近的忧患意识,他在谈到诺贝尔文学奖受到的"逐渐沦为二流"的指责,彰显了文学的"全球性衰退"之后,不可避免地要"反观中国文学的狼藉现场",思考"汉语文学的衰退",认为"80年代以来活跃的前线作家,大多进入了衰退周期,而新生代作家还没有成熟,断裂变得不可避免"。此外,他认为更大的可能是,作为一种精神的"文学"很可能正在"化蝶",从纸质文学这个寄生的"蛹"中脱身出来,进入了某种新媒体之中,"文学理论家应当修正所有的美学偏见,为进入新媒体的文学做出全新的定义,否则,我们就只能跟旧文学一起走向衰败的结局"[②]。尽管我并不认可纸质文学已经一无所为的观点,但此文中那种对文学的未来及后继者的忧虑,却同样激励了我对"80后"作家投以关注的热情。

陈思和在同一篇文章中还指出,文学是需要阐释的,而20世纪90年代的几拨新兴反叛势力都被排斥在主流文学之外,更新起的"80后"作家,则还完全在传统规范外求生存。已经成名的批评家们主要精力都放在成名作家身上,而新培养的年轻硕士、博士,往往也跟着导师拥挤在更能为既定的学术范畴所接纳的课题上面,同样遗忘了这些与自己同代的作家。所以陈思和在跟年轻学生的对话中提出,"做同代人的批评

[①] 陈思和:《从"少年情怀"到"中年危机"——20世纪中国文学研究的一个视角》,《探索与争鸣》2009年第5期。

[②] 朱大可:《文学的终结和蝶化》,《文艺争鸣》2008年第1期。

家"①。这是文学史家的卓识,却同时也是"80后"作家的心声,告别光环和书商包围的年轻作家,更渴望能有文学内部的专业探讨。据说在一次新书推介会上,颜歌和周嘉宁就曾发出疑惑,为什么同龄的年轻批评家们不关注自己的创作。② 某种意义上,这种渴望也折射出处境的艰难。鲁迅当年感受的那种"叫喊于生人中,而生人并无反应,既非赞同,也无反对,如置身于毫无边际的荒原"的大悲哀,不意竟在他们身上重演。周嘉宁在作品,也借人物之口说过自己类似的苦恼,《密林中》有段话说:"就像是在玩那种大型的网络游戏,……始终感觉这个游戏里只有自己一个人,茫然游荡,却坚持着在游戏中不存在的规则,不怀奢望地漫游。大部分时候,你无法在这个游戏中碰到一个真正的人,能够对话的,同时代的,和你在玩一个游戏的人。写作的人很多,但是很可惜,他们大多游荡在别的游戏里,而不是你的这一个。"③ 不同时代,不同措辞,却是相似的孤独。与鲁迅不同的是,鲁迅的孤独是他太超前,在一个沉睡的国度里,先驱者的呐喊难以激起回音,而"80后"作家的孤独却是相反,他们来得太晚。鲁迅的困境是"铁屋子",或者说是乱坟堆中的荒野;而"80后"作家的困境,则如周嘉宁这本小说已经形象地揭示的那样,是"密林中"般被遮蔽的困境。文学史家的忧思,与"80后"作家的心声,不约而同地聚合成共同的呼求:对"80后"作家的批评和研究亟待振作,以帮助这代作家走出"密林中"。

可以用20世纪80年代的先锋小说家来跟"80后"作家作个对比。先锋作家出场的时候,面对的是已经被意识形态束缚了很久的文坛,他们面对的阻力可能更多是来自社会环境和体制的压抑,而不是文学本

---

① 陈思和、金理:《做同代人的批评家》,《当代作家评论》2012年第3期。
② 金理:《历史中诞生——1980年代以来中国当代小说中的青年构形》,复旦大学出版社2013年版,第72页。
③ 周嘉宁:《密林中》,广西师范大学出版社2015年版,第173页。

身。在文学层面的交锋上，他们很容易就获得了对传统文学形式的明显超越，以及新锐批评家群体的激赏与支持，所以后来都说先锋文学的成长离不开先锋批评家的扶持。先锋作家出道时所面对的，是在桎梏之下已经陈旧和单调至极的现状，是现代文学史上那些有个性的作家如张爱玲、穆时英都已经差点被尘封和遗忘的状况，那时的文坛与西方最新的文学思潮不通风气也久，所以在一片荒芜之中，他们和稍早的寻根文学的作家们一起，几乎是以摧枯拉朽之势将新的风尚刮彻了整个文坛，让自己站到了文坛的最前端。然而，今天的"80后"作家们出道时面对的状况完全不同了。他们面对的是已经经过了三十年茁壮成长的文坛，精心耕耘了三十年的文坛已经长成了许多棵大树，这里面有获得诺贝尔文学奖的莫言，有获得卡夫卡奖的阎连科，有代表着不同风格获得过各种嘉许的优秀作家如残雪、韩少功、刘震云、王安忆、余华、张炜等。这就是"80后"作家所面临的"密林中"的处境。他们要在这样的遮蔽之下成长，要吸收到批评界的阳光和雨露，并且脱颖而出，是很不容易的。正如陈思和在那篇文章中说："中年期的文学规范讲究宽容和理性的竞争，讲究实力的比较，但是初出茅庐的青年是很难在中年的成熟规范下轻易取胜的"。实力的养成不是一朝一夕的事情，最可惜的是，在养成的过程中，很多人得不到关注，得不到共鸣和砥砺，在孤寂当中就放弃了，远离了文学。

如果套用狄更斯"最好的时代，最坏的时代"的说法，对"80后"作家来说，这是最好的时代，是因为写作再也不是随时充满严酷的政治风险的事情；而最坏的时代，则在于面临着"如一箭之入大海"的尴尬。当然，后面这种情况不能完全推诿给时代来负责，如果自己实力超群，自然还是能够如同锥处囊中，脱颖而出，获得学术界的关注与认可。这需要作家的努力，也需要优秀的批评家做他们的同路人。同时，目前这种相对冷清的局面，对于年轻的作家和研究者来说，同样既是考验，也是机遇。在孤立无援的环境里，正是释放自己、放手一搏的机会。研究者能够对文学思潮的萌芽、发展和确立，起到一定的推动作用，这在中外文学史上已有例证，80年代先锋小说的出现与发展，就离不开当时的新潮批评家的呵护与砥砺。假如年轻的研究者能伴随这批"80后"作家的成长，参与到中国文学的未来的构建，无疑是种荣耀。正如杨巨源的诗所说："诗家清景在新春，绿柳才黄半未匀。若待上林花似锦，出门俱是看花人"[①]，研究者的使命与荣耀之一，就在于发现那些尚处于初始阶段的文学力量，而"80后"作家研究无疑是这样的课题。

如何走出"密林中"，以及走出"密林中"后，又将去向何方呢？我的回答是：这项研究应该驱动作家和研究者同时融入悠久的人文传统当中，只有抱着这样的意识，才能凸显最终的价值。卡尔维诺曾经说过："当代世界也许是平庸和愚蠢的，但它永远是一个脉络，我们必须置身其中，才能够顾后或瞻前。阅读经典作品，你就得确定自己是从哪一个'位置'阅读的，否则无论是读者或文本都会很容易漂进无始无终的迷雾里。因此，我们可以说，从阅读经典中获取最大益处的人，往往是那种善于交替阅读经典和大量标准化的当代材料的人。"[②] 在研究这些或许还稍显稚嫩的"80后"作家的过程中，我们同样应该将他们的文本，与那个悠久的经典系列融合起来，借助当下触摸传统，融入那个古今中外的先贤巨擘们开创的人文精神传统。

传统对"80后"作家来说非常重要。要回应那种普遍的对这代人还没有写出大作品的指责，解除整个群体对此问题的焦虑，避免成为文学的低谷、平庸的一代，同时，跳出文学之外，要避免成为无法担负起历史文化传承、缺乏坚强的主体性一代，首先需要摒除浮躁，破除虚妄，潜心进入悠久的传统，那个可能是荷马、柏拉图、但丁构成的传

[①] 彭定求等编：《全唐诗》，中州古籍出版社2008年版，第1689页。
[②] ［意］卡尔维诺：《为什么读经典》，黄灿然译，译林出版社2012年版，第8页。

统，也可能是顾炎武、黄宗羲们构成的传统，还可能是鲁迅、胡适、周作人开创的传统，汲取他们提供的精神营养，再长成自己的肌肉与筋骨，去开创属于自己的世界。对于研究者来说，同样如此。只有这样，"80后"这代人才能不仅在文学内部，而且同时作为历史文化传承的桥梁，担负起人文知识分子应有的使命。郜元宝曾经说过："对于人文和精神学科来说，熟悉传统，并不仅仅是为了向当下的研究活动提供某种'在手边'的工具性准备，从根本上讲，所谓熟悉传统，亲近传统，这本身就是一切研究工作终极性价值取向，就是一切研究的目的。……人文科学精神科学领域的研究者和写作者，从来不是处在传统之外再试图靠近和熟悉传统，他一生的努力，就是要使其整个生命存在都要融入某种传统之中……你进入这个传统愈深，传统对你的支撑就愈有力，你的说和写就愈是生产性的，创造性的，肯定性的。"[①] 任何写作和研究，只有融入传统并发展传统，才能获得留存的意义。因为融入传统的过程，不仅仅是让你的写作变得有力量的过程，而很可能更是接近真理、灵魂得救的过程，而后者或许才是文学和学术的终极意义。

[①] 郜元宝：《拯救大地》，学林出版社1994年版，第297页。

第四章

"80后"作家笔下的精神图景总览

第一节 一代人的心灵世界与精神之窗

当我们把目光聚焦于传统文学形式中的"80后"作家，会发现这也是个庞大的群体，其作品面貌各异，各擅胜场。研究者面对此景，可以博览，却难以一一穷尽，更合理的做法，只能是选择切入点，画出独特的路径，以点带面来阐释其最有价值的方面。

在此情况下，本论题选择了"精神图景"这个视点，来观照这代作家的创作。因为文学总是关乎精神的，当然这里并不是使用黑格尔哲学中"精神"的意义。文学不是社会学、政治学等的附庸，虽然以前经常被提起的现实主义理论认为，文学是社会生活的反映，可是真心热爱文学的人，总不仅仅是为着了解这里面的社会生活去的，而是要在其中得到精神的触动，或滋养或洗礼。鲁迅当年弃医从文，为的就是文学最能改变人的精神。《摩罗诗力说》里谈文学的不用之用，就在于"涵养神思"，"美术文章之桀出于世者，观诵而后，似无裨于人间者，往往有之。然吾人乐于观诵，如游巨浸，前临渺茫，浮游波际，游泳既已，神质悉移"。[①] 文学哪怕是反映现实生活，描写各种器物、日常起居、经济生产等各种行为，其中也浸透了作家的情感投入和精神折射，

[①] 《鲁迅全集》第1卷，人民文学出版社2005年版，第73页。

已经是不完全等同于客观世界的文字世界、精神世界，就像柏拉图说的，模仿的艺术跟真实之间隔了两层。① 文学只有如此才能引起读者的共鸣，让人感觉余音绕梁，三月不知肉味，这是它为什么引人入胜的关键，否则就变成了枯燥的记事、报告。王安忆在讲稿中将小说理解成"心灵世界"，认为这个世界的价值就在于"开拓精神空间，建筑精神宫殿"②，体现了写作者的犀利洞察与高度自觉。

　　研究"80后"作家笔下的精神图景，首先也是出于类似的考虑。"80后"作家所写到的题材非常广泛，早已不是早期人们印象中的那些"残酷青春"那么简单。从时间来说，有笛安《南方有令秧》这样的反映古代礼教制度的，有曹永的《无主之地》这样写民国时期的镖师生活的；从空间来说，有周嘉宁《荒芜城》这样写京沪两大城市的作品，也有孙频写吕梁山区、班宇写东北厂区这样差异极大的小说；从人物形象、涉及领域等方面看，有苏瓷瓷所写的精神病院的护士，有郑小琼诗歌里的"女工"，有张悦然《茧》里所写的大学教授、知识分子，总之是分布广泛，难以一言而尽。但是，无论写什么，如果我们承认"文学是人学"，它总是以"人"为中心、根本和终极指向的，那无疑就可以从中看到人的精神世界。所谓"精神图景"，首先是这个意思，"80后"作家描绘了形形色色、精彩纷呈的"精神图景"，例如应试教育下年轻人的精神创伤，城市竞争压力下人的精神萎缩等。其次，这些题材和风格各异的作品，总是能反映出"80后"这代作家怎么看待世界的，其中有着这代人的灵魂折射，体现了这代人内在的精神生活的丰富度和广阔度。所以，无论他们写什么，最终呈现出来的其实都是一幅精神图景。

　　这或许也是"80后"作家的荣耀所在。这代人里有世界一流的体

---

① ［古希腊］柏拉图：《理想国》，郭斌和、张竹明译，商务印书馆2012年版，第395页。
② 王安忆：《心灵世界——王安忆小说讲稿》，复旦大学出版社1997年版，第12页。

育明星，有成功的企业家，有越来越多优秀的科学家，等等，但是如果没有作家，这代人的精神世界仍然是不完整的。鲁迅说，诗人绝迹，事若甚微，而萧条之感，辄以来袭。① 如果说科技、经济、军事等相当于人的筋骨肌肉的话，那么文学大概是人的心灵，一个四肢发达的大块头，但内心简单苍白的话，那也说不上幸福美好。人类绝不会仅因为电子产品、高科技生活装备，就进入繁华盛世、幸福天堂，也绝不会仅从体育明星、娱乐明星那里就能获得精神生活的满足，它需要那世代相传的文学。人类有种特殊的需要，是只能由呈现人性的善恶、激扬人心的爱恨、安慰人的精神和灵魂的文学来满足的。"80后"一代需要有自己的文学家，为这一代人说出心声，生产精神食粮，从而在历史中承上启下，成为有效交流的链环。

"80后"作家的写作，是我们了解这代人最好的窗口，社会学的千言万语，也不能代替文学特有的优势，读很多关于"五四"社会史、生活史的研究著作，可能也不如读鲁迅的《伤逝》那样，对敢于大声宣扬"我是我自己的，他们谁也没有干涉我的权利"②的英姿勃发的年轻人留下深刻的印象。"80后"文学是这代人的精神自画像。莫言在访谈中曾说，他写作的经验下限到20世纪90年代为止，90年代以后的经历，不过是影响他对之前经验的选取和处理方式而已。③ 21世纪以来的"新新人类"不是由莫言、余华等文坛前辈写就，而主要是由更年轻的作家们刻画完成。文学的接力棒，传递到"80后"这代人手里时，他们不辱使命，在这个飞速发展的世界，留下了属于自己的影像。但"80后"文学这方面的独特价值，不仅是因为他们留下了很多讲述自己的作品，他们的文学世界较多地以这代年轻人为主角，也因为凡有所

---

① 《鲁迅全集》第1卷，人民文学出版社2005年版，第67页。
② 《鲁迅全集》第2卷，人民文学出版社2005年版，第115页。
③ 莫言、张旭东：《我们时代的写作：对话〈酒国〉〈生死疲劳〉》，上海文艺出版社2013年版，第191页。

写，无论表现的是哪个时空的生活，总有他们自己的心灵熔铸在里面。

此外，"80后"文学的意义也不只局限在这一代人里，它不仅是为这代人提供心灵栖息之地、精神家园，抚慰这代人的心灵，它是这代人眼中的世界图景，是"80后"一代所贡献给世界的礼物，体现了他们对知识分子传统的继承。真正优秀的文学必将超越时空的阻隔，让人们彼此不隔膜，相关心。"80后"文学适宜各个年龄阶层的读者，也是与未来的对话。它将融入人类精神长河中，成为人类精神宝库中的一部分。在此意义上，"80后"作家笔下的精神图景，跟前辈、"后浪"的文学中所展现的，相比之下有了怎样的变化，整体水准是上升还是下降，为何会出现这样的变化，这些都是很值得探究的问题。曹文轩曾说："一个时代的写作能力取决于那个时代的质量。"① "80后"作家们所展现出来的文学精神图景，与时代的质量存在何种复杂幽微的互动关联，也是本书所深切关注的课题。

第二节 自我与他者：生存图景的刻画

如同鲁迅《狂人日记》前后两部分的对外控诉与对内自省一样，"80后"作家笔下的精神图景也大致可分两个系列。一方面，它将目光投向自身；另一方面，它的笔触也指向社会，表现的对象是更广阔世界里的芸芸众生。

在第一个系列中，"80后"作家们关注自我成长，探讨主体性的确立，以及个体存在困境、与人文传统的关联，等等。"致青春"一度是大众热门话题，"80后"的青春，不可避免会牵涉教育问题。自从改革开放以后，教育走向正轨，"80后"一代有了越来越漫长的校园生活记忆，面临越来越激烈的教育竞争，教育系统的某些弊端就被凸显出来。

---

① 曹文轩等：《我看"80后"少年写作》，《中国图书评论》2005年第1期。

许多作家都写到过这个题材,如李傻傻、甫跃辉、双雪涛等。其中双雪涛的长篇小说《聋哑时代》,可以说是为此造像的作品,它试图以此来概括许多人的学生时代,探讨像机器流水线一般的教育事业中,某些人文精神缺失的时刻,对人生造成的影响。笛安的《告别天堂》,虚构了非常另类的高中生活,那宛如一个庸常与个性的战场,人与世界的基本关系,似乎就是在那紧张的学习状态下同步、隐秘而顽强地确立了。从教育问题延伸开去,笛安写到了人之初那自然被形塑成的理想信念,对世界的善意相拥、乐观期待,在进入现实的时刻几乎或多或少都会遭遇的破碎和幻灭体验,她的创作核心的力量就来自这里:理想、破碎、重生,似乎是一个螺旋上升的过程,认清世界的真相以后用更强大的爱来拥抱世界,理想在淬火之后变得更加饱满坚实。

除了以上这些跟成长经验有关的内容,"80后"作家也表现了年轻一代在都市化时代的消费语境中,内心世界的孤独感。周嘉宁的长篇小说《荒芜城》中有个强烈的表达:"我暂且是一个没有心的铁皮人",《密林中》则叹息"始终感觉这个游戏(指文学——论者注)里只有自己一个人,茫然游荡……大部分时候,你无法在这个游戏中碰到一个真正的人,能够对话的,同时代的……"这从一个侧面体现了这个原子化的时代,人与人之间的心灵隔膜。鲁迅也曾反复书写过人与人之间的"厚障壁"[①],"80后"作家所表现的则有了不同的文化况味,这些在现实中或许难以根除,但文学将此暴露在不同时空的读者面前,提供了跨越现实鸿沟的关怀。胡迁、苏瓷瓷等人的作品,展现的则是反抗虚无的问题。苏瓷瓷生长在艰辛的工人家庭,为生活所压,父母的性格有点内向乖戾,这给她的幼小的心灵埋下了阴影。后来她遭遇精神危机,曾经有过轻生的行为,与死神擦肩而过,这也影响了她对待人与人之间的感情的态度,声称"怕爱甚于怕恨"。她的小说,展现了爱的阙如之下,

---

① 《鲁迅全集》第 1 卷,人民文学出版社 2005 年版,第 507 页。

人心的空虚与作恶。当然，后来的生活经历救治了她，在父亲不幸患病之后，她与父亲反而打破了隔膜的坚冰，她也化解了"多年的伤害累积而成的暴戾和冷酷"①。她的小说社会性的内容占比不多，更多是把日常生活中的伦理瑕疵、冷漠无爱、心灵疲惫用激烈极端的方式表达出来，让人反思，并用更大的爱去抵抗与搏击，从某个侧面拓展了"80后"写作的精神宽度。

在表现自我的精神困境时，有的"80后"作家向悠远的人文传统寻求援助。例如郝景芳的自传性长篇小说《生于一九八四》，即是探讨"自由"这个在"五四"和20世纪80年代激荡过的思想命题，表现这个古老的主题，如何在这样的时世中，在当下的年轻人身上被重新体验。这种如同喝水和呼吸般须臾不可离却又难以言说的事物，在小说中被讲述得跌宕起伏。它用与乔治·奥威尔虚构的主人公对话的方式，向《一九八四》这部经典致敬。它展现了新的自由困境，那就是活在消费主义、物质主义的陷阱里，活在大众目光和大众意识的牢笼中，而解决之道，就是要拥抱真实，借由拥抱真实而抵达真理，让主体强大，才能超脱纷扰，获得自由。胡迁批评了智能手机等新科技产品造成的精神生活停留在概念化、目的化和庸俗化的表象，人们无力去理解事物本身，更遑论理解事物的本质、终极之因。② 解决之道，就应该像尼采的《朝霞》中说的那样，做一个"像只鼹鼠似的在地下孤独地生活"，"挖掘、开采和探索地下世界的人"。③ 胡迁写了篇小说《大裂》，塑造的就是一个埋头"掘藏"的青年形象。这是一篇充满隐喻色彩的杰作，它讲述了一种"诺亚方舟"般的存在方式，在罪恶的风暴之外，潜心修炼人生的课程，在浮泛平庸中，保存一份叛骨与精魂。在任何时代，只要潜心创造，保持热情和意志，总会在某件事上取得成功，这必将战胜生命

---

① 苏瓷瓷：《一个人的医院》，中国少年儿童出版社2010年版，第165页。
② 胡迁：《〈大裂〉之后》，《西湖》2017年第6期。
③ [德]尼采：《朝霞》，田立年译，华东师范大学出版社2007年版。

中不时袭来的虚无之气。

"80后"作家书写的精神图景的另一个系列，则更多地指涉个人与外在的社会生活之间的互动关联。"80后"刚出现在公众的视野中，作为一个文化问题、社会问题被讨论时，曾遭遇过普遍的诟病就是"垮掉的一代"，以自我为中心，自私，不负责任，等等。但在2008年的抗震救灾和奥运圣火传递以及志愿者服务中又赢得了与之截然相反的赞誉。① 或许是有些作家意识到了这个问题，所以也在作品中对此加以表现。张悦然的一些小说，就着力表现这代人不仅仅是沉醉在"小时代"的物质幻梦中另一种面貌。《家》这篇小说，容易让人想到前辈巴金的同名作品，它们的确有相似的情节，即离家出走。但张悦然《家》的主人公，是从安逸的中产阶层的生活中出走，去寻找能安放灵魂的真实有力的生活状态，他们去了地震现场，去边远地区支教，用这种方式去服务社会、奉献生命。在"精致的利己主义"说法已经成了普遍标签的时代，这样的选择无疑是有挑战意味的，体现了背后的作者的某种价值观念倾向，值得赞赏。但是这部小说也有瑕疵，主人公的内心历程与行为方式之间并不是特别契合，导致整个人显得有点虚假。长篇小说《茧》则更进一步，主人公李佳栖在个人生活的小悲欢之外，去追问祖父和父亲的人生故事，反思历史如何形塑当下的问题。在审视不同的三代人之时，去辨明信仰、理想与现实的互动关系。尼采曾说："对于拥有行动和力量的人，历史尤为必要，他进行着一场伟大的战斗，因而需要榜样、教师和安慰者。他无法从他的同时代中找到这些。"② 以往的某些舆论常夸大"80后"与父辈之间的代沟，但张悦然的《茧》却表明，这代人其实渴望认识父辈，从中得到帮助，认识和确立自己的历史坐标。

---

① 黄洪基等：《关于"80后"的研究文献综述》，《中国青年研究》2009年第7期。
② ［德］尼采：《历史的用途与滥用》，陈涛等译，上海人民出版社2005年版，第12页。

渴望认识历史、介入当代社会生活，这样的激情一旦勃发，就如同山巅的巨石开启滚动，必将带来虎虎生风的文学气象变化，中国广阔疆域中不同空间的城乡生活情境，成了"80后"作家体验的焦点问题之一。很多来自农村的作家，会遭遇到城乡异质生活带来的思维和观念的冲突、心理和情感的撞击，这成为他们写作的重要源泉和灵感。来自"边地"云南、栖息于东部"魔都"上海的甫跃辉，就是其中之一。他用纤细敏锐的心灵，体验着光怪陆离的城市如同体形硕大的猛兽般，给在山水草木间、朴素静谧中长大的乡村青年的巨大震慑和迫压，他们或多或少都带着混迹于都市所留下的精神的伤痕，时常在噩梦和冷汗中午夜梦醒，在冰冷的钢筋水泥森林中渴望带着温度的人间安慰。蔡东也是这样一个作家，她生长在山东，定居在深圳，对于都市中过剩与匮乏缠绕共存的魔幻现实有着深切的体验。她的作品，用种种巧妙的方式，向读者揭示物质的泛滥并不必然等同幸福感的增长，如同肥胖症背后那些心酸一样。她也像甫跃辉一样，写出了在故土与谋生的都市之间的撕裂感，就好像日本的玩具"活动变人形"那样，头、躯干和四肢常常产生错位。这些都是"80后"作家对当下生活状况的独特观照，在这样的环境中探讨人的精神出路，颇具现实意义。时代变了，当下的年轻人似乎不再像"五四"时期那样反抗家庭的压迫，相反却需要在高房价面前与长辈"抱团取暖"或"啃老"。知识分子的闲暇之情、独立自处的精神根基，也受到种种威胁。这些，也许只有融入更悠远的精神传统，才能获取抵抗的力量，就像蔡东走上文学创作的道路后获得的那种自信一样，每个人都得找到一种"创造"，无论是创造什么，只有勇于"无中生有"，才能获得精神上不竭的活力，以连接悠远的传统，迎接新时代的挑战，战胜生命的虚无。

文学的悠远传统之一，就是对弱小者、底层人、苦难者的关怀，就像鲁迅笔下都是孔乙己、祥林嫂以及落魄文人陈士成这样的被"吞吃者"。"80后"作家也在这个使命传承之中。从底层走出来的诗人郑小琼，就是优秀的代表。她多年在广东打工，在粗粝坚硬的五金车间，经历过最危险的工种、最枯燥的劳作，然而她却不屈不挠地在疲惫和汗水中生长出诗意，犹如那热带植物一般。尤其可贵的是，她甚至没有仅仅把文学当作改变自身境遇的敲门砖，就像余华经常自嘲写作只是为了不再拔牙那样。在成名以后的很长时间里，她依然在车间劳作，不卑不亢地保持着打工妹的本色。后来远离了工厂，她的笔却没有离开那些辛苦生存的工友，《女工记》是经过八年的追踪调查和思考积累而成的诗集，它不是风花雪月的诗，而是饱含着知识分子情怀的人道关怀、人格呈现。鲁迅先生"无穷的远方，无数的人们，都和我有关"[1]的情怀，在这代作家身上流淌。孙频的笔触则始终牵系着吕梁山区贫苦人的灵魂。孙频写出了贫穷所造成的肉身和精神的苦难，贫苦人对尊严的渴望，也抨击了那些欺凌着的罪恶，呼唤着独立人格和爱的拯救。郑小驴来自湖南农村，他的血液里有着湘人的骁勇与抗争精神，从童年记忆中打捞出乡亲的苦难。在《西洲曲》这部长篇小说中，就计划生育题材，他与前辈作家莫言表现出不同的情感态度。对于悲剧的制造者，他单刀直入加以谴责，更接近汉娜·阿伦特所说的"反抗平庸之恶"[2]。

这方面还值得关注的是东北作家班宇的作品。他的小说大多数以沈阳的底层工人为主角，在他们身上有着工人的典型特征：勤劳，喜欢钻研技术，哪怕下岗了，也能在别的卑微的行当里吃苦耐劳，坚强生存。此外，他们通常性格隐忍，往高里说有点儿安贫乐道，往低里说则是逆来顺受，在此之中也折射出东北人的爽朗开阔之气。《盘锦豹子》里的孙旭庭，历经生活的苦乐悲欢，可以说是经常忍气吞声，能过且过，给人忠厚善良之感。可是后来他被逼急了，终于在某个瞬间被激发出了血性和能量，似乎从一只丧家之犬突然变为凶悍无畏的豹子。这个用文字

---

[1] 《鲁迅全集》第6卷，人民文学出版社2005年版，第624页。
[2] ［德］汉娜·阿伦特：《反抗"平庸之恶"》，陈联营译，上海人民出版社2014年版。

精心铺垫和捕捉定格的华彩乐章，震撼人心，它将一个身份卑微的小人物身上所蕴藏的并不卑微的生命能量完全释放出来，将生命尊严的光辉完全彰显出来，在那么一瞬间，让人灵魂颤栗。班宇似乎特别迷恋写这种卑微、畏葸不前的人物，写他们在霎那间爆发出全部的激情、担当、崇高、英勇无畏的力量与光芒时，那庸常人生中难得一见的高光时刻。《冬泳》里的男主角也是这样的，在不如意的人生中，突然为爱而不顾一切，付出所有。班宇记录了很多这样的生命，《工人村》里完成了很多这样的人物形象速写，这些被漠视和遗忘的凡俗人生，在班宇笔下变得鲜活可敬，这让人觉得班宇是个有深厚的人道主义关怀的作家。这个词也许看起来显得老套、落伍，但其实有很重的分量，不是随便就能达到的。班宇小说的叙述语气总是平淡克制，甚至有点冷峻尖峭，如同东北人不动声色的诙谐，也如同东北的凛寒的雪野。从内容到形式，班宇小说展现出带有鲜明地域特色的精神风景。

　　以上一番略论，难免挂一漏万，还有更多作家笔下更丰富的精神图景，有待在后文详细论述。这番简论，也已然能说明，"80后"作家的创作，其意义绝不仅是习见所论地填补了儿童文学与成人文学之间那个校园青春文学地带。"80后"文学，绝不仅是一个意外的媒体事件、一场青春荷尔蒙的狂欢，在岁月流逝中，它早已发生了蜕变，对着陈旧的蝉蜕而轻率地谈论是可惜的。破茧而出之后，这些逐步步入中年的作家，将以更成熟的作品展示着文学的接力、精神传统的延伸，他们在创造属于自己的历史。

第五章

成长历程的反思

文学史上许多案例表明，作家总是在写熟悉的生活经验时，最为出彩。许多"80后"作家因着出道较早，在人生经验还相对单薄的时候就开始创作，所以不约而同地将目光投向成长经验，因为这就是他们最能驾驭的题材，在别的方面他们还涉猎有限，写起来力不从心。在20世纪中国文学史上，其实很少有对成长的表现，老舍的《牛天赐传》算是写了一个"小资产阶级的小英雄怎样养成的传记"[①]，但是这样的作品毕竟不可多得。所以有研究者说，文学创作领域缺少"以即将成年和刚刚成年的青春男女读者为对象的作品创作，除了成人文学，就是针对低龄少儿的儿童文学"[②]。而"80后"作家则提供了文学史上所匮乏的文字财富。

作为改革开放后成长的一代，他们的成长经验，如果跟现代文学时期的老舍《牛天赐传》所呈现的面貌相比，自然是天差地别，跟五六十年代出生的前辈们相比亦显得天翻地覆，应试教育、消费文化成了关键因素，如同内外夹攻，形成了新的考验。早期"80后"作家的作品，如韩寒的《三重门》、春树的《北京娃娃》、李傻傻的《红X》等，普遍偏向于青春经验的即时性宣泄，是没有拉开时空距离的直抒胸臆。后

---

① 老舍：《牛天赐传》，文汇出版社2009年版，第229页。
② 白烨：《一份调查问卷引发的思考》，《南方文坛》2005年第6期。

来双雪涛等人的回望式书写，则更多反思意味，有着为一代人的青春立碑树传的雄心，体现了更多隽永的人生哲理，毫无疑问也是光照这代人"精神图景"的明镜。刘西渭曾指出巴金文学的一大特质："他的读者大半是二十岁上下的青年。从天真到世故这段人生的路程，最值得一个人留恋……巴金是幸福的，因为他的人物属于一群真实的青年，而他的读者也属于一群真实的青年。他的心燃起他们的心。"[1]"80后"作家的写作，或许也在接续这样的独特使命。

第一节 教育问题中的人文精神寻思

一 "难见真的人"：教育机器下的心声难觅

终于有了一本书，将我们的初中生活铭刻在文学中，让我们在谈论自己的青春期时，有了一本小说可以举证，仅凭这一点，双雪涛的《聋哑时代》也应该被我们这代人所知。

曾经有本书，叫《69届初中生》，据说那时候"每一届都有着每一届各不相同的命运和经历，大凡这一届的人都难逃脱"，所以不相识的人们碰在一起，只要互问一声"几几届"，随着回答，便能够将对方的人生了然于心。[2]然而，我们这代人，幸或不幸，基本上不会再被某些不可抗的力量细分成"几几届"了。我说的"我们这代人"，大致指"80后"一代。我跟双雪涛是同一年出生的，我的初中生活于1995年至1998年在湖南某个乡村中学度过，而双雪涛或许是上学较迟，或许是为了向历史讨巧，将时间设定在1997年至2000年间，地点则是某个东北城市。尽管如此，我内心深处依然为双雪涛这本书买账，我认为它可以成为一个人群的历史碑铭。

---

[1] 刘西渭：《咀华集》，人民文学出版社2001年版，第4页。
[2] 王安忆：《69届初中生》，北岳文艺出版社2001年版，第1页。

第五章　成长历程的反思

　　书名"聋哑时代"耐人寻味。为什么是这样来命名那个时期？聋和哑都是关于声音，那个时期，我们的耳朵和舌头明明正常，为什么称为"聋哑"？是什么声音缺失了？简而言之，是心声。初中时代，就是听不到也说不出心声，心声被遮蔽的时代。

　　这是怎么造成的？毫无疑问，矛头的指向首先是教育。成长与教育密不可分，遗憾的是，在我们这个发展中国家里，劣质教育出现的比例太高了，它不仅不能全方位地支撑我们的成长，某种程度上还成为毒害。譬如《聋哑时代》里写的学校围着铁丝网，装着摄像头，通过监控将上课看武侠小说的学生揪出去，如今的许多读者恐怕都不会觉得陌生。在我的初中时代，摄像头固然还没有这么普遍，可是那种师生之间时不时上演的侦察与反侦察的游戏，至今仍记忆犹新。后来我当过一年沿海城市的高中老师，则听说了不少这类的笑话，据说有的校长彼此之间自嘲，说自己的单位名义上是"一级重点中学"，实际上是"一级重点监狱"，更有甚者则自称"一级重点模范监狱"。在我考上博士研究生离开那所中学的时候，我的一个同事则当面对我说了这番话："你总算是越狱成功了，而我还要在这里度过二十年刑期。"他疲惫的表情和悲哀的语气，给我留下了难以磨灭的印象。这就是我们受教育的场所，它没有让我们的生命自由生长，实现最大的潜能，而是规训与惩罚之地，将我们铸造成机器流水线上的产品。这个机器，现在一般叫作应试教育。在这条流水线上，教育的意义被窄化为书本、练习、考试，教育中所应该包含的人性、人情、人心、人文精神——总而言之，凡是活生生的人所应有的东西——都被斩杀掉了。在这样的学校里，听了再多课，再多的声音，又何尝不是如同聋子一般，从来没有听见过有关人生真理的最微弱呻吟？小说所展现出来的，学校的中心活动就是考试，通过考试来决定座位的调整，通过考试来驱策学生的命运。小说里有一段写道："难道就没人去告诉那些大人，你们这帮人正在年复一年地联手毁灭一茬又一茬孩子的童年？""为什么世界上一定要有两种完全不一样的童年？……一种一定要把脑袋累得要烧掉，手和脚的用处只是写卷子和走到教室和考场，另一种却要四肢不停地劳作，脑袋荒废得要长出杂草。"时到今日，这些问题仍然没有改变多少。我们和直到今天的中学生们，不再像"69 届初中生"那样被卷入整个社会的苦难，然而我们却有了被封闭在校园里的专属磨难。

《聋哑时代》里，同样可悲的是作为教育的实施者的老师，这里面几乎没有一个正常的老师。当教育的目的异化为培养考试机器而不是育人的时候，教育的实施者也多多少少异化为病态的人。他们为了建立培养高分机器的丰功伟绩，长期以规训和惩罚为手段，自然把师生关系扭曲成了"敌我矛盾"，所以小说里的初中班主任孙老师走进教室的第一句话是："我管了十几年的坏学生"，在她的开门见山的总纲领里，首先强调的是"我有办法治他们，我教过的学生没有一个回来看我的，我不难过，他们要是不怕我，我早就完蛋了"。孙老师并不是一个人在战斗，这些老师们在与学生长期的"敌我斗争"中，都像闯荡天下的老江湖一样，练就了惩治学生的独门秘籍。因为他们以培养机器为己任，所以他们也滤除了自己在工作中作为人的感情。小说里有一段写到，有几次"我"去办公室领取批评的时候，恰好听到语文老师在讲述八卦，"在她眉飞色舞的瞬间，我觉得她有那么一点像我的邻居或者某个我熟悉的长辈，一个真实而正常的老女人，而不是站在讲台上似乎没有体温的蜡人"。多么可悲，在履行教育职责的时候她是"蜡人"，只有在展现最卑琐的人性的时候才让人感觉到一点活气！当我们每天听的都是"蜡人"发出的声音，听得再多，对于生命的真实意义来说，又与活在无声世界里的聋子何异？更要命的是，这些老师不仅仅是没有体温的蜡人，有的时候更是化身为制造罪孽的恶人。我回忆我在湘西南的黄土岭上度过的三年初中时期，就总是无法绕过一个全校学生都在操场上看露天电影的夜晚，我们的校长与物理老师的妻子偷情，被提前回家的物理老师从床底下揪出来的轰动。那个晚上，与校长有宿怨的政治老师在我们的宿舍楼下奔走疾呼，煽动平时被校长打过耳光踹过身体的学生们出来揭发他的恶行，整个宿舍区沸腾了。所以当我读到《聋哑时代》里那些师德败坏的老师时，我毫不惊讶。那些兜售自己编写的资料，在课堂上只讲部分知识点以胁迫学生参加自己的昂贵补习班的行为，只是当下师德败坏的冰山一角。学校里当然还有不少好的老师，《聋哑时代》里写的却是乌烟瘴气，可是我并不认为双雪涛偏激夸张，而认为他同样写出了某种真实，在这点上我仍然买他的账。

　　成长蓬勃宏阔，教育窒碍褊狭，于是冲突势所难免，青春布满创伤留痕。《聋哑时代》以七个人物来组织章节，这七个人物几乎都带着问题。不健康的教育就像是削长补短的魔床，从里面轧过就难以保持完整，或者像呼啸罩来的网罗，无论是落网还是冲决而出，总难免不掉下些鳞片和血丝。小说中人物的经历，大概都可作如是观。这其中刘一达和霍家麟、安娜和艾小男，体现得尤其明显。他们就像是同一个枝头开出的并蒂花，有相似的底子，终于分出截然不同的走向。刘一达和霍家麟的相似，在于他们都是高智商的学生，对知识有着不带目的的沉溺和挚爱。但在这共同的枝干之上，他们开出了不同的花，结出不同的果。刘一达虽然不喜欢跟那些老师打交道，但是在骨子里他却和那些老师极为相通，他们都是除了片面地强调智力成长之外，对一切都漠不关心的人，可以说刘一达就是畸形的教育中最自然的产品——自然也是畸形的产品。他初中的时候就为了探究知识的规律而不顾一切，几近疯狂，譬如他研究硫酸对人的皮肤的"炭化"作用，不惜拿自己的脸做实验，为了寻找坚硬的石头，则不惜在火车铁轨上检验，毫不顾忌可能造成的列车事故。长大后，他留学美国，成就了事业，可最终却因为情感上的妒忌，杀害自己的妻子却未遂。这正是片面强调学习、分数，不重视人文精神熏陶的教育所结出的恶果。与刘一达的自私到骨子里所不同，霍家麟有大关怀。也许难以解释，为什么在同一个教育体系之下，他和刘一达能走向不同的两极，但这是事实。他把对知识的热爱，推及生活的各个角落。就像做试卷的时候只问正确，所以他在升旗仪式上的讲话也是一样，只问真实，而不求符合校长的好恶。简单地说，这就是一种求真理的勇气。他不仅仅是爱好那纸面上的智慧，而是把它践行在行动中，于是不可避免地与环境发生龃龉。他因为揭发老师徇私舞弊歪曲事实剥夺"我"应该被保送到新加坡留学的权利的事情，被学校打击报复，失学在家，这成了他人生的转折点。此后他仍然热衷发展智识，思考宏大的命题，关心历史真相，并保持着走向行动的倾向，而这几乎不可避免地会遭到来自社会的巨大压力，还没有强大到足以战胜压力的霍家麟，最终成了被迫害妄想症患者，被送进了精神病医院。这是个伟大的人格被扼杀在幼年时代的悲剧。刘一达和霍家麟，同为高智商的天才，却由不同的途径走向了毁灭，那不能"以人为本"、促进人的真正成长的教育负有很大责任。安娜和艾小男的经历其实也类似。她们的家庭情况相似，家庭的不幸给她们的心灵造成阴影，如同艾小男所说，内心总有个无法填补的空洞，再加上教育不能给她们关怀，所以她们就走向了畸形的寻求安慰之路，早恋、校园欺凌，成为某种边缘的青少年亚文化的载体。

二 "疗毒养伤"：为过去立传是为了当下的新生

当然，这部作品并不完全等同于教育问题小说，把它当作教育小说或者青春小说，都是简化了它的意义。尽管它以青少年为主角，很多地方还是体现了对青少年心理的独到把握，例如写"我"害怕父母到"我"就读的学校去当茶叶蛋小贩的心理，在我们这些过来人的眼里显得格外真实，能激起共鸣，但是整体来说作品的语气相当成熟，没有任何儿童腔调，可以说这部小说不是为青少年而写的，它也没有采用所谓的"儿童视角"。它是为我这样愿意回忆和反思那个阶段的成年读者写的。小说站在当下回忆过去，实际上使得过去笼罩在成人的审视之下，而披上了现在的解释。因此，过去的生活显得思路特别清晰，逻辑严

第五章 成长历程的反思

密，宛然一个缩小的成人世界，各种人性的大戏都在上演，而这是当年的我们根本看不出来，也意识不到的。譬如高杰，简直熟谙成人社会里的各种处世之道，八面玲珑，见谁也不得罪，对孙老师的坏主意不动声色地迎合维护，转身对着同学表示完自己对此的轻蔑后不折不扣甚至加倍用心地执行，连打篮球也是赢了对手然后还要谦卑恭维，他的做人似乎太完美了，然而完美意味着一种包装、一种表演型人格，其骨子里还是利己，而难以付出真情。所以他在勉强答应帮"我"拿回遗落在课桌里的送给女同学的圣诞贺卡时，同样没有忘记让自己远离被猜疑的危险，而在卡片上同时写下了"我"的名字以保护自己的名誉。这种明哲保身让"我"彻底疏远了他。同时，小说写到高杰后来的去向是成了市政府里最年轻的副处长，这大概是他最合理、最能发挥表演型人格特长的结局。而书里所写的老师们的各种表现，也让人体会到周作人当年所慨叹的"教训之无用"，好的教训都写在纸上，老师们可能天天都在重复它，但在现实生活中这些教训却等于没有，因为它根本就没有得到老师们的遵行，他们还是在想着怎么贩卖自己主编的练习册，怎么繁荣自己办的补习班。这种对世事混乱颠倒的深沉感喟，也让小说有了一般的教育小说、青春小说所没有的况味。

双雪涛在访谈中说，这部作品对他非常重要，"一方面是想写一部好的小说，写出我们这代人有过的苦难"；另一方面，这部小说类似于一种良药，其写作的过程，首先是为了"治愈自己，把中过的玄冥神掌的余毒吐出来"。[①] 由此可见，双雪涛有着非常明确的写作意图，是为了让当下的生活得以释然。今天我们所体尝的种种果，其实都有当年种下的因。必须对过去加以清算，烛照出当年的蒙昧，才能清楚明白今天的种种问题是如何造成的，让当下和过去对接，从而破除彼此的孤立

[①] 双雪涛：《写小说的人，不能放过那个稍瞬即逝的光芒》（http://www.360doc.com/content/16/0825/11/9570732_585782397.shtml）。

无援。我们今天在社会上所经历的各种颠倒混乱，不就是当年课堂上和教室里各种乱象的扩大吗？我们今天在社会上看到的忠良好人得不到好报，不就是当年霍家麟被学校所排斥的延伸吗？而我们今天内心的各种迷茫空洞，不就是当年安娜和艾小男她们所没有得到的关切的继续缺席吗？所以，这本小说绝不仅仅是一部为初中生活而写的怀旧的纪念册，它有着更广阔的人生内涵，甚至可以说是为烛照当下人生而写的战斗檄文，过去的磨难哺育了我们今天的强大，所以在"我"经历了作家的诞生的过程后，为这部小说设计的最后一句话是："我应该再也不会被打败了。"

《聋哑时代》这本书问世以来，反响并不强烈，反衬出作为一部文学作品，它并不完美，小说的结尾部分对"我"和艾小男的爱情的描写，还是过于传奇性了，"套路"的痕迹明显。作为摹写初中生活的作品来说，它也并非全面。我想，亿万个从初中阶段走过来的读者，不可能都认同这里面所表现的情状，他们中肯定有些真实地感受到了初中生活的美好，感受到了初中老师的慈爱，以及在初中阶段获得了身心的全方位的成长与顿悟，因此他们可能会对这部作品产生疏离感。尽管如此，我还是坚持认为，即便他们，也难以否定小说中描写的情状之真实存在，这部小说至少写出了一种片面的真实。它就像哲人说的，我不保证说出全部的真相，但我保证我所说的都是真实。它没有像儿童文学作家表现校园生活时那样，因为肩负着塑造儿童性格的重任而投鼠忌器，只侧重童心、美善的展示，而是放笔直书。它也没有像先锋作家余华的《在细雨中呼喊》所表现的青少年世界那样，只侧重那虚化了具体环境背景的抽象人性，相反，《聋哑时代》里所写的校园生活是具体可感的，能勾起很多人回忆的，有及物感的。如前所言，它并不全面，但它所表现的当时社会里底层生活的艰难，教育体制当中对人文精神的漠视，具体到爱的教育、性知识教育的缺失，都是非常尖锐真实的存在，甚至直到当下都有意义。在这个意义上可以说，这部小说是在为我们的初中生活树碑立传，因为它的出现，我们曾经经历的那个阶段才算得到了告慰。

这就又要回到"聋哑时代"这个书名上来了。的确，那个年代我们还很幼小，见过的世界只有那么一小片，所拥有的力量也只有那么一小点，所以很多事情我们难以认识得深远，很多抉择我们都难以自主无能为力。那个时代的我们受到太多的限制，就像一个聋哑人一样，使尽全身力气，也难以发出自己的声音。如果一直是这样，那个时代或许就从历史上湮灭了。这绝对不是一件小事。鲁迅曾说：诗人绝迹，事若甚微，而萧条之感，辄以来袭。① 如果那个时代缺席了，我们的生命该是多么的不完整。需要有个诗人，把那被"聋哑"阻绝了的心声释放出来，让它成为鲜活的存在。这样，掌控着形塑年轻人的生命走向的大权的人，才能更加自觉、更加负责任地对待那个时期的生命，有些苦难或许才能避免，有些美好的愿望与可能性才会被珍惜。在这个意义上，双雪涛做了一件了不起的事情。如同书里那个叫"李默"的孩子不再沉默，而成为一个吐露心声的作家，因为有双雪涛和他这本书，我们的初中生活也不再是"聋哑时代"，我们可以通过谈论这本书，持续地向时代和社会发出呼唤和警示。

第二节　涉世之后理想的破碎及重生

从 2003 年在《收获》杂志上发表处女作《姐姐的丛林》开始，笛安已经写作了十多年。她是真心热爱写作，觉得灵魂只有跟写作在一起才是美丽的，决心要一辈子写下去的一个。② 然而，迄今为止，学术界尚未对她予以重视，整体论述笛安的文学成就，或者就某一特征作深入

---

① 《鲁迅全集》第 1 卷，人民文学出版社 2005 年版，第 67 页。
② 笛安：《灰姑娘的南瓜车》，《天涯》2010 年第 3 期。

挖掘的研究论文还很少见。① 在我看来，讲述理想的破碎及重生，是笛安小说的精髓。每一代人，在其成长过程中，接受的教育都是指向理想的，或者说教育的本质就是理想的。然而，成长中接触的现实生活世界越深广，理想受到的挑战也就越尖锐。笛安小说从不同的角度深刻地表现这一点，表现出与前辈作家不同的特质，某种程度上也因着对青春理想的代言，而具有了超越个体的普遍性意义。

一　因为破碎写小说

在"80后"作家中，笛安经历独特。她既不是经"新概念"作文大赛推出，也不是被出版商和媒体捧红。她按部就班、风平浪静地读完高中，出国留学，然后某一天，她突然写起了小说，用一部部优秀的作品赢得了声誉。这样的经历反而引发了我的兴致，让我忍不住去探究：在表面的平静之下，是什么催生了笛安的小说？

笛安的某些自述看似可以回答这个问题，然而实际上它们各有具体的语境和所指，不但并不都是明心见性的自剖，有些反而很容易成为真正答案的遮蔽。譬如她说，小时候因着爱看《童话大王》，她特别擅长在小朋友们面前讲故事，收获了巨大的成就感。"我觉得我会开始写作，有一个最基本的原因，就是——我对讲故事这件事有一种根深蒂固的迷恋。我喜欢看故事，听故事，喜欢讲故事给人家听，这就是我写作的原动力。"② 在另一处她说："从头想，我承认，最初推着我一直写下去，一直写完第一篇小说的动力很简单，是一种内心深处说不清的表演欲……心里紧紧地想象掌声的潮水时，远比真正听见它们更为激动。"③

---

① 除去对笛安单个作品的零星评论外，整体论述笛安的论文有邵燕君：《以真切体验击穿成长之痛——评笛安的创作》，《南方文坛》2007年第4期；罗四鸰：《圣阿奎那的启示与笛安的返魅》，《上海文化》2009年第9期。
② 笛安：《故事——写作的原动力》，《小学生》（新读写）2012年第Z1期。
③ 笛安：《灯火阑珊》，《中国校园文学》2011年第11期。

第五章　成长历程的反思

我认为这些都是浅层次的解释，它们只是揭示了笛安为什么走向小说这种形式，却没有揭示笛安为什么走向如今我们看到的"笛安小说"——这些已有定形，已有独特质地，带着笛安印记的小说作品。通读过笛安迄今为止的小说，反复思索之后，我认为真正的答案是：笛安的小说源自破碎体验，是破碎体验催生了笛安小说。

何谓破碎体验？什么破碎了？简单地讲，是理想。但在笛安笔下，这个主语还有很多名称，例如梦想，奇迹，美好，诗意，甚至天堂。它们似是同一事物的不同变种，内里有着相同的精髓，却又难以准确单一地命名。也许讲清楚其中一个，就明白了其余。

《请你保佑我》是最适合说明这个问题的文本。它也是笛安最真实最勇敢地"把自己撕开来给人看"的文本。笛安自称这是她最喜欢、最得意的一个中篇。它开头说："这篇文字会是一篇非常难看的小说，因为它没有任何的虚构，它忠于现实的程度就像是一篇自传。"这句话明显的自相矛盾，不可全信。小说中既有上帝化身为水果贩子来启谕这样的虚构情节，又有符合笛安个人身世的许多信息，所以当作一篇心理自传小说还是合适的。它涵括了笛安从一个幼童到一个作家的心路历程，完整地讲述了"因为破碎写小说"的内心衷曲，是笛安世界的最佳注脚。

她从身为作家的父母对她的影响讲起。或许是遗传基因，或许是早期教育的作用，她从小就对文字有异常的接受能力，一岁半会背若干唐诗，两岁能把《快乐王子》一字不落背下来，四岁能背《红楼梦》中的片段。她认为这是所有伤痛甚至是悲剧的开始。再加上父母不断营造文字修饰的世界，诸如在人声鼎沸的公共场合用抒情的语言聊天，在菜市场对着一棵蔬菜赞美博大精深的汉字文化，用一长串排山倒海气势逼人的排比句吵架，等等，给笛安造成了虚幻的印象，似乎这个世界就是这样对仗工整，万事万物都有精致的平仄在里面，任何一种生活场景，任何一种人世间的感情，都是押韵的。"在我还根本就没有完整地确立起来'我'这个观念的时候，我已经被他们抛到了文字的世界制造的幻觉里"，这是笛安后来的体认，但她一开始并没有认识到，"我把它当成了坚如磐石的真实。当我真正发现了它是个骗局的时候，我已经二十一岁了"。也正是那一年，笛安写出了长篇小说处女作《告别天堂》。

与发现骗局相伴随的是"奇迹"的破碎。她所说的奇迹，是指"庸常到不能再庸常的生活里，一些非常奇妙的瞬间。在那样的瞬间里，我们生活的世界跟文字里的世界产生了一刹那的无比优美的重合"。她举例说，三岁的时候，突然间在保姆阿姨的眼里看到了两个小小的淡淡的自己，于是与保姆阿姨有了两句非常质朴深情的对话，在那一瞬间，幼小的身体感受到了"庄严的感动"，那是一个奇迹。还有一次，爸爸带她骑自行车，故意不捏闸，从斜坡上飞速滑进一个槐花飘舞的院子里，宛如与落花一齐飞翔，这也是一个奇迹。当这些通常是文字描绘的意境实现在生活里的时候，笛安就激动狂喜，并不知餍足地寻觅下一次实现，如果得不到，就暗自叹气，觉得人生艰难。

奇迹成了她生活的动力与至高幸福，生活却在不遗余力地阻击和粉碎奇迹。第一次，是在幼儿园里，一个小朋友从滑梯上摔了下来，血流了一脸。"她的那些血让我在一瞬间失去了感觉和反应能力……恐惧这个东西，就这样干干净净地出现在我眼前，从文字那看不见摸不着的幻觉里走下来。"笛安惊慌地发现，眼前这件事，居然也符合她对奇迹的定义，生活世界与文字世界又一次像两个金属齿轮一样咔嚓一声准确无误地对接上了。原来，奇迹并不总是令人愉悦的，原来奇迹也可以这样难看的形式存在。那是破碎的开始，奇迹出现的第一道裂缝。

长大以后，笛安心中奇迹的定义开始有了偏移，也可以说是有了新的载体，金钱、爱情等元素加入进来。笛安甚至觉得，童年时代的她，之所以对文字的幻觉那般痴迷，之所以那么执着地追逐文字的描述在人的头脑里造成的绝美想象，有一个很重要的原因是，她在童年里从没见过扑面而来的繁华和绚烂。她生活的城市在 20 世纪 80 年代还满是陈旧、

第五章　成长历程的反思

匮乏、简单。"当我想要绚烂可是现实又不能告诉我什么是绚烂的时候，我只能求助于奇迹，求助于美丽的文字带来的虚幻。"在她初中快毕业的时候，她的城市迎来了闹市中心新建的别墅区，繁华即将攻占这座城市；与此同时，一个美丽的女孩成为她的好朋友，让她这个灰姑娘即将看到一出令人艳羡的类似霸王与虞姬的华美爱情。所以笛安说："当年我们脑子里的奇迹基本就是由这几种元素组成：钱，钱带来的尊严，用钱可以换来的每一样像是梦境的生活道具；爱情，死了都要爱的爱情；还有飞翔一般的堕落，义无反顾的堕落……然后就是死，自觉自愿干净利落的死。当时我们都觉得，如果一个人能想办法让自己的人生同时拥有这些，那他这个人就可以当之无愧地被称为奇迹。"十四岁的笛安不知道怎样创造这些奇迹，却看着好朋友宁夏，将这些奇迹一一穿越，然后击碎：她与小黑帮头目相爱，后来却被他的手下轮奸；辍学后成为老男人的情妇，住进闹市中心的别墅区，却很快随着老男人的自杀不知去向。现实把她们曾经梦想的奇迹杀戮得破碎无影。目睹这一切，并且有着间接责任的笛安异常困惑：这一切残酷的破碎到底是不是奇迹？如果是，为什么听不见两个世界合二为一那种齿轮卡上的声音？如果不是，为什么它的力量如此强大，"强大到我在一瞬间觉得有什么很冷漠、很残酷的东西迅速地侵占了我的灵魂。我的灵魂就投降了。我曾经在内心深处珍藏着的，所有美丽的神奇的奇迹变成了手无寸铁的圆明园"。

与奇迹第一次发生裂缝一样，在这个奇迹山崩地裂的时刻，上帝的神启又一次来到笛安的生命中。上帝告诉她：原来她要的不是她曾定义的奇迹，不是她所谓的生活世界与文字世界重合的部分，因为有很多与文字重合的事物如恐惧、暴力、侮辱她并不想要，她想要的无非是自己喜欢的东西，无非是让生命变得更好的东西。但这也并非天遂人愿唾手可得，世界上并非只有好的东西，并非只有自己喜欢的东西，致命之处就在这里。笛安一再回避那些残暴的奇迹而不得，那种单向度的索求终于逐一破灭，一个小心守护的奇迹王国轰然坍塌。笛安开始发问：身处美丑混杂的染缸世界，生命如何可能变得更好？莫非所有的结局终拗不过是和光同尘？高中快毕业的时候，笛安遭遇了普通而激烈的爱情，第一次像她嘲笑过的那些女孩子一样，把一些原本不敢轻易使用的好词语一股脑堆砌到一个原本平凡的男孩子身上。她第一次被奇迹之外的东西激发出刻骨的温柔与悲喜，也是"摆脱掉了奇迹对我的统治……摆脱掉了文字世界对我的统治"。高中毕业以后，她去了法国，在异国的晚霞之下，在喧嚣的孤独之中，一次顿悟为之前漫长的心路历程作了总结，画上句号：原来所有头破血流的追逐，为了成就一种至情至性的完美的努力，最终改变的都不过是生活的外套，一些表层的符号；好的生活和坏的生活的内核原本都是一种东西，那就是千疮百孔、苍白贫瘠、在日复一日的损耗里单调到无可救药的生命，"我想要更好的生命，可是我得不到。"

随之而来的另一件事开始了，笛安开始写小说，"我开始尝试着用文字来重现我一直想要的奇迹"。看起来，这是一个悖论：因为文字中的奇迹而引起对生活世界中的奇迹的寻求，寻求破碎后再次转向创造文字中的奇迹。这是一个从哪里来回到哪里去的封闭循环的圆圈吗？不是的。笛安创造的文字中的奇迹，已不再是当初年幼的时候所饥渴盼慕的那种奇迹。它不再是单纯的美好，而是破碎过后重建起来的复杂的美丽。她的妈妈为她的十年小说集写的序里说："2003年那个夏天，读完《姐姐的丛林》（笛安的处女作——笔者注），我和她的爸爸，我们极其震动，我们俩用眼睛相互询问，是什么，是怎样严峻的、严酷的东西，让我们的女儿，一下子就长大了？……她在一个最浪漫的国度，开始讲述她和这个世界毫不诗意的关系，讲述滚滚红尘中那些悲凉和卑微的生命，讲述大地的肮脏和万物的葱茏，讲述华美的死亡与青春的残酷……一个一个和毁灭有关的故事，接踵而至。"[①] 这段话，充分佐证了我对笛安小说源自破碎体验的体认。在笛安的每一部小说里，几乎都能看到

---

① 笛安：《妩媚航班》，长江文艺出版社2012年版，第12页。

破碎体验的呈现。在笛安的每一部小说里，几乎都能寻觅到这样三种元素：破碎前的理想世界，破碎过程，破碎后的重生。

二 何样理想，缘何破碎

与同龄作家相比，笛安最难得的品质是世界观和价值体系的清晰独立，积极向上。她不像春树那般迷惘（尤其是刚出道的时候），不像韩寒那样喜欢嘲弄调笑，批判的同时玩世不恭；她也不像郭敬明那样沉溺于个人的小感伤，或者急于投合某种流行的价值观。平心而论，笛安小说的时代背景也不宏阔，反映的社会生活信息量也不庞大，但是，她笔下的人物，总是真诚地在思索、寻求、倾诉。关于青春理想的破碎以及重建，代价以及出路，笛安都有着清晰的认识，表述出来让人信服，并觉得切近。华语文学传媒大奖的颁奖词说她代言了一代人的青春[①]，也不是完全没有道理。

不妨先来看看笛安小说展现的破碎前的图景，看看笛安到底讲述过什么样的理想，以及它们如何破碎。最佳的考察文本当然是笛安的几部长篇小说，它们容纳的思想体量最大，展现的矛盾冲突最激烈，仔细考察发现，它们还包含着笛安巧妙布局的匠心，从不同的角度讲述她的独特体验，值得细读。

《告别天堂》展现的是"求真"的理想及其破碎过程。主人公天杨自称是个永远也习惯不了这个世界的孩子，也的确有着超凡脱俗的眼力，她很小的时候就有个独特的发现：世界如同一本字典，事无巨细都被定义过了，每一种感情都被解释过了，每个人都只能匍匐在这些规条之下，卑屈地活着。譬如她是一个自幼失母的孩子，其他人在她面前就要谨慎回避关于母爱的话题，以免触动她的伤疤。偏偏她自己无动于衷，也要跟小朋友们一块儿去看《妈妈再爱我一次》，并在众人涕泪横

[①] 《第八届"华语文学传媒大奖"专辑》，《当代作家评论》2012年第4期。

流之际大声抱怨电影院的锅巴不脆,自然就会招来一片匪夷所思的目光。天杨却认为强迫别人按相同的方式感受也是一种暴力,她要反抗。她因此喜爱加缪的《局外人》,引其中的默尔索为同道兄弟,决心如书中说的那样,"按自己的方式重新活一遍"。如何做到?十八岁的她,很自然地借助爱情。她以为爱情是让世界这本冷漠的字典对她微笑的唯一办法。她爱上的江东,她以为也是一个跟她一样,永远不能习惯这个世界的人,能够与她一样发现并反抗世界这本字典。她因此拼命爱江东,要把江东攥在手里。她把这种激情比作住在心里的小狼,时不时会冒出来咬她一口,让她疼痛,但充满力量。她需要江东用同样的激情回应,同样地出于真心而相爱。说到底,天杨真正的诉求,只是一个"真"字。为最真实的内心而活,既不被外在世俗的成见所胁迫,也不容内心半点虚伪或自欺,否则就是亵渎与伤害。不仅是天杨,小说中其他人,骨子里也有几分这样的禀赋。方可寒蔑视那些被说滥了的理解、同情之词,而甘愿做了个举世唾弃的妓女;周雷落魄流离,却坚持不能只靠惯性活着;江东不断拷问自己,是否配得上天杨的爱,是否龌龊的灵魂里还奔流着那个肮脏的赌徒的血液。他们历经磨难之后的劳燕分飞,是因为天杨看清楚了自己最终也会怯懦撒谎,热情也已耗散,这份感情已经脏了,"我知道没有人是一尘不染地真正变成这世界的一部分的。可我可以去爱一样脏东西,但我没想过用脏了的爱去爱它"。甚至六年后他们的重逢,也是因着内心一丝真挚的眷恋,这促使他们几乎作出了打破所有趋于稳定的生活格局的举动,在故事戛然而止的地方,留给读者无尽的遐想。

在《芙蓉如面柳如眉》中,笛安则寄放了"美"的理想。主人公夏芳然曾经是一个大美女,风情万种,颠倒众生。笛安极力张扬她身上与美相关的属性:美丽对于她就像氧气一样,她从没想过有一天会与它分开;美丽可以像止疼药一样帮她抵御痛苦,让人生变得容易;美丽就像一张不透支的财富卡,让她拥有一种奢侈狂傲的气质。在她的鼎盛时期，她可以在两小时内让梅园百盛的每一个收银台都插过她的信用卡，但她却自以为跟那些拜物的女孩子不一样，"因为自己的眼睛里没有闪烁过那种被物质跟金钱占领过的迷狂"。奢侈就是夏芳然的天赋、夏芳然的器官，夏芳然伸手不见五指的内心深处一双不肯入睡的眼睛，一轮皎洁到孤单的月亮。夏芳然的奢侈是光，物质不过是被光偶然照到的一个角落。"所以就算是没有钱夏芳然也还是要照样奢侈下去的……所以当夏芳然已经没有了美丽，甚至已经没有了一张正常人的脸的时候，她依然拿她的感情大张旗鼓地奢侈着，依然用她的尊严一丝不苟地奢侈着。"夏芳然就是这样一个女子，倚仗着美丽把自己放在高贵的王座上，直到一泼嫉妒的硫酸烧毁了她的美丽，才让她体验到跌落在尘埃里的痛苦，让她在郁结扭曲的心灵炼狱里奔突厮打，重新寻求与美丽人生的契约。笛安的用意或许就在考验这一点：美丽不仅仅是外表，还指称美丽的人生、美丽的心灵。小说中的其他人物也都在追求美，孟蓝是追求美好生活而不得的悲剧的牺牲品；陆羽平看似卑琐，却在赎罪与担当中绽放美丽的人性光辉；丁小洛自知平凡，与世无争，却反而获得了小王子一般的罗凯的爱，让那些攻击她的女孩曾在一瞬间感受到了那么一种震慑："对庸常生活中难得一见的美丽和丑陋都不了解但是怀着本能的畏惧。"这是美的威力，然而这几个爱美者却纷纷死去，这就是笛安笔下的美的理想的艰难处境。

"龙城三部曲"则讲述"善"的破碎。西决是那个大家庭里的一个天使，他要承担对上一辈的照顾，也要承担对自己这一代人的安抚。无论何时家庭出现危机，他都要像黏合剂一般出现，去修补裂缝。不仅如此，对班上的学生昭昭，因其孤弱无恃，他也觉得自己负有责任。他总是想凭一己之力，让身边的人觉得这个世界还不那么糟糕。所以他总是付出，却隐忍自己的苦楚，他"内心就像潮汐一样，充满了一种由浩瀚宇宙支配着的，可以原谅别人、可以忘记背叛的力量"。然而，就是这样一个人，也在可怜的昭昭没有得到及时的医治而死去之后，愤怒地失去了理智,开车将主治医生陈宇呈撞成了植物人。他恳求昭昭在生命的尽头不要怨恨任何人,自己却将怨恨揽入了怀中。他想教训陈宇呈医生,在乞求他医治的人们把他当成神的时候,他至少要努力向靠近神的地方走几步,让人们得到更多的安慰,但他自己却在通往神的道路上突然转变为恶魔。这是善的理想的崩溃,让人扼腕叹息。

不仅是这几部长篇小说,在中短篇小说里也经常能看到笛安讲述的理想破碎过程。《姐姐的丛林》写人心莫测,《广陵》里写嵇康被杀,《怀念小龙女》里写闺蜜相残,如此等等。那些曾经美好的事物,就像娇艳的鲜花挡不住寒流,一经考验便零落成泥。理想为什么如此脆弱?这个问题很自然会被带出,但却不知如何回答。古往今来的理想,一旦诉诸现实,似乎都是容易破碎的。理想内在的规定性就是它是不同于现实的范畴。也正因为此,古往今来都有表现理想失败的文学作品。不同的是,在现代作家笔下,理想的失败总是容易联系到文化传统、时代弊病、社会体制这些大根源上去。鲁迅的《狂人日记》《伤逝》,巴金的《寒夜》,柔石的《二月》等,无不如此。而笛安笔下,无论是理想的成形和指向,还是它破碎的原因,似乎都已经完全脱离了这些大的依归,它们似乎都在内心发生,只与一己生命相关联。《告别天堂》里,天杨与江东的悲欢离合,撒谎与背叛,似乎都只是个人情绪、善恶一念的作祟,找不出别的宏大主题的来源,哪怕是作为背景的高考,也并没有产生多少影响。《芙蓉如面柳如眉》里,孟蓝向夏芳然泼硫酸以后,很多所谓的专家在电视上侃侃而谈,分析教育和社会的问题,但小说对此实际上是持讽刺态度的,讽刺专家们言不及义,与事实风马牛不相及。"龙城三部曲"里的情况也一样。理想破碎,其原因难道只关乎所谓的抽象的人性?笛安小说的这个问题,很值得深思。

三 并非告别,而是重生

笛安如此大面积地展示理想及其破碎过程,与她个人真实的成长体验是分不开的。在这一点上，笛安与同龄作家们是一致的，都表现出写作离不开切身体验的共性。她将自己的第一部长篇小说命名为《告别天堂》，并说："这本书的确意味着我和自己的少年时代告别。"① 将少年时代比作天堂，这种成长过程中的怀乡病，大概很多人都曾有过。笛安在很多处讲述过自己的"少年情怀"："我们自认为我们是不同的。我们是平流层的人。我们的心居住在一个比对流层高的地方，那里万里无云。……最重要的是：平流层是飞机飞翔的地方。亲爱的，我们每时每刻都能迎接代表理想的飞翔，代表光芒的远行。"② "那个时候我真的是好狂啊。……心里执着地相信着上帝会替我把红海劈成两半，让我从中间的土地上边行走。"③ "因为年少无知，所以理所当然地觉得我的人生应该更美好些。……那时候我甚至都没找到一个具体的符号来充当我的花丛，可我满脑子都是关于绽放的幻想：我一定会变成一个更美好的人。"而那时候并不知道的是，"生活处处是陷阱，它有的是办法让你亲眼看见自己丑态百出，让你一遍又一遍地明白，你永远变不成一个'更美好'的人。自我的锻造不能说没有用处，但不是万能的"。④ 结合种种资料来看，笛安获得这个教训应该是从留学的初期开始，那时她在法国一个名叫 TOURS 的小城待了三年，她说："我在那里度过了一段生命中最为重要的时光。但是我不想回去，一点都不想。因为那个城市里面的确还有我不愿意想起来的事情，不愿意想起来的人。"⑤ 那也许就是我们每个人的一生中都必然经历的一个破碎期、阵痛期、蜕变期。这期间，我们的眼睛会看到一些看不见的事物，我们的思想会萌生出新的质素。在法国的几年中，笛安说："我遇到过非常好的人，也遇到过

---

① 笛安：《我用诚意铸就写作》，《读写天地》2012 年第 1 期。
② 笛安：《平流层的小樱桃》，《文苑》2012 年第 12 期。
③ 笛安：《我最中意的冬天》，《布老虎青春文学》2007 年第 2 期。
④ 笛安：《灰姑娘的南瓜车》，《天涯》2010 年第 3 期。
⑤ 笛安：《我最中意的冬天》，《布老虎青春文学》2007 年第 2 期。

非常坏的人，我经历过人和人之间不需要语言就能分享的温暖瞬间，也见识过最险恶的国际政治和种族歧视。除此之外，还见证过一些出于各种原因，或者原因不明的堕落。"所以，笛安叹息："而今，我已经被打败过了。"由认识自己而认识世界，笛安看世界的眼光不再是那么澄澈、纯粹、自信，一些沉痛的心声开始出现："人生原本满目疮痍。你用尽力气，最终改变的只是生活的外套。"①"最好的人生也不过是金玉其外败絮其中。……人生最终会被我们过成一个破败的旅店。每一个房间都会被占满，被清空，被用旧。每一把钥匙都会被不同的指纹弄得污浊，混沌，发出暧昧不明的光。"②

看起来，笛安似乎是从纯白的理想走进了漆黑的现实，从一个极端走进了另一个极端，庆幸的是，事实并非这样。在目睹了两个极端的风景之后，笛安找到了平和。灵魂两极的惨烈征战，反而凿出了一片安宁静谧的湖泊。笛安不再选择性地看待和接受世界，不再只向往美好，回避丑恶，而是勇敢地正视并一视同仁，宽容接纳。既不以曾经的理想为幼稚而嘲笑抛弃，也不对相反的现实夸大而绝对化。总而言之，笛安告别了二元对立、只执其一的思维，走向人性的中间地带，多元共存。她多次表达这样的认识："一些事和一些事之间的关系，不是简单的二元对立，而是相互缠绕直到生生不息。""对于一个人的生命来讲，挣扎跟和解，到底哪个更珍贵，……我在不知不觉间，学会了不再用这样的方式提问。"③"我发现我越来越难以轻易地用一句话为什么人或什么事情下任何意义上的结论。换言之，我开始渐渐地能够理解并且接受生活里的种种'不得已'。……当大家实在做不到相互理解以及沟通的时候，安静地观察或许是最好的办法。"④

---

① 笛安：《灰姑娘的南瓜车》，《天涯》2010 年第 3 期。
② 笛安：《卡比莉亚》，《山西文学》2011 年第 1 期。
③ 笛安：《灰姑娘的南瓜车》，《天涯》2010 年第 3 期。
④ 笛安：《丽丽家的塞》，《书城》2008 年第 3 期。

笛安正是由此获得了对人性的准确把握，并找到了文学发生的不二法门。"最神圣的念头里也掺杂一些不被觉察的私欲，最无悔的付出里也会隐藏着对回报的要求，……正是那些神圣和自私间暧昧的分野，正是那些善意和恶毒之间微妙的擦边球让我们的世界变得如此丰富，如此生机勃勃。"[1] 正是这一番从理想到现实，从挣扎到和解的心理历程成就了笛安的写作，让笛安找到了作为一个写作者最佳的定位，那是她站在华语文学传媒大奖颁奖台上发表的宣言："那个完美的彼岸没有我们写作人的位置，因为文学的源头本来就是我们身上无法克服的弱点，我们或者只能做'此岸'和'彼岸'之间的摆渡人，用我们的作品，告诉人们彼岸的美景，原谅并理解此岸的缺陷，有人开始向往彼岸了，我们的书尝试着把他带到两岸中间，看一眼那边永远不会凋谢的繁花；可是我们最终还是要回来的，回来歌颂此岸短暂的花期和盛大的凋零。"[2]

作为一个理想破碎过的人，一个被打败过的人，笛安不再奢望到达彼岸，却不轻看对彼岸的向往。相反，正因为她也曾梦想过彼岸，所以能理解别人的梦想。同时，她知道梦想的脆弱，所以反复告诉别人，最终还是要回来的，要拥抱这个弄脏了的世界，要歌颂此岸短暂的花期和盛大的凋零。这不是同流合污，不是自欺欺人，而是理智与坚韧，是破碎后的浴火重生。理想并非消失了，丢弃了。只不过，理想不再是高悬的金子，而是熔铸成内在的筋骨，不再只是孤悬世外，供人仰望，而是变成内在的原则与方法，变成应对繁乱世界的支撑。《告别天堂》里，大学毕业后的宋天杨，不再觉得自己永远不能习惯这个世界，而是像其他人一样，谄笑着求职，心安理得回到曾经排斥过、逃离过的家乡，平淡无奇地工作。但在表面的相似之下，她还是有着不一样的内心，有着不一样的情感编码，所以她才能更深刻地理解医院里那些个个不同的孩

---

[1] 笛安：《我用诚意铸就写作》，《读写天地》2012年第1期。
[2] 《第八届"华语文学传媒大奖"专辑》，《当代作家评论》2012年第4期。

子，对他们的各种心情能感同身受，对他们的各种怪异极端行径给予更多的理解与包容，安慰与爱，也因此而比同事获得了更多的孩子们的信任与爱。《芙蓉如面柳如眉》里，夏芳然出狱后还是不忘要去整容，找回美丽，但是除此之外她决心要去收养一个小孩子。"龙城三部曲"里，经过了种种幻灭的南音长大了，她不再刁蛮任性，而是继承了西决的衣钵，学会了为别人牺牲。这些都是他们在理想破碎之后重生的结果。

这里，我还想再提到一个重要的文本，那就是《圆寂》，我认为这是笛安最好的作品。它是一个短篇小说。主人公袁季天生残疾，四肢只是四个肉团，所以他只能被扔在街口乞讨为生，像狗和猫一样直接用嘴吃盘子里的饭。他的世界注定不完整，而且肮脏，但是他自认无权反抗，安之若素。他在街口行乞时引起了小女孩普云的好奇，她是一个被收养的弃婴，他们成为好朋友。长大后普云做了妓女，在一个世纪末的跨年夜，他们再次偶遇，共度了一个温情的夜晚，一起吃烤红薯，普云还让袁季第一次尝到了男女云雨之欢。此后他们又失散了，多年后，袁季还是袁季，在普云寺门口安然行乞，普云却成为女大款，富可敌国，却始终摆脱不了内心深埋的屈辱和羞耻。直到又一个大年夜，她在普云寺门口再度邂逅袁季，看到这个从小脱离红尘，哪怕曾被她引入过一次红尘，却依然能无所萦怀地脱去红尘，宛然已从红尘中圆寂的老朋友，她一下子释怀了，她觉得她以后的人生可以平静地过下去了。仅仅看到袁季的那一眼，洗刷了她心中一世的屈辱。这篇小说代表了笛安对世界的体认的阶段性总结。再不完美的人生也可能是幸福的，再肮脏的尘世也可能是宜居的，就像镜通法师收留袁季的时候说的那六个字一样："这世上，谁不脏？"只要心无挂碍，一丝善念犹存，这些都有可能实现。这是破碎过后的笛安对世界的重新认识，代表着她新的思想高度。

总之，笛安不仅展示了理想及其破碎，也展示了破碎后的重生和出路，这是"80后"作家中难得的品质。她真实地探讨和讲述成长的可能，这是她获得广泛喜爱的重要原因。在《告别天堂》的再版后记里，笛安对各个不同年龄段的读者喊话，说道："若你的年龄在二十岁以上，请记得，写故事的人，都是用从新鲜的伤口里流淌出来的文字，换你们一点点的感同身受。你感受到那种微妙的疼痛了，对我就是至高的赞美。"[1] 确实，每个人都有青春，每个人都会经历笛安写下的成长的疼痛，只要我们不是过于麻木或无所谓，我们总会对笛安的工作感受到一些敬意。笛安笔下的青春理想及其破碎与重生，因而也就具有了超越个体、超越当下的普遍意义。

---

[1] 笛安：《告别天堂》，长江文艺出版社2009年版，第239页。

第六章

存在困境的逼视

走出对成长体验的怀旧与反思阶段之后,"80后"作家们似乎与存在的困境迎面相撞。所谓存在的困境,意指所面临的不是一时一地的具体情境造成的现实困难,像传统现实主义小说表达的那样,总是能在剧烈的矛盾冲突和戏剧化的高潮之后,找到一劳永逸的解决方式。相反,存在的困境似乎是抽象的,没有具体的现实来由,并且是普遍的、亘古长存的那些境遇,就像莎士比亚戏剧里所表现过的生存还是毁灭的困境,以及后来在卡夫卡、加缪等人的作品中所呈现的人世整体的荒诞感,等等。"80后"作家们也会遭遇这样的挑战,例如王威廉所写的《非法入住》等作品,就是寓言式的存在体验之书,周嘉宁的《荒芜城》、苏瓷瓷的《第九夜》等作品,也分别从不同方面回应现代人的"空心病"及虚无感等问题。

第一节 "空心人"与孤立无援的旅程

书写自我的成长经验,曾经是许多"80后"作家共同的出发点。自我成长及突破自我,也曾是理解周嘉宁所有文学问题的核心词汇,但她走过了这个阶段之后,作品里则更多探讨当今时代的"空心人"症候,进入对存在困境的审思。这里的"自我",既指她笔下人物的"自我",也有她作为作家的"自我"之意。她的《杜撰记》《往南方岁月去》《荒芜城》《密林中》①，写作时间跨越十二年，汇集了她最珍贵的生命能量，完整而典型地呈现出她作为作家的成长历程。后三部长篇小说，虽故事有不同，但核心的关切，都在于女性自我成长经验的捕捉与书写。除此之外，周嘉宁要冲破目前所遇到的文学困境，需要作家本人有更坚强的自我，也需要对自我有所省思和突破，进入更广阔的生活。周嘉宁的文本与创作活动，也折射出"80后"作家面对的某种共同境遇。

一 成长是把心长实，成熟却将心掏空？

《杜撰记》体现了周嘉宁对虚构的热爱，一种渴望"无中生有"的创世激情，这是一个小说家必要的起点，这部作品对于周嘉宁的首要意义即在于此。其次，它开启了周嘉宁小说情感浓郁的特质。九个小故事，都是围绕"情"之一事做文章。其中最有趣的当属《裸身国王》这篇，它有一股浓郁的民间传说气息，让人怀疑它是改编而来，却又找不到背后的蓝本。这篇小说洋溢着尘俗生活的生命热量，其中的诙谐幽默处，如一幕轻喜剧，让人忍俊不禁。它完成于2003年的愚人节，是周嘉宁的作品中少有的轻松明快之作，如一个窗口，透露出周嘉宁的内心也还是尝试过写出欢乐的。此后她的作品，仍然深情，但几乎都布上了阴郁的影子。《小飞人的细软》《红颜白发》都延续了虚构"荒唐无

---

① 回顾周嘉宁的文学历程，有一个尴尬的事实不得不面对：因成名早，出书容易，她早年的写作比较随意。据她介绍，她的长篇小说《陶城里的武士四四》是写给男朋友的，《夏天在倒塌》的故事是为某摄影师的照片配文字而衍生出来的，乡村题材的《女妖的眼睛》事后去看甚至不像自己写的作品（见楼悦《住在陶城里的小姑娘——访周嘉宁录》（http://tieba.baidu.com/f?kz=145738018）；韩寒、何员外等《那么红：青春作家的自白》，中国文联出版社2005年版，第146、152页）。后来，周嘉宁曾说："一个人各方面开窍较晚的话，出名早了也不知道自己要到什么地方去。"（吴越：《出名太早，不知向何处去："80后"周嘉宁与同龄英国作家乔·邓索恩共话"成名后"困惑》，《文汇报》2012年8月23日。）在一次访谈中她还说过，自己"很多不成熟的东西在不该拿出来的时候，被拿出来了。要不是很多媒体的炒作和无良书商的介入，之前很多书是不应该被出版的。可以写，但那些东西不应该被发表"（《周嘉宁：之前的小说不该被出版》，《外滩画报》2013年5月29日）。这种反省弥足珍贵。本书只选择了她最重要的作品进行考察。

稽之事"的写法，却不再有快乐的基调。《超级玛里奥在哭泣》是这一组故事的收官之作，也是一篇转折之作。比起前四篇来，它在虚构之中融入了现实性指涉。它让游戏机里的小人儿超级玛里奥，化身为现实里的地下管道修理工，前者活在小女孩的游戏机里，后者活在祖母的恋情里。然而，正如小姑娘艰辛挣扎在应试教育的压力之下，手里的游戏总是不能打通关，小人儿会掉下去被吃掉一样，现实中小人儿与祖母的爱情也囿于地上地下的阻隔，徒增叹惋。这篇小说就如一曲咏叹调，讲述着内在的性灵受到外部物质世界挤压的忧伤。在这篇小说之后，周嘉宁似乎找到了一个连通现实生活的切入点，她的写作心境发生了很大的变化，不再"毫不在乎地写山里妖精或者是渔村小碗的故事"，而是将笔触更多投向了现实中的人的情感。《一九九三年的火烧云》《小绿之死》等，从身边的现实生活取材的比重越来越大，而且关注的对象也越来越集中在青春期的少男少女身上，童年记忆的摄取、成长的孤寂与伤痛、生理意识的觉醒等各种主题在这些短篇小说中都有所触及。

在一阵漫无边际的"杜撰"之后，周嘉宁终于慢慢摸索出了自己的写作路向，正如她说："二〇〇三年到二〇〇五年都是缓慢积累的过程，我的那些情绪，那些激动和悲伤，全都被积攒下来了，像一枚枚投掷到过去岁月中的炮仗，一下子就把我的身体炸出一个很大的口子，倾泻而出。"[①] 这倾泻而出的结果，就是她第一部集中表现都市少女成长的长篇小说《往南方岁月去》。

《往南方岁月去》对周嘉宁意义重大，标志着她作为作家的长成，用她自己的话说，"我从此真的开始写作了"[②]。这部小说讲述的是一个很典型的成长故事。它让主人公一直在路上，辗转了三座城市，分别对应着三种人生。"东面城市"是"我"生长的地方，它陈旧不堪，老鼠

---

① 周嘉宁：《杜撰记》，春风文艺出版社2006年版，第178页。
② 周嘉宁：《我希望自己是作家周嘉宁》，《布老虎青春文学》2006年第4期。

成灾，冬天冷得像个冰窟，学校极力禁锢人的个性，挖空心思把学生修理得像一朵丑陋的蘑菇。"我"和忡忡在这里生活了十七年，它被视为一段"残疾的岁月"，所以我们迫不及待地逃离它、遗忘它。我们来到南方的城市读大学，这里阳光强烈，雨水充沛，气候温暖，郁郁葱葱，是生命力最为勃发的地方。我们起初的感觉就像是来到了天堂，以为治愈东面城市留下的残疾指日可待。我们第一件事是去染头发，染成曾被视为大忌的绿色、葵花色。我们一根接一根地抽烟，"好像这些曾经被禁忌的事情一旦踩破，就要狠狠地去实践才肯罢休"。最重要的，还是要治愈恋爱方面的残疾。小说里写到在南方岁月的所有内容，几乎都是恋爱事件。"我"和第一个男朋友马肯，和曾经暗恋的男孩小五，甚至是和同性的小夕、艾莲；忡忡和季然，和 Mary 的男朋友，和同系的男生，和小说中的另一个灵魂人物 J 先生，都有着盘根错节的情感纠葛。尽管如此，这治愈也并不容易，如忡忡所说："很多事情，已经是留下后遗症了"，"到现在真的可以肆无忌惮的时候，多少就有点无所适从了"，"现在知道这其实与在哪个地方是没有关系的"。小说中有一组细节很能说明问题：在东面城市的时候，"我"和忡忡曾对着镜子吻自己，也曾偷偷互吻，这是因着禁忌和匮乏下的无奈；到了南方山坡，我们再没有这禁忌，然而吻仍然像是不真实的。"我"和马肯的约会很荒唐，"因为所有的内容几乎都是为了接吻所做的铺垫"，我们拼命接吻，但这却不是出于爱情的真挚热烈而水到渠成，而是因为这样"才能补偿那个在肮脏的水房里亲吻镜子的女孩，那个干瘪瘦小的无爱的女孩"。小说里写到的所有的吻几乎都是"异化"了的、走样了的、没有真实含义的，这不是偶然，而正是残疾难以治愈的一个典型表征。

在错综复杂的爱情关系中，贯穿着的一条主线是"我"与忡忡和 J 先生之间的爱情。在东面城市的时候，"我"经常躲在被窝里偷听无线电节目，爱上了节目里播送的小说的作者。到了南方的山坡上以后，忡忡在网络聊天室里认识了作家 J 先生。J 先生的言语、J 先生喜欢的乐队，连带着他身上超凡的魅力，给"我"和忡忡带来了巨大的冲击，忡忡爱上了他，陷入疯狂的追逐中，"我"心中也萌生了微妙的情愫。无奈J先生另有所爱，忡忡不屈不挠地想追随他去北方家乡，最终在一个暴风雨之夜走失，再无音信。"我"毕业以后，也去了那个北方城市。

在小说里，北方城市的冬天极冷，夏天极热，正像"我"在这里遇到的第一个朋友叶灿烂一样，游走在善良大方与虚伪多变的两端。这里的马路又宽又长，一通到底，中间都被铁栏杆拦死，"逼迫你向前走，逼迫着你在走路的时候提高警惕，不要错过路口"。这一切似乎都是人生的隐喻。在这里，"我"因工作关系与一个过气的作家走到了一起，并意外地发现他竟然就是自己在东面城市听的广播节目里的小说的作者，更意外地发现他就是"我"和忡忡在南方山坡同时喜欢的J先生。"我"终于看到了真人，然而人生的吊诡在于，忡忡拼命追逐并在他的光芒中迷失了自己，"我"偶然地邂逅却看到了光芒的表象后面残破黯淡的真相。我们曾把J先生视为疲惫生活里的英雄梦想，却不知这英雄梦想早已屈服在疲惫生活里，变得衰败，暮气沉沉。J先生江郎才尽，早已不是那个让"我"听着他的小说在被子里整夜哭泣的作家，他已经没有能力凝聚起力量，在小说里挥出足以将人击倒在地的重拳。他苟延着平庸的生命，制造着无人问津的文学垃圾。更要命的是，他色厉内荏，躲匿在残缺的回忆里，不敢面对汹涌的生命和爱情。"我"和忡忡曾视为治愈残疾的救星，如今本身也是残疾的了。在这样惨烈的现实中，"我"终于被激发出了内心深藏的力量。"我"放弃了向外寻求治愈，转而向内寻求担当。"我"与过去达成了和解，和东面城市达成了和解，终于意识到生命的意义在于成长的过程。就像小说开头和结尾都设置过的车子抛锚的那个细节显示的，人生会有迷失，而这不过是为了让我们看到更多的风景。在短暂的搁浅之后，旅途终将继续。最后"我"删除了J先生试图否定忡忡的存在的小说文稿，离开了北方，回

第六章　存在困境的逼视

东面城市去。小说的结尾写到，艾莲、小五、J先生等，似乎之前生命中那些重要的人都聚集到了一起，来为"我"送行，"他们跟着火车跑，而并不打算跟着我一起走，我心里想着，从此以后，我是要独自往更远之境去了"。这个结尾意味深长地宣告了"我"的长成。很难预料我回到东面城市去以后，又将展开怎样的人生，但可以肯定那不会是以前的重复，而是像小说里提到的谢妮德·奥康娜那首《特洛伊》里唱的："若我归来，我定将杀死一条龙，我将重生。"

如果说《往南方岁月去》的结尾宣告了一个女孩子的长成，《荒芜城》则是写这个女孩长成以后。那个告别了依赖、归来且重生的女孩，时隔八年之后，她现在过得怎么样？

《荒芜城》写了什么？一言以蔽之，写了一群空心人的故事。小说开头写到，因着保罗先生的死，原先常聚在咖啡馆里的一帮人又走到了一起。保罗先生是一个常来咖啡馆里打秋风的食客，他是美国人，上过战场，负过伤，留下了噩梦。他试过酗酒，试过去印度，然后他一直待在中国，但都没有走出那刀光血影的噩梦。他永远都是一副心不在焉的样子，常俯身侧耳听人讲话，但实际上根本没有集中精神。最后，他因为穷到没有钱去更换心脏起搏器的电池，于是在电池耗尽后，消散了他的生命。这像是一个很残酷的隐喻，喻示着我们的时代的致命病症，是贫瘠已经侵入心灵。小说里的人物，似乎都受困于这种空心病症的折磨。因着内在的心灵空虚，他们已经无法实现真正的交流，无法给予与收受，也许这就是为什么小说写了京沪两大最繁华都市的生活，却命名为《荒芜城》的原因。

这种空心与无法交流的景象，布满在小说的每一个角落。跟《往南方岁月去》一样，《荒芜城》里也写了两个女孩之间的感情。"我"和微微，像《往南方岁月去》里"我"和怦怦一样，也曾玩过女孩亲吻女孩的游戏，也有相依为命的感情，却阻挡不了各自渐行渐远。微微曾经是一个很热烈的人，她每次失恋或不开心，就会去文身，试图用身体的疼痛来留住刻骨铭心的记忆,然而屡屡失败。她曾说:"我以前一直以为自己始终要解决的问题是填满心中那个巨大的空洞,但是后来发现外部世界的运行准则不是这样的。"后来她跌进了抑郁症的泥沼,"再也不指望人与人之间是可以相互理解的了。"还有作为故事主体的两段爱情,"我"在北京与阿乔的爱,永远都是昏天暗地的争吵,"我"根本不知道"我"想怎么样、想要什么,尽管"我"心里似乎愿意为了他"抛弃所有的欢喜,抛弃所有的激情澎湃,抛弃所有或许会不一样的未来",可现实却是:"在我们的世界里,全部都是误解和词不达意,却又偏偏想要费尽力气去说话",在"毫无意义的反复争吵中,我的语言表达系统早就毁坏"。在这段黑暗的感情中,"我"领悟到的只是:"人与人的近距离相处太痛苦,我们也开始质疑这个世界上并不存在相互交流这样的东西,也没有心灵相通,人人都陷在深深的孤独里。"在北京,"我"与阿乔的爱情似乎只有在身体的缠绵与激情中才能得到印证。回到上海以后,"我"与大奇的感情同样也是从身体开始。我们在正式认识的第一面之后,立即发生了关系,而"我"心里想的是:"做爱对我来说并不是最重要的事情,我渴望的无非是人与人之间无限的贴近。"我最终没有接受大奇的爱,因为他的敞亮"照出来的全部是我内心的冷酷。我暂且是一个没有心的铁皮人"。而大奇也并没有坚持,表面侠骨柔情的他,在人背后一样是软弱的、没有安全感的、充满防卫性的,"我就是那种,即使再与你热恋,只要你一走,心就立刻瓦凉瓦凉的"。他的表白,在"我"看来,不过是一种试探,"归根到底,成年人的世界里,谁都没有孤注一掷的勇气,谁都孤独,谁都迷惘,谁都有自己的防御机制来抵消一切。哪怕是如大奇这样敞亮与热烈的人,也都是如此"。

二 如何面对男性主导的世界,以及孤立无援的处境

至此,我的论述有了言语道断之感。因为接下去必须得面对:心为

什么空了？这些人是怎么变成空心人的？文本中并没有提供足够的线索，导致断裂残缺，无从索解。例如，"我"在大学里学的是什么？怎么进入咖啡馆的？阿乔在北京做什么工作？"我"是怎么爱上阿乔的，大奇又是怎么迷上"我"的？这些基本的信息都是缺失的，导致许多情绪像是凭空而来，许多转变不明所以，无迹可寻。如果说《往南方岁月去》与《荒芜城》之间有精神生长上的链条关系的话，那实在是不明白之前好不容易成长起来，获得了"依自不依他"的力量的女孩，怎么会突然就变得空心了、失魂了。这中间到底发生了怎样颠覆性的事件？不得而知。甚至《荒芜城》的最后，本来与父母难以沟通的"我"，似乎突然找到了一条与亲人平和沟通的路，一条回归平常人生活的路，这个转变在文本中也难以找到充足的理由。

周嘉宁的新作《密林中》把《荒芜城》中那些缺失的因素填补上了，故事不再显得没头没脑。它像《往南方岁月去》一样，讲述的仍然是一个女孩如何"成为自我"的故事。阳阳十几年的人生历程都在努力追寻自我，然而却如行走在密林中一般，被包围于无尽的困境，诸如文学在世人心中地位的变化、职场的人际交往等。但最重要的困境，主要是两个：一是如何面对男性，二是如何觅得同代人中的同行者。

怎么面对男性？周嘉宁的小说不断地触碰这一问题。《往南方岁月去》和《荒芜城》中，都曾写过女孩在水房里亲吻镜子或女孩亲吻女孩的细节，可那只是禁忌之下的游戏。最终，女孩总要到男人那里去，与男人恋爱或做爱，来确证自己的成长、成熟与存在。《密林中》，阳阳一上大学就恋爱了，是六人间的宿舍里唯一一个。她的男朋友，是个普通到"几乎没法使用任何形容词"的大学理科男生。重要的不是多么相知相爱，而是阳阳需要以"爱情"来确证自己与众不同的个性。当阳阳遇到大澍之后，那个初恋男友便被迅速而决绝地抛弃。而阳阳爱上大澍，其实也只是爱上了一种品质，一种带着豪迈的男性气概的浪漫骑士的品质。她的本性是想自己具有这种品质的，从小说中她与蘑菇的对话可以看得出来：

> "阳阳，你有想成为的人吗，想成为的女作家，想变成像她那样的人。"
> "没有，你呢？"
> "我想成为菲茨杰拉德，活在一个好时代，死得也不错。"
> "没有想要成为的女人？"
> "没有，当然我也不可能成为菲茨杰拉德。放眼望去，没有榜样，一个都没有。"
> "我们都不是那种人，不是那种想要成为村上春树的老婆的人。"
> "说穿了，我们就是想当成功的男人。我们想成为村上春树本人，而不是他的老婆，成为成功者本人，而不是他们身后的女人。那对我们来说一点意义都没有。"

然而要命的是，她们怎么可能成为菲茨杰拉德、村上春树呢？不得已，仍然只能成为他们的女人而已。所以阳阳向往成为骑士而不得，只能像发热病一样投入骑士般的大澍的怀抱，以此来代替自己拥有骑士品质。她后来离开大澍，也是因为迈向功成名就的大澍渐渐背离了骑士的品质，这个凭借正在坍塌，所以她及时转身。

当然，这样的替代性拥有也要付出代价。在大澍成功之际，阳阳却觉得"为了他人的梦想而奋斗并没有带给她丝毫成就感，哪怕那个人是大澍"。当她在书店里看到文友出版的小说，她觉得"这两年中，她竟然已经被击垮。……痛苦，痛苦让她想要抛弃一切能够抛弃的，抛弃此刻所有的生活，全部——立刻回到写字桌前，打开电脑文档"。在她为别人的光芒而着迷的时候，她忘记了内在自我的成长与完满。只有抛开那种替代性的满足，她的自我才能成长。只有在与大澍和山丘分手之

第六章　存在困境的逼视

后，她才能写出自己的小说，就是例证。

男人既是自我确证的凭借，又是自我成长的障碍，这个问题如何解决？小说对这一困境有自己的表述：男人是天生连接世界的，女人却要通过男人连接世界。蘑菇说："我们的矛盾之处又在于，我们也没法像真正的女人那样生活。"似乎是说，如果安于自己的性别，做世界的旁观者，或者泯灭自己的性别，成为男人世界的一部分，都可以解决问题。然而，真的是这样吗？

在我看来，并不一定。安于性别，并不一定就是旁观者，进入世界，也不一定就要变成铁娘子。真正具有成熟自我的女人，并不会被这样的悖论束缚。波伏娃在访谈中曾说："我和意大利的女性运动者曾讨论过这问题。她们说我们必须拒绝男性的价值和模式，我们应该创造一些完全不同的东西。我不同意。实际上，文化、文明和众所接受的价值皆为男人所创造，因为男人代表人类全体。就像无产阶级虽然反对中产阶级代表人类全体之说，却并不摈斥中产阶级所创的文化遗产。所以妇女也应该在平等的地位上，利用男人所创造的工具。不过我认为适度的怀疑和警惕是必要的。""拒绝男性模式是什么意思呢？难道空手道是男人所发明的，妇女就不能去学习吗？我们不必排斥男人的世界，终究，那也是我们的世界。"[①] 我想，这一段话对《密林中》所写的这个困境是适用的。为什么要觉得男性横亘在女人与世界中间呢？男性其实也是世界的一部分，认识男性，也就是认识世界，为何不能坦然面对？

至于另一个困境，找不到同类，这是蘑菇与阳阳聊天时先说出来的："就像是在玩那种大型的网络游戏，……始终感觉这个游戏里只有自己一个人，茫然游荡，却坚持着在游戏中不存在的规则，不怀奢望地漫游。大部分时候，你无法在这个游戏中碰到一个真正的人，能够对话

[①] ［德］爱丽丝·史瓦兹：《拒绝做第二性的女人：西蒙·波娃访问录》，顾燕翎等译，中国友谊出版公司1989年版，第33、34页。

的，同时代的，和你在玩一个游戏的人。写作的人很多，但是很可惜，他们大多游荡在别的游戏里，而不是你的这一个。"从字面上看，这段话很好理解，可是在语境中，却让人诧异。蘑菇与阳阳虽素未谋面，只在网络上交谈，但两个人的文学观基本一致，可以说相谈甚欢，为何蘑菇却会有这样的慨叹呢？她们不是在同一个游戏里吗？这是人心不知餍足，或者说形而上的孤独感，还是普通的知音难觅之叹？如属前者，则人间无解，唯上帝可救。后来蘑菇屈服了文学标准，修改自己的小说，拿去发表了。这算是她对理想的背叛，以及与阳阳的分道扬镳吗？此外，阳阳与上官老师、小衰的沟通，倒确实出了问题。小说中，她与上官老师相遇了三次。尽管她"喜欢他到了崇拜的地步，崇拜还是不对，还有更多敬意，甚至是比敬意更令人畏惧的东西"，以至她有时候"也想问问他对生活的态度"，向他请教点什么，或者倾诉些什么，却都不成功。他也一样，想帮助她，或者畅谈一番，却总是事与愿违，言不及义。他们的交流总是磕磕绊绊，不能搭调，不能进入实质。这或许是与上一辈人之间交流的写照，他们或许激励着我们，却没法与我们有对等的心灵互通。那么，与作为同代人的小衰之间又怎样呢？小衰是文学论坛的创办人，尽管从一开始，阳阳就觉得他"对所有美好积极的事物都抱着仇恨的态度"，过于愤怒，但毕竟他的小说曾激起阳阳的创作欲望，算是她文学之梦的领路人。可是，在小说的结尾，他竟突然失控，跌坐在地上，抱着阳阳，猥琐地把脸埋在了她的双腿之间。又一个偶像的坍塌。当然，之前他们的交流也有问题。所以阳阳才会在去领奖之前，重复了与蘑菇一样的感慨："已经不再期望在荒原、巨山，或者无法泅渡之河里遇见另一个伙伴。写作更像是漫游在大海里的哥伦布，甚至不抱有遇见一块大陆的希望。"

我不知道这是不是周嘉宁本人的困境，抑或是表现了"80 后"一代文学家的处境。事实上周嘉宁身边也有很多挚友和关爱她的师长，为何还有这种知音难觅的慨叹呢？我一些资料里看到，周嘉宁、颜歌都曾几次说起,希望能有同代人的批评家,来交流文学的问题。[①] 当作家站出来发出这样的呼唤的时候,那可能真的是我们的文学批评出了问题:要么是我们的研究视野出现了盲点,"批评缺席";要么是批评失去了靶心,只看到了浮面的、次要的现象,隔靴搔痒。面对这种局面,作家又能做什么呢?首先也无非是静待机缘。除此之外,还可以从两面着手。一方面,即便暂时没有同代人、在同一个游戏里的知音,也还可以上穷碧落下黄泉,到古代、到异域、到书籍里去找,与古圣先贤为友。在没有身边的批评家来做裁判的时候,与古圣先贤一起,自己裁判。还是回到前面的话题上,以自我的成长,来穿透密林中的孤寂与迷惘,坚韧地走下去。另一方面,也要反思"自我":是"自我"的哪些因素,阻碍了批评家深入地理解"自我"?或者说,在强大的"自我"形成之后,如何还能突破"自我",让"自我"易于向他人敞开,并且也能够包容他人的经验?这恰好也是周嘉宁的短篇小说集《我是如何一步步毁掉我的生活的》(以下简称《生活》)所面临的问题。

三 如何做到关注边缘世界的灵魂,却不至于偏狭?

"自由而无用的灵魂"。读周嘉宁的《生活》时,我脑海里时时浮现的,就是这句话。凡是从复旦毕业的,大概都不会对这句话陌生。"这个大学盛产自由而无用的灵魂。"不知道从什么时候起,这句不知本源、不明本义的话,在校园里不胫而走,代代相传。大家这么说的时候,似乎有几分自嘲,又似乎有几分自炫,也许是觉得至少要比"精致的利己主义者"较为无害吧。《生活》中共十三篇小说,其中的主人公,有的浑浑噩噩,如《幻觉》中,"我"稀里糊涂地飞到一个近乎陌生的男人身边,同住了四晚,又稀里糊涂地离开;《末日》中,"我"

---

① 金理:《历史中诞生——1980年代以来中国当代小说中的青年构形》,复旦大学出版社2013年版,第72页。

要搬家，却不知搬到哪里去，撞车了，绝望地给客服打了半天电话，结果一打火，自己开回了家。有的则是无所事事，如《轻轻喘出一口气》《美好的时光不能久留》等，写的尽是些琐碎无聊的事，穿插着庸常无奇的思绪与见闻。还有的则是腐朽没落，如《尽头》中那个懦弱、失去了自己的主张、对不祥之兆歇斯底里恐惧的父亲。最后，则是些落在凡俗卑微的困境里，看不到希望的人，如《夜晚在你周围暗下来》中，那个在失望透顶的相亲之后，心灵空荡无依的老姑娘；《荒岛》中那个感觉家庭生活"没意思透了"，想要离家出走，却只是走到了超市等着买半价蔬菜的男人；还有《那儿，那儿》中的表弟，背负着家人的发达梦漂洋过海，却窘迫潦倒，明知母亲生病了，也不好回去。前两类人对应的是"自由"，他们似乎从未对自己的生命有何种规划，只是往生活的浊流里一抛了事，任它飘荡到哪里。对这种"自由"到颓废、迷惘到空虚的氛围，周嘉宁似乎特别着迷。后两类则凸显着"无用"。他们是失败者，被生活甩了出来，却不期然地落入周嘉宁的视野，被捕捉到她的小说里。周嘉宁写他们身上的庸常与心里的沮丧，既谨慎又松弛，不批判也不悲悯，毫无功利心。可以说，周嘉宁是少有的异类，少有的能够在小说里毫不说教、毫无概念，纯粹地表现一些看似无用的情绪的人。

　　读完周嘉宁的短篇小说，会更明了她的文学趣味，能清楚地看出它们跟长篇小说的贯通与一脉相承。短篇小说就像从长篇小说这块玉器上雕琢下来的碎屑。那些人心中幽微的情绪，那些找不到方向的，或者是过气了的、破败的人生，在《往南方岁月去》《荒芜城》《密林中》的仲仲与J先生、"我"与大奇、阳阳与山丘等人身上，都能找到感应。周嘉宁的小说质地如此一致，与宣称要像狐狸一样灵敏善变[①]的"80后"作家甫跃辉，恰成对照。在热衷于追逐魔幻中国的社会巨变，或

---

① 甫跃辉：《动物园》，上海文艺出版社2013年版，第266页。

者用文学重述 20 世纪中国历史的当代文坛，周嘉宁对"自由而无用的灵魂"的关注，对幽微内心的冷静洞烛，某种程度上可以说有救偏起溺的独特价值。但是，过于执着一端，可能会让她成为高度风格化的作家，可是也因此而类型化、小众化，从而隔绝了更多人的阅读。

《生活》中有一篇《让我们聊些别的》，曾借人物之口触及了这个问题。天扬对阳阳说："你写的那些故事永远只能打动一小部分的人，……伟大的作家……能打动所有人。"阳阳则反击以像她这样（想）的人未必是大多数的存在。天扬继而发难："你对他人漠不关心"，"你的世界太小，你从来没有真正的悲悯"。阳阳则反击说："悲悯？我只是不关心地沟油而已。"阳阳认为，自己关注的是"人，人本身的样子，人的心"。如果用阳阳的话来检验周嘉宁的创作，可以说大体上符合实际。写出这样的对话的周嘉宁，对自己的写作不可能没有深刻的反省。然而，自省却不一定带来自知，批评家张定浩就认为，这里面还有盲点。[1] 当天扬说阳阳没有悲悯的时候，她迅速地把它理解为廉价的社会关怀，而没有注意到他前面说的"对他人漠不关心"。阳阳自以为她关心"人的心"，张定浩却认为，她关心的，并不是"人的心"，而是她自己作为人的心，是她心里面对他人的认识。揆诸周嘉宁的创作，的确很有道理。前面说到周嘉宁的小说风格高度一致，甚至有类型化的风险，根源也在于，她的小说只写自己所倾心的那一类人，以及那一种生存状态。尽管她笔下人物的身份可能不同，讲述的故事可能不一样，但本质上都是同一个情调的不同载体。张定浩指出，周嘉宁常常和笔下的某个人物很近，她"自觉不自觉地将自己移情为这一人物"，"作者和这个人物之间没有一个叙事者作为隔断"，于是造成"这个人物，不可避免地高于并凌驾于其他人物之上"。这个观察比较贴切。这实际上是说，周嘉宁习惯在作品中评判、讲述自己对他人和生活的理

---

[1] 张定浩：《一个干净明亮的地方——评周嘉宁的短篇小说》，《创作与评论》2015 年第 17 期。

解，而没有让笔下的人物和生活呈现出自己的丰富性。小说中的人物和故事再怎么变化，其实都只有周嘉宁一个人的声音。这怎么能不拒绝他人的进入，怎么能引起广泛的对话呢？

如何才能像她喜爱的海明威等前辈作家一样，对每个人物一视同仁，让他们有机会讲述自己，从而真正突破自我，展现更广阔的人心与生活？我想，这已经不是简单地说约束自我、学习节制和谦卑的问题了，而是要突破自我的思维，进而实在地突破自我的生活的问题。从本质上说，一个作家能写出何样的现实生活，最终取决于他自己置身的位置。周嘉宁要写出更广阔的人心与生活，也需要她自己先置身其间。这对她是个巨大的挑战。从网上获得的资料看，她过的也是写作、翻译、编杂志这样的书斋生活。作为生长在都市的女孩，她已经不大可能像王安忆那样，被卷入农村或者其他各行业的生活中去。前辈作家所经历的历史动荡，是一种不幸，可也是文学之幸。如今的"80后"作家们，幸或不幸，都没了那样的机遇，上天又会借助怎样的环境来造就他们呢？这个问题，或许只有继续观察下去而已。曾经看到周嘉宁在一次谈话里说："对我来说，写作与生而为人本身不可分开，是自我边界的不断拓宽，是自我跟外部世界的联系和互动。"[1] 看来，拓宽自我边界、生活边界，是她也在思考的问题，而她的努力，或许也意味着向历史作出的这一代作家的回应。

第二节 与虚无和好，及"荒原狼"之声[2]

苏瓷瓷是"80后"作家中极其独特的一个。这独特不仅仅在于她的经历——她出生在湖北十堰偏远的小县城，在底层工人家庭长大，卫

---

[1] 周嘉宁与黄德海、路内的对谈（http://book.douban.com/review/7685433/）。
[2] 本节曾以《与虚无和好——苏瓷瓷论》为题，发表于《扬子江评论》2016年第2期。

校毕业后在精神病医院当了五年护士、一年宣传干事，然后成了作家。这独特也不仅仅在于她的文学风格——如同残雪一样，她也是一个宣称"为了复仇写小说"[①]的人，残雪的"复仇"指向的是专制文化对于个性独立的压迫，她的复仇则是指向日常生活的困窘与残缺对生命活力和人性丰满的荼毒与戕害。在普遍热衷于书写小温情、小感伤的"80后"作家当中，苏瓷瓷犹如一个刀尖上的舞者，时时让人感觉到尖锐刺痛。她总是用简短饱满的文字，揭破虚假肤浅的面纱，让走投无路的弱小者心中交织着的痛苦与眷恋，用极端的方式宣泄出来，向习见的幸福感与道德观念发出挑战，她将深深的悲怆不动声色地隐藏在激烈的抗争之下，因而不易察觉，屡遭误解。她的独特还在于，她是一个极富天才的作家，却在井喷式的创作过后，彻底放下了笔，对荣耀没有执念，对失败甘心承认，对文学充满敬畏。

在我看来，当代许多成名的作家，尽管提供了成百上千万字的作品，但是作家本人始终是暧昧的，在我心里是面目模糊、内心闪烁的。苏瓷瓷却不是这样，在通读了能够搜集到的她的全部文字以后[②]，我感觉她的本人本心在文字中如此的一以贯之，真诚显现。这实在难得。因此我急于写这篇文章，将她文学的核心命题讲出来：她是我们这一代人当中，在虚无的深渊中浸淫得最深的作家，她将亲身经历的与虚无的搏击，投射到小说当中，探触我们时代精神最深处的暗疾；而她的自传性散文，则讲述了与虚无暂时和好，重新进入日常生活的过程。她的搁

[①] 残雪的说法可见《为了报仇写小说：残雪访谈录》，湖南文艺出版社2003年版。另有《趋光运动：回溯童年的精神图景》，上海文艺出版社2008年版，其中说："中国的社会应该是一个制裁的社会，但魔鬼是不会死亡的，无论经过多少代……我愿自己变成蛇蝎，变成狼，对压迫我的一切施以可怕的报复。"（第137页）苏瓷瓷的说法则见《一个人的医院》，中国少年儿童出版社2010年版，第117页。

[②] 苏瓷瓷的小说集有两个版本：一是《第九夜》，重庆出版社2009年版；二是《不存在的斑马》，上海文艺出版社2014年版，后者收录更全，本书所引小说均出自后者。苏瓷瓷的长篇散文即《一个人的医院》。此外，苏瓷瓷的博客"一个人的医院"，网址为http://blog.sina.com.cn/sucici198101014，汇集了她全部的诗歌，以及许多未发表但很优秀的散文。

笔，并不是像有的写作者那样，在刻意兜售自己的生活经历之后囊中羞涩，无以为继，而体现了生活平衡之后写作的难度，也拷问着在巨大的心灵苦难过后文学重新出发的可能。她整个的文学与人生，辩证地展示出人可以与虚无对峙的强大，以及人的强大之限度。我想让世人更多理解这位如流星划过的天才作家[①]，既不枉费她辛劳探索而留下的作品之价值，也期待她能够在日益平和的芸芸众生的生活中再度发出文学的光芒。

一 恶与死，虚无与爱：苏瓷瓷的小说经纬

表面看去，苏瓷瓷小说的主人公都有点不正常，要么是精神病人、抑郁症患者（《第九夜》《左右》），要么是哮喘病人、傻子、偏执狂、老处女（《不存在的斑马》《囚》《绿肥红瘦》《杀死柏拉图》）。它的故事，要么是家人、朋友、同事之间的互相倾轧与睚眦必报（《亲爱的弟弟》《伴娘》《你到底想怎样》），要么就是虐恋（《蝴蝶的圆舞曲》），总之离不开争斗伤害、阴郁酷烈、鲜血淋漓。有人曾据此指责苏瓷瓷的小说不道德，自然是肤浅之见。苏瓷瓷的小说里的确有很多恶，以及作为结局的死。例如，《不存在的斑马》里面，犯哮喘病的女孩，深夜撬掉窨井盖，让冒犯她的体校男生，在黎明时分失足掉下去，其反戈一击，端的是狠辣干脆，不留余地。《囚》中傻女弑母，《亲爱的弟弟》中姐弟俩合谋让母亲饮鸩，《你到底想怎样》中童阳强暴了苏寒并把她掐死，等等。如果把"恶"的定义放宽一点，把自残与虐恋也算作邪恶的激情，那么《第九夜》《蝴蝶的圆舞曲》也可以算在这个序列里面。然而，这些触目惊心的恶与死，终究只是表象，是征候，值得追问的是，为什么会有这些作恶与死亡？仔细思之，就能看出苏瓷瓷是特意

[①] 苏瓷瓷曾经获得过 2006 年度中国作协第五届文学新人奖，短篇小说《李丽妮，快跑》入选年度中国小说排行榜，此外还获得过"平行文学奖""长江文艺·完美文学奖"等，这些可以佐证她的文学才华。

关注了这些弱小者、不幸者，因为他们陷在困境中无法自拔，被剥夺到了极致再看不到生命的意义，才会走向这样的结局。苏瓷瓷的贡献，在于她通过这些表象，揭示了我们时代内在最深的病灶，即作为恶与死之根源的虚无。

苏瓷瓷本质上还是一个情感浓烈的女作家，所以她笔下的虚无，还是不可避免要借助"爱情"这个载体体现。《蝴蝶的圆舞曲》表现了这样一个爱情过程：初次约会，烛光摇曳，耳边响起了小提琴曲《梁祝》，"谁先感到疼痛的？艾美永远都没有找到答案，她只知道当她微微抬头的时候，李沐在她湿漉漉的眼眶中也变得湿漉漉的，如果不是这样的灯光，如果不是这样的音乐，我们也许只是一对擦肩而过的路人，我们不会相爱，也就不会结婚。艾美知道李沐的想法和她一样，这并没有什么不光彩的，爱情本来源于一次重叠、短暂的感动。艾美躺在地上笑了笑，可是我们没有力气一直感动下去，不仅仅是我们，每个人都和我们一样，这又如何呢？"爱情源于一次短暂的感动，它此后靠什么活下去呢？它还活着吗？《蝴蝶的圆舞曲》里，艾美在婚后三年，仍然保持着完美的身材，可是，"艾美无聊地看着镜子里花白的皮肤，这具从来没有走形过的躯体让她觉得空虚，我连怜惜自己的机会都失去了"；她不断重温小提琴曲《梁祝》，可是，"艾美熟悉每一个音符，她掌握了所有的曲折，音乐中的爱情由此失去了悲壮，逼真的音乐并没有把她带入一场期望的悲剧之中，相反两个昂贵的喇叭中传出的声音因为质地过于纯粹而让爱情失去了破碎的魅力"。在日益疲倦中，她想过像千万家庭一样，用一个小孩来维系，但也只是想想而已。她的丈夫，每天下班后奋战在电脑游戏中，"除了放在鼠标上灵活的手指外，他身体其他的部分好像已完全静止，连呼吸都消失了"。两个人生活在一起，却依然孤独。艾美甚至在孤独中联系了李沐的情妇，与她互相亲吻着李沐残留的气息来填充虚无。正当她们沉溺于这样变相的占有和攫取中，那个真实的爱的对象，那个男人，却悄然抽身，独自在一处空房间里，结束了自己的生命。那首古典的爱情颂歌再度响起，似乎只不过是对这个时代铺天盖地、弥漫宇宙间的虚无爱情的一个讽刺而已。

《第九夜》也是一样。它写精神病院里的一个病人和一个护士，他们本是一对恋人，现在成了医患关系，为了能够唤起感情记忆，或费尽心机，或激烈自戕，最后终于记起时，却在极乐狂欢中共赴黄泉。这个小说真是既绝望又疯狂，充满悖论和张力。一方面，爱情显得感天动地、无所畏惧，如《圣经》所言："嫉恨残忍如阴间，爱如死之坚强。"另一方面，爱情又似乎只是一种谵妄的力量，在发狂发热之后，再无出路，只能归于死寂，什么也不会留下。苏瓷瓷就是一个既歆羡入迷又悲观失望的观察者，同时带着悲悯和冷笑讲述这个主题。《绿肥红瘦》是从另一个角度讲述爱情的虚无之旅。红米与周早原本只是一夜风流，只因周早在梦呓中唤了另一个女人的名字，激起了她的嫉妒，使她走上了丧失自己的不归路。她拼命改变自己的外形和内心，极力变成周早所唤的那个女人。然而，当她成功变成那个早已死去的女人之时，周早真的会爱上她吗？红米心中的激情之源，到底是爱情，还是占有欲和贪恋？是否我们在日常生活中总是把这二者混淆不分？苏瓷瓷自己并不看重这篇小说，说它是应朋友之约写的"轻巧的小玩意"，但实际上，她还是切入了爱情的华丽肌肤，呈现出了其内在的错乱纹理。

苏瓷瓷的许多小说，对爱情、亲情都是几近绝望的。但是，也只是"近"而已，并没有真正绝望。真正绝望的人，大概是什么也不会写了。而能写下来的，实际上就是与绝望搏斗的痕迹。能够用来与绝望搏斗的是什么？无他，只有爱。苏瓷瓷的小说，就是爱与绝望——或者说爱与人世中的彻底的虚无感——的搏击。这搏击造就了她的小说紧张到让人窒息的美学风格。许多人只看到她小说中爱的毁灭之心悸与酷烈，却没有看到底下那爱的萌生之坚韧与汹涌。可以说，她同时将虚无与爱写到了极端：她小说中的虚无之所以深广，恰恰是因为爱的毁灭之凄怆；而她小说中的爱的刚强，则在于不顾虚无吞噬之反抗。虚无与爱互相验证，构成了苏瓷瓷小说中相辅相成、缺一不可的磁场之两极。或者说，苏瓷瓷是在提醒我们，哪怕艰难，爱也要不断得到唤醒，而之所以有虚无，正因为爱还不够强盛。

你看《不存在的斑马》，苏瓷瓷自言最偏爱这篇。那个犯哮喘病的女孩，年仅十五岁，她是个可恨之人，因为她阴损恶毒地恐吓打击那个向她撒娇的同犯哮喘病的小女孩，还谋害了体校男生。可是，你又怎么能忽略她那看似邪恶的心田里，掩埋着渴望生长的爱的根须。那是何等的渴望啊！如此厌憎那个小女孩的幸福，只因为自己生命中幸福的缺席。谋杀那个体校男生，只因为疯狂地爱他。这爱，是一个时不时匍匐在疾病中，需要借助喷雾从胸腔里排出一团团黑烟的哮喘病女孩，对健康的体魄、律动的生命力的爱。这爱，更是一个长期被漠视和遗忘、处于隔绝中、靠着近乎超能力的敏感听觉感触和融汇进人间生活的生命，对尊重与亲密、灵魂的交流的爱。为此，她在有限的健康时间里，跟踪体校男生，收集他喝过的矿泉水的瓶子，甚至突袭强吻了他的女友，并因此埋下祸根，引来了不明内情的体校男生的打击与侮辱。在你谴责她谋杀的疯狂之时，也请你同情她痛苦的处境，看到她微弱的身体里灼烧着的渴望爱的火焰，以及这火焰被错误的燃油助长时带来的悲剧。小说结尾她烧掉了印有奔跑的斑马的床单，其实也烧掉了自己对那份爱情的眷恋。

苏瓷瓷小说中篇幅最长、最为成功的《亲爱的弟弟》则有所反转。女孩叶绿生长在一个逼仄破败肮脏腐烂的单亲家庭，母亲姜爱民是一个专制残忍的女人，这让她从小就学会了用强悍不屈的冷酷与戾气与母亲对峙。但是，小说最成功之处在于写出了她心中那不可控制的仇恨与柔软的对爱情和尊严的向往的交替上升。只因为一个陌生的男子来家里吃饭，席间母亲放了一个屁，却用眼神栽赃到她头上，让她羞愧难当，没齿难忘。她疯狂地四处找寻那个男人，然后跟踪他，直至敲门而入，哆嗦着、眼泪汪汪地请求他，一定要相信那个屁不是她放的。然后，这个轻浮的男人夺去了她的处子之身，这个过程中叶绿真的放了一个响屁，这一次意外几乎彻底把她打垮，"她愿意跪在这个男人面前忏悔这突如其来的失态，她将向他解释这次的事情和上次决不能混为一谈"。可是没有用，这个男人消失了，当然并不是因为她，其实所有的心潮澎湃都只是发生在她一己之内而已。这个硬气的叶绿，在这件看似可笑的事情上，是多么认真地祈求自己微小的尊严，多么辛酸地维护着自己的形象。苏瓷瓷出色地写出了她的"心灵辩证法"，或者像有人称赞陀思妥耶夫斯基的那样，"写出了一块抹布里的灵魂"①。叶绿在危险的冲床车间，以冷血著称，发生工伤事件时，只有她一个人若无其事地干自己的活，连眼珠子都不转过去一下，殊不知这并非因为勇敢，恰恰是她出于怯懦，不敢看这个场面。还有许多这样的例子。叶绿的乖戾和躁怒，只是她在遭遇侵犯和威胁时，出于本能的还以颜色而已。在表面的强悍之下，她心灵深处的爱意一直在蠕动。弟弟初来时，她恼怒自己的空间被侵犯，自己的伤心被鉴赏，于是恶毒地、肆意地践踏和踩躏弟弟的良善、纯净和安宁，却又转瞬悔恨。当弟弟被激怒，反施以虚假的柔情之后，她很快就不明就里、全无抵抗地陷入了温柔的陷阱。与母亲之间，曾经恨得发狂，彼此折磨不已，但母亲在生命的尽头里流露的温情，也让她萌生了巨大的愧疚、怜悯和感恩。这一家人其实都是这样的，他们的感情表达方式都有问题，每每蓄积了巨大的善意，却在流露出的瞬间被不可测的因素所扭曲和改变，变成了恶毒的攻击。但是在此之后，每个人又都能有慈心的发现，有怜悯与反转的同情，只不过在表达的时候，它往往再度落空与变形。他们之间，如同笼中困兽冲突不停，却不知实际上都渴望爱意。小说结束于弟弟成功地施行报复以后，消失在人海里。可是，我可以想象，那个看着弟弟离去背影的叶绿，她心中那复苏后惆怅难舍的爱恋，一定再也没有止息。

---

① 周作人：《艺术与生活》，河北教育出版社2002年版，第168页。

恶与死，虚无与爱，是苏瓷瓷小说的四大关键词，是苏瓷瓷的小说经纬。其中，恶可以说是虚无在无意识中的表显，死则是虚无的无可逃避的结局。虚无是恶与死的根源。爱，则是与虚无对立的另一力量之源，忽视苏瓷瓷小说中隐藏的这一力量之源，无疑是巨大的损失与不公平。这一源泉也是阅读苏瓷瓷小说时最关键的着力点。《伴娘》中，唐凄凄对马蘅反戈一击，是因为忘不了死去的圣；《你到底想怎样》中，苏寒的"执着如怨鬼，纠缠如毒蛇"，是弱者在无力中申讨尊严和公道时柔弱胜刚强的意外武器；《杀死柏拉图》中两个孤独的人都在寻求生命的丰盛；《囚》中的傻女也渴望生命与人性的完满；《左右》中的抑郁症患者相依为命；《李丽妮，快跑》是少有的表现对压抑性灵的社会机制的反抗的明丽之作。所有这些，都体现了那些生命在无望的处境中仍然在奋力涌动的爱心。

二 "潜入大海，带回珍珠"：苏瓷瓷的文学与人生

苏瓷瓷的长篇散文《一个人的医院》和她的博客文章，记录了她的许多人生经历，是对她的小说最好的注释。从中可以看到，她是用身受的从虚无深渊中走过的苦难，凝结成了她的文学。正如雨果笔下的"笑面人"说的："我曾被抛进深渊。目的何在？为了让我看清楚深渊的底里有些什么。我是个潜水者，我从那里带回来珍珠，也就是真理。我有权说话，因为我了解真情。……上帝让我混迹在食不果腹的人们中间，就为了让我今天能对酒足饭饱的人们说话。啊！可怜可怜吧！啊！这个难逃不幸的世界，你们以为自己身在其中，其实你们一点都不了解它。"[①] 苏瓷瓷的人生与文学，也可作如是观。

譬如在《一个人的医院》里，她写到在她三岁的时候，父亲从部队回来探亲，本来其乐融融，但只因她被逗着叫了别的男人一声爸爸，

---

① 雨果：《笑面人》，周国强译，长江文艺出版社2011年版，第596页。

父亲上来就是一个耳光，打得她几乎失聪。而一条不慎进入她家的流浪狗，被父亲一木棍打折了小腿，那呜咽逃跑的情景，也给她留下了长久的阴影。她毫不怀疑父亲是爱她的，她也爱父亲，但是在日常生活中，他们表达爱的方式总是有问题。父亲因为自己童年时曾为失去一条狗而伤心，所以禁止她养一切宠物，把她饲养的蚕宝宝从窗户里扔了出去。苏瓷瓷对此评价说："爱若没有理解作为前提，就是霸道、粗鲁的，那它和伤害又有什么区别呢？丢掉我的蚕企图切断我更多会出现的无谓痛苦，以一场提前进行的死亡来让我了解其他生物的脆弱，以我童年时模糊的悲伤来让我明白：痴迷，是最大的痛苦。这样做，并不能如愿把我教育成一个不以物喜，不以己悲的人，超脱是伴随着个人一次次的煎熬而顿悟出来的，决不是理论可以代替的。"[1] 苏瓷瓷的小说中，家人之间总是一种互相倾轧的紧张关系，大概与这样的成长经历有关。

　　苏瓷瓷十七周岁从卫校毕业之后，刚到精神病院当护士不久，曾经两次自杀，这是她对生命意义最极致的探询。事情第一次发生时并没有预兆，直接的触因只是一次小口角，时隔多年之后，苏瓷瓷带有为父亲开脱意味地评判道："自杀和出走应该都是人的本能之一，更准确地说，那时，我只是对死亡感到好奇，而他无意的举动导致了我坚定的试探。"[2] 由此看来，这一次自杀很大程度是一个不知轻重的十七岁女孩的一次不负责任的逃避，对人生出路的一次盲目探索。在疲惫和茫然中，她将死当作另一种方式的虚拟的"生"来经历。好在潜意识中她并不拒斥"生"，所以她服药以后选择了躺到医院走廊的长椅上。虽然服药的剂量很大，但发现及时，抢救了过来。相比之下，第二次自杀的问题更为严峻，苦难更为深重。她说："经历过一次未遂的死亡后，我比任何时候都要迫切地去思索活着的意义。处处都是问题，却没有答

---

[1] 苏瓷瓷：《一个人的医院》，中国少年儿童出版社2010年版，第52页。
[2] 苏瓷瓷：《一个人的医院》，中国少年儿童出版社2010年版，第80页。

案,我前所未有地陷入迷茫之中,并在迷茫中暴躁、迟滞、自闭、疯狂。""原本蜷缩在内心里的阴影在逐渐扩大,它们将会聚成为一股强大的力量,让我支离破碎。以前,我叛逆,我还有反抗的力气,现在,我觉得这些都失去了意义,打碎之后如何重建,这是更加严峻的问题,而我只知道自己不要什么,却不知道我要的是什么。没有人帮我解决困惑,从小爸爸妈妈就告诉我,吃饱穿暖就是活着的意义,我很早就放弃了和他们探讨这个问题。"[1] 这一次,关于人生意义的问题才可怕地横陈在她面前,然而她身处的环境不能给她一点提示。在痛苦之中,她"砸玻璃、踢药柜,用刀片在身上划下层层伤痕,肉体的痛苦一度缓冲了逼仄的思索带来的焦虑"。在这种无法自制的混乱之中,她第二次服药自杀。所幸这一次也很快抢救了回来,然而却带来了长久的"后遗症":因为她持续不去的反常行为,她由精神病院的护士,就地转变成了疑似的病人,被要求接受一系列的检查。测量头骨,做脑电图,BPRS,SANS,一套又一套定量表测试题,脑波治疗,等等,最终省里的专家将她诊断为躁郁症——这种苏瓷瓷曾经无比熟悉、护理过无数病人的疾病——并要求她接受药物治疗。

  事情到这里体现出了真正荒诞的一面。在苏瓷瓷那里,本来是对人生意义的寻求,对如何超越人生破败感的探究,在医生那里,却变成了对生理指数的测量、对病理及药物的认定。作为一个局外人,我总觉得当年有许多种化解苏瓷瓷的精神苦难的可能。简单到一段带薪休假的旅游,或者是一次父母与女儿之间的谈心,或者是文学写作的理想早一点降临,等等。我深信这些情感上的慰藉都会比药物治疗有用。事实上,服用药物期间,除了疲乏和一些副作用反应之外,苏瓷瓷并未感觉到其他明显效果,所以一段时间以后就停用了。治疗期间,真正让她铭记的,是与另一个情况相似的同事的相处,她们同病相怜,互相支撑,苏

---

[1] 苏瓷瓷:《一个人的医院》,中国少年儿童出版社2010年版,第86页。

瓷瓷在她身上领悟到了很多人生的智慧。这些，都充分证明了科学主义在面对人生的精神问题时的错置与无力。世间有何种药物，能治好找不到人生意义的内心空洞和虚无感呢？

苏瓷瓷第一次自杀的时候，曾有一个很意外的举动：在给父母写了遗书之后，她突然想起了从初中时起暗恋了六年的男生，然后给他写了一封信。苏瓷瓷没有透露信的内容，我想，那应该是在将自己彻底交托出去以后，在现实的顾忌都被打破以后，一次大无畏的告白，一次"人之将死，其言也善"的絮语，对那份纯净感情的温柔缅怀。这充分证明了，即使在最晦暗的时刻，内心也可能激发出峰回路转的光明火花。苏瓷瓷被抢救过来之后，在半睡半醒的恢复期，还出门乘车去找了这个男生，但是仓促晤面没有交谈。后来她说："这是我第一次想和人主动谈谈我的自杀，但他没有给我这个机会，我不知该庆幸还是难过，心里沉甸甸的，期待救赎的人被抛在萋萋荒草之中，长达六年的暗恋在我走出校园的时候彻底结束。""那个十七岁的女孩坐在最后一辆通往城区的末班车里，璀璨的路灯逐一熄灭，她最终明白，除了自己，没人可以给她任何安慰。"[①] 在分析苏瓷瓷的小说时，我曾说她的虚无感较多以爱情为载体传达出来，不知是否与此有关。此后，苏瓷瓷对爱情的表述，总有一种刻骨的冷静。在《情话》中，她说："在爱情之中，难以锤炼出绝对的真理，恋爱属于一种人际关系，且是最为复杂和微妙的人际关系，它的本质指向的是我们嬗变的人性。……爱情的发作和精神病一样，不可把握、刹那、难以言说、歇斯底里。它只起源于一种情绪，如果有机会蔓延下去，就是一种自己和自己厮杀的过程；如果它转瞬即逝，那便风化成生命之树上的琥珀，有不可窃取的光泽，闪烁在我们的记忆之中。假使偏要永恒占有，我相信，人们更多的是得到了亲

[①] 苏瓷瓷：《一个人的医院》，中国少年儿童出版社2010年版，第78页。

情、责任感和惯性等等。"① 正因为将爱情看得如此透彻，心态才会平常。她写过一篇《独身的姿态》，文中说："我们应该看到我们所遭遇的时代潜在的暗疾，当没有战争、饥饿、灾难等外界逼迫后，人们过多的精力便无法置放。没有信仰，人们通过怀疑和自我怀疑来反复验证自己的存在。爱情，就是最好的验证手段。……在两个人的战役之中，最终被论证出的不是谁爱谁多一点，而是我们都是如此害怕孤独。但是孤独最可怕的地方不是在于无人相伴，而是在于无法和相伴的人沟通，甚至两个人相互破坏。在这种情境之下，有人抽身而出，成为'独身主义'。""只要有健全的心智，能为自己的选择而负责，那么'独身主义'并不是一件可怕和不可思议的事情，反之，婚姻生活也有它自己的乐趣。只是相对于我个人而言，思想和行为的完整、自由是最能让我感到快乐的事情，所以拒绝婚姻，只是为了用自己的途径来找寻和实践属于自己的幸福。每个人都有选择生活的权利，每种生活形态都应该被尊重。只要你是在认真的生活，你就会得到比'幸福'更深刻的财富。"②

尽管将爱情看得如此"自然主义"，冷静客观，破除了一切华丽的幻象，但她还是找到了所要皈依的价值，她说："那不是我们触手可及的爱情，而是一种我想要终身皈依的'爱'"③。她屡次说，自己是"怕爱甚于怕恨，最终会死于心碎的人"④。她自称所有的小说里都没有爱，是本着一腔仇恨在写作，但这并不是真的。她的小说里不是没有爱，而是爱都在被压抑的暗层汹涌。要说仇恨，也是仇恨那些对爱的压抑之物。她说的"怕爱"，既是怕爱被污秽、被毁灭，也是因为她的心过于敏感柔细，承受不起过多爱的亲昵。说到底，这只是一种类似老庄的弃

---

① 苏瓷瓷：《情话》（http://blog.sina.com.cn/s/blog_4ea65bca0100pex1.html）。
② 苏瓷瓷：《独身的姿态》（http://blog.sina.com.cn/s/blog_4ea65bca01000b14.html）。
③ 苏瓷瓷：《一个人的医院》，中国少年儿童出版社2010年版，第79页。
④ 苏瓷瓷：《一个人的医院》，中国少年儿童出版社2010年版，第17页。

圣绝智、抱残守缺的态度，习惯了用冷酷保护自己免受伤害，只有在巨大的变故击碎那层外壳、打垮了外在的刚硬后，才显露出最里面的爱意。2007年，她的父亲意外查出淋巴癌住院治疗，《一个人的医院》及同名的博客正是因此诞生。在其中，苏瓷瓷说，父亲的那场大病改变了很多，"命运就是以这种方式转弯，让我被迫停下来进入日常生活，学会接受朋友们和亲人们的帮助，学会担负责任，品尝真正的世间百味"[①]。在照顾父亲的过程中，一向拒斥婚姻的她，与男朋友去领了结婚证。一向没有金钱观念的她，不得不向朋友借钱，不得不争取加入市文联。她写了一篇《贫穷的滋味》，在博客中将它置顶，"时时提醒自己不要忘记：没有一个人能不做任何妥协地，去爱，去承担，去面对现实。我不是我自己的，……这妥协，也是理所当然，也是幸福的"[②]。这个声称怕爱甚于怕恨的人，终于一次次热烈地表达爱，并且看到，"它化解了我们内心里曾经不可触碰的、由多年的伤害累积而成的暴戾和冷酷，这是惨烈的疾病带给我们的最大财富"。"每个人都在这场疾病中反思、改变和成长"[③]，苏瓷瓷也由此意识到了爱是最大的财富，并感到生命如此美丽。

　　这就是虚无与爱共存的人生。虚无给苏瓷瓷带来了巨大的苦难，但这个天才的人也将它转化成了某种财富。她深知自己内心住着虚无的"鬼"，"我畏惧她，但我不会抛弃她，我深知，如果我不再养着我的鬼后，我必然和她一起被抹杀"[④]。她自认为是"一个抱着不能控制，可怕的虚无感而活着的人"[⑤]，但是长期直面虚无，又造就了她强大的内心。正因为明了世间多有虚妄，所以才能无欲则刚。她自认是一个没有

[①] 苏瓷瓷：《一个人的医院》，中国少年儿童出版社2010年版，第163页。
[②] 苏瓷瓷：《贫穷的滋味》（http://blog.sina.com.cn/s/blog_4ea65bca01000b59.html）。
[③] 苏瓷瓷：《一个人的医院》，中国少年儿童出版社2010年版，第165、34页。
[④] 苏瓷瓷：《鬼》（http://blog.sina.com.cn/s/blog_4ea65bca01008fe9.html）。
[⑤] 苏瓷瓷：《关于失控感》（http://blog.sina.com.cn/s/blog_4ea65bca01007z0o.html）。

现世欲望的人，所以没有什么代价付不起，她不仰仗任何人而生活。"我很清楚物质对一个满心憧憬它的女孩的伤害，我很甘愿，没有任何不舍地远离这个伤害。"她曾在迪厅领舞，在餐厅做迎宾员，"除了挣些维持生计的钱，可以不用依靠任何人，对尘世浮华便冷眼旁观"[①]。名利、权贵都伤害不了她，爱情不能让她产生依赖，孤独也不会使她失去自我。"因为害怕孤独而决意选择孤独，因为期待温暖而决意远离温暖。"[②] 至终，这颗强大的内心，虽然并没有胜过虚无，但在直面之中，产生了与虚无搏击的文学，造就了我们现在看到的文学家苏瓷瓷。同时，她自己也在文学中，获得了一种与虚无相对的凛然不可侵犯的力量。有两件事让我印象特别深刻。一次是她默然写下的劝告友人的一段话说："你不需要得到任何人的赞美，如果你有了这样的需要，你的高贵将磨损，你的才华将萎缩，你的天赋将世故。你若已经拥有上帝赐予你的这些光芒，还要拿去向人证明，还要期待人们赞许，那么你已经在糟蹋自己了。倘若，你能看清楚自己，你就会发现你已经是独一无二的了。倘若，你能再安于孤独和沉静，你就会更加相信自己。你不用再担心任何伤害，因为无人能伤你。关于纸上的盛名和现世的幸福，只是多一分和少一分的问题，多一分你自己，你会有永远被历史铭记的纸上的盛名；少一分你自己，你会有被爱你的人怀念的现世的幸福。"[③] 另一次是她写了一个长篇小说，出版社要求更改书名以便于营销，苏瓷瓷坚决不同意，并愿意为此放弃一次出版机会。如果她真的认为什么都是无意义的，那她怎么还会进行这样的坚守呢？这的确很耐人寻味，就像她对此事件所自嘲的："我一辈子都在做一件没有任何意义的事情，就是：坚持自己的荒诞，不被改变。"但同时她又对批评她冲动、因小失

---

① 苏瓷瓷：《圣诞节前的小阴暗》(http:// blog. sina. com. cn/s/blog_ 4ea65bca01007x0q. html)。
② 苏瓷瓷：《鬼》(http://blog. sina. com. cn/s/blog_ 4ea65bca01008fe9. html)。
③ 苏瓷瓷：《一个人的医院》，中国少年儿童出版社 2010 年版，第 119 页。

大的人反诘道:"什么是人生之小,什么又是人生之大呢?"① 由此可见,她的虚无,绝不等同于陀思妥耶夫斯基提到的那种"世界上不存在上帝,灵魂也并非不朽。那么请问,既然我在世上终归要死,我何必要好好生活,积德行善"② 的虚无。相反,它显示出了这种面向虚无而存在的人生态度的令人敬畏之处。

三 出离中产阶级的"荒原狼"之声:苏瓷瓷的意义

2004年的平安夜,苏瓷瓷激动得坐立不安地等候一个远道而来的朋友,这个人将她引上了文学道路。她说:"因为他,我清楚了自己究竟为何而生。"③ 整个2005年,她几乎是足不出户,昼夜颠倒地疯狂写作,一气写了十篇小说。她与她笔下的小说融为一体,"那些主人公代替我说话,代替我飞行,他们一起承受着我心底盘踞的乌云,现实生活和与之有关的情绪逐渐模糊,我的注意力都放在了虚拟的场景之中"④。后来结集出版时,她说:"一些难以启齿的对疼痛的体验,全部盛装在这十个小说里。"⑤ 的确,这里面充满了疼痛,它们包含了苏瓷瓷过往的人生里见过的种种残缺和苦难,也投射了她自己经受过的沉重的虚无与艰辛的爱之间的搏击。这是她的小说最鲜明的特色,在她对张悦然小说直言不讳的批评中,更能得到印证。苏瓷瓷认为张悦然的小说,过于唯美的词语,抵达的是自我臆造、完美又匮乏的主题;过于雕凿的细节、情调、氛围、画面,却承载着空洞、缺乏现实意义的内核。苏瓷瓷直言不喜欢这种所谓的"成人童话",而主张"应该清楚地看到我们面临的问题,听到那些来自底层,来自黑暗,来自人间的声音。唯美的写

---

① 苏瓷瓷:《关于失控感》(http://blog.sina.com.cn/s/blog_4ea65bca01007z0o.html)。
② [俄]陀思妥耶夫斯基:《书信选》,冯增义、徐振亚译,人民文学出版社1986年版,第356页。
③ 苏瓷瓷:《一个人的医院》,中国少年儿童出版社2010年版,第114页。
④ 苏瓷瓷:《一个人的医院》,中国少年儿童出版社2010年版,第117页。
⑤ 苏瓷瓷:《穷途纪》(http://blog.sina.com.cn/s/blog_4ea65bca010092jl.html)。

作精神都是经不起推敲的,是一种简化的写作方式。我们不应该过于强调自己,纵容小情调、小落寞、小悲哀、小忧郁的泛滥。因为我们承认自己已不是少年,那么我们的文字也不该继续和青春有关的闲愁。我们也该有粗犷、大气、深刻、质朴、污浊的叙述能力,也该享受作为一个时代写作者,而不是一个时期写作者所要承担的苦难"①。将她引上文学道路的李修文先生说:"她只是在执拗地追问一些再简单不过的问题:爱是必要的吗?活着是否等同于受侮辱?既然深受折磨,这样的人生还值得过下去吗?但是,就是这些问题,它们才是要命的,才是直入人心的,它们已经被无数人追问了无数遍。命中注定,它们还要一再被人提起,只有优秀的写作者才能配得上这些问题,因为它们与瘟疫般发作的虚假唯美主义无关,与畅销书排行榜无关。而苏瓷瓷正是这样的优秀提问者,只有当越来越多的苏瓷瓷出现,写作才重新开始变得激动人心,因为往往只有这样的写作者,才能加深一个时代的写作难度。"②这些,都是对苏瓷瓷小说最准确的评价。

可惜这样的写作状态只持续了一年。此后她勉强写了一部长篇小说、一些小说片段、一个剧本,可是她认为并不成功,所以并未公之于世。③ 在长篇散文《一个人的医院》出版以后,她几乎完全放下了写作,再无作品面世。她的天分还在,却再也写不出东西,首要原因,或许就在于她的内心已经改变。一开始,她是怀着对虚无的巨大的复仇感在写小说,肆无忌惮地驱策着本能与直觉,纵容长期郁积的激情猛烈喷吐,在小说里开出一朵朵狰狞怒放的"爱的恶之花"。这种宣泄般的写作无疑具有净化功能,她多次说到"我的乖戾、决绝、暴躁在宁静的

---

① 苏瓷瓷:《情感一种》(http://blog.sina.com.cn/s/blog_ 4ea65bca01000bdr.html)。
② 苏瓷瓷:《未出世的小女儿》(http://blog.sina.com.cn/s/blog_ 4ea65bca01000b5a.html)。
③ 这些信息散见于苏瓷瓷的博客文章中,见《贫穷的滋味》(http://blog.sina.com.cn/s/blog_ 4ea65bca01000b59.html);《焦虑第一波》(http://blog.sina.com.cn/s/blog_ 4ea65bca0100izg1.html)。

书写中被稀释","因写作几年教化出的沉静"①。这对于她个人生活来说,无疑是一件好事,但对于她的文学生涯来说,却可能是一种危机,像她说的,她和郑小琼都是因困境而获得写作的冲动,这种倾诉和对峙的冲动,才是写作的根本,如今丧失了,自然难以为继。在小说集出版的时候,她在后记中说:"这些年,写作所带来的痛苦是:我终于看清了自己的匮乏和内心的虚弱。在写作和阅读的过程中,通过一次次对人性的追究和挖掘,我竟然建立了羞耻心,它深深折磨着我,相比当年的问题少女,人生变得尤为沉重,感知被唤醒后,所有的举动好像都要有与之匹配的价值。于是,我开始写作的那年,也决定了终止。""此后,我不得不用其他的方式,重新进入生活。"②

在突然不能继续写作之后,苏瓷瓷也曾感到很苦恼。"不知道这种能力是怎么消失的,又是为什么消失,它无缘无故,不由分说地弃我而去,在恐慌中,我每天都在寻找一条试图重新回归的路径。"③ 但这并不成功。现在,苏瓷瓷已经很久不写作了。从她的博客中看,她的生活发生了很大变化,一度几乎过上了曾经警惕过的作家圈子中流行的"文学生活"——"伪生活":签售、聚会、写创作谈、出国交流,等等。但她在怀念,在鲁迅文学院的联欢晚会上跳舞过后,她说:"仿佛回到几年前在迪吧做领舞的时光。我比任何人都怀念,那个还未开始写作的自己——她没有灵魂,她只有身体。"④ 另一次,她说:"时常在深夜惊醒,为了失去表达的能力而惶恐,怀念几年前的时光,还未提笔就心潮澎湃。"现在也还是想写的,"并不是一无所想,只是一旦想到需要把它们记录下来,就深感厌倦。更让我感到害怕的是,这种厌倦或许

---

① 苏瓷瓷:《一个人的医院》,中国少年儿童出版社2010年版,第128页。
② 苏瓷瓷:《穷途纪》(http://news.cnhubei.com/hbrb/hbrbsglk/hbrb07/201304/t2544972.shtml)。
③ 苏瓷瓷:《一个人的医院》,中国少年儿童出版社2010年版,第8页。
④ 苏瓷瓷:《舞》(http://blog.sina.com.cn/s/blog_4ea65bca0101h1yc.html)。

不仅仅是针对写作"①。也就是说，当年被逼到无路可走时，她曾经迸发过巨大的抗争激情，如今，似乎连这抗争的兴趣都已离她而去。那种虚无感一旦滋生，竟是难以根除。它不再对生活构成强大的威胁，但也让人在与它的日久厮磨中变得平庸麻木。这是苏瓷瓷面临的最大的问题。尽管在《一个人的医院》的结尾，她曾说："虽然，我们头顶上方的夜空里依然盛装着死亡和空寂。但是，我们每个人的心里都铭刻着和爱有关的痕迹，我已完成了自己饱满的轨迹，最终的死亡和空寂，已经不能使我恐惧。"② 可是，我多么希望她不止步于此。在2014年的博客中，她透露自己现在在重庆邮电大学教创意写作，她说自己惶恐于无物可教，因为她"最终，只学会了一件事情——耐心地安静地活下去"，并且，"亲爱的同学们，我会告知你们的，仅仅是表象。对于真正想说的，我却时刻保持警惕，紧闭自己的嘴巴。这些真相，应该由你们拿一生去体察"③。而我期待，有一天，她还愿意自己来发声，告诉我们在与虚无相处日久成为朋友之后，枯竭的心灵如何再度变得充盈。果有那天，一定是她心中的爱再度战胜虚无之时。

我曾跟朋友聊起苏瓷瓷，告诉她苏瓷瓷是一个怎样的作家。朋友颇为我忧虑，质问我为什么要研究这样一个作家，担心我会被"负能量"吞噬。我告诉她，在阅读苏瓷瓷的过程中，我丝毫没有感受到所谓的"负能量"，相反，我相信很多人如果细读她的《一个人的医院》，都会如我一样被感动。我在许多方面感受到苏瓷瓷与赫尔曼·黑塞《荒原狼》中所写的精神气质的相似，譬如书中说"荒原狼"们"他们的命运就是怀疑人生，把人生是否还有意义这个问题作为个人的痛苦和劫数加以体验"，"这个世界的目的我不能苟同，在这个世界我没有一丝快乐，在这样的世界我怎能不做一只荒原狼，一个潦倒的隐世者"，"他

---

① 苏瓷瓷：《第一夜》（http://blog.sina.com.cn/s/blog_4ea65bca0101c52g.html）。
② 苏瓷瓷：《一个人的医院》，中国少年儿童出版社2010年版，第170页。
③ 苏瓷瓷：《合川》（http://blog.sina.com.cn/s/blog_4ea65bca0102v0ah.html）。

们的使命是过一种誓必达到目的的紧张生活"①，等等。我不否认，世界上有很多还沉醉在温柔乡、富贵场中的人，大概是不需要苏瓷瓷这样的作家的。可是，人类历史如果只有这样的"中产阶级"想象，而没有赫尔曼·黑塞所写的"荒原狼"精神，那是要逐渐萎缩的。因为，只有看过人类精神中最荒寒的风景，才能在头脑中迸发最绚烂的想象；只有经历过最深重的苦难，才能显示出爱的价值与重量。未经审视的人生是不值得过的，没有经历考验的爱是脆弱而缥缈的。更何况，在我们的社会生活中，有另一些幸或不幸，因着先天或后天的关系，遭遇到精神虚无的人——或许他们也并不在少数，苏瓷瓷无疑是他们暗夜中的良伴，得救途中的微光。这些都是苏瓷瓷存在的意义。

　　苏瓷瓷的小说中，没有革命历史、政治运动和饥荒，也没有城乡对立、贫富悬殊和体制性的压榨，甚至也没有追名逐利、权钱交换与尔虞我诈。这一点她与大多数年轻的"80后"作家一样。但是，她几乎是从最庸常平淡的城市生活中，演绎出现代人惊心动魄的精神苦难。她把我们在日常生活中经历的伦理瑕疵、冷漠无爱、心灵疲惫都放大了，用激烈极端的形式展现出来，让我们痛切醒悟到这些悲剧，并萌发出深刻的同情与更新的向往。这是她超越同龄人的地方。我们时代不缺锦上添花的小情调、小感伤，却罕有人能写出它的深处潜在的暗疾。托尔斯泰、陀思妥耶夫斯基都因直面虚无和探索拯救，而成为站在文学巅峰的大师。苏瓷瓷没有那样的自觉，却无意中走上了这条道路。她以受苦为代价，展现虚无与爱的搏击，为我们的时代拓展了写作的精神宽度。

---

① [德] 赫尔曼·黑塞：《荒原狼》，赵登荣、倪承恩译，上海译文出版社2007年版，第24、8、36页。

第七章

精神传统的赓续

如同虚无是个永恒的命题，对虚无的反抗同样形成了悠久的精神传统，成为有益后世的思想资源。在反抗虚无的存在困境时，"80后"作家们也意识到了融入悠久的传统的必要性。他们曾一度被诟病为"垮掉"或"断裂"的一代，所谓"新新人类"的说法，就是这种观点的谐谑化表达，似乎他们是未曾有过、横空出世的新的"物种"。然而清醒的人都知道，如若真的那样，就会成为无根的浮萍，甚至无头的苍蝇，将会长期地承受精神的风浪颠簸之苦。后起的有为的"80后"作家，深切地表现出对认识传统、与传统对话的强烈渴望，他们深知只有沉潜到先贤们的遗产中去，生命才会获得不竭的生机与滋养。这在不幸英年早逝的导演和作家胡迁身上，在身兼多职的"跨界"才女郝景芳身上，都体现得异常鲜明。

第一节 在功利庸俗的时代"大裂"与"掘藏"

一 胡迁之死所昭示的时代精神症候

胡迁自杀，到现在已有好几年。这个"80后"作家、导演，将他的作品带到这个世界，然后走得悄无声息，学术界几乎没有评论。"人生到处知何似，应似飞鸿踏雪泥。"然而胡迁这一点人生留痕，难道只能迅疾地被覆盖而无人知悉？

在并不久远的从前，情况并非这样。犹记得 20 世纪 80 年代末海子之死，有人用了很多"第一次"来表达自己的感受，"几乎是第一次，诗人的自杀距离我们如此切近，从而把我们反面对着的死亡的惘惘的威胁明朗化了。""海子之死，第一次表明作为个体的'存在'意识已经潜移默化地渗透到我们的生存观念之中。"① 那时候人们把诗人自杀作为时代精神发出的警示信号，自觉地去探讨死亡背后那些形而上的原因，直面它所体现的心灵和信仰的危机，重新审视人生所赖以维系的终极价值，澄明应该如何在世为人。众声纷纭，虽也有"死者的坟茔，就是生者说话的客室"之嘲，但基本上不失为严肃地感悟生死的灵魂洗礼。进入 90 年代，青年批评家胡河清跳楼自杀，同样激起了学术界普遍而深刻的反思。旷新年承接着"诗人之死"的话题而提出"批评家之死"的警示，认为相比于被视为通神者的诗人，批评家更是人间性的，"一个批评家的死亡，已经使死亡变成了无法言说的事实，丧失了任何神秘、诗意与力量"，但是作为生者，"我们必须抵挡并且承担所有的丧失与贫乏而生存下去。也许，这就是现代人的宿命与壮烈"。"活着，并且要记住！"② 李劼则说："我之所以说胡河清没有死，而只是离去了，是因为在他跳下高楼的一瞬间，有一种能量释放出来，传递到人们心中，激活了许多苟活着的朋友。因为他的离去，使活人变得充实。……从他的辞世，许多朋友都感受到一种深挚无比的爱，从而为此感动得热泪盈眶。"③ 这里面既有弦歌断绝、痛失手足的伤逝之情，也不失为有益来者的死亡哲思和生命教育。然而到了 21 世纪，面对胡迁之死，这一切都杳然不见。这不禁让人发问，这种变化，是否正体现了某种时代精神征候？

或许有人会说，这是因为胡迁还太年轻，他锋芒初露，作品太少，

---

① 崔卫平编：《不死的海子》，中国文联出版社 1999 年版。
② 旷新年：《一个批评家的死——纪念胡河清》，《当代作家评论》1997 年第 4 期。
③ 李劼：《纪念胡河清君》，《作家》1995 年第 4 期。

也谈不上什么分量和影响，所以才会离去得悄无声息。在这个膜拜强权、成王败寇的评判法则盛行的时代，这当然是重要原因。放眼望去，学者们有太多需要追逐的"重大招标""世纪工程"了，一个初出茅庐的青年艺术家的死，如何能够引起他们侧目分心呢？而这里，或许正体现了某种时代征候，就是年轻一代"后发困境"。不可否认，现在学术界有各种"青年论坛"，有奖掖提携后进之心，可是能进入那个疆界的，毕竟是部分幸运儿，仍然有许多年轻人在时代边缘艰难挣扎，自生自灭。但是，即便是主流学者无暇关注胡迁，不是还有许多作为胡迁的同龄人的活跃批评家吗？他们何以也没有发出有力量的声音？这或许才是继之而来的更严重的时代精神危机：跟海子的时代、胡河清的时代相比，年轻一代难道已经失去了那种休戚与共的精神关联，不再对朋辈的死有强烈的痛惜？在"精致的利己主义者"的说法流行了很多年后，难道这种单子化的社会生存状况真的已经大获全胜？鲁迅曾多次表达痛惜，古代的统治者为了尊己肥私，用了难懂的文字及其他各种手段，使得人们声气不能相通，内心不能相爱，变成一盘散沙。难道类似的局面，竟会在年轻一代身上重演？或者是，并非由于隔绝，而是年轻一代人对生死大事、对人与时代的生命联结，失去了深刻的智性言说的能力？在"诗人之死""批评家之死"已经被言说很多次之后，若非真诚而坚韧地思考人生者，内心对此已没有什么波澜，对生命的遽然终结不能获得什么深邃启示并作出回应？若真如此，那将是我们这代人最大的悲哀。"死生亦大矣，岂不痛哉？"如果我们对身边真实鲜活生命的消逝，都无法作出清明理智的回应，那如何保证我们在解读纸上的文学时的真诚与可信？对死亡的无言，或许最为强烈地昭示出我们这个时代空腹高心、颠顸恣睢的实质。这个时代，物质丰足，科技进步，学术昌盛，可是真实的精神生活的海平面却似乎日益下降。长此以往，也许某天会只剩下一片空空荡荡、狰狞丑陋的龟裂海滩？

帕斯卡尔曾为人们对死亡的无动于衷感到惊诧，他说："就是这个人,日日夜夜都在愤怒和绝望之中度过,唯恐丧失一个职位或在想象着对他的荣誉有什么损害,而正是这同一个人明知自己临死就会丧失一切,却毫无不安、毫不动情。看到在同一颗心里而且就在同一个时间内,既对最微小的事情这样敏感,而对最重大的事情又那样麻木得出奇;这真是一件邪怪的事。"① 对于我们这片土地上正在生活着的人们来说,这尤其切中肯綮。如今胡迁付出了昂贵的代价,将死亡的命题推到了我们面前。我们该怎样领受这个苦涩而重大的命题,能交出怎样的反思答卷呢?胡迁的生命已经定格在了那个离去的时刻,他已经永远地与这个尘世划出了界限,他和他的那些作品,会在这个尘世引起长久的回响,还是会像一团雾气般很快地消散?如果他在天有灵,他是如何看待这个他已经离开的尘世,以及其中的生者?他带着什么表情,想发出什么声音?这些问题牵引着我的心,促使我长时间地怀想他,阅读他的作品。

二 谁是杀手:逐利欲望、挫败感与庸俗的精神

胡迁为什么自杀?有三个层次的原因,值得探讨。

首先,胡迁之死与他的电影版权之争直接相关②,而这个争端背后,体现的是商业社会与艺术理想的冲突,在这个意义上,可以说是商业社会吞吃了胡迁。胡迁把电影当作艺术创作,想要维护它的艺术品位和精神情怀,却不但没有得到惺惺相惜的赞赏,反而跟投资人要求影片成为商品,顺利进入院线获得最大化的经济效益的商业欲望,二者势若

---

① [法]帕斯卡尔:《思想录》,何兆武译,商务印书馆1985年版。
② 胡迁编剧和导演的电影《大象席地而坐》,因为他坚持保留自己剪辑的时长近四个小时的版本,而与影片的投资人、监制爆发了冲突。后者要求他剪辑成两个小时的版本,因为据说在国内还没有近四个小时的影片能顺利通过审查并进入电影院线排片的先例。不愿合作的胡迁,在合同的条款制约下,被剥夺了影片的所有权及署名权。在胡迁去世以后,投资方接受了胡迁所主张的版本,并将之带到戛纳电影节参展,获得了大奖,在海外已经公映,投资方同时将电影的版权赠送给了胡迁的父母(http://ent.sina.com.cn/m/c/2017-10-16/doc-ifymviyp1635998.shtml)。

水火不能相容。在强大而铁硬的商业逻辑和法则面前，他被无情碾压，惨遭完败。这件事对他造成了重大的打击。[1] 这记重创，对胡迁造成了非同寻常的影响，可以说造成了后面多米诺骨牌的坍塌。所以说，胡迁的自杀，首先是被商业社会吞噬的惨剧。

在这件事后，据说胡迁开始用疯狂的写作来躲避这种焦虑，写作之余便彻夜打游戏、喝酒，头发一把一把地掉。很诡异的是，胡迁曾在一次访谈中，声称"文学是很安全的出口"，"与他人产生关联，或者说社会性，对于我，这些属于不可控的，而文学对于我是可控的，有安全感的"。[2] 谁知道，在他生命尽头，却是文学加剧了他的痛苦。胡迁的朋友牧羊回忆说，胡迁去世前五天，写完了剧本《抵达》。然而，"为了接近剧中人物，胡迁连续二十多天酗酒，换来了严重的失眠和焦虑。写作常进行到凌晨5点，……那段时间经常在醒来后才看到胡迁的留言，'我快不行了，我写得好想死。'"朋友也劝他停一停。但他很执着地宣称："写作是用生命献祭。没有别的途径。你看，创作就是，你去进入一个个痛苦的人，上帝却并不会给你一些奖励。""反正活着也没什么好事，就是像工具一样，写作，拍电影。但创作本身是去经历几何倍数的痛苦。"[3] 这时的胡迁已经如疯狂的赛车一般失去了控制，尽管据他的朋友们的回忆来看，胡迁跟什么抑郁症之类的并无关系，在去世前四天，跟朋友聊天的时候，他还在谈起自己接下来拍电影和排戏剧的计划，他还有着生活的情趣与梦想的激情。可是只过了四天，他就在悄

---

[1] 在他去世前一个多月的微博里，他曾写道："这一年，出了两本书，拍了一部文艺片，新写了一本书，总共拿了两万的版权稿费，电影一分钱也没有，女朋友也跑了……之后的几年还得攒钱，把自己第一部电影版权买回来。"再早一点，在长篇小说《牛蛙》的后记中，他也不忘倾吐着苦水："完成这部电影用了一整年时间，而最终，没有一帧画面属于我，我也无法保护它。它被外力消解掉了。"在他的小说中，他也很明显地反复借着人物之口在发泄自己的愤懑："上一代人总是会不遗余力地压制下一代，这与进化的意志相反。……我被剥夺了很多，也对抗不了，他们扣押了我所有的版权。"

[2] 胡迁：《远处的拉莫》，译林出版社2018年版，第299页。

[3] 豆瓣上关于胡迁的网络资料（https://www.douban.com/note/658948417/）。

无声息中结束了自己的生命。这或许让人讶异，然而如果读了他死后朋友们编辑出版的他的遗作，我觉得这样的推测或许是能成立的，那就是：胡迁的死，或许是某种文学写作带来的幻觉驱使，是某种"激情行为"。他在生命尽头写的作品，例如小说《海鸥》和戏剧《抵达》，实在太污黑与血腥了。去世前半个多月，胡迁在自己的微博上发布的一段话，"多年前，我每天打游戏，后来精力跟不上了，就靠睡觉，我每天睡十几个小时。再后来，我大脑老化，不能长时间睡眠，我开始喝酒。从清醒到入睡之间需要很多酒，而我酒量越来越大。到现在，也就是现在，我看着这面墙，再也没有逃避世界的方法了。我只能看着这面墙，一整天"①。这实际上就是戏剧《抵达》里的台词。这篇小说里还有着杀戮与弑父的情节。《海鸥》则更是一篇走火入魔般的小说，作者自称它是改编自真实事件，但我找不到它的本事，其内容是发生在一个农场里的没有来由的惨无人道的屠杀事件，几个年轻人在酒后无聊，刀砍斧凿，杀了不计其数的人。整篇小说没有前缘后续，有的只是对那些血肉横飞的场面的冷静无感的表述，让人不寒而栗。一个人要有怎样的心智状态才能写出这样的小说呢？看了这些，对前面提到的他给朋友的信息中说的"我不行了，我写得好想死"之类的话，也没那么费解了。

关于电影的纠纷，文学写作造成的死亡幻想与激情，大概是胡迁自杀的直接原因，然而也是表层原因，更重要的是去分析深层次的原因。为什么会出现电影的纠纷？背后深层次的，难道不是当今时代的商业法则与个体的艺术追求之间的矛盾吗？为什么会疯狂地在文学中书写绝望与杀戮？更深层次的，难道不是个体在社会中所遭遇的精神挫败感与末日体验吗？而这些，在胡迁的文学作品中，其实都有反映。某种程度上可以说，胡迁的作品是胡迁之死的注解。要理解胡迁之死，并且从中有

---

① 胡迁的微博（https：//weibo.com/huerbo? from = feed&loc = at&nick = Hoo9o&is_ all = 1），内容已被删除。

所警觉，需要细读其作品。

胡迁的小说，正如台湾作家黄丽群所评价的，最让人赞赏的，是文字的老练，作为北京电影学院导演系毕业、并非科班写作小说的人，"他对文字这古老介质的驾驭能力可谓天造地设"。至于其思想主题，则并非那么让人迷醉、击节赞叹，黄丽群说："《大裂》书如其名，彻底是本伤害之书"，并将胡迁称作"暗室明眼人"："生命如拥挤的暗室，他坐在当中，视线炯炯，眼中没有遮蔽，什么角落都看见，不怕痛地指出来，也不因此就佯装或者自命是谁的一道光。至于救赎或出口，那是人人各自的承担与碰撞"①。作家鲁敏则说："他的东西不太合适集中阅读。那股强烈的丧衰，会大大地拉拽阅读者的心绪，你会感受到那赤诚中所迸射的破坏力。"② 我对此比较认同。胡迁的小说最显在的命题，大概有三个：挫败感、破坏欲、死亡。随手翻来，这样的例子俯拾即是。

关于挫败感，可以用他最著名的作品《大象席地而坐》来说明。这最初是个短篇小说，后来他用同题拍摄了一部电影，但只是把短篇小说的情节纳入进去作为部分元素，电影的故事要复杂得多。在电影里，席地而坐的大象只是被悬置的观看对象、一个精神出口和寄托，并没有正面而实际地表现，但小说中，这头大象实际地出现，被观看到了，谜底被揭穿了。这头让人们奇怪的，老是席地而坐的大象，原来是被人打断了腿。它不是不想站起来，而是失去了站起来的能力。这无疑是个隐喻，甚至可以说是对今天社会那些无力掌控自己命运的弱势群体的最悲凉彻骨又最犀利绝世的隐喻。它一下子就让我想到了曾一度成为社会热点的所谓"三和大神"——深圳一个小市场上那些过一天是一天、不知道未来在哪里的廉价劳动力们。这篇小说最惨烈的是，生活不如意的

---

① 胡迁：《大裂》，九州出版社2017年版。
② 鲁敏：《胡迁之死》（https://www.sohu.com/a/223952930_174736）。

主人公，不远万里跑到这头大象面前，最后被这头站不起来的大象抬起脚掌踩死了。这种挫败、迷茫、颓废、绝望、屈辱的感觉在他的多篇小说里反复扩散。《约会》一开头就说："我从未做成过任何一件事。"《玛丽悠悠》里说："存在就是羞耻，羞耻就是一种无尽抽搐的感觉。"《捕梦网》里的主人公，把女朋友设计的表达寄托的"捕梦网"视作难以直视的噩梦。《黯淡》里主人公则说："其实我可以生个孩子，再教给他一切能把自己一辈子搞砸的道理，我如此艰难地活到现在，剩下为数不多的信念，再给予一个孩子，让他艰难地活到我这个岁数。然后有一天我们互相举着刀对峙的时候，我再告诉他，其实你谁都怪罪不了，我是不是全都告诉你了？"此人在尘世生活里受尽伤害，所以想到山间寺庙里寻求清净，结果却被告知"没有答案"，实际的经历也粉碎了他的幻想，他在这佛门清净地遇到的竟然是男同性恋的骚扰。

　　这些在生活中无力改变自己处境的人，走向颓废之外的另一个极端，就是盲目的破坏。小说《鞋带》里的叙述者说："我已经演了大约十出话剧，让我对这件事有种很强烈的伤感，我觉得自己毫无价值……也许能够活着本身已经很幸运了。"然后，他遇到了一个或许是有同样想法的人，对他说了一番怪异的话，就是要把一个严肃的演出搞砸，在舞台上脱了裤子，或者撒泡尿。尽管"我"告诉他："做这件事的那个人，一定承认自己是最一无是处的"，他还是把这件事实施了。结局呢，这个人嚎啕大哭起来，他成了"一个因为自己一无是处又无耻下流的悲伤的彻底的人"，"他连依靠无耻获得的一点特殊性都荡然无存。"《张莫西去了沙漠》和《婚礼》也是发泄同样冲动的作品。这方面的登峰造极之作是他的长篇小说《牛蛙》。小说的主人公，也是这样描述自己的："在我一件事也没做成过的人生里，从十岁开始，就总想着搞砸点什么。"当他无意中遇到比他更疯狂的破坏大王的时候，他加入了那个恐怖的计划：那个商业大亨张乔生，因为家庭生活中的愤懑，费尽心血筹划了很多年的恶作剧，就是要制造有一天全城市各个下水道突然喷涌出粪便，让肮脏的秽物淹没这个城市的大街小巷。据说是因为，"他用一个符号化的行为，来彻底洗涤这个地方，他了解物极必反的真理，当走到污浊的最底端，光明与美好便会到来"。然而，这样的说辞何尝不是一种自欺呢？疯狂的破坏，除了舒泄怨愤，又能改变什么呢？所以小说的结尾说："而我最终认识到自己做了多么愚蠢的一件事，这不会改变任何事物。……这就是一个玩笑。"

因挫败而颓废，盲目破坏却自知无益，于是就来到了死亡的主题，这似乎是必然的结局。《响起了敲门声》是一篇讲述自杀的小说。它并没有讲述自杀的具体原因，只是在字里行间营造灰暗无望的氛围，比如不断回忆他人的死亡："我一遍又一遍不可控地回忆起十二岁时在家门口遇到的死去的男人，一具尸体抓着报栏，他的胳膊跟报栏冻结在一起。""母亲去世时中指不规则的弯曲""我知道自己即将迎来一段平庸而可怕的人生。现在我完成了那么多，也看到她死去时竖起的中指，所以完整了，我终于不再欠谁什么了。"小说结尾写他自杀前听到响起敲门声，最后一句话是："但我实在不想看到一个快递员站在门口，就赶紧把枪塞进嘴里，迅速开了一枪。"平实的语言里，似乎有无尽的讽刺，人生不过就是些琐碎，不会有什么华丽的期待，所以不如早早终结。在他身后出版的遗作《远处的拉莫》这本集子里，有两篇同题的小说。第一篇叫《远处的拉莫：警报》，里面写了各种人世的苦难，少年生病被母亲遗弃，住在猪圈里；少女被父亲强奸，最后被残忍地打死；等等。小说里反复出现一句话："远处的拉莫在看着你，那是你的神，他总是看着你，除此之外什么也不做，有时候你可以感觉到他。"这颇让人疑惑，拉莫到底是什么？汉语里似乎没有这样的词汇，难道是什么外国语言的词汇的音译？然而查找资料也没有结果。直到读到第二篇，《远处的拉莫：边界》，看小说的开头说："母亲死后，我做了去往拉莫的打算。"然后整篇小说讲述去拉莫的种种努力与遭遇，到最后这个人被杀了，小说的最后一句话是："两个小时后，我终于抵达了拉莫。"我才恍然大悟，原来拉莫就是死亡。怪不得，"远处的拉莫在看着你……他总是看着你"。这两篇小说，读来鬼气森森，似乎是胡迁在生命尽头所发出的最终信号和某种赴约的决心。

由上可见，胡迁的小说，在某种程度上几乎推动着他的赴死，这让人不由得发问：他为什么会写出这样的小说？回答了这个问题，似乎才能真正明白，是什么吞吃了胡迁的生命。

如果说，是小说里弥漫的那股挫败感杀死了胡迁，那么，这就需要所有人都来严肃反思挫败感的来源问题。因为从种种迹象来看，这样的挫败感其实已经很普遍了。日本学者千野拓政在分析青年亚文化的时候，曾在问卷调查和统计数据的基础上，提出这跟青少年的社会处境与心理状态有关。简而言之，即日本也存在社会阶层固化，"你要是没钱上补习班，父母不是律师、医生这个阶层的话，考不上东京大学"[1]，同时，年轻人就业难，在两极分化的社会里收入低，导致他们内心幸福感降低，而且觉得："现在的社会所有的事情早已都被固定，而自己生活的社会圈越来越缩小，自己在这样狭窄的圈子里被分配角色，扮演它而生活。当中很难感到将来能参与社会，打开出路，并改变自己的命运的希望。"在日本，已经有研究者提出"绝望国度里的幸福青年"的问题。他同时认为，不仅日本，在中国，甚至在东亚的其他诸城市，这样的情况都是普遍的。[2] 长期研究青年文学的金理也曾撰文，针对"中国作家笔下，失败青年的形象大规模涌现"，而择取个案，探讨"失败青年故事的限制与可能"。就我的阅读体验来说，"80后"作家当中抒写这种体验的也不乏其人，双雪涛的《聋哑时代》、马小淘的《毛坯夫妻》等都很具代表性。

---

[1] ［日］千野拓政：《中国的80后作家在日本为啥没人气？》（https://cul.qq.com/a/20161109/012436.htm）。

[2] ［日］千野拓政：《幸福国度的绝望青年——东亚现代文化的转折与日本当代青年文化》（四），《花城》2016年第4期。

其实，也正如金理文中所指出的，"失败者"形象自然也不是从当代青年开始的，回溯文学史，卡夫卡、鲁迅何尝不都是从失败的体验中出发呢？更近一点，新时期之初，"潘晓来信"中不也提出过"路越走越窄"的问题吗？但是当代的失败者况味，跟卡夫卡、鲁迅他们确实不一样了。如果说卡夫卡们的失败，与人类的理性根基动摇、传统信仰破灭相关，多少带有形而上的色彩的话，而千野拓政、金理所分析的当代青年们所感受到的失败感，则更多是形而下的，是具体的社会结构、经济状况等制度原因造成的。而对于胡迁来说，情况又稍微复杂一点。胡迁也经历了当下年轻人的物质生存上的窘迫，譬如他在微博里曾经记录过跟一个做网络直播的女孩子的对话，自己苦心孤诣的艺术创作，换来的报酬，跟做网络直播的女孩比起来不过是九牛一毛。此外，他在生活中感受的挫败，还有别种类型。譬如人心的诡诈，人性的败坏，他在《牛蛙》的后记中，曾写过他被通州的贩狗团伙欺骗，买到一只病狗的辛酸往事。而在他讲述里，更重要的打击，或许会出乎人的意料，竟然是来自时代精神文化的平庸与卑琐。他早在大学的时候，就遇到过按自己的想法拍艺术片却被老师训导去学习商业片模式，从而感到痛苦的经历，毕业以后，他执导的处女作又重复了同样的故事。时代精神的功利与庸俗，对他的理想主义激情造成了致命的压抑，让他感觉找不到出路。这才是他绝望感的真正来源。

社会结构、经济发展等背后的制度化因素，应该是政治家、经济学家们的课题，文人学者们最多只能提出问题引起疗救的注意，没法有更多的作为。但是对于时代精神和文化氛围的功利、庸俗，文人学者们却负有不可推卸的应对责任。对此胡迁其实作过很有见地的思考。胡迁曾写过一篇创作谈，对这些问题有很独到的分析。他说："每一代有每一代人的痛楚。上一代人，现代社会的分裂畸形替代了战争对更上一代人核心的摧残。就像我们这一代人深受肤浅和庸俗融入着血液带来的绝望一样，没有人想承认这个。那这就是这一代人的痛苦。由肤浅庸俗带来的痛苦。"[1] 他在确指了肤浅庸俗这个时代精神的致命病菌之后,并没有简单地将之归因于物欲横流、拜金主义等浮泛因素,而是提出了更深入、别致的分析,那就是人们精神上的懒惰、乏力,以及感知方式的概念化、公式化。他说:"智能手机普及几年之后就成为每个人最重要的器官,未来还会有更完备的设备来替代所有感官和自然表达。"这些东西,造成了我们每天在精神上所得到的,都是"概念化、目的化和庸俗化的表象。"也就是说,我们已经无力去理解事物本身,更遑论事物的本质,原初或终极之因等命题。当我们与人生的悠远、深切之物切断连接,只满足于概念化的表象时,我们就彻底走上了放逐之路。"在以前,所有的通道是未知的,但不代表是封锁的,但当概念形成之后,通道被封死。最终,概念的感受方式落实到对自我上,这是我认为最大的庸俗。"在《抵达》这个剧本中,那个喜欢户外徒步露营的青年说,他厌恶日常生活,因为平时所在的地方,那所谓安全的地方,"你们可以聊一晚上,第二天就把所有说过的话都吐出来,每一句都是废话,每一句都跟几年前一模一样。"正是这种刻板的、概念化和公式化的言语和思维方式,造成了让人窒息的平庸:"我想做点自己喜欢的东西,可是不会受欢迎的。平庸的事物令人喜爱,因为它们不真诚,很安全。"

如果这是让胡迁生无可恋的致命病症,是否有可能反抗并战胜它?胡迁已不愿意与我探讨这个问题。但实际上他的小说是有过正面回答的,可惜不知道为什么,他没有让这篇小说的精神发酵在自己的生活里,成为保护自己的坚硬铠甲。这篇小说,就是《大裂》,它获得了台湾第六届华文世界电影小说奖首奖。它是一篇真正的杰作。

三 《大裂》:"断裂"和"掘藏"中的抗争

胡迁曾说这篇小说的素材,来自他在一所专科学校就读过的短暂经

---

[1] 胡迁:《〈大裂〉之后》,《西湖》2017 年第 6 期。

第七章 精神传统的赓续

历。他认为那是一段颓丧的生活，在那里的，"这个中国庞大的青年群体，不叫青春"[1]，"要说这种群体的特征，大概就是烂尾"[2]。这篇小说里也展示了这种无望到极致的生活，譬如整日昏睡的学生懒到不愿意起来上厕所，寝室里摊着装着黄色尿液的矿泉水瓶。但在无望的另一面，却又有野蛮的原始力量的冲撞，那就是"老广院人"和"山传"的学生之间凶残的群殴，小说的开头就是从这种暴风骤雨般的野蛮斗殴写起。

小说的亮光，来自那几个完全与这一切"大裂"开来的年轻人。他们因着一个偶然的契机，离开了昏睡、扑克牌、群殴，获得了一个可以沉醉的去处，那就是挖黄金。他们偶尔得到了一张藏宝图，鬼使神差地对此产生了坚定的信念，认为照着它，能在洞穴里掘到黄金。这当然是个隐喻。掘藏这个不为那些鼓动斗殴的人所理解的行为，隐含着离开庸常的大道，走少有人走的窄路的意味，也隐含着打破浮泛的表象，向着深处开掘的意味，这大概就是胡迁所提出的反抗概念化的认知方式与肤浅庸俗的时代精神的救赎之路。它让我想到历史上那些无论外在境遇如何波谲云诡，都潜心于艰辛而忘我的智性探索和事业追求之中的贤人。他们没有随波逐流，放纵身体里的原始力量野蛮生长，而是将它驱使到了另一种修炼当中，去成就别样的价值。

《大裂》里的"我"和赵乃夫等人挖黄金的过程，其实就是修炼的过程，围绕着这件事所衍生出来的情节，都充满了丰富的人生意味。比如说，赵乃夫原来是这件事最狂热的推动者，但他却也是最早退出来的人，类乎"其兴也勃，其亡也忽"，原因是他去镇上买工具的时候，被妓女引诱了，后来又迷上了大麻。修行的天敌大概就是这些事物吧，对人的意志最大的腐蚀莫过于此，失败了的赵乃夫，最终没法体会到那个

---

[1] 胡迁等：《对话胡迁》，《每日新报》2017年1月17日。
[2] 胡迁：《远处的拉莫》，译林出版社2018年版，第296页。

掘到黄金的喜悦。后来在孤独的坚持中,"我"也时常想到最初发现藏宝图的时刻,荒野当中另外两块石头,"我"在想,如果当初翻开的是另外两块石头,发现的是另外的指引,这些日子的面貌是不是就会完全不一样呢?这也是个很富有意味的隐喻,它指向的人生的多种可能性,以及人生中"歧路亡羊"的悲剧,我们最终的选择实际上是有限的。

这个掘藏的过程,不断有人加入,也不断有人离去,它既挖出了铠甲、大麻,也挖出了白骨和毛发。这都隐喻着追寻理想的过程中那些常见的元素。在小说的结尾,在四年的大学将近的时候,在其他人在斗殴中遍体鳞伤时,"我"终于挖到了黄金。这就像在漫长的修行或者追逐理想之后,人们所取得的收获一样。耐人寻味的是此后小说的讲述,"我"带着黄金去找昔日的朋友,然后有了一番对话。朋友说:"你就是打发时间而已吧?""一大堆金子在一起是什么样?"对于前者,"我"的回答是:"也许是吧"。"我"在收拾着离开挖掘黄金的洞穴时,曾感到过"极其空洞的,仍然有无法释怀的东西"。原来,修炼的过程是充实的,真正达到目的以后,却仍然是人生如梦,人心永远得不到真正的满足,这种感觉也许很多人都有体会。所以"我"说:"我仍然没有找到答案,我只是解决掉了四年的一段时间。"而一大堆金子在一起,"如果没蜡烛,就是黑乎乎一片。"这意味着,所有的人生意义,可能都只是阶段性的,人生终极问题的解决,很难一劳永逸,而如果不是某种灵光的烛照,这些现成的意义也许仍然是僵死的,没法真正具有生命力。

在掘藏的过程中,曾有一个女人加入进来,给了"我"十字架,教"我"祈祷。然而"我"问:"在此之前,这个十字架在哪里呢?"这个情节意味着,胡迁也曾在《大裂》中探索过宗教这种出路的可能。既然现世的一切物质都没法满足人心,那么宗教是不是一条出路呢?胡迁在小说中萌生过这个问题意识,但他却难以真正接受这种可能。在小说的开头,他就设置过一个细节,在脏脏凌乱的寝室里,衣柜上留着一段之前的人抄写的圣经里的话："世界在神面前败坏，地上满了强暴"等，然而在这段震撼人心的经文之下，却同时写着一句亵渎不堪的粗话："所以我要操死她。"这样一个混乱的人世，一个在千百年前的圣经里已经被预言了的人世，宗教如何能成为"我"的出路呢？在这个细节背后，胡迁应该是非常悲伤的，他看到了这个世界逃脱不了被预言了的败坏。他写道，在掘藏的过程中，那些人不断去附近的村子里偷工具，扫帚、铲子、推车、水桶，等等，恰好偷的都是同一个农民家的。这个不断被伤害的忠厚而无辜的农民，说了一段神启般的话，他说："学生，这个世界越来越坏了……这一点无法控制，比如一列火车冲入悬崖，也是从头到尾按顺序掉落，这趟火车就是二百年时光。"这篇小说一方面弥漫着这种犹如末世般的无奈感，另一方面却也发散着掘金过程中那股韧性的抗争感，或许这就是小说为什么起名叫"大裂"的原因。它意味着不管世道如何，就像易卜生说的，世界像一艘船要沉了，或者像这个农民说的，如"一列火车冲入悬崖"，无力挽回，但还有一种可能："要紧的是救出你自己。"最终，小说也在努力试图去弥合这个充满伤害的世界，小说的结尾，"我"回到了那个不断被偷盗的农民的家里，向他承认自己偷了他的东西，然后像那个教"我"祈祷的女人曾经做过的那样，"我给你们跳支舞吧"。小说在这里戛然而止。可以想象，这是个何等违和的画面，"我"对着一个不断被偷盗的受害者，跳着舞蹈，那舞姿该是轻盈的，还是哀婉的呢？但不管怎么样，在"我"修行的过程中，"我"所犯下的对他人的罪愆，总算得到了或多或少的清洗吧？

这就是《大裂》，它是一篇蕴含了丰富元素的杰作。它讲述的掘金故事，让我想起了尼采在《朝霞》中，将自己比作"像只鼹鼠似的在地下孤独地生活"，是"一个挖掘、开采和探索地下世界的人"[1]。主人

---

[1] ［德］尼采：《朝霞》，田立年译，华东师范大学出版社2007年版。

公度过了与众不同的四年时光，悬置了对未来无穷岁月更多的想象，他好像暂时解决了某个问题，又提出了待解的更多召唤。它与胡迁别的作品不同，它不再是一味地宣泄与破坏，在颓丧与黑暗之间，它至少找到了某个"裂缝"，某个暂时栖身的洞穴，可以安顿灵魂。如果它所讲述的那种"诺亚方舟"般的存在方式，能够贯彻在胡迁的人生中，如果哪怕是在最艰难的日子里，他也还能置身风暴之外，像小说里写的那样埋头掘藏，或许他自缢的悲剧就不会发生，浮泛平庸的时代就会多一份叛骨和精魂。然而，胡迁启示了道路，接下来却转头不顾，走上了另一条道路。

四　继续跳舞：活着的时候就应该准备死亡

行进的时代总要吞噬一些人。它吞吃了范爱农，吞吃了王国维，吞吃了海子，吞吃了胡河清，吞吃了陈超，又吞吃了胡迁。鲁迅曾为范爱农的被吞吃而"不怡累日"，但对另一种被吞吃却能够坦然相对，他说："革命时代总要有许多文艺家萎黄，有许多文艺家向新的山崩地塌般的大波冲进去，乃仍被吞没，或者受伤。被吞没的消灭了；受伤的生活着，开拓着自己的生活，唱着苦痛和愉悦之歌。待到这些逝去了，于是现出一个较新的新时代，产出更新的文艺来。"[①] 那么，对于胡迁的被吞吃，我们又该作何感？

胡迁的死，无疑发出了警示信号，让人想到许多迫切的问题。例如，失败感并不是只有当今的青年才有，为何在当今却显得特别难以消除？此外，一个时代如果扼杀了自己的精华人物，那它将会付出什么代价呢？幸存者置身其中，会受到什么连带的损失，又能够为此做些什么？我们该怎么对待置身的这个时代？对此，胡迁其实也有过表述，在访谈中他曾说："批判没有用，也轮不到我去批判，每天可以听到的批

---

① 《鲁迅全集》第 3 卷，人民文学出版社 2005 年版，第 362 页。

判声音已经够多了。批判……是大多数人都很擅长的事情。如果我想提出什么的话,那就是控制好自己的行为。……最重要的是行为,当人在做生活中每个选择时,只要动一丝衡量利益的念头并被干扰,就不该再批判什么了,批判不是拿个话筒展示一番放下话筒就开始算账。……批判是有代价的,意味着要用鲜血来对抗,不是一种沾沾自喜的幻觉。"①斯人已去,斯言可存,在这样的时代里,或许我们每个人都应该如此,好好地学习"控制好自己的行为"。

胡迁的死,虽然没有像前面所引的李劼对胡河清之死的理解那样,释放了一种能量,"激活了许多苟活着的朋友",在友辈心中激起深挚的爱,但是,它毕竟还是引起了回响。他的电影的投资人终于作出了让步,将版权全部归还给了他,由他的父母代为接受。从某种意义上说,这也是良知和爱的被唤醒。再迟一点,他的电影获得了多个奖项。这个伤害了他的世界,终于给了他补偿,反过来,也可以说是享用了他的馈赠。《大裂》最后写到,"我"对着被伤害的人跳了一支舞。他的电影获奖,应该算是世界为他跳的一支舞,同时也可以说是他留给世界的一支舞,可惜,是最后一支。

《西藏生死书》里说:"世界上最伟大的精神传统,包括基督教在内,都清楚地告诉我们:死亡并非终点。""佛教把生和死看成一体,死亡只是另一期生命的开始。死亡是反映生命整体意义的一面镜子。"②如果照这么说,我们也不需要为胡迁之死过于悲伤。每个人都要死的,胡迁只不过是把必然要经历的死亡突然提前了,也许他在其中获得了安息。《西藏生死书》里也说道:"活着的时候就应该准备死。"对于我们这些尚存者来说,我们还有时间准备,或许也是像《大裂》中说的那样,在文明的列车冲下悬崖之前,继续跳舞。

---

① 胡迁:《远处的拉莫》,译林出版社 2018 年版,第 298 页。
② 索甲仁波切:《西藏生死书》,浙江大学出版社 2011 年版。

第二节　关于自由的破与立

　　物理学硕士，经济学博士，中国发展研究基金会的研究人员，教育机构的创始人……郝景芳的身份颇为复杂。这促使我想用一个跨界的词去描述她的文学世界：显著的"马太效应"正在发生。这是说，她最显赫的雨果奖得主头衔（及科幻作家身份）被反复强调，而她那唯一一部现实主义长篇小说《生于一九八四》却长久被忽视和埋没。实际上，后者有其不容抹杀的独到之处，作者的多重身份带来的面对社会和人生问题的思想者优势，在其中有鲜明体现，使它成为有关"80后"这代人的独具思想价值的小说。譬如说，贯穿全书的一个主题是"自由"，这体现了小说非凡的勇气。因为这是似乎属于"五四"或20世纪80年代的远去的话题，当代文学以此为主唱的作品可谓凤毛麟角。这个古老的主题，如何在年轻人身上被重新体验？这种如同喝水、呼吸般须臾不可离却又难言说的事物，如何被讲述得跌宕起伏？我对这部小说的兴趣和思考即从这里开始。

一　关于"自由"的破与立：被看、自我与真实

　　小说的主人公"我"，生于1984年，名叫沈轻云。在大学毕业之际，她突然不知该何去何从，出国留学、考研、找工作，都在犹豫中耽误了。好像哪条路都不满意，却又不知道为什么不满意，看着别人都在风风火火往下一站赶去，而自己在迷茫中举步维艰，更加感到焦虑。一场关于自由的思想苦旅由此展开。在小说开头不久，她就提出："其实现在没有人强迫或奴役我做什么，可我就是不觉得自由。"她想问问那些野心勃勃的同龄人："你们自由吗？"却又担心，如果被反问"有这么多选项，难道不自由吗"时，会无言以对。

　　到底出了什么问题？为什么没有强迫和奴役，有这么多选项，仍然

会对自由充满疑虑？小说在叙述的推进中抽丝剥茧地揭晓答案。它首先用形象的方式作了一个两代人的对比。沈轻云的父亲在描述自己这代人的处境时打了个比方：就像一开始有人告诉你，要往这边跑，但当你起劲地跟着众人跑着跑着，突然发现所有人又开始往另一边跑了，只有你变得落单而不合时宜，或者就像大家都在演戏，而入戏太深的你，最后被遗弃。这是说，父亲作为上山下乡的那代人，很多时候在时代巨手的摆布中度过。年轻的一代，看似不再被统一的指令安排了，然而沈轻云却用另一个比方指出了隐藏更深的问题：走出校园的年轻人，就像被圈养的小动物，好不容易栅栏撤掉了，可以自由地撒欢了，他们却四散开去，一人抢一个位置，蹲下不动了。"似乎所有的奔跑就是为了这一刻的就位，其迅速程度令人措手不及。"

也就是说，在沈轻云的眼里，这些表面的自由选择，只不过是进入了预先设定的隐形牢笼，"蹲下不动了"，实则意味着重新抛弃了自由，在表面的安全感之中满足于做囚徒。为了与这个比方相呼应，小说中用了更多笔墨，讲述沈轻云时常感到的另一个困扰：They are watching you。明眼的读者都知道，这是乔治·奥威尔的《1984》中的话。仔细一想，这是个充满力量的借用，它能够切中要害。对于当下的年轻人来说，在看着你的，不一定是"老大哥"，而是无时无处不存在着的众多目光，使你自觉或不自觉地"想在别人眼中活出一个好看的样子"。这就像福柯所说的"全景敞视监狱"的内隐化，通过"规范化评判"来实现规训的目的。这背后的监视者、评判者，我们可以视作一种流行的价值观，说得更明确一点，也许可以用物质主义、消费主义来代称。它以商品、广告、娱乐、会展等各种日常生活的形式，无孔不入，包围着你，塑造着你，让你别无选择，只能俯首称臣。放大点说，这已经成了一种新的意识形态，无形地规约着人们的行为。前面说年轻人离开校园，栅栏撤走之后，"迅速抢个位置蹲下"，正是被无形驯服下的归位。这个比喻形象地写出了年轻人所不自知的自由困境，是郝景芳的一个妙笔。

这时候的沈轻云，对"自由是什么"还没有明确的答案，但她却看到了这个时代"自由的反面"，算是完成了"破（虚妄）"的一步。正因为如此，在别人很活跃时，她却迟迟不动作，对那些貌似毋庸置疑的选择，发出质疑：我真的能像这样吗？真的就这样一辈子吗？在她身上，还有着不肯屈服的理想主义。但关于理想，早有饱经沧桑、人到中年的诗人跟我们讲过："那时我们有梦，关于文学，关于爱情，关于穿越世界的旅行。如今我们深夜饮酒，杯子碰到一起，都是梦破碎的声音。"现在这个初出茅庐的女孩子，面对无物之阵般的"新意识形态"的笼罩，她的反抗能够抵达哪里？

沈轻云对自由"先破后立"的探寻，只能内转，主要有两个站点：确立自我与融入真实。

小说中设置了一个对比：沈轻云"总是从我自己的问题开始说，最后才说到宏大的主题"，而她那个爱读书的男朋友却相反，"他回避讲自己。……他会讲自己看到的东西、读的书，但是几乎不会讲他自己的心。……每当话题转向他个人的喜好或者儿时的记忆，他就似乎很厌倦"。然而，却是沈轻云在失恋后的精神危机中先进行了反思："我就是恐慌我没有一点自己的观点。……我头脑中的想法是自己的吗？是谁灌输给我的？……还有没有哪怕一句话是我自己的话？""如果没有任何一个想法是我自己的，那我还有自由可言吗？"郝景芳在接受记者采访时说，这也是她自己在求学时曾有过的真实的焦虑，是她写作这本书最初的缘起。

这看起来似乎只是个"不要让自己的头脑成为别人思想的跑马场"的问题，可是真正经历起来却不那么简单。即便是强有力者如鲁迅，也是在时间的历练中获得这种能力的。伊藤虎丸在分析《狂人日记》时认为，其前十节那个控诉吃人的狂人，如同留学日本时获得了新的思想武器的青年周树人，而后三节那个有反思和忏悔意识的狂人，才是沉潜多年后成熟的鲁迅的写照。他这样解释其中的原由：一个人年轻时初步

第七章 精神传统的赓续

有了思想、自我觉醒、社会意识等,都还不能说已获得了主体性,因为他只是被作为"新的权威"的新的"思想"和"普遍真理"所占有,委身于其中,这个时候他可能会发出激烈的批判,却不是因为有了主体性,而是因为把自己当作了所委身的"真理"的化身;只有进入第二个阶段,即把自己从业已委身其中的新思想和新价值观中重新拉出来,从被一种思想所占有,前进到将其作为自己的思想所拥有,才是真正获得了主体性的阶段,也是获得真正的"个的自觉"与自由的阶段。①

就像古人说的:"已有的事后必再有,已行的事后必再行。日光之下并无新事。"先贤鲁迅身上发生的获取主体性的过程,也将在"80后"女孩沈轻云身上发生。她所疑惑的"我头脑中的想法是我自己的吗",正如同伊藤虎丸谈鲁迅时所说的,被一种思想所占有的阶段。由于她提出以上那些问题时,正是因为情绪低落被送入医院调养的时候,所以她的问题被医生视为一种心理上的病症,没有得到正面的回应,反而引来更严厉的治疗手段。医学没法解决这个精神上的困境,最终还是靠她在游历、对话和思索中解开。沈轻云终于意识到,"根本不可能把所有他人的观念都隔绝掉……你可以把它们都接收了,再超越它们。就好比一个光线的收集器,你可以接收任何地方来的任何光线,但是不被它们烧毁,而是把它们转化了再发射出去。接收容纳并超越。这种处理能力就是自由。"当然,沈轻云所没有意识到,但对解决这个问题却很关键的,还有一句话:我思故我在。也许我头脑中的观念是从外界和他人摄取的,可疑的,但对此加以怀疑和反思的那个"我",却应该是确凿、坚实的。

"五四"时期,胡适就曾引用过尼采的"重新估定一切价值"来勉励国人,沈轻云经过挣扎所领悟的,也没有超出这八个字的范围。然而,"纸上得来终觉浅,绝知此事要躬行。"沈轻云在解决了别人的影

---

① [日]伊藤虎丸:《鲁迅与日本人》,李冬木译,河北教育出版社2001年版,第120—122页。

响的焦虑之后，获得自我的主体性，成为坚实的个体存在，进而成为自由的生命，这个过程也暗合了胡适在"五四"时期写《易卜生主义》，以"救出你自己"的个人主义，来奠定自由主义根基的思想理路，虽然他们所反抗的对象截然不同。在小说虚构的沈轻云与《1984》中的温斯顿的对话中，温斯顿讲了两个小故事，也与此有关。一个是鸟儿被贴上黄金饰品后再也飞不起来了，另一个是战无不胜的英雄被大魔王尊奉为偶像，于是不自觉地沦为大魔王的玩偶。温斯顿进而给了她一个教导：自由就是自我的扩大。后来沈轻云将其扩展为：自由就是扩大到无穷的自我。这却产生了问题。

自我如何扩大，以至无穷？这个问题看起来就很狂妄，让人不由得捏把汗。细想起来，唯一的途径也许只是：拥抱真实。小说中有多处写到，沈轻云对"光"的追逐，她之所以不愿顺时入俗、步人脚踪，是因为她说的："我想要的不是这些具体的事，而是……某一个让自己觉得是光亮的……方向。我想要……做些能够安抚我的过去、拯救我的现在、让未来仍然显得值得认可的事。"也就是说，沈轻云在追求光亮的、有价值的生存方式。她目睹身边的同龄人按照别人的眼光去争抢社会的位置，在她获得地方统计局的临时工作以后，观察身边的同事，"她们既能相信一件事又不相信。可以认为官员整体高尚，个体不高尚"，也就是说任由思维矛盾、内心分裂而安然自得，她适应不了。因为这里面没有她所要的光亮的、有价值的东西，但其背后的实质，是没有"真实"。光亮和价值，其实都来源于真实。

小说用了不少篇幅来讲述这个主题。沈轻云在基层统计部门工作时，逐渐领悟到了统计数字中的门道。这点可能跟郝景芳自己从事经济研究的经验分不开，非有此背景写不出来。小说中写道："最后是许多层人力和经验的上下调节，达到了各方满意的数字……数字确实是从现实来的，不是凭空捏造，但已经经过几重哈哈镜的反射……现实迎合了计划，计划就总是英明。""当火车飞奔，谁在乎速度表上的数字是不是真的。"当思考进一步深入，经验回溯，沈轻云发现小时候求学时就见识过类似的行为，当领导来学校视察时，学校总是会动员全部学生将校园打扫得焕然一新，这是"介于真和假之间的一种状态，是临时演出的真"。这样的环境，也是沈轻云陷入精神危机的肇因之一。但她展开了不屈的抵抗。在意识到需要建立自我的主体性，慢慢走出危机的同时，沈轻云在跟好友的对话中，也发出了这样的自我确认："你可以一辈子为了美活着，但我不行，我只能为了真活着。"

这话掷地有声，是沈轻云的真信念。她不愿意活在别人的眼光中，不愿在流行价值观的形塑下选择人生，其实就是出于对"真价值""真意义"的固守。不仅要守护自我内在的真心，她也想要探求外部世界的真实。在走出精神危机后，她再次入职统计部门，这是个让人意外的选择，但她却是看中了这份工作探寻真实的便利。她开始写关于统计的文章，"沉入浩如烟海的文献中"，也借着经济普查的机会走过全国数十个县城，工作之余旁听各种课程。这样所得到的，也许只是个人掌握的真实，但却足以让人内心笃定。对此，沈轻云也有自己但看法。她提出："人的很多问题来源于看到的东西太少。""如果有'真相'，就找'真相'。如果没有，我就去找尽可能多的图景。把这些图景都给人看了，即便不是真相，但起码比只看过一种图景要好得多。""只有沉入事实之美，才能看见意味之美。"

这也就是说，只有真实才能造就人。前面说自我的扩大，唯一的途径只有拥抱真实，也是出于这个道理。在英语当中，真实与真理共享一个单词：truth。自我只是个有限的器皿，不可能扩大到无穷，但可以拥抱真实，真实的内核连于"真道"，"真道"才是不可框限、无穷无尽的实存。自我连于这个实存，才能在有限当中体验无限，在自我当中体验自由。《圣经》里说："你们必认识真理，真理必使你们得自由。"也是这个意思。《生于一九八四》对自由的探索之旅，虽然没有明确地联系到圣经里这句名言，却已经不自觉地接近了这句话的真义。

二 自传体与精神史：致敬经典，为人生留痕

《生于一九八四》被认为是向乔治·奥威尔致敬的作品。小说在正常的数字顺序排列的章节之外，以"第零章""第零零章"的形式，穿插了五章与《一九八四》中的主人公温斯顿对话的情节。生于一九八四年的郝景芳，宣称要写一部自传体小说，似乎就注定要与以这个年份命名的经典小说对话，她在后记中说："这是绕不过的写作引力。"两部作品之间的相通显而易见，例如郝景芳笔下对自由境遇的思考，让人不由得想起《一九八四》里面相关的名言：自由就是有说二加二等于四的权利。当然，这里面实际上也有一些错位。例如，这部名为《一九八四》的小说，实际上是以 20 世纪三四十年代的德国或苏联为原型创作的，用这个年份做书名（原名并非这个），也许只是出于偶然，或者说这个年份只是个符号，意味着让人窒息的极权、铁幕、"反乌托邦"。郝景芳笔下的 1984 年，却是类似冰冻融化的春天般的改革之年，是南下的火车上人们两眼发光地想象深圳遍地黄金的希望之年。两个时代的图景之间有着极大的反差。

就那些与温斯顿对话的章节来说，其中很多观点并非直接来自温斯顿，而是属于《一九八四》中虚构的兄弟会首领伊曼纽尔·戈斯坦写的那本《寡头集体领导的理论与实践》，郝景芳在写作时未加仔细区分，多少有点误读原文的嫌疑。尽管如此，在与经典的对话中，郝景芳还是有力地传递了不同时代年轻思想者的锐气。

我并不认为郝景芳所表达的必然是更优于"戈斯坦之书"的"后见之明"，她基于她的经验作出了不同的判断，但是否可靠，仍然"仁者见仁，智者见智"。这里面让我感到可贵的，除了不盲从前贤、不因袭旧说的勇气（这实际上也是前面探讨的自我与自由的问题），更重要的是体现了郝景芳关怀现实的精神和放眼大局的胸怀，她探寻个体生命的答案时，没有遗忘更广阔的维度。她没有把这部"自传体"小说写

成单纯的私人话语，没有过度的"向内转"因而湮没于个人内心的独语。在她笔下，个体并非孤立的原子，而是应该深切融入更广阔的现实与历史，个人的出路跟时代的走向密不可分，她因此而与乔治·奥威尔，与鲁迅、胡适、巴金等先贤们那个精神传统关联上了，显示出人文知识分子的担当。

《生于一九八四》中，除了沈轻云解决内在精神问题这条主线，也通过她的视角在观察父辈们与历史紧紧缠绕在一起的命运。爷爷那一辈在时代的惊涛骇浪中变得云淡风轻。父亲的人生则始终在为年轻时因政治压力而对亲人犯下的罪愆中受折磨，他跟沈轻云一样，也要解决内在的精神问题，只是形式和方法不同。他不断在世界各地行走，却仍然感到那件事在隐约啃噬着心灵，后来竟然在豌豆公主隔着几十层床垫仍能感受到那粒豌豆的童话故事中得到共鸣。在他们那里，时代环境与个体命运之间的关联互动特别明显，也特别复杂，父亲跟他的同代人王老西、谢一凡之间在个人境遇上就逐渐显示出云壤之别。其实每一代人都需要处理时代与个人的关系问题，所以沈轻云一直在向父辈们问计，也在心里默默比较，这种代际之间的良性沟通，某种程度上也在探究历史的河流一步步流淌到自己这代人身上的过程，形塑了世界现在的样子。正如前文所说，这是郝景芳独特的学业背景与职场经历带给她的思想者优势，也是她的性情与气质所决定的路径，她最负盛名的科幻小说《北京折叠》，同样是以现实关怀的勇气和思想追索的独到而著称。

郝景芳在"后记"中声称，《生于一九八四》是非自传的自传体小说。这部小说中虽然没有某个时期曾经热炒过的那种争当某个群体代言人的欲望，但它也勾勒出了出生于这个年代的年轻人的"群像"。形形色色的青年男女，看似五花八门的人生，其实都没有脱离出"精致的利己主义者"的范围，其核心追求，也不外乎借由物质主义的个人自由。一个最典型的例证，是小说里的女强人对沈轻云说，是否结婚，也是个经济学的问题，是看成本与收益的比例如何。如果跟张悦然的长篇小说《茧》对照阅读，就会发现里面青年人的生活与精神何其相似。从某种程度上说，这些作品在加以针砭，想要唤醒更多人来照镜子，可惜都反响较弱，应者寥寥。正因为此，主人公沈轻云不合群的犹疑、彷徨和探寻，才显得更有力量，体现出唯独人文知识分子才有的那种公共关怀与精神焦虑。

也许写作这部小说，对于郝景芳来说，也是一种治愈，从她此后的文字中，再也看不到类似这部小说中的精神危机之流露，在她的关注教育问题的公众号文章中，甚至有种俨然家长导师的感觉。也许是认定了"自由就是自我的扩大"，于是知行合一，此书之外的郝景芳，不再困顿于内心的犹豫，而是果敢的行动派、精力过人的女强人。从她在微信公众号上发布的2020年总结文章来看，在疫情困扰的纷乱之年里，她仍然多线出击，出版个人的文学作品，与团队做各种音视频节目，等等，在各条战线上骁勇征战，用行动解决问题。在她身上，倒是实现了周氏兄弟曾经瞩望青年的，在文学之外另有一番职业，不知道这是否会为文学未来的发展，带来别样的新鲜的可能。

尽管此后郝景芳很少再提到这部小说，它在评论界也归于沉寂，但这部小说仍有它不可磨灭的价值，值得更多读者来讨论。它也许是不成熟的思考，就像小说一开头沈轻云的自述："我清楚我目前的口吻和态度仍然不是最终唯一确定的。此时的我在更改过去的我，未来的我又会更改此时的我。……我只能用现在的口吻将这一切草草记下来，然后对自己说：你看，你自己，或者说是我自己，就是这样生成的。"但是稚弱之思，也留雪泥鸿爪。尽管这部小说有其稚嫩之处，例如写父亲的恋情的情节显得不是很切合生活逻辑，以及有的描画和叙述过于抽象，缺乏细节的展开，像公众号文体的写法，等等；但从这里面，我们可以看到这一代人是如何挣扎着成长，如何处理那些关乎安身立命的大问题，如何选择和书写自己生命的理想状态。也许它还不是公认的回顾和反思一代人的精神史，但它从自己的角度去履行了这个神圣的使命。这样的努力在张悦然的《茧》、双雪涛的《聋哑时代》、周嘉宁的《密林中》等作品中，也有体现，不约而同，不谋而合，苔米之花，努力绽放。把它们拼在一起，我们可以看到这代人的生命轨迹的集合，大家从不同的方向，由涓涓细流，由模糊面影，终将拼出一副清晰的图景。到那时候，我们知道，这代人原来是这样走过的，他们生命的价值原来在这里，在人世间，我们终究不是交了白卷。

第八章

刺破"小时代"的幻象

所谓"小时代",起初是郭敬明的一本小说的标题,后来逐渐演化为对某种时代状况以及处于此状况中的人群心态的描述,大概意思是沉浸于个体、"小我"封闭的人生追求和人生体验之中,缺乏大的公共关怀、使命抱负,并且这似乎已经成了常态。最初人们对"80后"的观感,似乎就是沉浸在小我的悲欢之中,符合"小时代"中人的特征。陶东风在较早的时候就曾这样论述:"'80后'的精神世界具有两面性:一方面是极度膨胀的消费主义和'欲望崇拜',另一方面是极度萎缩的公共关怀和参与欲望。"[1] 不可否认,这些论述有合理之处,然而,正如鲁迅所说,青年又如何能一概而论,总有些不安于现状的年轻人,会从此中觉醒并反抗。身为文学家,总会拥有一种禀赋,那就是"无穷的远方,无数的人们,都和我有关"[2]。

第一节 介入社会的青年形象[3]

当今文坛的中流砥柱,如莫言、余华、苏童等,几乎都在三十岁之

---

[1] 陶东风:《当代中国文艺思潮与文化热点》,北京大学出版社2008年版,第35页。
[2] 《鲁迅全集》第6卷,人民文学出版社2005年版,第624页。
[3] 本节以《自欺、隔绝与疗救——评张悦然〈家〉兼与杨庆祥、金理商榷》为题,发表在《文艺争鸣》2014年第5期。

前写出了他们的重要作品，甚至是可以留在文学史里，被后人长久提起的作品。[1]"80后"作家中的一部分，如今也已经过了这个年龄。经历了年少成名的荣耀，经历了书商蜂拥而至的宠幸，岁月却让人看到，透过这些，对于他们而言最重要的还是优秀的作品。"80后"作家与批评家，作为一个呼应日益密切的共同体，对此表现出了某种共同的焦虑。例证之一，是杨庆祥在分析张悦然的《好事近》的文章最后发出的拳拳殷望："每一代人都必须找到自己历史和生活的最佳书写者，而要成为候选者和代言人，她就必须把自己的生活和更多人的生活联系在一起，'孤独原来是如此辽阔，如此恒久……在某个深夜，我曾看到过你。彼时我在和我的孤独作战，而你也正和你的孤独对峙。我们忽然被打通了'。或许，正如'孤独'一般，这部小说也会是张悦然通向命定的代言者的鹊桥之一。"[2] 这样的呼唤一直在持续，比如张悦然的《家》[3] 就引起了杨庆祥和金理的阐释热情。同时代人的对话和砥砺是弥足珍贵的，所以我也去读了这篇小说。读完之后，我的理解跟他俩果然很不一样，所以我想写出来，算是交流心得，或许也算是拼凑一幅多元生动的批评图景吧。

一 出走背后的自欺与隔绝

《家》写一对同居恋人离开舒适的小家，去广阔的社会寻找新生活的故事，杨庆祥和金理都给予了高度肯定的解读。杨庆祥称之为"张悦然以极其罕见的成熟书写了一对典型的城市小资产阶级的幻灭和新生"。金理也认为"裘洛、井宇们被解放出来，成为行动的主体，在介

---

[1] 莫言1985年发表《透明的红萝卜》时刚好30岁，余华发表《十八岁出门远行》时27岁，苏童发表《1934年的逃亡》时24岁。
[2] 杨庆祥：《"孤独"的社会学和病理学——张悦然的〈好事近〉及"80后"的美学取向》，《南方文坛》2009年第6期。
[3] 张悦然：《家》，收入《鲤·逃避》，江苏文艺出版社2009年版。

入社会与历史的过程中获得救赎。"但在我看来,《家》所写的出走,却存在很多问题。

字里行间搜遍,对裘洛出走的原因,文本中相关的提示有四处。一是裘洛收拾行李的时候,心里不断提醒自己,以后"要过一种崭新的生活"。二是她看着伍尔芙文集上的作者像,觉得"那张实在不能算漂亮的长脸上,有一双审判的眼睛,看得人心崩塌,对现在所身在的虚假生活供认不讳"。三是写裘洛"她在憎恶一种她渴望接近和抵达的生活",并且和井宇之间"他们的理想已经分道扬镳"。四是"谁会知道她必须离开的原因,只是因为花了太多的时间想象这件事,所以这件事必须成真,否则生活就是虚假的"。

我们可以沿着这些提示继续追问。裘洛要过的崭新生活是什么样的？她已经蜕变为一个新人了吗？她为什么觉得现在身处的生活是虚假的？她自己告别虚伪了吗？她为什么憎恶自己曾经渴望过的生活？在这些追问之下,裘洛的出走恐怕将漏洞百出,假面昭然。

从小说提供的线索来看,裘洛所憎恶的是井宇的上司老霍家那种富丽奢华、养尊处优的生活。她和井宇都曾经渴望过,但真的接触起来又都有些"水土不服"和"哀愁",以致后来裘洛竟"变得很怕来老霍家",甚至产生了把那些古董花瓶摔在地上的"邪恶念头","以此来证明自己有那个剥下皇帝新衣的小孩似的勇气"。而这些,又"并不是因为嫉妒"。那到底是因为什么呢？是憎恶那种生活里的人虚伪、势利、傲慢、鼻息干虹霓？还是憎恶自己被那种向往和渴望所挟制,心为物役,不得自由？

老霍家的人喜欢炫耀自己的物质,以此来抬高自己的地位,这固然不对。托马斯·莫尔曾在《乌托邦》里讽刺过这种行为,说有的人以为自己身上穿着优质的细羊毛衣服,就以为比穿粗布衣裳的人高贵,这是错误的。羊毛再怎么细软,也是羊身上的东西,与人本身没有多大的关联。人不是因为钱多而变得尊贵的,因为人不是钱的附属品。所以乌托邦人为了过符合自然的至善生活，是用陶器玻璃做饮食器皿，而用黄金白银做粪桶链铐。[①] 但是，老霍家的不对，裘洛的认识就真的比他们高出一筹吗？恐怕未必。她自己对物质也并不俭省，临走时扔掉的冰箱里一半的食物都是过期的，淘汰了平时并不穿的四衣三靴，都是明证。她收拾行李箱时异常费劲，小说描写得很详细，一不小心就装多了，然后又反反复复苛刻筛选。还有为男朋友井宇所做的详细的物质储备，在在都显示了她对物质的深刻依恋。而且，她虽然没有老霍家的人那样飞扬跋扈，但是对保姆小菊，也一样地抑制不了盛气凌人，受不了小菊身上"干硬粮食的味道"，"缺乏油水而散发出的穷困的味道"，看不起小菊学她的厨艺，认为她学了派不上用场，等等。从这些细节来看，裘洛根本就没有产生对物质的真正的超脱，没有练就在物质面前的不卑不亢。她憎恶自己曾经渴望过的生活的理由根本不充分，甚至是表面憎恶而实际上仍然渴望，说得更不留情面一点，这很难说不是一个自命清高的人暗中萌生的酸葡萄心理，爱之不得而变成恨。她不想这样继续下去，是厌弃了那个匍匐在欲望面前像奴隶一般的自己，这是对的。可是，厌弃过后并没有真正的觉醒和健康的成长，只是选择前路不明的一走了之，这只是对内心欲望的逃避，而不是超脱。她并没有真的打算涤净灵魂上的污垢，却盲目地走出家门去寻找一个冰清玉洁的世界乞求新生，这无疑是一种巨大的自欺。从她临走之前头脑里那些乱七八糟的想法，更能看出其出走意义的可疑。她由担心猫的命运而想到井宇会用多少时间找到新的同床共枕的女主人，她因为走之前没有做爱而觉得少带了一件行李，她甚至觉得因为自己在头脑中演习了很多遍出走而不得不出走。就是这样一个没有脱去矫揉造作的陈旧劣性的女孩子，真的能够走到地震现场立马成为新人吗？

[①] ［英］托马斯·莫尔：《乌托邦》，戴镏龄译，商务印书馆2006年版，第71页。

再看井宇的出走，同样带有很大的欺骗性质。关于他的笔墨不多，都集中在他走后写回来的两封直抒胸臆的信里。他解释出走的原因，说是升职以后，却仿佛陀螺失去了鞭打，就站不住了；说是觉得生活虽好，安定、殷实、前途无虑，但仔细一想，却又觉得这"好"毫无意义；说是怕变得跟同事一样无趣、庸俗，也怕今后的生活毫无悬念，所以尽管不知去哪，毫无打算，也要先走出去。乍看之下，这套说辞很漂亮，有点像厌倦富贵、寻求人生真谛的释迦牟尼，也有点像鲁迅笔下不明前路仍然要走的"过客"。但戳破这套漂亮说辞的是信末那句："房子、车子都留给你吧。日后我回来时再帮你办过户手续。"从这里看出，与裘洛一样，他表面上对物欲轻蔑，但实际上还是念兹在兹，难以遽忘。而且，他不愿意过那种物质充裕但无意义的生活，但何以转身却安然地将它奉赠给了别人？暴露更多自欺问题的是第二封信。这封信里有很多矛盾之处。他说，离家之后，到处游荡，找不到可以停留的地方，后来去了地震灾区，"仿佛抓住了生活的意义"，其实也帮不上什么忙，而随时处于要帮忙的状态里，就浑身都满了力气。又说，自己不是一腔热血的人，也没有泛滥的同情心，何以会当志愿者呢？似乎像一本书里说的，是因为在个人生活中失败，所以投身到不会招致指责和否定的公益事业，以善良做最后的庇护伞，看似救人，实为自救。这么说起来，他其实很清楚自己在地震现场的行为，是自救也是逃避，是两者的混杂，因而根本上是难以维系的，是短暂的，是注定失败的，但他还是自我感动了。带着这样的思想本质，即使他下一步到西北乡村当了教师，又如何能够真的寻到人生意义呢？这样的出走，到底有多大的价值呢？

总括起来说，裘洛和井宇以出走来标榜对新生和意义的寻求，但他们的行为细节却暴露出对此的背离，他们的愿望，就显得这不过是一种自欺。这个问题的出现，一方面在于他们没有能力清理自己逻辑上的矛盾，更大的另一方面是缺乏勇气以正视灵魂里的软弱和疾病。可笑的是保姆小菊不明就里，还忍不住对他们萌生了敬意，并被感召而开始反省自己的糊涂和苟且。但她的思维能力毕竟有限，在自己的婚姻上追求起清晰和勇敢来，但裘洛和井宇走了之后，她竟然将房子当成了自己的一样，安然居住，而不敢正视这种鸠占鹊巢的行为是错误的，在这件事上她又犯了自欺的毛病。不仅仅在《家》这篇小说中，还有在杨庆祥和金理屡屡拿来作对比的马小淘的《毛坯夫妻》中，自欺的现象同样很严重。这篇小说前面都写得很好，将憋屈的境遇写到了极致，让人期待反抗很快就要来了，这两个人的命运转折很快就会出现。可是，在小说结尾处，温小暖和雷烈不但不正视自己的可笑可怜处境，不寻求正当可行的出路，反而利用言语上占得的便宜，从沙雪婷家全身而退以后，获得了胜利的感觉。雷烈甚至对自己拥有一个要求简单的妻子萌生了感恩之心。这一方面体现了这篇小说作者精神上的软弱诏媚，另一方面则更可见出，自欺这种病菌的滋生是何其普遍，其流毒何其深广。社会机制对青年的压迫是外在的、强加的，自欺病毒对青年的损害是内在的、自发的，后者即使不是更重，也绝不显得更轻，应该引起足够的重视。

还有与自欺相伴随的隔绝。当一个人无法真实地面对自己的时候，他也很难与他人形成真正有效的交流。《家》当中，井宇初识裘洛的时候，听说她打算写长篇小说，曾梦想过她能给他"一点热情，一点理想化的东西"，可是显然他并没有得到，以致他要悄然无声地离家去找。这没有得到的原因，很有可能是他根本没有将这样的心声吐露给裘洛，他们缺乏真诚的沟通。裘洛也一样，她早早地知道他们的理想已经分道扬镳，却一直保持着缄默。她已经开始憎恶曾经渴望的生活，却忍心将井宇遗弃在那样的渴望里。他们缺乏开诚布公，同居六年，同床共枕，竟然都不知道对方已经怀有逃离的二心。等到离开以后，井宇才写信给裘洛吐露心曲。这很像今天的年轻人常常聚在一起却沉默无言，各自把玩着手机，与手机里相隔很远的人聊天。与自欺一样，隔绝也成了一种普遍现象。小菊和丈夫之间，《毛坯夫妻》里的雷烈和温小暖之间，都存在这个问题。自欺与隔绝，犹如一对连体兄弟般的幽灵，缠绕着青年人的灵魂。

二 经典作品中的疗救

杨庆祥说《家》里面去地震现场这个细节设置体现了张悦然世故的一面，因为去地震现场比去其他任何地方都更有历史意义。在我看来，《家》还有很多讨巧的地方，它暗藏了很多向经典文本借力的心计。它与巴金的《家》、鲁迅的《伤逝》、易卜生的《玩偶之家》都分享着相似的情节结构，召唤起读者对这些经典的记忆，以此形成文学史上超越时空的对话。为了不辜负作者的心意，不妨就作个比较。

鲁迅的《伤逝》[①]也写到从"家"的出走，不过这出走是从旧式的家庭出走，是名副其实的从社会结构中寻求个人解放。子君说，"我是我自己的，他们谁也没有干涉我的权力！"这是向旧社会观念中要求爱情和婚姻自由的最强音。但《伤逝》的着力点却不在社会压迫与个人权力之间的对抗上。相反，它聚焦的是个人的精神成长，是个人生活中近乎无事却又悄然发生的悲剧。子君勇敢地从旧家庭中出走，最后却失败地被接回去，并同时也就走向了死路。这其中当然也有社会的逼迫，例如涓生失业，例如鼻子贴在玻璃窗上窥视的邻居，但更多的却是个人的精神成长出了问题，导致爱情的消逝，导致生命在无爱的人间的陨落。子君能说出"我是我自己的"这样的强音，看似表示着个人的解放与独立，实际上并不彻底。只能说，在爱情意识、婚姻观念上她已经获得了解放和独立，可是其他方面的人生意识并没有同步跟上，同样获得解放和成长。这从小说的很多细节可以看出。她与涓生相爱之初，在会馆里的时候，她就只是一个仰慕者的形象，按涓生的说法："破屋里便渐渐充满了我的笑声，谈家庭专制，谈打破旧习惯，谈男女平等，谈易卜生，谈泰戈尔，谈雪莱……她总是微笑点头，两眼里弥漫着稚气的好奇的光泽。"子君完全是一个"被启蒙者"的形象，而且铜板的雪莱半身像，她就有些不好意思看，

[①] 《鲁迅全集》第2卷，人民文学出版社2005年版，第113—134页。

"这些地方，子君就大概还未脱尽旧思想的束缚"。子君的独立不但不彻底，而且偏枯一面，除了爱情意识的觉醒，其他都还停留在旧家庭里的水平，搬到吉兆胡同去住以后，她的识见"却似乎只是浅薄起来"，"她早已什么书也不看"。在这一点上，张悦然笔下的裘洛开始跟子君关联起来。裘洛不是也空有出走以寻找新生的意愿，而并没有做一个新人的全盘意识吗？在《伤逝》过去近一个世纪写作，张悦然的《家》似乎并没有显出进步。此外另一个关联点是，《伤逝》里的子君，同样有自欺的意识，在爱情停止了更新生长之后，子君似乎也意识到了与涓生之间的凉意，但她却试图掩饰，"从此又开始了往事的温习和新的考验，逼我做出许多虚伪的温存的答案来，将温存示给她"。如果顺着这样的自欺发展下去，无疑又会形成两人之间貌合神离的隔绝。鲁迅正是以卓绝的胆识，探讨了打破自欺和隔绝的可能。涓生带着怆痛，领悟到假如没有说真实的勇气，苟安于虚伪，"那也便是不能开辟新的生路的人。"于是，尽管一再延搁，尽管并没有安排好新路，但涓生还是说出"我已经不爱你了"的真相，鼓励子君勇往直前，而并没有如裘洛和井宇一样，将对方扔在自己所不要的生活里。尽管在得知子君的悲剧结局之后，涓生一度想回到虚谎里，宁愿当初是掩藏着本心，但他又还是选择了以"写下来"作为新生的第一步，这写下来，仍然是一种打破隔绝的努力。

这种"抉心自食，欲知本味"的彻底真诚，是张悦然的《家》所缺乏的，也是《毛坯夫妻》所缺乏的，而这种匮乏正是青年中自欺与隔绝肆虐横行的根源。虽然《伤逝》展现了说与不说都导致悲剧的两难处境，但那是中国特殊的社会状况和时代的局限性造成的。换一个社会和时代背景，说出无爱的真相，并不必然导致死亡的悲剧，易卜生的《玩偶之家》就是例证。鲁迅因着演讲的特殊语境和用意，曾认为娜拉出走以后的结局，可能只有两途：不是堕落，就是回来。[①] 于是"娜拉

---

① 《鲁迅全集》第1卷，人民文学出版社2005年版，第166页。

走后怎样",几乎成了国人一个早有共识的设问句,一个有固定含义的典故。其实细读《玩偶之家》①,娜拉走后并不至于这样,这原因,就在于娜拉的出走,是打破了自欺与隔绝的彻底个人觉醒和解放的结果,不同于裘洛,也不同于子君。

娜拉为了给丈夫海尔茂治病,在不得已的情况下伪造签名借债,多年以后,债务快要偿清之际,债权人出于私人目的,威胁娜拉要将她的不法行为公之于世,娜拉极力阻止而不得,于是做好了最坏的以自杀承担责任的打算。那时候,她也是沉浸在美好的"自欺"当中,她拒绝了林丹太太的将真相告诉丈夫以便一起应对的提议,因为她自以为海尔茂会为她揽责顶罪,而她不希望深爱的丈夫受到任何连累。直到东窗事发,海尔茂暴露出毫无同情、激烈指责,并极力划清界限的狰狞面目,娜拉才彻底醒悟:她活在一个无爱的家庭,原来之前丈夫那些莺莺燕燕的爱昵,不过是拿她当玩偶。从东窗事发到意外平息那一幕场景,犹如娜拉真正的成人礼。娜拉决定出走,临走前那一番交锋里,娜拉一道一道地打碎了从外到内的全部锁链,不仅仅是男权家庭的锁链,还有其他各种有着好听名目的锁链。海尔茂说,她有着对丈夫和儿女的责任,娜拉则以她有着别的同样神圣的责任来回答,那就是对自己的责任。"现在我只信,首先我是一个人,跟你一样的一个人——至少我要学做一个人。"海尔茂说,难道她不信宗教?难道她没有道德观念?娜拉则坚持"什么事情我都要用自己的脑子想一想,把事情的道理弄明白"。要想一想牧师的话到底对不对,要想一想法律跟道德发生冲突的时候怎么办,要想一想到底是社会正确,还是自己正确。娜拉觉得自己的头脑从未如此清醒,如此有把握。她知道自己已经不爱海尔茂,她简直如同跟陌生人同居了八年,还给他生了三个孩子。如今她一刻也不能再等,也不愿意再接受半点这个陌生人的帮助。她的出走一刀两断,再见面除非有"奇迹中的

---

① 《易卜生戏剧集》第 2 卷,潘家洵译,人民文学出版社 1987 年版,第 1—91 页。

第八章 刺破"小时代"的幻象

奇迹"发生,那就是两个人都得到改变,改变到在一块儿过日子真正像夫妻。对比起来,裘洛和井宇出走时的那种思维混乱和内心迷茫,与娜拉比起来,高下相去不可以道里计。娜拉清醒地打碎了所有的欺骗,并且将内心全盘地托出,哪怕是决裂,也是沟通后的决裂。而且她对未来的生活有计划,"回到从前的老家去。在那儿找点事情做也许并不太难。"虽然《玩偶之家》的写作年代远远早于《伤逝》,可是回到老家的娜拉却不至于像子君那样,唯有死路。这是两个社会的差异,让人唏嘘。

在两位文学大师的笔下,对抗自欺需要的是勇气与理性,可当代学人邓晓芒却认为,"自我"的本质就是自欺。[①] 因为当我们谈论"自我"的时候,必须把自我当对象看,但是对象之所以能成为对象,我们有对象意识,又必须把对象当成自我看。因此,自我意识本身就是一个自欺结构。"人在骨子里就是一种自欺的动物,……他总是要假装相信某些东西,是因为他只有把某个对象'当作自我看',他才是真正的自我;而当他这样做的时候,他其实知道那个对象并不是他的自我,他其实是有能力拒绝诱惑、反抗权威的。然而,如果他真是这样做,他会感到极大的空虚和无奈,感到一股抽象的孤零零的'自我'失去一切对象的恐慌。"邓晓芒认为,自我的自欺本质容易将人导向劣性的生活,但也并不是无法超越的,只是这超越不是一次性地超越,而是要如黑格尔的《精神现象学》所描述的那样,走着一条不断反思、不断怀疑之路。自欺肯定不是好事,而是人的无奈,人的有限性使得人永远摆脱不了一定程度的自欺。但是,如果对此有反思,将之转化为一种"有意识的自欺",那也可以激发人正面的生命活力。例如鲁迅明明怀疑黄金世界的有无,但又认为"绝望之为虚妄,正与希望相同",于是不如举起投枪。正是这种坚持一生的有意识的自欺,为他提供了奋起的着力点,没有这一着力点,他的全部思想、全部情感,这个世界带给他的全部生活

[①] 邓晓芒:《论"自我"的自欺本质》,《世界哲学》2009 年第 4 期。

阅历和教养，就全都白费了。此外，解决自欺矛盾还需要忏悔。忏悔不是"返身而诚"，而是为自己的有限性和恶承担责任。忏悔是事后的，它不能阻碍人的行动，不能消除自欺，却能在人的能动创造过程中揭示那永恒的真相，即犯错误的可能性和继续接近真理的可能性。一个具有忏悔精神的人或民族，当然也不能完全避免犯错误，但不会老是重复已经犯过的低级错误。作为人性本质、自我本质的自欺的矛盾，会在不断的忏悔中无限后退，得到调解。通过忏悔，人的自欺过程就成为人的寻找自我（真我）的无限的过程。这一过程永远不会有最后的结果，但能够使人格日益深刻，使人性日益深化，使人生日益真诚。

三 对作者及批评家同仁说的话

我这样生吞活剥地转述邓晓芒的观点，只是为了在探讨张悦然的《家》的时候，多一种思想资源的烛照。在与《伤逝》《玩偶之家》这些经典文本的对照中，已能看出张悦然的《家》在塑造人物上的某些疏漏，这当然跟背后的作者本人思想不成熟有关系，但这是可以体谅的，毕竟张悦然是个从事写作不算太久的年轻作家。明了跟大师的差距，不是坏事，而是真正写作的开始。作为"做同时代人的批评家"的尝试，我想不妨暂且跳出文本对作者也说几句话。

在最近一篇创作谈中，张悦然说："有一个建议，如果有人想写作，最好的时间是早晨初醒来时，趁着潜意识还在，什么事情都不要作，首先冲到书桌旁去写作。……很多东西都来自潜意识，写作就特别需要这种潜意识。因为在有意识的环境下，人会有很多外界因素的束缚，这种束缚可能会影响到写作的自由，甚至影响到写作中人物的自由。"[①] 这段话让我很惊讶，因为我总认为张悦然是个很观念化的作家。张悦然给我的直观印象是奇崛冷僻，文字有如鬼才李贺。诸如"葵花

---

① 张悦然：《雅各的角力》，《小说评论》2013 年第 6 期。

走失在1980""水仙已乘鲤鱼去""用骨头思考，用肉体生活"[1]"十爱""誓鸟"等标题，其文字的组合或者出乎常规，匪夷所思，或者直截了当，生猛扎实，体现了她强烈的个人风格。但我以为，这样的遣词造句，总非有拈断十根须的刻意为之不可，若掌握不好度，则容易过于刻意，几至于矫揉造作，失去自然。推及小说内容上，张悦然似乎也有此病。她早期的作品，总有些让我难以理解的酷烈情节设置。例如《吉诺的跳马》，母亲出于强烈的占有欲，阻止儿子的恋爱，不惜以身体为交换，让体育老师谋杀怀孕的女孩，然后几乎是囚禁（同时也自囚）了儿子十五年。翻来翻去，我都看不出小说写的这股恶意来自哪里，有何写作价值。整本《十爱》里，为了爱情的死伤几乎在所难免。《跳舞的人们已长眠山下》《竖琴·白骨精》《小染》几乎都是惨烈的。我似乎总能看到张悦然为了突出爱的感天动地而用力过猛的痕迹，正是那种用力，使得生死都不自然，观念过于凸出。在这方面，张悦然做的远不如颜歌、周嘉宁等同龄人。看看《我们家》《荒芜城》等作品，都有一种从浓郁的生活中自然脱胎而出的感觉，情节和人物心理绵密顺畅，拿捏精确，丝毫没有刻意牵强。张悦然名气更大，但在文学感觉上，并未见得更佳。就本书所探讨的《家》这篇小说来说，也有为了出走而出走这种观念化痕迹过于明显的毛病。它发表在以"逃避"为主题的一期《鲤》里面，不知是为了配合主题而作，还是先有小说而恰好能为这一期所用，若是前者则正好验证了我对张悦然小说症结的判断。所幸在最近看到的对张悦然的访谈里面，她说到对少作的悔恨，对于当下的写作更加审慎了，不急于出版，而是尽量多看看，让作品不那么多遗憾。[2] 如此我这个批评也算对张悦然一个善意的提醒吧。

最后是想对杨庆祥、金理两位兄台说的话。本文题为"商榷"，其

---

[1] 阎连科等：《西行西行：中国作家西班牙纪行》，人民文学出版社2010年版，第159页。
[2] 王琨、张悦然：《"我们这一代作家是由特写展开的"——访谈录》，《小说评论》2013年第6期。

实是各说各话。我们对《家》的分析完全是两套话语体系，像两条路上跑的车。我佩服他们解读文本的宏阔视野，那是我所不具备的。我也佩服他们的论述背后迫切的问题意识，以及他们真诚思考的结果。我乐于看到他们的批评思路和理论话语在今后更充分地展开，让我获得更多启示。但在这一切之外，我对他们稍有微词的是，他们似乎都预设了过于强烈的理论立场，是高高挥舞着自己的"前理解"之彩笔，去涂抹撞到脚下的兔子。他们借此表达了自己，但在我看来，却忽略了兔子原本的问题。尽管他们所表达的是我也喜欢的，可是我还是想要指出兔子的另一种本真面目。当然我的讲述也可能带着我自己的"前理解"色彩，所以我不敢以我以为之所是为绝对之是，只是写出来，如文章开头所说，拼凑一副图景。如果这是一个课堂，我希望课堂上有不同的声音，而不是只被一种路数钳制住思考。一代人之间，能够有各种不同的声音，形成一种健康的对话风气，那才是抗拒自欺与隔绝的良好学术局面。

第二节　直面前辈的历史与当下的生活[①]

多年以前，我读到乔叶的《认罪书》时，曾经很是激动。或许很多人都没有意识到，这可能是第一次有非"80后"作家，在如此厚重的一部作品里，让一个年轻的"80后"女孩担纲主角，而且是通过她来接引反思"文化大革命"这样的宏大主题。在我看来，它不啻是第一次刺破了生活在所谓的"小时代"里的"80后"青年的个人生活小悲欢，启发他们如何对历史生发出切身的痛感与严肃的思索。这一份来自前辈作家（尽管乔叶也只是"70后"而已）的厚爱，曾让身为"80后"的我感怀不已。张悦然的《茧》问世，则再一次让我心绪难平。

[①] 本节曾发表于《扬子江评论》2017年第1期。

表面上看,《茧》主要是写了三个家庭里的三代人的故事,但这里面有着深远的意义。这三代人的故事,正体现着三个时代的历史主题,而它通过两个"80后"年轻人李佳栖和程恭的视角来讲述,正表明它是"80后"一代自己提出了这个严峻的命题:如何直面前辈的历史与我们的当下生活?《茧》展示了前辈的历史如何深切地影响了我们的成长,其精神产物如何隐秘地渗透在我们的心灵深处,从而间接形塑了我们当下的生活状态。"80后"的生活世界不是凭空而来的,某种意义上它是前辈们给予我们的无法推诿的馈赠,我们的过去、现在与未来,其实都跟前辈的历史息息相关。这是《茧》最有意义的主题,也是对几年以前那场有关"80后,怎么办?"[①]的讨论的某种回应。

一 祖父的历史:罪欠与信仰

《茧》从祖父一代人在"文化大革命"当中的一桩恩怨写起,在他们那里泛起的人性中的罪与罚,都流传到了后代的血液中去。当年他们遭遇的历史悲剧似乎消散了,但深层的问题其实并没有解决,仍然困扰着后代人的心灵。

首先,《茧》揭示了当年的罪绝不可能当作糊涂账而忽略不计。《认罪书》曾展示过许多种对待"文化大革命"历史的态度,其中之一就是推诿,有的人在时过境迁,手上的鲜血洗干净之后,摇身一变而成为社会名流,春风得意,当遇到"当年对别人的伤害是否有罪"的问题时,常常恼羞成怒地反问:"当年谁又不是这样的?"似乎因此,当年的罪行就可以当作糊涂账一笔勾销,谁也没法追究谁。很明显,作者对此是持批判态度的。《茧》也写了三代人始终无法绕过当年这桩罪而生活的情形,活画出若是没有真正的忏悔与赎救,罪将如何像钉子般扎

---

① 杨庆祥:《80后,怎么办?》,《今天》2013年秋季号。在大陆发表时名为《希望我们可以找到那条路》,《天涯》2013年第6期。此文引发了一场讨论。

在人心上，长久地释放出血污与痛楚，让当事人的生活不得安宁：程进义、汪良成、李冀生或成植物人，或自杀，或终生生活在沉默与重压之中，其子女、孙辈们的人生也因此而颠沛流离，蒙着阴影。《圣经》中说："我耶和华你的神是忌邪的神，恨我的，我必追讨他的罪，自父及子，直到三四代。"冥冥之中，似有应验。

其次，《茧》揭示了找不到正确的赎罪之路的困境。看起来，事件的当事人也在力图补过。汪良成甚至畏罪自杀，付出了生命的代价；李冀生的妻子徐绘云，后来一直暗中资助程恭；即便是看起来最无动于衷、铁石心肠的李冀生，虽然他至死都没有承认与罪行的关联，没有流露任何悔意，但他对医学的全情投入，对救治患者生命的狂热激情和过度的责任心，很难说不是出于他内心深处潜藏的隐秘不安。然而，他们的行为，却并没有换来程家的宽恕与和解，也没有换来自己及子孙后代的释然与新生，问题出在哪里呢？

原因就在于他们并没有真正认罪。汪良成的自杀，更像逃避，如尼采所说，对待历史，有的人承受力太弱，过去的回忆"如毒刀一划，撕裂了他们的灵魂"[①]。李冀生们则承受力过强，他们对往事可能也有愧疚，但时过境迁，则处之泰然。他们可能承认有过失，却没有上升到认罪。承认过失与认罪，是两个完全不同的概念，其区别就在于两者的指向不同，前者是对人而言的，是就事论事、追究责任的思路；后者却是对更高的存在（神、良知法则）而言的，是忏悔根本的欠缺、导向信仰的方式。由此可见，不能真正认罪的根本原因，又在于缺乏对更高存在的信仰。

没有对更高存在的信仰，真正的忏悔和救赎、宽恕与和解都无从谈起，我认为这是鲁迅早在1919年的《自言自语·我的兄弟》和1925年的《风筝》中就曾反复思及的重要命题，却至今没有得到国人的重视。

---

① ［德］尼采：《历史的用途与滥用》，陈涛、周辉荣译，上海人民出版社2005年版，第4页。

这两篇散文写"我"虐杀了弟弟做风筝的童心,成年以后得知这是错误,所以想求得宽恕。然而,当"我"鼓起勇气向弟弟说起此事,弟弟却一脸茫然,根本忘记了此事。《风筝》中有一句异常悲哀沉重的话:"全然忘却,毫无怨恨,又有什么宽恕之可言呢?无怨的恕,说谎罢了。"① 一般认为,《风筝》表达的是对国民性中的麻木的批判:国人习惯了被虐杀,竟至于麻木到毫不以此为忤,迅速遗忘到不留痕迹的地步,令鲁迅感到悲哀。然而,细读文本,我认为这其中还有鲁迅更深的思考,即:忏悔、寻求宽恕,如果仅仅是对人求,注定要落空,因为人人都是终将匍匐于尘世的有限的生物,谁也没法站得更高去真正地宽恕和赦免他人。"我"在最后感受到的寒威和冷气,正是一个有心忏悔者因找不到真正的忏悔对象的失落、苦痛与虚空。

《认罪书》中也有这样一个细节。婆婆张小英临终前说,虽然自己对不起梅好和梅梅,但现在长得酷似她们的媳妇和孙女来到了身边,就当是梅好和梅梅转世投胎吧,自己对媳妇和孙女好过了,就算赎了对梅梅和梅好的罪。然而,杨金金却觉得这是在自欺欺人,既然婆婆临终前信了主,那忏悔的对象就应该是她的主。这里,杨金金至少认识到了认罪的对象应该是更高的存在。而在《茧》中,李冀生却没有这种认识,故而谈不上真正的认罪、救赎与新生,反而遗留下一大堆的问题。因着没有在上帝面前承认自己的罪行,没有寻得上帝的赦免,他始终像背负着重压的罪囚,没有一点柔情的流露。妻子摔伤了,他没有时间照顾;儿子车祸去世了,他毫无内心的波澜。他固然挽救了很多患者的生命,多少弥补了内心的不安,却终生没有对受害者的家庭表示过歉意,导致程家的后代都生活在对他的仇恨之中,自己的儿子和孙女也一直与他对立。临终前,他明明躺在黑暗里,却似乎还是怕光的照临,对人说"把灯关了吧",这个细节透露了他内心某种类似保罗·蒂利希指出的

---

① 《鲁迅全集》第 2 卷,人民文学出版社 2005 年版,第 189 页。

"逃避上帝"的心理，也是他一生所受的精神刑罚最好的写照。

他的妻子徐绘云，以及汪良成的女儿汪露寒，看似都找到了更高的信仰对象，她们都信了基督，理应走上更好的赎罪之路。但书中写到她们的信仰方式，却带着嘲讽意味。徐绘云一边暗中资助程恭，一边却又歧视他"心里有脏东西"。汪露寒在小说中则始终是一副神神叨叨的样子，在困窘之中甚至靠与谢天成发生性关系以换取房租钱，后来更是偷走了植物人的躯体来赎罪，这些看起来都与基督信仰背道而驰。中国的许多小说都有这个共同现象，其中的基督徒形象总显得不真诚，走了样。萧红的《马伯乐》、刘震云的《一句顶一万》、乔叶的《认罪书》中，都是如此。他们全无雨果的《悲惨世界》、陀思妥耶夫斯基的《卡拉马佐夫兄弟》中的圣徒那种虔诚圣洁、宛如基督的复制与彰显的感觉。我想，中国的基督徒当然绝不是都像小说中写的这么失败，但是小说如此写，作家偏偏注目于这一面，也反映了在缺乏信仰根基的中国，要持守这一份信仰是多么困难。

困难到什么地步呢？困难到中国人还在疑惑灵魂的有无。这里也不得不谈到鲁迅，他在《祝福》中就曾借祥林嫂之口逼问过"我"："一个人死了之后，究竟有没有魂灵的？"这个问题曾让"我"这个从外面回来的"新党"知识分子措手不及，惶然失色，最后只好以"说不清"搪塞过去，落荒而逃。然后鲁迅特意写了一整段话，对这"说不清主义"展开嘲讽，在那个时候，鲁迅就看到了中国知识分子在这个问题上的苟且、敷衍，以致在一个农妇滑向毁灭的道路上束手无策，甚至成了最后的那关键一击。这不能不让人痛心。将近百年过去了，中国人在这个问题上有长进了吗？至少在《茧》里面，还没有得到乐观的消息。《茧》里面，童年的李佳栖某一天突然觉得，程进义的灵魂还困在他没有意识的身体里面。这启发程恭绞尽脑汁地发明了一个"灵魂对讲机"，要与爷爷被囚禁的灵魂对话。这是两个孩子对灵魂的探索，是天真未泯的孩子对生命本源的直悟。然而，程恭在一得知爷爷成为植物人的真相之后，马上放弃了继续研究改进"灵魂对讲机"的念头，觉得再无必要了。若干年后，尘封已久的那个装置再出现在程恭面前时，它已经成了仅属于童年的记忆，而不能再给他任何当下的触动了。即便是问题的始作俑者，李佳栖在父亲去世时，也曾疑惑"人真的有灵魂吗？我能见到我爸爸的灵魂吗？"成年以后，虽然也有一次在酒醉后痛斥许亚琛是"没有灵魂的空壳"，可是在清醒状态下与李沛萱对话时，却声称"我就是那么一天天活着，活下去"。这不禁让人想到但丁在《神曲》里写的："信仰和纯洁只在儿童中发现；以后，在他们的两颊还没有长满胡子以前，这两种美德就消失了。"[①] 果然，在小说其余的部分里，除了那个总显得有点神经质的基督徒汪露寒，几乎所有的成年人都不再相信，也不再关心灵魂的有无了，大家都在利益、名声与享乐中，麻木恣睢，或者空虚迷惘地活着。

圣经上说：神是灵，凡敬拜他的，必在灵和真实里敬拜。可是，中国人连灵魂的有无都不曾清楚，又如何谈得上敬拜呢？正是这种无信仰的生存状态，导致祖父们即使在事过境迁之后，也不能将自己抽身出那个人人互害的环境，在神或者良知法则面前承认自己的罪，从而寻求真正的洁净，与神与人，都能和好。也正是这种无信仰的生存状态，导致父辈们在启蒙理想受到挫折时，一部分人走向了另一个极端，变得一无所依，颓唐空虚。同样，还是这种无信仰的状态，导致年轻的一代找不到独立的价值坐标，也找不到可以效仿的榜样。在李冀生的生命尽头，李佳栖念念不忘地追问："你觉得自己有罪吗？"殊不知，认罪其实是个体生命在无罪的神面前自发的承认，正确的做法不是去拷问别人，而是问自己是否有罪。这一点，倒是乔叶在《认罪书》里认识到了，那个一开始觉得自己与"文化大革命"无关的"80后"女孩杨金金，在一段长长的生活经历和思想旅程后，真切地认清了：我也是有罪的。这

---

① ［意］但丁：《神曲》，田德望译，人民文学出版社2002年版，第662页。

是《茧》所没有达到的思想深度。事实上，如果人能够谦卑地站立在神面前，就会自发地意识到自己是个罪人，如《圣经》上说："众人都犯了罪，亏缺了神的荣耀。"

二 父辈的历史：理想受挫，虚无与自救

《茧》对父辈们的历史，主要是围绕着 20 世纪 80 年代末理想主义的受挫，来展开对此后几种不同人生走向的讲述，将再一次受到洗劫的人性画卷，推到我们跟前。

父亲对李佳栖有着特别重要的意义。因着对父亲的爱，小时候她甚至怨恨母亲，因为她觉得是来自农村的母亲连累了自己，父亲是因为不爱母亲才不爱自己的。成年以后，她生活的大部分内容，都是在追踪父亲的生命痕迹，还原父亲的历史。这蛊惑着她去亲近每一个与父亲有关联的人，为此背叛男友以至分手也在所不惜。这让我不禁疑惑：为什么会这样？答案不应该是简单的恋父情结。作为同龄人，程恭就没有表现出任何对父亲或母亲的特别依恋。实质原因，应该是李牧原身上浓郁的历史意味，他的人生轨迹对时代变迁的恰当呈现，在精神上吸引着李佳栖。说到底，直接给予我们生命的是父亲，与我们的生活世界关联最紧的，也是父辈的历史。

那么，父辈的历史又呈现出怎样的面貌呢？从李牧原来看，首先，他的世界是残缺的，这是因着祖父的罪而得的果报。因着李冀生未能赎罪，李牧原不能和心爱的汪露寒在一起，干脆赌气娶了个并不喜欢的农村姑娘，这让他的人生在一开端就蒙上了阴影。也可以说，他的人生一开始就背负着历史的旧债。其次，李牧原的另一人生关键词是"受挫"。恢复高考以后，李牧原上了大学，开始了一段意气风发的美好时光，写诗，谈哲学，留学任教。然而，好时光太过短暂，李牧原在 1990 年选择辞职，北上经商。从此以后，李牧原就一直以颓唐的形象面世，离婚，郁郁不乐，喝酒，在餐馆门口睡着，直到遭遇车祸猝然

离世。

《茧》写出了中国知识分子所受的心灵冲击，20世纪90年代以来中国社会思想文化的某种走向。李牧原辞职北上经商时，许亚琛曾来家里送行。多年以后，许亚琛重逢李佳栖，嘴上仍然表达对李牧原的崇拜，不过崇拜的是他选择辞职经商的前瞻性眼光。此时的许亚琛，自己已成了富贾巨商、都市新贵。李佳栖还能记得当年他说过的话，他数过的灯柱上的十二朵玉兰花。其实这从他对李牧原的崇拜的转变中也可以看得出来。如今的许亚琛，对生活很满意，在慈善拍卖会上一掷千金，拍来的藏品堆满了整个屋子，很多甚至从来没有拆封。或许这样，才可以支撑他心安理得过着灯红酒绿、纸醉金迷的生活。许亚琛代表了从那个年代走过来的，忘却了道义与良知，因而从理想主义毫无阻拦地滑向享乐主义的一种人生。李佳栖为他与过去年代的关联所吸引，却也敏锐地直觉到"怎么可以这么快乐和安逸？不对。应该是一种悲伤的基调才对"。这是与许亚琛在一起后，某一次对坐在餐馆里，品着精美的食物，李佳栖突如其来的感觉，所以她很快要求回家，几乎是连拉带拽，把许亚琛拉进卧室，歇斯底里地做爱。"痛苦地做爱，痛苦地凭吊。只有沉浸在痛苦里，我们的情欲才合乎情理，我的背叛才是高尚的。"这一段话让我很震惊。我忍不住想，如果李牧原的在天之灵看到当年自己的学生诱骗了自己的女儿，会是什么感受。对于许亚琛来说，这或许并不是什么问题，他已经不在意当年的师恩，他带着李佳栖出入各种饭局，只是为了博得"念旧""古典式爱情"的美誉。从当年的风雨走过来以后，许亚琛的世界已经取得了超级稳定的平衡，一边做着九牛一毛的慈善投资，一边享着花天酒地的生活，一边是带着小师妹举办同学会的念旧人生，一边是商量着下次聚会最好去三亚的新鲜刺激，总是有两股相反相成的力量，支撑他这具"没有灵魂的空壳"岿然不倒地行走下去。幸好李佳栖还不致如此，她没法心安理得，所以她需要把做爱变得粗暴而痛苦，让情欲畸变成一种凭吊，以此来验证未泯的良知，乞求父亲的在天之灵对自己行为的原谅。这也注定了她与许亚琛的冲突与分道扬镳，在她酒醉中痛斥许亚琛是"没有灵魂的空壳"，刺破了许亚琛精心构建的伪装，危及他的平衡之后，她就被许亚琛毫不留情地扫地出门了。

殷正的人生则是另一种面貌。他与李牧原是同班同学，毕业后留校又是一个教研室的同事，但他一直保持着另一个身份：诗人。李佳栖与他相识也是因为写诗。他从那个理想主义的时代走过来，到今天，固然也有几分人到中年免不了的颓唐，在讲座上会时时回忆大学时参加的诗社，感慨那是个文学的黄金时代；好不容易追到一个舞蹈演员出身的美丽女子，却又要为供养她挥金如土的生活而疲于奔命，在完全不属于自己的派对之间忍受诗情的凋谢。他说他已经一年多写不出一个字了，直到遇见还是高中少女的李佳栖，才重新恢复写作能力。本以为已失去爱的能力的他，在李佳栖主动献身的爱慕中，也把持不住。李佳栖离开后，他又恋上了另一名女学生。殷正的经历正是中年男人的典型境况。在无可避免的陈腐路上，却还不甘沉沦地坚韧自救。这尤其体现在他写作回忆录这件事上，这是他生命中最动人的华彩乐章。许多年后重逢时，殷正告诉李佳栖，他不再写诗，而是在写一部从小时候到大学时期，一直到现在的回忆录，哪怕没人想看，但对自己却很重要。在这本回忆录里，他写了与李牧原的往事，当年因为竞争关系，他曾给系主任写过匿名信，举报过李牧原。这无疑是殷正灵魂中的污点，如同当年李冀生们往别人脑袋中扎钉子一般。虽然殷正也一度可以用李牧原的受处分、离职及早逝与这封信并没有直接关联来为自己的良心开脱，并且也一度没有勇气向李佳栖袒露真情，可最终他还是写了出来，把它当作一种对待自身的罪的方式。这个看似不起眼的举动，实际上是非常伟大的，彰显出在人的灵魂深处，虽然有人性卑琐龌龊的一面，却也有神性的向善圣洁的一面，后者才是人类没有堕落更深的依托，也是人类还值得尊敬的泉源。至少在这部小说中，殷正做到了李冀生们应当做却没有完成的事。

在李牧原、许亚琛、殷正等父辈身上，我们可以看到那一代知识分子从20世纪80年代到现在的精神变迁。他们从"十年动乱"中走来，经历了最有理想抱负的"新时期"，却不得不遭遇震荡和转型之苦。有人甚至将这个转型称为"知识分子之死"，意指在80年代各种争论和精神分歧背后的作为思想平台的启蒙元话语已经失去，转而分裂为各种看起来越来越不可通约的话语共同体，从这个意义上说，作为"立法者"建构元话语的知识分子的确已经死亡。[①] 许亚琛和殷正，正是在这个背景下显出分裂。当然，许亚琛后来是否还称得上知识分子都是存疑的，后来的他更像知识分子在公共性丧失之后，不甘于边缘化的地位，从而迅速在经济潮流和世俗社会中投机成功的城市新贵，他的"死"不仅是启蒙元话语的死，更是独立、自由、批判、超越的知识分子精神之死。可怕的是，正是这样一些都市新贵，掌控着当今社会最大多数的资源，在一些不疼不痒的"慈善事业"中，维持着社会利益阶层的固化。李佳栖曾感慨，那么多小孩子的命运在被他不费吹灰之力的"慈善"所轻轻决定着，实在是可怜的事，就是对此的明证。相比之下，倒是看起来有些窘迫颓唐、不合时宜的殷正，在90年代以来的世俗化浪潮中，还保留了一点知识分子的本色，在告别精英光环、日显寂寞的岗位上，还默然完成了自我反思和批判的工作，这一点弥足珍贵。别尔嘉耶夫曾说："基督教教导我们首先要无情地对待自身的恶，但是在毁灭自身的恶时，我们必须宽容地对待别人。"这句话的前半与鲁迅说的"从别国里盗得火来，本意却在煮自己的肉"是精神相通的。别尔嘉耶夫同时认为："外部的政治革命和社会革命的虚伪，就在于它们想要从外部来消灭恶，而不是从内部去触及恶。……革命与其说是战胜恶，不

[①] 陶东风：《知识分子与社会转型》，河南大学出版社2004年版，第40页。

如说是按照新方式重新分配恶,产生新恶。"[1] 这个观点对中国的知识分子极具启发,我们不能否定社会(制度)革命的重要性,但是仅止于此肯定不够,如果不能从心的深处反思、忏悔罪性与恶念,社会肯定仍然是不宜居的。殷正写作回忆录,反省自己生命中污点,正是这种"从内部去触及恶"的工作,也是别尔嘉耶夫说的"首先在自己身上和自己生活中变现出善的力量和美,而不是指责别人"的举动,是殷正对自我生命超越的努力,也是留给后世年轻人的精神馈赠,具有深远的意义。

意味深长的是,殷正说了一句:"佳栖,如果没有你的出现,我也许永远不会写这本书。"这是为什么?是因为李佳栖唤醒了他对李牧原的记忆及内疚,还是他意识到应该给李佳栖这一代人一个更清明健康的生活世界?如果是后者,则无疑让他更有了一种"肩起黑暗的闸门,放孩子们到光明的地方去"的英雄气概,尽管这个"英雄"会在女学生的石榴裙下倾倒,不过有缺点的战士仍然是战士,写出这样一部回忆录的殷正,还算个英雄。而李佳栖对父辈历史的迷恋与追寻,看起来也有了一个良好的回报。接下来的问题则是:在看清了父辈的历史之后,如何过好自己的生活?

三 "80后":直面历史与创造生活

《茧》有许多关于"80后"的童年生活的讲述,散落在对前辈历史的讲述过程中,某种意义上还带有成长史的意味。但在不多的表现当下生活的笔墨中,它还是勾勒出了几个个性迥异的人物形象,体现出"80后"年轻人的几种不同生活面相。当然,说是迥异,其实也能找出某些相通的共性。譬如李沛萱和李佳栖,看起来一个乖巧一个叛逆,但在关心家族历史这一点上又是共通的,虽然关注的侧重点也有不同。程

---

[1] 刘小枫:《二十世纪西方宗教哲学文选》,上海三联书店1991年版,第341页。

恭和唐晖，一个冷酷无情一个文质彬彬，但这不妨碍他们在埋头个人奋斗这一点上是同路人，在这一点上还可以算上李沛萱。或许这就是《茧》写的这几个人物的艺术魅力，他们都有很高的辨识度，但又并不单一，而是丰富的矛盾复合体，很难断然说谁好谁坏，谁代表希望谁该淘汰。每个人身上都是谬误与合理并存，瑕瑜互见，对此唯一能做的，只有具体辨析。

李沛萱代表着"80后"中的乖孩子类型，她的确有很多优点，譬如自律、进取等等，并且也不是完全没有人情味，当奶奶摔伤之后，她像个小大人一样担负起照顾奶奶的重任，甘愿放弃自己看重的、能带来荣誉的数学比赛的机会。为了寻找失踪的李佳栖，她被程恭捉弄，摔得脸上留下一道长长的伤疤，她也没有流露出什么仇怨。这些看起来都很完美，然而人间的完美总是虚假的，这似乎是一道铁律。李沛萱乖巧到一定程度，就变得过于刻板、一本正经，尤其是在李佳栖叛逆、自由不羁的个性的映衬下，更显得有几分无趣、可笑，乃至可悯。作为堂姐妹，她们的性格如此截然相反，其秘密就在于，她们一个全盘继承了爷爷的特点，一个则全然叛逆。李沛萱的完美之显出裂隙，主要还在于她拒绝直面爷爷的历史，为了维护所谓的家族荣耀，对于爷爷的罪行选择闭目塞听。朋霍费尔在论及没有信仰的几种人的失败时，曾提到其中之一就是"有良心的人"的失败，李沛萱的情况庶几近之。朋霍费尔说，他们"满足于一个得到安慰的、而不是清醒的良心，并开始对良心撒谎，以求避免失望……他不会发现，一个不好的良心有时候如何会比一个被欺骗的良心更加健壮"[①]。李沛萱那种宁愿自欺的心理状态，注定了她所维护的完美只是空中楼阁，在现实中难以成立。所以她难以理解芸芸众生的卑微与可贵，对李佳栖、程恭们，难免流露出几许伤人的傲气。

---

① ［德］朋霍费尔：《狱中书简》，高师宁译，四川人民出版社1992年版，第3页。

唐晖很容易被归入所谓的"精致的利己主义者",但其实这里面也有些问题值得辨析。关于他的介绍很少,只知道是北京人,他顺利读完博士,在北京高校任教。除了这些零星的信息,他的出现都是在与李佳栖的争吵当中。他反对李佳栖沉迷于父亲的历史,认为没必要为那些远去的事情伤神,小情侣之间的二人世界、攒钱买房、环游世界才是最重要的。他也反对李佳栖把父亲的人生轨迹与宏大的历史叙事捆绑在一起,认为所有的英雄叙事都是虚假的,切身的生存欲望才是真实。这些或许都是现在被批判的"精致的利己主义者"的铁证。然而,仔细想想,他的话就没有一点合理因素?个人奋斗者难道带有某种"原罪"?恐怕并不见然。20世纪五六十年代的社会思潮中也曾经批判过个人奋斗,然而自新时期以降,它却成为一种必须争取和维护的权利。我们不能像历史的疟疾患者一般,忽冷忽热,两端循环,永无逾期。应该看到个人奋斗者的历史观里合理的一面,不能全盘否定。我们的确有一段时间中了历史宏大叙事的魔障,压抑了个人合理的生存欲望的满足。但是,也要看到,从90年代开始,以物质经济生活关切为核心的生活态度渐渐成为主流,历史关切被漠视,按有的学者的说法,"世俗化和消费主义的流行越来越显示出人为引导和推动的性质",导致"畸形的社会培育了一代畸形的孩子","'80后'的精神世界具有两面性:一方面是极度膨胀的消费主义和'欲望崇拜',另一方面是极度萎缩的公共关怀和参与欲望"。[1] 这时候就要对漠视历史参与的态度重新反省了。其实,哪里仅仅是"80后"的精神世界有这种两面性呢?大多数"60后""70后"也是概莫能外的。所以唐晖才会失去反思能力,理直气壮。在跟李佳栖的最后一次争吵中,他痛斥李佳栖"非要挤进一段不属于你的历史里去,这只是为了逃避,为了掩饰你面对现实生活的怯懦和无能为力"。言下之意,自己面对现实的态度才是勇敢和充满力量

---

[1] 陶东风:《当代中国文艺思潮与文化热点》,北京大学出版社2008年版,第35页。

的。尼采在《历史的误用与滥用》中，的确也曾希望青年人是"无历史的"与"超历史的"，但他是站在1874年的德国文化语境中，针对的是过多的历史知识压制了生活，导致"现代人在自身体内装了一大堆无法消化的、不时撞到一起嘎嘎作响的知识石块"[1]。可是中国呢？我们甚至还不能自由地、完整地从祖父和父亲那里，获知他们的历史，当然更不可能被过多的历史知识压制了生活。所以唐晖认为那是不属于自己的历史，没有关心的价值，只有个人奋斗才是积极的。可是，唐晖却不知道，对于不关心历史真实、只埋头在自己的岗位上经营分内之事的人，朋霍费尔也有一句恰当的描述，即"尽职的人失败"，因为他们"只局限于尽职的限度内，绝不会冒险作出要由自己负责的勇敢举动，最后不得不对魔鬼也一视同仁"[2]。

程恭虽然是小说中的叙述者之一，有着重要的位置，但他的形象却比较单薄。他与李佳栖一样，有着叛逆、放荡不羁的性格，这是由于他们有着相似的不幸的家庭，故而同病相怜、气味相投，产生了深挚的感情，所以小说采用他们的重逢与回忆这样的布局与结构方式。在得知李佳栖的爷爷是导致自己家庭悲剧的元凶之后，程恭仍然决定不恨李佳栖，这一份情义，或许是程恭身上少见的优点。然而，除此之外，程恭显得那么冷酷，在去送别李佳栖的路上，他看到一条浑身流脓且已冰冻成痂的受伤流浪狗，或许是触动了他被伤害被践踏的屈辱感、自卑感，他亲手埋葬了这条奄奄一息的小狗的生命，然后转身回家。此后他对弱智的儿时玩伴陈莎莎的侵犯，对憨厚的好兄弟大斌的背叛，都让人有几分不寒而栗。某种程度上，他的叛逆和放荡不羁，指向的是一种冷酷的利己主义，小说最后写到他在商业上的阴谋败露，被迫逃亡，也表明了这种人生态度可能走向的末路。

---

[1] ［德］尼采：《历史的用途与滥用》，陈涛、周辉荣译，上海人民出版社2005年版，第29页。
[2] ［德］朋霍费尔：《狱中书简》，高师宁译，四川人民出版社1992年版，第3页。

最值得重视的是李佳栖。李佳栖的身上有某些新时代流行的个性特征，如性观念的开放，对个人欲望的肯定与张扬。她高中时代就与人同居，还张罗着为离异的母亲找对象，看起来很有些离经叛道。她咄咄逼人的生活态度，甚至让留学美国的李沛萱也相形见绌，显得刻板可笑。但在一个习俗和传统对个人生活干涉越来越少的社会里，这些都是人的生活自由，说不上有多么特别的意义。难得的是她对前辈历史的探究之心，她总是显得好像没有这一块就会变成空心人似的，在探究前辈历史的过程中，她的心才逐渐充盈起来。在这个过程中，她发现了祖父之罪，以及所带给他人的苦难。从此她似乎自觉承担起了这一亏欠，像父亲一样，坚定地站到了这个看似荣耀的家庭的对立面，甚至在奶奶去世时，她也没有回家。直到爷爷临终，她才回去做一个历史终结的见证人，在对罪的最后拷问中，迎来了与程恭的和解。在这一路上，她还看到了父亲的悲剧人生，看到了许亚琛们的"空壳"、殷正的担当，还看到了唐晖们的利己，这个过程实际上就是那个拆开俄罗斯套娃的梦所隐喻的真实含义，即在这个过程中，她不仅部分揭开了历史之谜，也极大地解开了丰富的人性之谜，她的人生在这个过程中变得丰盈，获得了根基。

"历史虚无主义"曾是"80后"一代最被诟病的一点，不仅在文章开头提到的"80后，怎么办？"那场讨论中被提及，在两位前辈学者的文章中我也曾读到过。陈家琪在谈到从儿女、学生们身上明显感受到骨子里普遍的无意义感、对怎么讲述过去并不当真之后，也反思到"自己也讲不出一个让人信服的连贯的故事"[①]。唐小兵则认为："以往的历史叙述像在为权力背书，导致的后果之一就是代际之间的深刻隔膜。家族记忆、社会记忆、文革记忆等被掩埋在历史的深水区，无法成为年轻人成长过程中'内在的他者'。整整一个民族的历史意识和历史

---

① 陈家琪：《我们如何讲述过去》，《读书》2014年第2期。

感淡漠。"① 李佳栖的行为，恰好是对这种现象的反拨。尽管她也只是出于个人情感需要而走向对家族历史的探索，却无意中接通了大时代的历史脉搏。她想要弄明白造就了她当下的性格与处境的背后力量，却无意中揭开了历史渊深的暗道。

我想，这对"80后"一代人有着相辅相成的双重启示。一方面，我们的生活都不是凭空而来，或者无端存在，而是由历史形塑而成。前面提到的陈家琪的文章中曾有一个形象的比喻，我们今天出门要穿衣服，但有什么衣服可穿却是过去决定的。所以我们必须认识"过去"，才能认识当下，勘明历史的坐标，才能明确我们所处的位置。尼采曾说过："对于拥有行动和力量的人，历史尤为必要，他进行着一场伟大的战斗，因而需要榜样，教师和安慰者。他无法从他的同时代人中找到这些。"② 这话与李佳栖极为契合，也适用于同类的年轻人。但另一方面，尼采同时也说："过量的历史，生活会残损退化。"所以历史不能仅止于停留在知识层面，而要服务于生活。就像李佳栖在了解前辈的历史之后，也面临如何创造当下的生活的问题，诸如：在祖父们缔造的没有信仰的天空下，我们能否找到信仰？在父辈们受挫的理想中，我们是否能重燃希望？洞察人性的种种局限与光辉之后，我们能否让自己的生命变得更好，能否将一个更好的世界交给下一代人？这是李佳栖乃至"80后"和所有年轻人共同的问题。在继承了祖父和父辈们遗留给我们的世界之后，在吸取历史的教训与经验的基础上，在李沛萱、唐晖、程恭们的人生之外，迷惘过，也目睹了一个结束的李佳栖们，能否在新的开始，创造一种更充实、积极、根基稳固的生活？尼采在呼唤"超人"出现的《查拉图斯特拉如是说》里曾写道：

---

① 唐小兵：《让历史记忆照亮未来》，《读书》2014年第2期。
② ［德］尼采：《历史的用途与滥用》，陈涛、周辉荣译，上海人民出版社2005年版，第12页。

>一切事物的价值都要由你们来重新设定！因此你们当成为战斗者，创造者。
>
>有千百条尚未有人行走的小路。……人类和人类的大地始终还是未穷尽的和未发现的。[①]

生长这个时代的年轻人，当思有成为这样的战斗者与创造者的勇气与决心。

[①] ［德］尼采：《查拉图斯特拉如是说》，孙周兴译，商务印书馆2015年版，第119页。

第九章

城乡之间的游走

走出一己的小悲欢,"睁眼看世界"的"80后"作家,笔下有了更多不同境遇下的生命。首先值得论述的,是在城市霓虹灯和乡村田间道间穿梭奔波的疲惫面孔。年轻作家中有着乡村生活记忆或者乡村情感关怀的部分人,将深情的笔墨投向了自己的乡亲父老,以及在城里顺遂或困顿地生活着的同类。有批评家认为,都市正在取代乡村,成为文学想象的中心。① 如果说20世纪80年代开始写作的农家子弟如阎连科等人,较多地还是书写对"城市/文明"的单向度的欲求,"80后"作家们笔下的城乡"两栖者"则更多滋生出受压抑、被撕裂的都市病症感受。面对这样的精神图景,文学是否能提出些许疗救?效用又有几何?

第一节 "进城者"的"零余感"

迄今为止,甫跃辉的小说主要集中在两个序列上展开。一个是以《鱼王》《鹰王》《我的莲花盛开的村庄》等为代表的乡村小说序列,这是在一个相对闭锁、惯性力量强大的空间内,来施展文学拳脚。另一个则是以《巨象》《动物园》《饲鼠》等为代表的、主人公大多叫"顾零洲"的小说序列,我称之为"进城者"系列小说。在这个系列的小

---

① 雷达:《当前文学症候分析》,作家出版社2009年版,第2页。

说里，主人公虽有出版社编辑、大学教师、公司白领、成功商人等各种不同职业，但共有一个先天注定的人生背景：他们生长在乡村，而后进入城市谋生、打拼。相对于闭锁在乡土的老一代农民，也相对于城市"土著"居民，他们是时代发展催生出来的新鲜产物，其性质与命运都还拥有许多不确定或未被我们全部理解的因素。他们携带着与生俱来的乡村文化基因，闯荡在光怪陆离、门厅森严的城市文化空间，其身心体认的含混尴尬，其命运遭际的变动不居，都更亲近文学故事的孕育，也更值得文学创作关注。尤其是，甫跃辉及论者本人，都是这样的"进城者"，因而，关注和思考"进城者"的人生，是一种当仁不让的使命，也是认识自己的必需。

一 "进城者"的创伤体验与抗争方式

在过去的城乡二元对立体制中，乡村受到城市的"剥削"。如今的社会结构似乎已经发生了巨大的变化，情况变得怎么样了呢？甫跃辉有篇小说叫《乱雪》，给出的答案让人不容乐观。在这篇小说中，城市表面上给了乡村老汉余国安荣耀和盼望，当他的爱子考上省城的师范大学之后，村里人都羡慕他将有一个辉煌的晚年。谁知道，实际上，城市却像个吸血鬼一样，让他老两口含辛茹苦，不断地从生命中榨取金钱，往城里的儿子那里输送。大学四年的学费、毕业分配送礼、买房、结婚、买车，城市就像个无底洞，吸尽了他们的精力与尊严。不仅如此，儿子还并不感恩，反而时常为他们的迟缓无能而生气，自己都安顿下来以后，连赡养的义务都不愿承担。当知道如此费尽辛苦，儿子还不过是城里的入赘女婿，生下来的孩子都不跟他姓之后，老伴儿气结而死，余国安在儿子又向他要钱的时候，终于失去了理智，用铁锹打死了这个进城的贪婪之子。

这篇小说是通过老父亲的视角来讲述的，进城的儿子像皮影戏中的傀儡，在父亲的讲述中闪现，自己并不发出声音。它更多的是表现城市对这个老父亲的伤害。此外，甫跃辉的这类小说都是聚焦在进城者身上，直接展现城市对他们的伤害，以及他们的反应。其中，首先值得讨论的是两篇关于进城大学生的小说，它们也许跟甫跃辉从大学期间开始创作、熟悉大学生活有点关系。

《杀人者》是一篇后来没有收入集子的小说，也许是因为甫跃辉对它并不满意。从艺术成就来说，它不算很突出，却提出了许多值得探讨的问题。大学生艾文杀害来自城市的同窗室友的原因，无非是因为受了轻视，以及琐碎的生活细故导致的积怨，在又一次自尊受到挑衅的时候，杀机爆发。这样的事情，在新闻报道中也不鲜见了。甫跃辉试图生动地展现这样一个人的心灵真实，展现他的人生前史与精神苦旅，但这个创作意图并没有很好地实现。在不长的篇幅里，要将这样一个故事写得血肉丰满、充满张力与深度，并不容易。它写艾文出身贫困农家，母亲因忍受不了贫穷跟人跑了，父亲只手拉扯他长大。高中时，艾文爱父亲，想让他过上好生活，上大学后，反而开始恨父亲无能。不仅如此，上大学后，他失去了梦想，不知道为什么而活着，沉迷于游戏与黄色网站。这些交代缺乏细节，有点模式化。在杀人之后，艾文并没有深刻的灵魂触动。除了沉迷于游戏，找网友满足情欲，抢钱维持生活，他关心的，是网上人们对他杀人事件的是非评说。一开始，艾文始终认为自己杀人没错，自己杀的是一个恶人，是为社会清除垃圾。这有点像《罪与罚》里拉斯柯尼科夫的论调。甫跃辉酷爱陀思妥耶夫斯基，曾撰有长文论述，这篇小说有些模仿陀氏的痕迹，也力图写出人物身上的善恶并存的灵魂辩证法，如艾文时而在犯罪的时候深感自己灵魂的肮脏，出于对纯洁与善的敬畏，而放下罪行。但总的来说，它还是显得生硬，并缺乏拓展力度。最典型的是写艾文思想转变，意识到自己杀人不对的那段，艾文并非受到什么人或者经历的触动，而是因感到自己手上有鲜血，举起双手在阳光下打量时，突然领悟一个人并没有资格夺走另一个人的生命，即便那是个恶人，也是整个社会把他塑造成的，别人不该单单剥夺他的生命，让他永远失去改过自新的机会。艾文由此认识到自己犯下了罪行，比被害者的灵魂还要黑暗。然而他由此不是想到如何洗尽罪行，拯救自己的灵魂，反而推想到警察也无权结束自己的生命，因而坚定和紧迫了潜逃偷生的意志。前半段想法虽然生硬，像是作者事先想好，突兀地嫁接到人物身上的，但毕竟还有些陀思妥耶夫斯基的气质，后半段则完全与陀氏背道而驰，白白丧失了一个探索人如何合理地生活、积极地面对伤害、忏悔自己罪行的契机，也减损了小说的价值与意义。

《朝着雪山去》是另一篇讲述受伤大学生经历的小说。这篇小说颇富有喜剧色彩，欲扬先抑，写得妙趣横生。但它讲述的却不完全是城市的伤害。它写大学生关良，在考上大学之后的宴请上，看到父亲向村里那些借钱给他读书的人敬酒，不顾重感冒，喝得蹲在墙角呕吐不止。关良由此大受刺激，突然之间心如死灰，觉得读书是那么低贱的事，考上名牌大学又怎样呢？关良和艾文一样，上了大学，反而失去了读书的热情，整天沉溺在游戏里，看一切都"没意思"，毕业了也不找工作，反而以徒步去西藏朝圣为由，向同学们借钱。为庸常的人生轨迹所苦的同学们，自然被关良突然迸发的英雄主义、浪漫情怀所倾倒，纷纷慷慨解囊，支持他的壮举。让人啼笑皆非的是，故事的结尾，赚足了英雄主义、浪漫情怀的钦羡的关良，却在拉萨街头，在想象中的信仰圣地，嘀咕了一句"没意思"，然后揣着那大把钞票向街对面的一家网吧走去。这就像王安忆在《叔叔的故事》里说的，被蹂躏过的心灵是不会再快乐了。关良再也没走出上大学前夜受到的那次伤害，从此沉沦在人世的无情与虚无里。然而，人世真的就是关良所看到的那样吗？或许关良的逼视确实有一点的力量，不少安于庸常生活的同学就在关良的逼问下感觉到自己习以为常的生活"没意思"，因此才会为关良的"壮举"唬得五体投地。然而，世上毕竟还有真信仰者，如关良在朝圣路上遇到的其加，他的被收养的命运，他的朝圣之虔诚，事实上都是关良的颓废与空虚的对立面。然而关良并没有把握这一获得拯救的机会。

甫跃辉的好几篇小说具有某些相似性：作为主人公的进城者，想通过与城里的本地女孩联姻，而扎根城市。例如《巨象》中的李生、《解决》中的李麦、《秋天的喑哑》中的李绳，以及《晚宴》中的顾零洲，都是如此。他们的这种心理颇值得玩味。为什么他们非得找个本地女孩？《晚宴》里说："她是他和这城市最密切的联系。如果没有她，他和大多数外来者并没什么不同。有了她，……毕竟，有了一些不同。一种切肤的、贴切的、细微的改变。……为什么对她恋恋不舍呢？会不会因为自己潜意识中把她和这城市联系起来了？"这就是说，哪怕他们在这个城市有了一份固定的职业，甚至组建了一个家庭，但都还可能只是悬浮在这个城市，找不到真正扎根的感觉和一种归属感、安全感。他们始终是外来者、漂泊者，非得与一个自小生长在城市的女孩相爱、联姻，他们才真正感觉获得了接纳，与城市建立起了切实的血脉关系。当这种进入城市的欲望具象化在一个女孩的身上，与对异性的情欲混杂在一起，就获得了加倍强烈的力量。就像《晚宴》揭示的那样，哪怕是一个来自城市边缘的郊区女孩，也会显得魅力倍添。然而，这个伎俩几乎注定是要将他们引向挫败，使他们吃苦头、受伤害的。因为这样一种爱慕，天然地建构在不平等的基础上。这些来自乡村的"屌丝"，本身囊中羞涩，一贫如洗，与这些城市女孩自小建构的物质欲望之间，有着巨大的裂缝。学生时代这道裂缝或许还能暂时掩盖，但随着毕业后走上社会，自然变得尖锐刺目，导致感情崩溃。更何况，这种爱慕本身混杂着不纯粹的念头，感情本身并不坚固。《晚宴》《巨象》等小说中，都说男女双方并没有什么共同爱好、共同话题。所以，这些故事的走向几乎都是一样的。《晚宴》中他们谈了五年，最后分手的时候，女友对顾零洲说，毕业时你有二十万吗？《巨象》中他们谈了四年，分手前女友说："结婚？怎么结？晚上睡大马路啊？"《解决》中他们谈了六年，闹分手时，女友说，三十岁时有五十万再去找他。进城者们把对城市的向往寄托在这些女孩身上,同样,城市也借助这些女孩来对他们施加伤害:让他们被轻视,梦想落空,尊严扫地。

　　这些进城者会作出怎样的反应呢?《解决》中的李麦被女友抛弃后,曾经像《杀人者》中的艾文一样,差点走上了暴力之路。这篇小说也有几分模仿陀思妥耶夫斯基的意味。李麦除了对女友的本地人身份爱慕之外,还对她曼妙的身体充满情欲。在被抛弃后,他渐渐喜欢上了也是来自外地的同事,但她外表朴素,他们之间有深刻的精神交流,却没有任何身体欲望。李麦与外地同事在一起,获得了内心的安宁,可一旦本地女友再次闯入他的生活,内心立马又掀起澎湃的浪涛。他明白,这是内在的精神与肉欲之间的角力,他将之比作《白痴》中的纳斯塔霞在梅什金公爵与罗果仁之间的徘徊。后来在嫉恨当中,他觉得精神之恋再无法安慰他,想要用暴力杀害本地女友以泄愤,也是《白痴》中的罗果仁发疯和《罪与罚》中的索尼娅的温情等情节警示和拯救了他,让他从幻想杀人的精神酷刑中走了出来。这就是说,当受伤害的进城者们试图用极端的方式反抗时,内心的道德律在约束着他们,虽然在感情风暴中备受折磨,但最终坚立了下来。《晚宴》也是这样。顾零洲在与女友近乎告别仪式般的欢爱之后,偷偷拍下许多艳照,想要发给她的新男友,或者发到网上去。但他并没有行动,好几年以后想起来,他还觉得"这念头让他兴奋,也让他害怕",这说明顾零洲心里还是有一条约束他的道德底线。

　　《巨象》当中的李生就没法这样约束自己。在被女友伤害后,他选择了同样来自外地,并且其貌不扬、老实巴交、古板自卑的女大学生小彦,作为转嫁自己的憋屈、发泄内心痛苦的玩弄对象。不得不说,这是一种向更弱者挥舞屠刀的卑劣行为。情窦初开的小彦——也是一个进城者——明知道他们不可能在一起,却甘愿献身于这个比她进城更久的男人,卑微地乞求能换来一句真心的"我爱你"。最后,李生终于找到了城市里的女孩结婚,小彦却面临离开这座城市、去遥远的南方谋生的结

第九章　城乡之间的游走

局。这样一个始乱终弃的故事，最后仍然是以一种道德谴责而告终：李生在结婚前夕突然动了情愫，未必是对小彦，也可能是对过往的岁月，所以又找小彦约会。这时，自他第一次试图引诱小彦那晚就开始做的关于"巨象"的梦魇，潮水般一波波向他涌来。小说设计的是一个开放式的结尾，在一次次梦到巨象的脚掌向他落下，梦到小彦伤心自尽，自己在良心谴责下跳楼身亡之后，李生还会赴约吗？他和小彦各自的命运走向将是怎样？都留给读者去理解了。作者对这两个进城者的命运与心态的呈现，在故事的讲述中已经完成，其立场也是很明显的。

《饲鼠》中的顾零洲，其实与《巨象》中的李生一样，在受到城市的伤害后的凄惶的日子里，也是向更弱者挥舞屠刀，来转嫁自己的伤痛，只不过这篇更加隐晦，在艺术上更显得深沉。这一次，顾零洲受到的城市的伤害，不是来自城里的姑娘，而是来自城里凄苦的生活。从名牌大学毕业后，远没有想象中的飞黄腾达，而是拿着三千来块的工资，住在破旧不堪的筒子楼里，过着惨淡的生活：楼道间的公共浴室狭小到只容身体直立，冬天也只有凉水，蟑螂横行，他住的屋子里还闹起了鼠灾。城市给他造成的梦魇，主要通过老鼠来直接表现。老鼠在他的睡梦中压迫着他的呼吸，抓挠着他的嘴脸，常常让他惊出一身冷汗。与老鼠的作战，牵动着他的神经，甚至时间久了之后异化了他的心理，让他产生诸如病态的幻觉之类的异常行为。当他捉到老鼠的时候，久受折磨的他，先是报复般折磨老鼠，继而又在可怜的老鼠身上看到了自己的影子，后来干脆在自嘲自怜中，将老鼠饲养了起来。这个行为很值得分析。其中，既包含了对老鼠怎么也抓不完的沮丧与绝望感，后来又转变成施虐、泄愤的隐秘欲望。再后来，顾零洲在对老鼠的控制中获得了权力的快感，然而他又意识到，自己不能改变环境，只能折磨一只弱小的老鼠，是一种让人鄙夷的行为，而且实际上是他被这种心理快感控制住了，自己才是真正的没有自由的奴隶。说到底，他又何尝不是生活在城市这个更大的鼠笼子里呢？后来当他的女朋友表现出对老鼠的厌恶的时候，他更是偷偷地把这只老鼠放到了暗中羡慕的对面高楼里的都市白领丽人的房门口。本来，在他为老鼠的梦魇所折磨而自怨自怜的时候，就对高楼里的白领丽人失去了平和的欣赏兴致，而产生起嫉恨心理来了。这一次无路可走的极点的愤懑过后，这种病态地破坏与报复的心理自然也不是难以理解的了。如果说《巨象》《解决》《晚宴》中的主人公对自己的报复心理还有道德自省与一定的约束力，《饲鼠》中的顾零洲则有点彻底地被底层的辛酸经历扭曲了心灵的意思，变成了一个虚无的游戏者，无节操无底线地放纵自己恣睢的欲念，故事结尾写顾零洲人到中年，已然跻身商界精英之列，对着洋酒与娇娃，还不忘频频回顾"饲鼠"的经历，在沉湎过辛酸之后再趾高气扬地发出粗俗的"脱"的指令，似乎是作为对过往岁月的补偿与回馈。然而，在我看来，仍然不过是向更弱者挥舞屠刀的行为，与《亲爱的》中那个不断勾引女人的无耻之徒顾零洲，有一脉相承之概。

二 城乡迁徙间的精神迷局

《丢失者》是"顾零洲"系列小说中的第一篇。它选择我们日常生活中都有的一个经验——丢手机——来生发故事，将进城者与城市的关系之脆弱展露无遗。顾零洲接到一个陌生女人的电话，说她的手机和钱包丢了，在一个说不清确切位置的远郊小店，通过公用电话向他求助。顾零洲明知这事很"无厘头"，却仍与她聊了很久，这里面当然有隐秘的欲望作祟：同居日久感情漠然的女友正好回老家探亲了。当时他觉得与这个无助的陌生女人相比，握着手机的自己的世界很安全。可过了不久，在赶赴饭局的路上，他自己也丢了手机。这时候，他产生了恐慌感，似乎自己的生存网络失去了。看似安全的世界，因这么一个小小的意外，竟然就根基动摇？他很不甘心就这么从世界消失掉，内心很好奇别人找不到他会有什么反应，是否在通过其他方式疯狂寻找。好不容易憋了三天，他手指发颤地打开电脑，兴奋像一些小小的白亮的火花在他的皮肤下爆开，他以为"荒芜过后，会有收获的季节"，各种积存的邮件、信息会铺天盖地向他涌来，结果却发现电脑里近乎一潭死水。再看新买的手机，连女朋友这些天都没有给他发过信息或打过电话，更别说通信录里储存的其他五百多个联系人，似乎大家都把他遗忘了。这时，顾零洲彻底傻了。他原以为三天没有手机，失去了与世界的联系，生活会出现巨大的裂缝，现在他甚至恍惚于这道裂缝是轻易被填平了，还是根本就不曾出现过。他再一次想起了三天前那个迷失在远郊的陌生女人，禁不住按她打来的号码再拨回去。接电话的人当然已是一头雾水。在想象中，顾零洲离开了城市，飞奔向那个在远郊的香樟树下翘首以盼的迷路女人。这意味着，顾零洲在城市里感受到了伤害，那个女人不再是他潜意识中的欲望对象，而牵动他的同病相怜之感。他的生活的确出现了裂缝，既非没有出现过，也根本没有因一模一样的新手机到位后而填平。由这一场震荡，他与城市之间那一层表面和谐无缝的面纱脱落了，小说中两次用了"命运露出的狰狞的牙齿"这一表述，其实不如说他与城市之间的关系显露出了千疮百孔的实质更为确切。当然，这篇小说有超出进城者境遇的普遍意义，它也可以看作对现代人际关系异化状态的揭示：现代通信工具提供了某些便利，却并没有拉近心灵的距离，甚至可能加剧情感的冷漠，把人变成社交网络上的一颗颗螺丝钉，在例行公事的沟通中掏空情感的属性，这是都市人的普遍境遇。可是，当这种境遇投射在一个进城者的心灵上时，却引发了更大的恐慌。小说中有一段写顾零洲丢失手机之后，回自己租住的小区的路上，平时总是快步离开的广场舞人群，这时却牵引他停住脚步，茫然若失。他甚至想到如果自己没带身份证，可能就会在一场车祸中就此消失，没有人能知道。正是这样的恐慌感，驱使他想象自己离开这个没有根系的城市，去郊区寻找那个同是天涯沦落人的陌生女人——然而可悲的是，也只是想象而已，小说结束在昏暗中的玻璃窗上映现出的顾零洲那副"斯人独憔悴"的尊容。

在时隔三个月写的《动物园》中，甫跃辉让顾零洲在城市中找到了一个暂时的情感安放地。《动物园》讲的是租住在动物园边的顾零洲，与女友开始同居到分手的故事。这个分手的故事讲述了两方面的失败。同居之后，顾零洲念念不忘要带女友去看动物园，然而却闹了矛盾，不久后虽然冰释前嫌，但却埋下了关窗开窗的暗战导火线。暗战爆发成明战以后，女友问顾零洲是否愿意为自己离开动物园，他竟然陷入无语之中。值得追问的是，顾零洲为何如此痴迷动物园？据小说中的交代，这里面有他童年的梦想，小学六年级的时候，学校组织旅游，参观动物园，让当时的他产生了当动物学家的梦想。但长大后，他发现自己几乎没有什么梦想可言。不仅如此，他还变成了没有勇气的人。误打误撞考上大学，进入了城市，毕业时却惶惶不可终日，担心自己无法适应学校外的世界。在工作岗位上熟悉起来以后，又一心要顺着不需挣扎的轨迹滑动，甚至若非藏身于网络之间，他根本就不可能开始与虞丽这段感情。小说如此这般的塑造，是为了形成这样一种解释：对于顾零洲来说，童年时植入的动物园记忆，是他深层次意识中稀有的感情源泉，在成年后被再唤起之后，格外地强烈。其实这只是一种表面的解释，甫跃辉特意花费笔墨来构建这个解释，正说明恐怕连他自己都没有意识到，顾零洲如此痴迷动物园，更深层次的心理动因。在我看来，这首先关涉他的乡村生活记忆。这一个动物园，实际上承载了他对乡村生活的感情寄托和归属体认。动物是古老的乡村生活必不可缺的构成要素，养鸡喂猪，犬护牛耕，几乎可以说是传统的农村家庭的经济命脉之一部分。乡村的小孩，对于鸡窝猪圈、放牛喂狗这样的生活环境、生活片段，都不陌生。顾零洲身在城市，却对动物园感到异常亲切，应该与这份乡村生活经验在潜意识深处的沉积有关。他的许多举动，都是这种深层潜意识的体现。譬如同居以后，他迫切要带女朋友去看动物园，并对女友像逛街一样肩挎小包莫名的不满，以及当狮子突然撒尿溅到女友的衣服上时，顾零洲没有随女友一起惊叫，反而咧嘴笑了，这激爆了女友的愤

第九章　城乡之间的游走

怒,并导致了日后女友要关窗阻绝动物园的气味,顾零洲却要开窗接纳气味的暗战。在这些举动中,处处显露出女友视之为不洁而顾零洲安之若素的对比。顾零洲希望城里长大的女友能接纳他拥有的那份乡村生活经验,不要嫌恶它。我想,这是许多进城青年在类似的关系中都会有的心理活动,希望别人能理解他们过去的生活,接纳某些因此造就的"异质""怪癖"的生活习性,不至于产生矛盾。顾零洲的所作所为也不外乎如此,但表现的方式却出了问题。除此之外,顾零洲痴迷于动物园的另一个深层原因,是他在动物园里获得了一种抚慰和疗治城市造成的创伤的力量。动物园是一个规训与囚居之地,在某种意义上是残忍的,小说中好多细节也流露出这种意味。譬如猴子被游客戏弄,黑熊直立着,趴在铁栏杆上,奋力地伸出舌头去舔粘在旁边墙壁上的水果糖,顾零洲称其为"令人忧伤的画面"。我认为,顾零洲之所以对动物园魂牵梦绕,是因为在这里找到了同病相怜之感。当他害怕改变、害怕面对新生活的时候,实际上说明城市给他一种异己感、压迫感,甚至也可以说是一个牢笼,在囚禁着他,造成他的焦虑。小说写他看了美国国家地理的纪录片《象族》,里面有句话让他回味不已:"大象的生活充满庄严,温柔的举止和无尽的时光。"可是,纪录片里说的是大草原上的大象,当小说结尾,他走近动物园中的大象时,却"莫名地觉得,它们不再是庄严和温柔的,它们赭红色的庞大身躯里,似乎隐藏着同样庞大的痛苦"。顾零洲自己何尝不是这样一头大象呢?内心深处向往庄严、温柔和有无尽时光的生活,现实处境却是逼仄、压抑与没有希望。他念念不忘要带女朋友去看大象,他说是因为站在大象旁边,正好可以看到他小小住处的窗户。然而,为什么一定要走到彼处去远眺自己的住处呢?其实是来到自己真实的处境上,反观自己生活的表象,咀嚼和玩味自己的悲欢。所谓"顾零洲",大概就是这样一个顾影自怜、冷寂沙洲之意吧?潜意识里,顾零洲也有认清自己处境的欲望,却还缺乏鞭挞自我的勇气与处置自我与外在环境的能力。小说结尾处写到,夜色四沉,顾零洲背靠大象们的围栏坐着,却认不出了远方哪一处是自己的窗口。他"觉得自己就如一只受伤的动物,要回到自己窝里去了"。但走到动物园门口,却发现冷冰冰的大门黑沉沉地关上了。《动物园》写的是斩不断乡村生活记忆之根的进城者,顾零洲希望女友喜欢动物园,适应气味,但最终失败,其实质是试图调和城乡生活逻辑的失败,顾后来独返动物园,希望看到自己的住处,则警示着他试图疏离城市境遇,寻返本真自我的行为可能遭致的危险:最终被拒斥在城市的大门之外。

《普通话》的主体是一篇返乡小说,此中的顾零洲也面对许多错乱,譬如因为当年的龃龉不快而对姐姐生恨,将近八年未返乡相见,但此番的生离死别在记忆中反复打转,却叫不出名字。最主要的,是通过语言的错乱,来表现顾零洲返乡后的身份错乱与心境尴尬。顾零洲一返乡,就自觉地说起了方言。这应该是常情,方言是我们出生在世学到的第一种语言,"母语"。说方言,意味着一种认同故土本根的倾向。但在村里人眼里,这却成了纷纷啧啧称赞的优点,就好像他本应该回家后满口普通话一样的,这意味着,村里人都把他当作扎根上海的城里人。包括他的高中同学,一开始见到他也主动说普通话,却鄙夷一个在北京混不下去了重新回到小县城却还坚持说普通话的女同学。乡土与城市,平凡与尊贵,两种对立的身份与情感,在两种语言的切换中不断转换缠绕,让人疲惫感叹。尽管如此,不同于《动物园》里那个与人合租的出版社小编辑,《普通话》里这个已成家立业的大学者顾零洲,在理智上是已经完成了切割和塑型的:他返乡时可以一直说方言(到最后表达粗鄙的情欲时例外),可在他内心,是明确地以城市生活和价值为依归的。他拒绝带妻子一起回老家,在老家出轨以后担心那个女人突然来上海,怕他好不容易拼凑起来的上海生活会被彻底击碎。这篇小说里,城市生活价值占据了支配性的统治地位,在老家一直坚持说普通话的那位女同学,梦想着嫁一个城里的说普通话的男人。附录中,姐夫带着小外甥来上海找顾零洲时,也主动说起了普通话。

语言跟身份捆绑在一起，似乎成了某种权力的象征。人们在语言之间的切换，表明他们陷入了某种身份错乱和心理挣扎的困境。

第二节　都市病症下，人如何自处？

蔡东是时代感特别强烈的作家。她生活在活跃、繁华的深圳，写作也紧贴着目下正在进行的都市生活，敏锐审视着当前语境中人们的心灵状态。虽是中文系科班出身，她却并非一味沉浸在封闭的情绪或个人观念里，而是难得的热爱广阔的世俗生活细节，有着工笔细描的耐心，同时又有着清明的理性和温润的情致。这些素质，使得她在作品数量不多的情况下吸引了众多批评家的关注，这是她应得的荣耀。她的小说主要以都市为背景，却绝非浮世绘般的世情书写，而是触及了我们时代诸多最尖锐的病症，诸如物质崇拜与人文情怀、挥霍过剩与满足匮乏等诸多悖论，并不侧重阶层与底层等话题，却始终聚焦和烛照着人如何自处的精神命题。

一　生存压力与精神颓败，及人文知识分子"以物弃物"的困境

今时最大的悖论之一，或许就是在温饱早已不成问题的时候，人们却还莫名地感觉到生存的危机。明明是生长在殷实之家的孩子，照样要从小就投入生存竞争和比拼。这是中国各个中小学里正在上演的现实，每一个中国家庭或许都不会陌生，《无岸》所书写的也正是这种情境。小孩子被老师和家长逼着拼命学习，考更高的分数，上更好的学校，"就算不疯，高考前夕也预期会腹泻、神经衰弱、月经紊乱……对女儿来说，生活是一张无边无际的大筛网，是一场永无尽头的淘汰赛"，巨大压力之下的小女孩，高中即已白了头，像个老太太。生存压力和生存竞争对身心健康的伤害，也体现在《净尘山》里的人物身上。张倩女是一个"庞大的高科技商业帝国"里的项目经理，南方的一线城市里

的高收入者，可是她也没有感觉到放松，竞争对手多，产品晚一步就不仅不赚钱还要亏，于是加班成为常事，吃夜宵也成为常态，终于将她变成了情绪性的暴食症者，陷入被肥胖和婚恋难题折磨的泥沼，优秀与憋屈在她身上共存。

　　生存压力不仅带来对健康的损害，更是造成人的精神尊严的萎缩。蔡东的小说对此关切甚深。《无岸》里面有个给众多读者留下深刻印象的情节，就是里面的"受辱训练"。知识女性柳萍一向清高自守，她看不起"社科双姝"的钻营逢迎，但迫于孩子留学的高昂学费，她不得不打算卖掉房子去申请学校的周转房，因而需要向主管部门的领导求情。一向疏于此道的柳萍，竟然在家里与丈夫开始了情景模拟，练习怎么样阿谀拍马、屈己从人，实际上将过去视为珍宝的精神尊严践踏得碎了满地。《净尘山》里也是这样，潘舒墨想要在深圳立足，但工作卑微，买不起房子，这竟让他觉得像"没有自己的房子，私处袒露在空气里，没有自己的房子比得了性病还羞耻"。他跟张倩女的结合，只是因为张倩女收入高，有房子，能为他解决掉没房的羞耻，然而他付出的代价就是接纳张倩女无法直视的肥胖。这样违心的婚姻，其实又何尝真正摆脱了羞耻？

　　由精神尊严的萎缩，蔡东进而关切到，作为精神价值的守护者的人文知识分子生存的困境。这大概是人文知识分子生存较为艰难困顿的时代，蔡东小说于此有着敏锐的感知。她笔下写了很多这样的人物，《无岸》里的柳萍是大学的思想品德修养课的教师，《我想要的一天》里的麦思曾经是社会发展研究所的科研人员，《净尘山》里的张亭轩是音乐老师，《木兰辞》里陈江流是美术教师，还有《毕业生》等作品里写的中文系的研究生，等等。蔡东笔下这些人文知识分子大都有个共同的特征，他们不愿意去参与外部世界的竞争。《我想要的一天》里，麦思辞去了研究所的工作，自愿调到资料室去，《净尘山》里的张亭轩也辞去了音乐教师的工作，《无岸》里柳萍选择当教师的原因，则是"藏身学

第九章　城乡之间的游走

校则能躲避社会,较少跟成年人打交道,较能保有自尊",《木兰辞》里陈江流面对妻子"出成就"的劝导,内心无声地呐喊:"出成就,积极进取,我可以拒绝吗?你能不能别再为我规划人生?"在他们心里,仿佛外部世界的竞争必然导向丑陋,违背他们的本性。像《我想要的一天》里写的,麦思与高羽也曾"试图进取,鼓励对方学点谄谀献媚之道,密谋怎么结交显贵的老乡怎么把礼送出去"。这样的进取必然只是一种钻营,是他们的精神操守所无法接受的。

厌恶这样的进取,无法在外部世界的竞争中获得乐趣,他们共同的出路是向内收缩,所以他们都醉心于经营一方令自己舒心的专属领地。它可能是一个装修精致的书房,有光线调校得恰到好处的落地灯,有铺着绒毛蓬松的羊毛毯的贵妃椅,或者是熏香、鲜花、精美的杯盘,类似《闲情偶寄》《随园食单》之类的才子书、生活禅。它可能是一个固定的朋友圈,几个气味相投的友人雅集,也可能是某种孤独的气氛,就像《木兰辞》里的陈江流,在一个下雪天想到"这样的日子多么适合消失,让自己消失在白茫茫的世界中"。这个领地犹如一个疗伤的小窝,保护着稀缺珍贵的安全感,因为它的存在,这些被放逐的人文知识分子才能残留些生存的乐趣。

然而,如果外部世界的竞争失势,这个保护内心的小领地又如何能在覆巢之下完存呢?想要固守内心的宁静不至于风雨飘摇何其困难。于是这些人身上总难免有几分不如意的失败气息,他们的言谈举止之间难免有些分裂和可笑。《我想要的一天》里,麦思自己不愿意去谋取功名,不愿为此违逆本性,进而退缩到内心,但她却不允许丈夫撤退,严防死守着他心底的自由梦想的复燃;她自己想要追求精致舒心的生活,却硬要丈夫忍受工作的庸碌和无趣。这一切,不过是因为:"日子比一片薄冰还要脆,失去任何一个人的固定收入,生活质量都会锐减"。说到底,内心的憩息所,还是需要有外部的物质基础支撑。这让他们的内心追求没法纯粹。《无岸》里的柳萍,后来在模拟向主管领导讨要周转房的"受辱训练"中，竟然慢慢变得"充实而有力，体味到一种饱胀欲破的满足感和成就感"，其原因或许就在于此，她似乎获得了向外部的物质世界去竞争的能力。

这体现了这些人文知识分子内在的精神分裂。他们并不是真的淡泊了物欲，实际上他们有着对精致的器物的迷恋，似乎精神的追求必须有对器物的依附才能呈现，这种状态难以现成的词汇命名，姑且称为"以物弃物"的悖论。《我想要的一天》里麦思每隔一段日子，"就想在崇光七楼游荡上一天，那里陈列着最雕琢、繁复的家居精品"，当面对闺蜜"多一点过简朴生活的勇气，少买点东西不就完了"的劝慰时，竟置若罔闻。《无岸》里的柳萍也是，"种种多余的消费品，虽大都闲置，一想到失去却空虚无比。""她挥金如土，尽享荣华，又伤痕累累，以身饲虎，生祭了这座城。"他们并没有做到彻底皈依，活在那个悠久的人文精神价值传统里而甘于饭蔬食饮淡水，他们只是对精神与物质都不愿荒废，因而不免经常被两者所撕扯，身心疲惫。进取意味着精神灵性的丧失，退守又落得一身失败与酸腐的气息，就像《木兰辞》里说的，这个小城越来越虚荣，越来越势利，令陈江流觉得自己低贱卑下，无处躲藏。他们该怎么办呢？

二 肥胖与窄床：过剩与匮乏共生的悖论

生存的压力并不是主要来自物质匮乏，对此相信很多人都有体会。在蔡东的小说里也是这样，为生活焦虑的麦思、柳萍们，其实在物质是有剩余的，那么他们的焦虑来自何方？他们在剩余背后是否仍然感受到某种阙如？为什么会这样？这些问题大概揭出了生活最大的诡异，也是我们时代最深刻的悖论，过剩和匮乏竟然可以天衣无缝地缠结共生。

最能体现这个时代的过剩的征象是什么？《净尘山》里给出的答案是肥胖。在社会学家的调查中，肥胖早已成了世界性的问题，据说在2000年，世界上超重人口首次赶上营养不良的人口，均为11亿。研究者进而指出，饮食过度将日渐取代饥馑，成为人类在食品上遭遇的新问题。饮食过度导致的超重比率增加，也引起了相关的疾病比率增加，而"整个人口降低1%的饱和脂肪摄入，每年能防止3万例冠心病，同时节省10亿元的保健费用"①。不幸的是，《净尘山》里的张倩女，就成了这些超重人口中的一分子。她身上的赘肉，正体现了这个世界过剩的食物。但问题是，过剩的食物没有给人带来幸福，反而制造出了灾难，不但没有塑造健康的体魄，反而造成了健美的缺失。

《窄床》也是将过剩与匮乏的悖论表现得淋漓尽致的作品。它呈现的悖论双方，是城市男女之间"情事"的过剩，以及真正的情感亲密的匮乏。小说通过很多巧妙的设计，四两拨千斤地表现这种境况。女主人公温兰是都市报纸的情感专刊编辑，在这个窗口上见证了太多如泡沫般瞬生瞬灭的感情故事，也制造了太多轰动性的话题和卖点。可是这种感情故事的泛滥，正体现出感情的波折与脆弱；话题的轰动，很多时候也是因着力比多的刺激与隐私窥探所产生的狂欢。很多人同居了，结婚了，可是在肉身的欲望之外，有多少内里的灵魂相契、内心宁和呢？女主人公自己就在经历这样的矛盾。她对追求自己的男人设立了一条独特怪异的规则：要先在一起睡一个晚上，再考虑是否确立恋爱关系。很多男人在这个规则下淘汰了，是因为他们对睡在一起的预设是发生性关系，然而温兰却只是想测试两个人睡在一起时姿势是否熨帖、是否亲密、是否有安全感和内心安宁。好不容易有个男人，既与她两情相悦，也顺利通过了独特规则的测试，但在结婚以后却让她失望了。因为这个男人能通过测试，是因为婚前他只有一张单人床，两个人睡的时候，必须紧密拥抱在一起，而婚后换了宽大的双人床，男人却不再喜欢那样的睡觉姿势。这似乎可以解读成一个绝佳的隐喻，物质上的紧张却伴随着精神上的依恋，物质的宽裕并不

---

① 郑也夫：《后物欲时代的来临》，上海人民出版社2007年版，第84页。

必然带来幸福感的上升。作为小说标题的"窄床",应当理解为当今时代情感状态的试金石、一个符号象征,或许我们需要收缩些物欲才能真正注目于精神。温兰最后要求丈夫扔掉大床,搬回窄床,但是仅仅依赖物理上的手段,这能成为长远之计吗?

过剩与匮乏之间触目惊心的共存,在其他小说中也存在,譬如《小城》里写的,满城都是相亲对象,最终却一直"剩下来"的大龄女青年春娇;又如《毕业生》里写的在深圳似乎满地都是工作机会,但最终却一无斩获的郁金所遇到的状况;等等。这让我们不得不思考:这种悖论是怎么产生的?人类的智慧和努力是否用错了方向?我们生产了很多并不真正需要的东西,却在最生死攸关的领域里陷入了茫然,常常挥霍又从未满足。时代繁华的表面之下,似乎存在某种深刻的撕裂。

三 迁徙与撕裂:失去了完整性的身心

中国社会的急剧发展,给我们的生活世界带来了巨大的改变。安土重迁的传统受到冲击,几代人一辈子生活在同一片土地上的情况越来越少见。在蔡东的小说里,也普遍地横亘着两个地域的对峙:留州和深圳。一个是蔡东虚构的山东内地的小城,另一个是蔡东目前生活着的南方大都市。现代生活世界的撕裂,已经不仅仅是乡土和城市的撕裂,就连城市内部,也开始出现普遍使用的一线二线乃至四线五线的等级划分,我们生活的完整性之破碎,于此也可见一斑。

在《我想要的一天》里,蔡东展示了在对峙的两地之间如候鸟般迁徙的生活状态。从深圳回留州探亲的麦思和高羽,已经不能找到故乡的慰藉,相反,他们面对的是两种不同生活方式和价值观念的冲突。大伯想要以他们在深圳生活的拮据来获得小城生活的优越感,父母则指望他们在深圳飞黄腾达来光耀门庭,然而两种心态背后的实质,却都是坐井观天者的保守狭隘。或许正是这种精神观念和价值抉择上的差异,在驱使年轻人忍受着背井离乡、骨肉分离的缺憾，甘愿在对峙的两地间辗转。《净尘山》里的潘舒墨就说："我想过回留州，父母能照应我，小地方日子也舒服，……可到底差了点什么。"《往生》里康莲则准备住养老院，也不愿再给远在深圳的女儿以负担，自认为"再也不能像上辈人一样，指望儿女了，……女儿已然离不开深圳，女儿这一代的日子跟她们不同了"。当然也不是所有年轻人都会与故乡产生抵牾，《福地》里展示的则是古老的故土难离的主题。在深圳住久了的傅源想要回到老家去，尤其是看到同乡好友吕端去世后埋葬在深圳公墓里（遗嘱也是埋骨老家，但被背叛了），犹如进入了一个格式化的冰冷框架的情景后，更是如此。所以他急不可耐地回乡奔大堂叔的丧事，从中体验叶落归根的幸福。小说中写到他内心的活动，站在祖坟地上，想要"把使用了多年的身体归还给这片地"，"他变得开阔，浩大，有来历"。然而，在生前，他还是只能继续忍受着行走在没有归属感的深圳土地上的撕裂。

除了迁徙造成的生活地域的撕裂，更严峻的还是价值观造成的人群分裂以及个人内心世界的撕裂。就像《和曹植相处的日子》里写的，对于研究生禾杨来说，这个世界似乎截然分成了两半，一半是像曹植的诗赋般，风流倜傥，诗意盎然；另一半则是未来不可测的俗世生活，充斥着机械麻木和焦虑疲惫，正如她宿舍里三个女生的不同追求所预示。然而，好在她三年的研究生生活刚刚开始，还有缓冲的避风港湾。她还有理由乐观，哪怕今后生活粗粝难受，"但只要想到曾有三年跟曹植相处的时光，她就觉得这辈子有过美好和诗意，随时调取，可堪回忆。"但那些已经走出象牙塔、在社会网络中讨生活的人，就没有了这份幸运。《往生》里的童羽，《木兰辞》里的陈江流，他们就经常感受到生活中两种力量的倾轧或者说撕扯，一边是成王败寇的竞争哲学，一边是恬然自守的修身境界；或者用蔡东在"创作手记"中的话说，一边是"强大霸道的政经秩序"，一边是"理想主义的微光"，他们于两者都未能绝缘，因而倍感矛盾。长此以往，他们自己的内心也难免是分裂的。《净尘山》里张亭轩一开始辞去工作追求自己的理想的时候，还被认为是在"替胆怯的人们做梦，宛若灰暗人世的一星微光"，但后来才发现自己"享受不了没有界限的自由"，"根本没有拒绝这个世界的能力"，所以他此后只得走向了"欲以润格致富"的尴尬。《木兰辞》里的邵琴也是一样，她表现出来的"雅"，不过是一种开道的武器，小说中说她"掌握了'虚名可以实用'的全部精髓，……最小的人格牺牲，最实在的收益"，实在是一语道破天机。她对李燕说的，像她那样把自己变得俗不可耐，才是更难的修行，也可以算是肺腑之语。她总算还是能勇敢面对自己的内在分裂的女强人。

四 家庭抱团，或融入悠久的传统，以及文学式的抵抗

蔡东的小说也在思考，在这个生病了的世界中，人应该如何自处。面对时代的诸种病症，其回应也可以分为几种类型。

时代风气和社会结构的变化，无疑会直接影响到人的生存状态。这方面一个突出的例子是，因着前面讲到的生存压力的加大，当下时代的家庭结构已经发生了前所未有的变化，人对家庭的情感也不同了。有位日本学者曾提出，当社会处于上升阶段时，年轻人的反抗往往易于取胜，但如果是处于下行状态时，面对父母的说教，年轻人就难有任性的底气了。[①] 在"五四"所开创的家庭问题小说中，常见的主题是对旧式大家庭压制个性和生命活力的控诉，这些小说中常见对家庭或家长的反叛和抗争，所谓的"弑父"主题屡屡出现。但蔡东小说中很难看到这种景象，代之而起的，是因着生存压力的增大，家长倾尽所有为下一代付出，父母和孩子之间紧紧抱团以抵御生活的严峻和沉重。这一切在孩子很小的时候就开始了，在《无岸》中，为了让孩子接受好的教育，

[①] ［日］小熊英二：《改变社会》，王俊之译，上海译文出版社2017年版，第70页。

柳萍夫妇不惜揭瓦卖房。《往生》中的康莲，向下既挑起了照看外孙长大的重担，向上又承担着服侍年迈体衰的老一辈的责任，真可以说是鞠躬尽瘁，相比之下，她的女儿倒是在承受着父母的庇荫。《净尘山》《小城》等作品也类似。在现实生活中，我们对非倾全家之力年轻人无法在城市中有房产和栖身之地的景象并不陌生，此番在小说中看，从抗争到抱团，从"弑父"到"啃老"，面对历史景象的巨大翻转，仍然不免感慨万千。

  除了家庭内部的抱团取暖，也有人试图在个体的行动中对患病的时代展开抵抗。遗憾的是，他们的抵抗有一个从积极到消极的降解趋向，一开始是想要坚持理想，活出不一样的人生，但到了后面却发现理想的新路根本走不通，于是积极的抗争最后演变成一种逃遁和疏离，变成消极的偏安一隅，以脱离时代来保持一点原有的特质不被改变。《净尘山》里的张亭轩想要以辞职来反抗这个不尊重艺术的时代，《木兰辞》里的陈江流则想用积极的创作来有所作为，但最后他们的努力都失败了。《无岸》里的童羽在竞争升迁的道路上失败后，挂起了"无欲则刚"的招牌，以瑜伽等方式来维持眉宇间的一股"清气"，可是这股清气在遇到现实生活困难时不堪一击，最后童羽发出了辛酸的感慨："我希望自己在精子阶段就被淘汰，我希望游向卵子的那个不是我，我要是没被生下来该有多好。"这近乎对"生而为人"的退让，展现出哪怕是老庄式的逍遥无为，最终都难以舒展。

  这种境况让人唏嘘。为什么会这么容易失败？仅仅是《净尘山》里张倩女所感觉到的"裹挟着整整一代人的庞大而严密的系统"所致？真的像蔡东自己在"创作手记"中说的，这"强大霸道的政经秩序"，这"近乎无解的精神困局"[1]，是无可战胜的？那我又不由得会问：这个系统、秩序、困局又是怎么造成的呢？它别无来由，仍然只

---

[1] 蔡东：《我想要的一天》，花城出版社2015年版，第212页。

能是人创造的。每一个人都对它的形成负有责任，正如有人说的，雪崩的发生，每一片雪花都负有责任。相应地，要改变，也只能从每一个个体的改变开始。这些抗争者失败的原因，显然不能只归因于抗争对象的强大，也还在于自身的弱小和孤立无援。——说到这里，援军在哪里？正如阿甘本在《何谓同时代人》中说的，"在最近和晚近时代中感知到古老的标志和印记的人，才可能是同时代人"[①]。目光还得向历史深远处求索，除了现实中的同类相应、同气相求，更重要的，或许还在于需要深刻地融入一种传统，去获得一种近乎信仰的力量。这个传统，对于张亭轩来说，也许是贝多芬；对于陈江流来说，也许是凡·高。只有在这样的传统中，才能看到那源流长远、坚不可摧的人文精神及其价值力量。而他们显然并没有这样的皈依，就像《通天桥》里那个医生一样，很容易就被恶势力用野蛮粗陋的方式改变了，像小草一样被连根拔去。

当然，这是作为批评家的我，置身事外式的对小说人物的指摘。作家蔡东显然并没有去为他们的败因思考过多，相反，在上引的那篇创作手记中她说："我无法去谴责哪一个，人已经够苦了，每一个人都值得作家心疼和原谅。"蔡东似乎无意通过他们去探索和指明道路，而只是想借助他们去试探一下，或顶多质疑一下，去挑明"时代的某些法则和标准，看起来太对了，太美了"，然而实际按那样去生活的体验，却又并不是那么回事。她在小说中表明，对此终于有几个人发出了点异样的声音。在这个意义上，蔡东看到了这些想要改变的个体之失败，其实也是有价值的，首先在于它让我们看到这个过程中的某个瞬间的壮美，某种理想的持续呼召之可贵。在写作他们的时候，蔡东对自己的要求是："我更愿意深究人生之苦……不再尝试修复些什么。我想抓住的，是幻灭过程中的撼人心魄的惨伤的美，如此，幻灭

[①] [意]吉奥乔·阿甘本：《裸体》，黄晓武译，北京大学出版社2017年版，第31页。

便也有了价值。"① 蔡东的希望,显然没有置放在这类人物身上,相反,倒是《往生》《月圆之夜》《昔日种柳》中那几个在人世艰难中坚韧劳作、心怀善意的妇女,或许更能称得上理想型人格,让人心怀敬意。某种程度上说,她们比起前面那些附庸风雅型的知识分子,更称得上融入了某种悠久的传统,有"士不可以不弘毅"的人格力量。

最后,跳出小说来谈,这样的时代病症实际上就是我们每个小说读者所面对的现实,我们也一样需要思考在这样的时代中如何自处的问题。我想作者蔡东也不例外,她也谈到自己的生活经历,曾经有某段时间,"一切都进入到了既定的轨道,这太可怕了,好比向着浓稠无底的黑暗沦落下去"。幸亏她后来找回了写小说的状态,某种意义上,也就是进入了我说的融入某个源远流长的人文精神传统序列,获得某种类似信仰般的力量的状态。我想,蔡东的生活中肯定也还会有惶惑的时刻,但更大的"定海神针"她已经获得,她谈道:"除了写小说,我再找不到一条通道,能让我随性地穿行,能缓解职业的倦怠、抵御生存的惯性,并最终通往别样异彩的人生,开始另一个层面上的生活。"② 所有的作家都是幸运的,或者说所有融入了某种精神传统、获得了来自古今中外的精神援兵的力量并坚定地生活着的人,都是幸运的。这是蔡东给予我们的启示。

文学可能无法直接解决什么时代病症,世界可能依然按固有的逻辑运行,就像哈罗德·布鲁姆所说,"西方经典不管是什么,都不是拯救社会的纲领",阅读大师们的作品"真正作用是增进内在自我成长",甚至其全部意义只在于"使人善用自己的孤独"③。蔡东的小说也是如此,它昭示出有一部分人已经通过文学看到,在"生活的世界之外还有一个世界",并且它能给予我们此世生存的力量,这力量帮助我们去

---

① 蔡东:《我想要的一天》,花城出版社2015年版,第213页。
② 蔡东:《我想要的一天》,花城出版社2015年版,第214页。
③ [美]哈罗德·布鲁姆:《西方正典》,江宁康译,译林出版社2011年版,第23页。

对抗时代的病症，自由呼吸，这就是文学式的抵抗。这种抵抗，借用阿甘本的话来说，就是"在当下的黑暗中去感知这种力图抵达我们却又无法抵达的光"①。

---

① ［意］吉奥乔·阿甘本：《裸体》，黄晓武译，北京大学出版社2017年版，第27页。

第十章

对底层苦难的书写

方方《涂自强的个人悲伤》曾引起过一阵热议,她写了一个"80后"的年轻人,好不容易读上了大学,却没有实现以前曾流行的那句话:"知识改变命运",他最终在贫病之中凄凉无助地消失在人世。这是来自前辈作家的,对年轻人遭际的深情观照、文学关怀。但是,在文学的人道主义接力赛中,年轻人也没有缺席,在巨大的社会变迁面前,他们也没有忘记被时代巨轮所抛下的那些弱小者的不幸。良知和担当在这一代作家身上传承,文学从来都不是歌功颂德的工具,而是用爱来抚慰人心、温暖这个世界、通达真理之境的审美本体。也有"80后作家",如同杜甫诗歌所言,"穷年忧黎民,叹息肠内热",这再一次证明了他们不是沉浸在"小时代"中的年轻人,而是与人民同在、为人民请命的艺术家。

第一节 从打工诗歌到知识分子之诗[①]

我手头已有九本郑小琼的书,其中七本是诗集,由此可见郑小琼的高产。这种情况下,说"诗人何时归位",不是显得有点怪诞吗?我的解释是,这个说法有两个针对对象。一是对研究界。长期以来,郑小琼

[①] 本节曾以《诗人何时归位——郑小琼论》为题,发表于《上海文化》2017 年第 2 期。

曾困于一个问题，尽管她申诉"打工诗歌不是我的全部"，可还是有些人习惯于用"打工诗歌""底层写作"这样一些标签去描述她的写作，实际上是用"打工""底层"这些前缀符号遮盖了她的诗歌本身的价值，忽视了她的写作的真正意义。在作者本人及许多诗评家的呼吁以及时间带来的阅读沉淀等状况推动下，近年来这种情况表面上已有好转。媒体热衷炒作的"打工诗人"等符号提得少了，而学院批评精心编织的另一套符号系统又急不可耐地落到她的头上，"左翼文学""大众化"等文学史陈调开始争相拉拢郑小琼的诗歌入座。当然，我的措辞可能稍显极端，学院派研究的常规方法本就如此，整体上无可苛责，但我总觉得这种研究也一样地未进入对诗歌艺术本身的探讨，尤其对郑小琼诗歌创作的艺术困境关心不多。所以我想在这篇文章里作个尝试，力争撇开符号，就诗论诗，把郑小琼放在一个"诗人"而非"打工诗人""左翼诗人"的位置上来看待。另外，也是针对郑小琼本人的。我认为郑小琼的诗歌世界最主要的有两大部分，一是以《黄麻岭》《女工记》为代表的书写打工生活的诗歌（我并不想用"打工诗歌"这个词）；一是以《纯种植物》为代表的偏于历史等抽象概念的沉思的诗歌。这两部分有大致的时间先后顺序，可以视作郑小琼诗歌写作的两个阶段。在这两个阶段中，郑小琼有一个共同的问题，即功利性的追求压过了对诗歌之为诗歌的艺术本真的关注。当然，这种功利性追求具体何所指，需要区别开来辨析。以下我想通过一个历时性的梳理、辨析，然后抵达对郑小琼面临的诗艺困境的分析上，深入探究"诗人何时归位"的问题。

一 复仇者之诗：生活原质的诗意转化

《黄麻岭》出版于 2006 年，可以说是郑小琼早年打工生活的记录与结晶。翻开这本诗集，打工生活的各种情绪扑面而来。从身体方面讲，打工是艰苦的体力活，既劳累又危险，还时常染上各种职业病，如《三十七岁的女工》里写的："落叶已让时间锈了，让职业的疾病/麻木

第十章　对底层苦难的书写

的四肢，起伏不定的呼吸……锈了。"如此巨大的身体付出，换来的不过是低廉的工价、吃住条件差、性压抑（《月光：分居的打工夫妻》）。这些就是打工者的辛酸处境。而精神上的苦难就更多了，诸如背井离乡的漂泊感、没有尊严的身份感、人成为商品的异化感，活着而没有自由、没有爱情、没有梦想，在单调机械的麻木工作中耗尽青春和生命，然后被遗弃，都是这本诗集反复表现的感受。当然，它不是受虐者的血泪控诉，不是伤痕展览，它也有力量，"我数着我身体内的灯盏，它们照着／我的贫穷，孤独；照着我累弯下的腰／却不屈服的命运"（《热爱》）；也有希望，"我的歌声像低声的流水穿过／剩下，一桶白色的希望在火光里晃动"（《歌唱》）；甚至也有高贵和怜悯，"我说着，在广阔的人群，我们都是一致的／有着爱，恨，有着呼吸，有着高贵的心灵／有着坚硬的孤独和怜悯"（《他们》）。但总的来说，这本诗集的首要价值，还是在于它写出了打工生活的艰辛，尽管不是首次，却是因着郑小琼的成功而倍受瞩目，让一个群体的生存实相浮出水面，进入当代诗歌的视野。

但它对于郑小琼个人的意义是什么呢？我忍不住从字里行间去寻找答案。所幸这本诗集的大部分诗里，都有一个抒情主人公"我"，"我"有时候是一个目击者，"我目睹她的睡意长成树木／我目睹她的手指让机器咬掉半截"（《目睹》）；更多的时候，"我"是个亲历者。她经历着生命的异化，"你们不知道，我的姓名隐进了一张工卡里／我的双手成为流水线的一部分，身体签给了／合同"（《生活》）；她经历最艰苦的劳动与最严苛的待遇，"十一点疲倦的次品碰到我的疼处，十一点的／辛劳不够一次寒冷的罚款"（《十一点，次品》）；她也经历着歧视（《愿望》），没有爱情（《给予》）；等等。概而言之，前面所说的打工生活的一切，"我"几乎都是亲历者，而熟悉郑小琼的经历的都知道，这个"我"，又几乎可与她本人等同。另外，我们还可以从《产品叙事》《车间》《走过工业区》等诗中，看到她栖身的环境如何恶劣、卑琐、没有诗意,例如《产品叙事》以"一是从弯曲的铁片为开始"为起头,到结尾罗列了十方面的打工生活的内容,都是"罚款,失调的月经,感冒的病历,凋落的眼神,大海辽阔的/乡愁……"这样的平铺直叙的句子,《车间》则是"在锯/在打磨,在钻孔/在铣,在车/在量,在滚动/在冷却,在热处理/在噬咬,在切断……"这样的句子,它们将最卑琐无奇的事物并置在一起,将最铁硬、粗粝的事物和动作呈现在读者面前,形成诗歌的刺激和震撼之力。到现在,我也很难想象,郑小琼在这样的环境中,在身心极度疲惫无趣的情况下,还能够奋起运笔,捕捉缪斯吹来的灵感之风,让心灵调试成为竖琴,奏出诗歌的乐音,是什么给了她动力?

我揣测郑小琼写诗时的心理,脑海中常常闪过残雪的一句话:"我愿自己变成蛇蝎,变成狼,对压迫我的一切施以可怕的报复。我要说,吐出我胸中埋藏了千年的污秽之气。"① 残雪经常使用"复仇"这个词,她的矛头指向的是中国历史上的专制文化,她有的书名即为《艺术复仇》《为了报仇写小说》。在我看来,郑小琼的诗歌某种程度上也是一种"复仇之诗",但她的矛头指向,是压制着她的工业区、车间、机台、工业时代、打工者命运,她要向这些捆绑、吸噬、异化她的一切,说出她的反抗之声,说出她不甘臣服、不甘沉默、不甘喑哑、不屈不挠的坚强意志,要向这没有诗意、扼杀性灵的一切,展示针锋相对的善良、高贵、悲悯。如果她不写诗,她就真的输了,生命可能变得平庸甚至虚无,而她写下,这些诗歌就变成了她的自救,甚至是她手中施以反抗的匕首投枪。我想,《黄麻岭》及其他一些关于打工生活的诗歌,真正的精神意义,就在于这里。

这也是我所理解的郑小琼早期诗歌中的"功利"。我加了引号,表示只是权且这么说。事实上,她是在最远离名利的地方,纯粹地写作,

---

① 残雪:《趋光运动》,上海文艺出版社2008年版,第137页。

而很少想以此为敲门砖，去谋取什么，她甚至没有像余华、莫言、阎连科他们早年那样，想以之来改变外在的境遇。2007年的时候，郑小琼曾有一次机会可以去作协上班，但她拒绝了，继续留在工厂，就是明证。她留下来，正是不肯放过这样的生活，要继续在其中以心灵相搏，以诗歌相搏，要将其中的酸甜苦辣榨取干净，用诗歌将它宣泄得完全，"在南方的城市低头写下工业时代的绝句或乐府"（《流水线》）。她早年的诗歌，与生活贴得太紧了，像《人行天桥》那样大量的生活现象堆积，似乎诗人不管不顾地要把看到的一切急于推到公众的眼前。这种直抒胸臆的写作习惯，在她今后的写作生涯一直延续，某种程度上造成了她诗艺中的问题，这一点，后面还会分析。

这时候，有两个问题，郑小琼或许还没有意识到。其一，她迫不及待表现在诗歌中的，其实并不是打工生活的全部，她只是抓住了其中最突出的部分，即艰难的一面，转化成了诗。这一点，其实也值得那些鼓吹"底层写作"并以之为标签贴到她身上的人深思。何谓底层写作？肯定不是涉及底层人物及其生活就叫底层写作。我自己也曾短时间在东莞打工，以我的经验来讲，底层生活除了苦痛，其实也还有五彩斑斓，活色生香。底层并非沉默的被观看的符号，而也有丰富的灵魂，也有虚荣与梦想，有自己的生活智慧与法则。真正的底层，是深不可测的海洋，一些浮光掠影的文字，如何就称得上"底层文学"呢？无奈的是我们一直在化简，文学对生活化简，批评又对文学化简，以致眼界识力越来越狭窄。郑小琼早期的诗歌，倾诉着打工生活的哀痛，还没来得及思考何以这样，为何人们要不绝如缕地涌来打工而不愿离去。其二，她似乎也没有想过，这些诗歌为谁而写？前面说的自救、反抗、复仇，都是我的事后的定义，并非她写作时的自觉。当她下班后拖着疲惫的身躯写诗时，她显然并未预设读者，这些诗不可能写给工友们看，工友们的安慰不在于这个，而在于少加班多加工资；这些诗也不是写给当权者看的，那时候的郑小琼还满足于能让自己的作品在报刊上面世而已。那这些诗歌的写作，除了释放内心的激情，它还有什么意义呢？我想，以上两个问题，都是直到2012年《女工记》的出版，才表明它们在郑小琼那里得到了明确的意识和解决。

《女工记》是经过了八年的思考、追踪调查而写就的诗集，在表现打工生活的深广度上都有极大的突破。它不再仅仅表现无力者的生活，而是也写到为了儿女坚韧拼搏的慈母，写到打工带来的命运转机，写到风尘女子的悲苦人生与自甘堕落，甚至写到女思想者在无奈的现实中做不成曼德拉、甘地而转向颓废的精神悲剧。除了在诗艺上还可商榷，《女工记》在反映生活的深广度、道义力量等方面都很杰出。而且，它也让郑小琼的写作路径渐渐明晰起来。正如她在《后记》当中所讲述的心路历程，从开始受到触动，到做社会调查，从想写成散文或故事，到想写成诗歌，从感受到自己要不是因为偶然获奖而成名，也可能在人群中湮灭而无人知晓，到要写下女工们的名字的强烈愿望，总之，郑小琼越来越意识到自己对这个群体负有的某种使命，也越来越清楚自己要为谁、为什么而写。"跟她们交流，我无处不感受到压抑之后在她们心里积聚的暴力情绪，这种暴戾的情绪一直折磨着我……我只能深深担忧着在底层积聚的暴力，或者被压抑的暴力会成为一股怎么样的力量，它会将我们这个国家如何扭曲。"[1] 在这里，郑小琼明确地表露出一种对群体、对社会的责任感和忧患意识，一个知识分子式的诗人郑小琼的面目渐渐清晰起来。——当然，诗艺的问题，仍然存在。

二 知识分子之诗：抽象的大词

2011年出版的诗集《纯种植物》，是郑小琼诗歌写作的一个里程碑。这本诗集告别了对打工生活的具象摹写，告别了打工情绪的直接宣泄。它的内容丰富而深刻，譬如它也写到弱小者的命运，"如果风吹皱

---

[1] 郑小琼：《女工记》，花城出版社2012年版，第260页。

鹅毛一样的人民"（《蛾》），但不再是简单的哀伤、同情，而是也表达对他们的某种隐忧，"被生活紧紧捆绑的乡村/它们温驯得有如牲畜"（《所见》），"贫穷的生活正摧毁坚固的道德与伦理"（《底层》），同时也更写出对历史上以弱者的不幸为基础建立自己奢靡生活的统治者的愤怒，"在甬道间的最艰难处 他们拖着历史船只上的英雄/暴君 官僚 他们低着头颅 被鞭打或者流血"（《人民》）。

但这本诗集最大的特色，在于它转向了对以历史为核心的一系列抽象概念的沉思，或者说对民族文化的历史根源的批判。整本诗集中有二十四首诗提到"历史"，这里面有对历史的信念："大地内部已积满历史的荣耀/它总会有醒来的可能"（《河流》），但更多的是对历史的质疑，对操弄历史行为的愤怒："历史不在典籍中 在权力的臀部"（《立场》），"史书像一个木偶/它扭动的腰肢背后有双权力的手"（《木偶》），"骆驼从针孔间弯曲而过/历史从管制中逶迤而行"（《蚓》）。由此，历史成为一个辐射之源，揭开了围绕在它周边的一系列概念的面纱。由历史被歪曲，辐射到谎言的制造："目睹权力将精致的汉语扭曲"（《失败之诗》），"真相被搁在/黑暗的墓穴中 标上禁止挖掘的咒语"（《幻象》）；也辐射到专制权力对个体独立、思想自由的压制："用高尚的名义将不合时宜的思想清理/将不守规矩的肉体清除"（《集体》），"局限于诗行的愤怒也被删改/在暴力的专制下 我沦落为/自己的敌人"（《诗集》）。由对历史的沉思，郑小琼的诗思也延伸到对千百年专制文化造成的知识分子犬儒人格的鞭挞，如《鹅》中写的："白鹅样的信仰泅渡中国式的湖泊/细长的脖子有如知识分子的双膝/不断朝着权力弯曲 再弯曲"。在这方面，她也写有一些自省之作，如《沉默的抗议》《雪》。

从以上对《纯种植物》蜻蜓点水式的内容介绍中，已能看出它与郑小琼以往诗歌的巨大不同，它意味着郑小琼诗歌写作的转变。这转变有着多方面的意义。首先，这本诗集不再是对打工生活的简单转化，而是对更广阔的诗意对象的艺术回应。华兹华斯曾说，诗人"有一种能力，能从自己心中唤起热情，这种热情与现实事件所激起的很不一样"，"诗人和别人不同的地方，主要是在诗人没有直接的外在刺激也能比别人更敏捷地思考和感受，并且又比别人更有能力……表现出来"①。这本诗集真正意味着郑小琼面对内在的或抽象的事物，其诗歌能力的提升。其次，它也显示出郑小琼的诗歌由青春感伤的抒情风格向着智性沉思的哲理风格的转变。当一颗年轻的心初次进入东莞那个"世界工场"，面对五金车间里机器对铁的切割，如同面对着"工业时代"对人的示威一样，她本能地会在诗里发动情感，来作为安慰和庇护。可是现在，在写作的深化和阅读面的拓展，以及在现实世界的交游中，这颗心灵在成熟，理性在生长，她不但已经能够从容面对光怪陆离的现象，而且渴望能深入根源，知其所以然。也是在这个意义上，《纯种植物》意味着从一个在场的劳动者向一个人文知识分子的过渡与蜕变，或者说标志着从《女工记》开始萌芽的那个知识分子的真正完成。这个身份转变，评论界其实还没有予以足够的重视。

《女工记》其实就是在评论家所谓的"底层写作"中践行着人文知识分子的情怀，而《纯种植物》中则有了更多的深化与展开。譬如《女工记》后记中流露出对底层积蓄暴力情绪的隐忧，而《纯种植物》中有十八首诗都涉及了这个词。其中既有对历史上的统治者的暴力之谴责，如"他们用古老的暴力制造缺氧的天空/我能够责难的 是愚蠢 暴力的愚蠢"（《无题》）；也有对哀苦无告者内心情绪逐渐发酵的过程的剖析，"身体沙浆中堆放易燃的物质/它们饱受生活的折磨 像潮湿的火药/充满了疲惫 这些发黑的颗粒"（《火药》）；其中诗人作为知识分子的忧患之情跃然纸上。当然，真正的知识分子不应仅止于忧患，还应有深邃的目光，前瞻性的思想，能够穿透纷纭的表象，为人类精神带来亮

---

① 刘苦端编：《十九世纪英国诗人论诗》，人民文学出版社1984年版，第13页。

光与希望，所以诗人也写下这样的诗句："不忍心明亮的犁具变成阴沉的刀剑/从来自异邦的船只取下发亮的愿望"（《舌头》），"有时我相信/在阒寂的人群中 一种莫名的/汹涌的力量在暗处生长"（《莫名的力量》），"它们似无名的尘埃 在尘世行走/……每一颗细小的灰尘都有善良的心/用生命热爱光明"（《沉默的抗议》）。在这些诗句中，一个有信念、有持守的知识分子立场愈益清晰。

郑小琼或许并不会欣然接受这个身份界定，她一直保持着朴素、谦逊与严格的自省，常说"我不能宽恕 我的怯懦/胆小……"（《宽恕》），但我总觉得她就像与诗集同名的诗歌《纯种植物》中写的一样："自由是一株纯种植物……/它独撑开黑暗的铁皮房"，她是一个铁屋子里的觉醒者，有着可贵的悲悯之心与历史使命感。对诗歌的精神质地而言，这无疑是财富，可是对于诗歌的艺术呈现来说，这却不见得一定是好事。如果说早期郑小琼诗歌中的"功利"还是加引号的，《纯种植物》中的功利性，则是显而易见的事实了。这种功利，用最简单而古老的话说，就是"载道"。不是说郑小琼试图在诗歌里作什么说教，而是她过于直露地表达对历史、革命、真理、信仰、人民这些抽象概念的思考和观点，她的知识分子的批判激情与道义立场，无形中压过了对诗歌艺术本身的关注，让诗歌近乎成了表达观念的工具，在一定程度上损害了诗歌的艺术之美。正是在这里，"诗人何时归位"的问题，显得前所未有地严峻。

三 诗人：语言赖以存在和更新的手段

要谈"诗人何时归位"，就得先谈什么是"诗人"。这是诗歌世界里的有趣现象，千百年来对什么是诗和诗人，似乎还没有众所周知的公认说法，许多人写诗时，都得附带提出一套"诗观"，而有时不同的诗观之间的交锋之激烈，竟至于到势不两立的境地。譬如在《十九世纪英国诗人论诗》这本小册子里，华兹华斯和科勒律治之间就有许多矛盾，而在什么是诗人这个问题上，除了前面已经引用过的华兹华斯的观点，雪莱和济慈的说法又大相径庭。前者援引古代的说法而认为，诗人本质上包含立法者和先知的特性，后者却认为诗人"是上帝创造的最没有诗意的动物"，因为"他不断地要去成为别的什么——太阳，月亮，海……"。由此可见，谈"诗人"，其实牵涉背后不同的诗观的碰撞，而与郑小琼谈"诗人何时归位"也是如此，它不容易谈，却是最接近诗歌本身的话题，值得尝试。

在这些琳琅满目的说法中，我比较倾向于赞同布罗茨基的说法，在获得诺贝尔奖的受奖演说中，他说："写诗的人写诗，首先是因为，诗的写作是意识、思维和对世界的感受的巨大加速器。一个人若有一次体验到这种加速，他就不再会拒绝重复这种体验，他就会落入对这一过程的依赖……一个处在对语言的这种依赖状态的人，我认为，就称之为诗人。"[①] 布罗茨基将语言视为诗歌的第一要义，称诗歌为"人类语言的最高形式"，认为诗歌与散文的区别犹如师与生、空军与步兵的区别，这些观点都深得我心。也正是在这个理论基础上，我认为郑小琼的诗歌艺术出了问题，她为向生活复仇而直抒胸臆，以及表达知识分子忧思等功利追求，压过了她对诗歌语言的淬炼。表现出来的症状，就是她的诗句中较多出现"诗意词藻"和"大词"。

所谓"诗意词藻"，是华兹华斯的说法，他在诗论中说道，写诗的时候"必须丢掉许多历来认为是诗人们应该继承的词句和词藻"，"最好是把自己进一步拘束起来，禁止使用许多词句，虽然它们本身是很适合而且优美的，可是被劣等诗人愚蠢地滥用以后，使人十分讨厌，任何联想的艺术都无法压倒它们。"郑小琼的诗歌在这方面的表现是比较爱用形容词。诸如"生锈的月亮，一个相信爱的人/举起持久而隐忍的悲伤"（《时光》），"我看见青春，从遗忘的时光/透明的 干净的忧伤间蜿

[①] ［美］布罗茨基：《文明的孩子》，刘文飞译，中央编译出版社1999年版，第45页。

蜒而去"（《时光》），"它们有着更完美而坚韧的力量/比立场更巨大 比黑暗更持久"（《立场》），等等。这些诗句中，姑且不论悲伤、忧伤这些柔弱哀怜的词，且看隐忍、干净、完美这些形容词的频频出现，也会让人颇感抵触。布罗茨基在分析奥登的一首诗时，曾顺便告诫过："要试着将形容词的数量压缩到最低限度"，"当一个名词带有一个以上的形容词，尤其是在书面文字中，我们就会变得有些疑虑"。我想，上文华兹华斯说的"把自己进一步拘束起来，禁止使用许多词句"以及"诗意词藻"等表述中，肯定是包括形容词的，因为它是最偷懒、最容易的描写方式，肯定最容易被人采用，因而导致滥用。形容词并非绝对不可用，而且因为郑小琼一贯诚挚、沉郁的诗风，一些形容词出现在她诗里时也还显得自然贴切，没有流俗所见的平庸造作，但终究并非上策。譬如上文所引"透明的、干净的忧伤"，要真正的诉诸读者的感官，激起实在的感觉，用这样两个形容词，肯定不如"一江春水向东流"之类的名词意象起到的效果真切。或许是早年直抒胸臆的迫切愿望，促使了这种写作习惯的形成，郑小琼在这个问题上的意识似乎不太强烈。这造成了她的诗句有时显得臃肿，显不出与散文语言之间那种类似于空军与步兵的差别，例如"饱含着一个辛酸又艰难的祖国/剩下砌刀幽暗的光芒/照亮一张张迷茫的脸"（《金属》）这样的诗句，其间的形容词总显得平淡，只因为整首诗的构思巧妙，才勉强获得诗的合法性。

至于爱用大词这个问题，在《纯种植物》中表现得最为突出，以至我忍不住作过数字统计，例如在其中反复出现"信仰"字样的诗有22首，出现"真相""真理"的诗分别是19首、13首，等等。在一些不负责任、专事吹捧的批评家那里，这似乎也不是个问题，但在我看来，要将这些宏大而抽象的词化如诗歌，让读者重新感受到它们的震撼力，让认识如被刷新般留下深刻印象，委实不易。在有的诗里，郑小琼处理得并不成功，以至让我觉得有分行的政论文的错觉，譬如《橙色年代》《军队走过》等。郑小琼应该意识到了这个问题，可以看得出来她在诗中尽量寻求平衡的努力,这努力最主要的手段,就是诉诸形象,努力对这些大词进行形象转化。例如《虚无者》的开头与结尾:"思想是菠萝还是柠檬 咖啡杯中／溺死的哲学 真理是面包的碎屑","历史如此寂静 政治衰老如茶杯／经济倍感孤独 我们正靠近大海／左边是虚无的浪 右边是乌有的沙"。在这些诗句里,尽管大词与形象之间的相处还说不上水乳交融,但端赖于这些形象的存在与补救,才算是维系着诗意的连缀,不至沦落到索然寡味。当然也有一些转化和相处得成功的,比如我很喜欢的《鹅》:

  白鹅样的信仰泅渡中国式的湖泊
  细长的脖子犹如知识分子的双膝
  不断朝着权力弯曲 再弯曲
  沿着去长安的路上不断地叩首
  瘦毛驴驮着无骨的八股文远行
  信仰金色的蹼沉于水间 它划过
  令人沮丧的河流 被静夜与画布
  收养 我脑子仿佛有一只白鹅
  在解冻的春水浮游 白色羽毛
  成为不可思议的象征 它看上去
  更像一个隐士 无声地漫谈着
  悲伤的语言穿过浑浊的河流
  缄默的波纹由远方漂至更远

  这首诗在我的理解中,如"被静夜与画布／收养"所提示,是看到一副白鹅浮游在河流中的画,而引发诗兴。由看画这一实事,而引发头脑中的诗思,可所有的诗思的呈现,又都伴随着具象的画面。诗人由洁白的鹅,而想到贞洁的信仰;由信仰,而想到中国的信仰状况,然而这不是抽象地表述，而是三幅画面：白鹅样的信仰泅渡中国式的湖泊；中国知识分子弯曲跪拜的双膝，犹如白鹅的弯曲纤细的脖颈；一匹瘦毛驴行走在膜拜权力的路上。这三幅画面，已经说出了千言万语，那种怒其不争的讽喻、深入骨髓的针砭，要一一说明，则要耗费不少笔墨纸张。同时，诗人也想到了在浊世当中，除了背弃信仰的跪拜，持守信仰的另外出路，也许就是做隐士。这个隐士，在陶渊明笔下，曾经有十个字概括：采菊东篱下，悠然见南山。在这首诗中，则继续伴随着这只画中的白鹅：无声地漫谈着，犹如浑浊的河流上扩散的一圈圈波纹，孤寂，甚至有几分孤芳自赏之感，美丽中带着悲伤。这首诗虽然也有权力、信仰、悲伤这些大词、形容词，但总的来说融汇在关注全篇的形象中，诗意还算含蓄深沉，回味悠远。

这样的杰作并不多，我们还是会读到"集体需要我们向它感恩 我们的肉体/灵魂 劳动 收获都是集体的 思想必须/单纯……"（《集体》）这样直白的诗句。还有比如这首《真理》：

　　真理有着大海的狂野与丰盈
　　它卷起巨大的浪花冲刷着
　　无用的诗歌如此软弱和局限
　　鲜红的心脏犹如灯照亮黑暗中的
　　盐粒 风暴犹如感伤的水银
　　它不善言辞会保持古老的沉默
　　在它明亮与晦暗之间 仿佛有一种
　　莫名的力量揭开藏在镜子后面的真相
　　渗进历史的雾气 沙石 淤泥
　　虚无的曲折与困难 权力的谎言
　　有一种力量强行从真理中漫开

与《鹅》不着痕迹地把万千心绪融化在几个画面中相比，这首诗可以说是建筑在一个粗陋的词语乱石堆上。"大海的狂野与丰盈""巨大的浪花""诗歌如此软弱与局限"，都是些毫无想象力的平庸表达；"如灯""盐粒"大概是袭用《圣经》中"你们是世上的盐""你们是世上的光"的用意，但是并没有与诗的前后意境浑融一体。最后五行中，"莫名的力量""真相""历史""虚无""权力的谎言""真理"这些抽象的词汇接踵而至，充斥在诗句狭窄的喉管里，有一种难以吞咽的滞塞感。说实话，我读完这首诗，并没有领会到"真理"是什么，也没有与诗歌的最后一句发生同感："有一种力量强行从真理中漫开"。

这或许是郑小琼选取的诗歌主题注定会有的艺术难题，能够参照的只有北岛的《回答》等诗歌所提供的艺术经验。郑小琼对此已有意识，并且在努力，所以也无须多说。需要提醒的也许只是，诗人反思文化、制度、人性等问题的历史根源、现实状况，表达某种宏阔的情思，这些都没有问题，但是这不能成为功利的追求而压倒对语言艺术的关注的理由，两者并不是必然对立，相反是殊途同归。诗歌终究还是语言的艺术，而对比于声音、颜色、行为等，语言是最直接连接内心，也是组合方式最丰富多样的艺术手段，这是诗人相比于其他艺术家的优势，诗人应该重视这一艺术手段，守护自己的荣耀。布罗茨基曾说，诗人是语言赖以存在的手段，其实，除了守护语言的使命之外，诗人还应该肩负更新语言的使命。顾城曾在演讲中说，语言就像钞票，在流通过程中会变得又脏又旧。诗人的使命就是重新洗净它们。[①] 诗人使用的字词也还是辞典里的那些，也是我们生活中常用的那些，但诗人会更新发明使用它们的方式，新奇得让我们觉得仿佛是第一次遇见它们，给我们一种创造力的震撼，以及艺术的美妙享受，从而使我们的心灵葆有生机和活力。所以布罗茨基认为，"如果说有什么东西使我们有别于动物王国的其他

---

① 《王安忆散文》，人民文学出版社2008年版，第6页。

代表，那便是语言，也就是文学"，更进一步说，"在诗被阅读过的地方，他们（指统治者）便会在所期待赞同与一致之处发现冷漠和异议，会在果敢行动之处发现怠慢和厌恶。"一句话，统治者要把人变为零，诗人却在这个零里添加上鼻子、眼睛等，使它变成鲜活的脸。作为语言艺术的诗歌，能肩负起这样的使命，不是与知识分子的天职殊途同归？

以上是我对郑小琼诗歌写作历程的梳理，以及对某种可能存在的艺术弊病的简析，当然这些也有可能都是我的个人之见而已，如前面说的，这可能是不同诗观之间的沟壑，不一定能够达成共识。我的观点总括起来，无非是希望郑小琼在各种环境影响和思想抱负之下，都不忘记诗人的本真，做一个献身给诗歌的人——我不知道这是否是她的信念。她曾经不喜欢别人称她为"打工诗人"，但正如一些评论家分析的，这个符号标签实际上对她迅速地脱颖而出，获得从官方到民间的一致关注和嘉奖，是有一定的加成作用的。如今要改变人们的印象，不做肤浅的看客们眼中的奇观，唯一的路，或许也只有把诗写好，真正将汉语诗歌推向新的境界，让人们刮目相看。我不确定郑小琼心里是否有这样的抱负，不知道在她心里，一首诗歌帮一个农民工讨回工资和一首诗歌在诗歌史上流传，哪一个更有价值，哪一个更让她心驰神往。如我前面说的，这两者实际上有可能殊途同归，所以我希望这两者能够兼容并重。如今郑小琼的生活环境也发生了变化，从车间转到了职业写作的岗位，这种兼容并重正向她提出新的挑战。小琼勉乎哉，诗人归来。

第二节　如何从苦难到达爱？

孙频的小说里很少有幸运儿和辉煌者的位置，多数的主人公都带着先天的不足或者后天的不幸，在险恶悲惨的人世间，艰难挣扎或者放纵恣睢，在困顿绝望中强颜欢笑或者在光鲜亮丽下暗吻疮痂。我很好奇，孙频何以如此偏执，她年轻的心灵里何以会源源不绝地掏出如许幽深虐烈的故事？不是我一个人感觉如此，张涛也曾说读孙频小说的直观感受是人物都活得很苦很惨。[①] 孙频对自己的小说也有直白的解说，在《同体》的后记中，她写道："我在这些小说里大约是想表达一个貌似吓人的主题，那就是，我们都在受苦，但只有通过苦难才可能真正去爱。"[②] 而在《疼》的后记中，她则说："有一天我们开始明白，在这个世界上，人只有通过痛苦才能真正去爱。"[③] 这些表述，一方面印证了我对她的小说的最强观感——苦难，另一方面揭示了她何以如此醉心于这种景观——为了爱。而由此留给我的任务，就是循着她讲述的故事，勾画出如何从苦难出发而到达爱的思想旅程。在这样一个争相追逐纸醉金迷的时代，孙频写作中的思想旅程或许寂寞孤单，但却弥足珍贵。我想首先从她笔下造成苦难的三种起因——贫穷、欺凌、独立人格失丧——谈起，进而探讨在苦难中爱如何成为可能，以此来阐释孙频在年轻作家中超群的特质。

一 贫穷：肉身与精神的苦难，以及慈善无法抚平的尊严饥渴症

孙频的小说至少有半数左右牵涉贫穷的问题，她经常写到吕梁山区的人们，在她笔下苦难首先肇始于贫穷。在这个时代的文学中，贫穷渐趋于被遗忘，"80后"的年轻作家，如张悦然、颜歌、笛安、周嘉宁等出身于城市，至少是小康之家，稀有贫穷的切身体验，运笔所至，自然也集中于都市小资生活者多，体贴贫民生活者少。书写贫穷经验、表达对贫穷的忧患，本来似乎是前辈作家所擅长的，典型的如阎连科的《受活》、贾平凹的《极花》。他们所展现的，首先是出于人道主义激情

[①] 张涛：《"只有通过苦难才能真正去爱?"——论孙频的小说》，《当代作家评论》2018年第3期。本书初稿完成后，我才读到张涛这篇文章，深感标题有"撞衫"之苦，但思路已定，改动也难，索性就一仍其旧，好在我们的具体论述是不同的，张涛是从身体、女性体验、缺乏"世界图景"而导致拯救难得等几个方面来展开论述，而我则谈苦难的肇因和对爱的认识。

[②] 孙频：《同体》，文汇出版社2015年版，第215页。

[③] 孙频：《疼》，北京联合出版公司2016年版，第282页。

的对贫穷者的同情，对造成贫穷的原因之悲愤，《受活》就是带着一腔义愤批判历史原因、制度原因造成的对弱势者的摧残和盘剥，《极花》也是直指贫穷背后的城乡不公，与此同时，它们也捎带展示着农村贫苦者身上的愚昧、野蛮，以及正在被腐蚀和变化的人性纯真。孙频表现贫穷的角度以及对待贫穷的态度，与前辈作家有截然的区别。她不是站在外面去悲悯，而是潜入贫苦者的内心，她表现的重心不是造成贫穷的那些外部原因，对于社会批判似乎兴趣不很浓烈，相反她更关注此刻正承受着贫穷者的鲜活感情，她让贫穷者不再是被观看的对象，反而成为行动着的主体。也因此，贫穷者的形象不再是扁平，而呈现出复杂多面的内在本真。从这些方面看，孙频似乎不是一个古典的人道主义者，倒更像一个冷酷无情的现代精神画师。

当我们跟随孙频的小说，进入贫穷者的内心，将会看到什么景象呢？一言以蔽之，孙频小说揭示的贫穷的秘密在于，当肉身贫苦时，精神也很容易饥饿得匍匐在地上，"君子固穷"，但升斗小民则很可能受到精神创伤。贫穷竟内在地分裂成"肉体/物质"的贫穷，以及"精神/尊严"的贫穷，贫穷着所遭受的，是"肉体/物质"与"精神/尊严"的双重苦难。《杀生三种》《月亮之血》等作品写的更多的是用血肉之躯去抗击贫穷噬咬的惨烈景观，比如《杀生三种》里的伍娟在长期贫苦和兄长赌博的折磨之下，竟作出放毒蛇去咬兄长以求解脱的疯狂之举。在《一万种黎明》中表现的更多的则是贫穷引发的精神上的苦难。主人公张银枝生长在吕梁山上，生父早早去世，母亲带着她和残疾的弟弟改嫁，迫于贫穷的压力，想要获得学费的张银枝忍受了继父十几年的强暴，这就是贫穷所造成的童年创伤，在成年以后，张银枝当上了老板，物质上已经完全洗刷了当年的屈辱，可是精神上的创伤再也无法愈合，小说中写道："她又被饿了二十多年，早饿成了一只空荡荡的容器"，这是无爱的饥饿，是贫穷造成了她畸形的人生。在《同体》中，也是贫穷，扭曲了冯一灯与父亲之间的感情，竟让她对挚爱的父亲说出了"我看不起你"这样无情的话。《我看过草叶葳蕤》中的李天星,父母在矿山事故中双亡,寄住在舅舅家,"他从小便学会了看人眼色,学会了怎样取悦别人",这种讨好型人格将会影响他的一生。

　　因着贫穷本质上既有肉身的,也有精神的,所以贫穷者所需要的,也就不仅仅是肉身上的温饱,更有精神上得到饱足的渴望,在孙频笔下,这主要表现为对尊严的敏感与守护。在《不速之客》中,她写一个夜总会的陪酒小姐,自然也是穷人出身,没有文化,吃尽了苦头,"从十八岁起,我就知道在这个社会上我是那个该被睡的人",然而她却顽固地坚持宁可被白睡、被玩弄,也不主动沦为交易,尤其是她固守着一个堡垒:不接吻,以此来显示自己不同于别的陪酒女孩的尊严。这样的小举动看起来可笑,对于这个女孩,却有着不同一般的意义,简直类似于图腾。这方面最典型的还数《无相》,它将穷苦人的身体和心灵的苦难写到了极致。贫穷的大学生于国琴从牙缝里省下来钱,买最劣质的生活用品,掉色的衣服穿了一两天就把身上的皮肤染绿了,弄得像蜥蜴一样。要命的是,这些千省万省的钱还是别人资助的。更要命的是,获资助并没有让于国琴觉得幸运、感恩,相反,她心里连珠炮般涌现的都是抵触的情绪:生怕像有人轻轻掐断了电源一样,每个月的三百块钱突然就不再到来;深深觉得不光彩,怕见到这个资助人,不知道该用怎样的声气和表情面对;每花一分钱都感觉像被人监视着,带着心理重压;去资助人家里帮忙干活,受到款待,却像在受刑……这一切,都体现了贫穷对心灵尊严无穷无尽的折磨。孙频在这篇小说里,生猛刚硬地击碎了人们习常的印象,冷静凌厉地揭示出人道主义之下的悖论:所谓的博爱与慈善,稍有不慎,就会变成虚假的施舍与戕害,物质上的福利也能伴随精神上的尊严摧残,消除苦难的初衷竟会导致更深刻的苦难——还有什么是比失去尊严更残酷的刑罚呢?这与"五四"时期周作人在《平民的文学》里说的"伪善的慈善主义,根本里全藏着傲慢与私利，与平民文学精神，绝对不能相容"①，道理一致。

  孙频并没有在这个揭示面前止步，她还在进一步追问：穷苦人如何保持尊严？在《无相》当中，于国琴为了减轻负债感，为了在资助人面前获得内心平衡，不惜以出卖母亲的秘密作为回报，在挽回尊严的急切之下可以说是慌不择路，然而这只能加深她内心的屈辱感。资助她的老教授为了解开她的心结，告诉她"宇宙中最本质、最圆满的生命，其实是无色相可言的，眼中看不到色相，才是真正的光明"，按老教授的思路，"拉偏套"也无色相意味可言，不过是生存的诸多形态之一种，并没有羞耻之说，所以一样地值得敬重。这是知识分子的哲学叙事方式，不是人人都能有慧眼识破、慧心顿悟。《骨节》则展示民间生活智慧在这个问题之前的回应。贫寒家庭里的母亲孔梅，为了让女儿夏肖丹活得有骨气，不惜代价买回于她近乎奢侈品的电子琴，并且虚构女儿的身世，要培养她在贫寒生活中的贵族气度，以此来守护尊严。但明眼人应该很清楚，这样的培养方式存在着严重的问题，她把尊严的根基建立在物质基础之上，似乎只有物质傍身、阶层加持的人才配拥有精神上有尊严的生活，类似于"从哪里来，回哪里去"，陷入了死循环。这并没有跳出物质决定论的思维，实质上否定了安于贫寒与守护尊严两相并存的可能性，也看不到尊严还有别的生成之源。这导致夏肖丹并没有真正被教得内在自足，不假外求。上大学后，她不愿意接受平庸的男同学的真情，却在第一次遇到有钱男人的物质攻势时，差点成了俘虏。知悉了此情的孔梅，不惜以断指来警戒女儿，不能缺少骨节。然而效果是什么呢？夏肖丹不过是将物质欲求的层级降低了而已，不再去跟那些明显超出自己太多的成功男人交换，而是选择实力相当但绝不让自己吃亏的男人结婚，以此来维护尊严。这样的尊严何其虚假，所以小说的最后，夏肖丹才会为洞悉了自己仍然卑微的内心真实而泪流满面。看起来，作

---

① 周作人：《艺术与生活》，河北教育出版社2002年版，第6页。

者在穷人的尊严这个问题上非常悲观，几乎有一种终究无路的幻灭感。而这种幻灭感最终能得到拯救吗？由这样的起点出发，从苦难到爱，将如何成为可能？

二 欺凌：恶是善的缺乏，或肉身压倒了灵魂的时代病症

贫穷是于国琴（《无相》）、伍娟（《杀生三种》）、尹来燕（《月亮之血》）们一生下来就不得不接受的苦难环境，欺骗、凌辱、背叛则是康萍路（《菩提阱》）、常勇（《乩身》）、倪慧（《柳僧》）们所经受的后天之厄。后面这个人群也出身贫寒，但贫穷不是他们的厄运的直接肇因。贫穷并不必然等于伤害，是来自人群中的罪恶力量将她们推入了苦难深渊。

在《乩身》中，常勇因为从小眼睛瞎了，所以被父母抛弃，抚养她的爷爷竟然觉得，"一个无依无靠的瞎女子活在这个世界上还能有什么好的命运，只要不被人强奸就已经是万幸了。"所以他一心在自己离开人世前把常勇训练得像一个男瞎子那样生活，以便今后不受辱。然而，一点用也没有，他刚离开人世不久，他的瞎孙女就被人凌辱了。《柳僧》中，倪慧的六十多岁的母亲，在返回阔别四十年的故乡时，不惜花费了半个月的退休金给特别惦念着的年轻时的情郎买了礼物，憧憬着叙叙旧情慰藉心灵，结果却惨死在这个老头和他的儿子们抢劫的暴行之中。

写人性中的罪恶造成的苦难，是文学中最常见的主题之一，在当代文学中这尤其盛行，余华、莫言、阎连科等都是这方面的高手，在《兄弟》《生死疲劳》《炸裂志》等作品中我们能看到一篇篇触目惊心的广阔的恶的风景。孙频的书写之不同，在于她较少描写施恶者的内心或行状，而较多从受害者的处境落笔，写他们悲苦的内心及赎救，这是她的匠心独运之处。

《菩提阱》是这方面最典型的文本。主人公康萍路在离家千里之外的异乡谋生，租住在鱼龙混杂的城中村，但这并没有对她的心理构成致命的威胁，她在心理上保持着对这个藏污纳垢之地的疏离和超越，在精神上绝不属于这里。她用母亲的一寸小小的遗照陪伴自己。如小说的标题所示，她几乎可以说有一颗菩提般的心。但是，这颗心却没有得到善待、好报，反而一次次为她招来厄运。第一次，她同情交往不久的男友，把自己辛苦攒下的一万块钱赞助给了他，结果只换来无赖男友的背叛，钱打了水漂，还被扫地出门。她求告无门，舔干自己的血痕，回到城中村重新来过，用又一年的劳苦节俭，再攒下一万块钱，却又被电信诈骗犯吞吃。第三年仍是用血肉之躯攒下一万块钱，就像韭菜又长出一茬般，但再度被一个她偶发善心所同情的一个小偷偷取。再也无法隐忍这样的折磨，她终于走上了弃善从恶的不归路，最终作为一个传销组织的头目落入法网。这篇小说最动人之处，就是康萍路在历次的被欺骗之后的心理苦境的描写。那些诡诈的欺骗，毫无人性的掠夺，几乎将她的心踩躏成了稀泥，差点让她在雪地里僵化成植物人。这个时候的她，几乎就像古老的希伯来语圣经中那个披麻蒙灰、浑身长满毒疮的义人约伯，几乎要无法抑制悲痛地责问神：公义在哪里？为什么无辜的人受难？

在西方文化中，这牵涉古老的神正论问题，即在全知、全能、全善的上帝创造的世界里，为何还有苦难与罪恶存在，或者说，在遍布苦难与罪恶的世界里，上帝如何仍然是公义的。对此问题的回答，是千百年来的神学家们艰巨而义不容辞的使命，在此问题上留下的著作已经汗牛充栋，奥古斯丁就曾给出过十二种解释，譬如他认为，世界局部地看存在恶，但扩大到整体去看却仍然是善的；此外，如果没有恶的对比，也就显不出世界的善；等等。① 但这些思想运用到小说中所描写的这些个体生命上去，总显得过于悠远缥缈。那些人为什么一再欺骗康萍路，不

---

① 周海金：《苦难及其神学问题研究》，浙江人民出版社2014年版，第120页。

顾她的死活？常勇作为一个残疾女子，何以无耻的男子就可以对她肆意妄为？这些问题我还是倾向于从人性上来解答。

　　人有灵肉二重属性，这种二重属性导致了人内在的分裂。一方面，肉体的欲望偏向于感官，需要物质的满足；另一方面，灵魂所需却在于抽象的事物，在于审美的、伦理的、信仰的满足。这种分裂会导致内在的冲突，由于失去文化的、伦理的、良知的约束，肉体的感官的欲望经常会毁灭灵魂的法则，从而致使人走上作恶的道路。孙频小说中的很多人物就是活的例证。他们的作恶无一不是因为物质生存的欲望冲毁了道德和良知的底线。正如奥古斯丁曾说过的，恶是善的缺乏；不能说这些作恶者心里没有善、没有爱，只是他们的爱的性质太过于单一，他们只有自爱，而顾不得爱人，只有物质生活的爱，而没有对良知法则的爱，没有对美和善的灵魂的爱。这正如德国哲学家舍勒对当时欧洲新兴的肤浅的"博爱主义"的批评，他说："这种新的爱人和只爱人之说，首先把不可见的精神部分、灵魂及其神圣……撇在一边，……这种学说首先看重的是肉身幸福"。他认为这是非常危险的，"它要求爱的目的只是为了福利本身"，"爱的奉献自身的真正概念，就从根本上被毁灭"，于是，"它意味着欧洲人心中核心的、引导的、确定目标的精神力量已病入膏肓"，"欧罗巴像一位脚挂在马镫上的落马骑手，被他自己的经济、商品、他的机器、他的方法和技术的自身逻辑以及他现在正在进行的工业战争、即他的屠杀机器的自身逻辑拖着向前疾驰"。[①] 在孙频的小说《同体》之中，温有亮就是这种错误的典型代表。他自身受过恶势力的伤害，导致灵魂的扭曲，走上了以恶抗恶的道路，他设计陷害、控制了冯一灯，让她成为自己手下实施仙人跳的工具，虽然他把这些非法的收入用来做慈善，赡养孤儿及老人，但如同前文说过的，施舍并不能带给人幸福，这样带血的慈善何其荒谬，它的来源与地基就是罪恶的。最后

---

① 刘小枫：《二十世纪西方宗教哲学文选》，上海三联书店1991年版，第1076、1080页。

温有亮的结局自然是落入法网,这也宣告了为物质利益而罔顾人性良知的思想的破产。

三 失丧独立人格:滑向苦难深渊的最后制动剂之失灵

贫穷与欺凌,可以说是来自外部的伤害,是造成苦难的外因。但除此之外,苦难的形成,与当事人的内在品质的缺失也有不可置疑的关联。《光辉岁月》中的梁帅帅,打着"广交朋友"的旗号,只要别人的眼光在自己的东西上停留稍久,就恨不得追着人家慷慨相赠,这种讨好型人格实际上也是自我的丧失,因为他毫无原则,以致后来滑向了收容他人吸毒的罪恶中而无反思。在孙频小说中,独立人格的失丧,更鲜明而悖逆地体现在那些受过良好教育的知识者的身上。

孙频写了很多知识者——我不说知识分子,是因为这些人空有名牌大学学生、博士、大学教师等各种受过高等教育的身份,却从未表现出任何应有的对知识本身的热爱,或者有独立精神与自由思想的气象。他们经常只是由于一个很外在的因素——如相貌丑陋或平庸、家境贫寒或者单亲家庭,等等,就无法自拔地陷入自卑或偏执的泥潭,病态地发展自己。《恍如来世》中的韩唐生,有着过人的数理化天赋,不费吹灰之力考上了清华大学,却因为长着又黑又麻的脸,而被嘲笑为"韩土豆",被人疏离。他空有极高的智力,却无法正确对待自身的境遇,他所采用的救赎方法,不过还是像高中时期一样,试图用期末成绩去换得尊严。哪怕是如清华大学这样的环境,似乎也并未对他的灵魂产生触动与洗礼。他并没有将他的才智用在诸如科研这样的事业上去,以造福人类来获得人生意义,反而是在拼期末成绩失败后,更破罐子破摔,走上了玩游戏、看黄色网站的堕落之路。《凌波渡》中也有两个这样的角色,他们费尽了千辛万苦,用十年的青春自学备考,进了全国有名的高等学府,却并不是为着灵魂完善的需要,所以他们进了大学以后,并没有精神境界的提升,而是以外在的行为来吸引别人的目光,从围观的人群中获得被重视的证明,这是多么可悲可叹。

独立人格的缺失是孙频笔下这些知识者的致命问题。《自由故》中的女博士吕明月,在学术的世界里并没有感觉到如圣经里说的"你们必认识真理,真理必使你们得自由"的境界,她放弃了学业,踏上西去德令哈的路,以为换一个环境可能会得到自由的涅槃境界。然而现实却是她人在德令哈,心灵却仍然被学术圈的人际圈子所奴役,她把自己看到的美景拍成照片发到朋友圈里,用他人的赞美与艳羡来弥补自己在学术圈因着卑微而被漠视的伤害,饲喂自己的虚妄与畸形的骄傲。这样的自由自然是虚假可笑。最要命的是,她在物质上仍不得不依附别人,这一趟逃离,只不过是从一种依附转身投入了另一种依附。她并没有获得理想当中的独立与尊严,内心仍然是空虚飘荡。《无极之痛》则揭露了另一种更惨烈的独立人格的缺乏。自由女作家储南红,为了摆脱蜗居之苦,竟然不惜以献身色诱老公所在大学的校长为代价,以此来获得分配住房的机会。为了物质生存,人格竟至于可以如此没有疼痛地出卖与自贱,实在令人叹息。《十八相送》里的大学生,则是因母亲的溺爱而养成恋母情结,成为从来没有独立生活过一天的"巨婴"。《万兽之夜》里的白领李成静,爱上了哲学教授赵同,几乎卑微到匍匐在尘埃里,仿佛生命中所有的支柱就是那个异地的男人。当手机里等不到他的回音时,"她听到自己身体深处的某一根骨头断裂开了,有什么在那里呻吟着,好像在那里关押了一只小动物。"某种程度上来说,她何尝不是将自我放逐到了求主人怜爱的小宠物的地位呢?

饶有意味的是,孙频似乎只是客观地展示这些知识者的灵魂风景,却并没有批判的态势。她没有像鲁迅一样的抱负,拿着解剖刀去探明病因,指出这些最应该具有"自由思想,独立精神"的人们何以如此奇怪地轻易放弃了自我。她甚至也没有像阎连科的《风雅颂》一样,去展开嘲讽与暴露。她的立场很奇特,她首先专注于写出他们的可怜,她看到他们陷入某种心魔无力挣脱。她也写到他们走投无路之下一些极端行为的可恨，但在可怜可恨之外，她最在意的是写出他们心中残存的一点可爱与可悯。

例如《恍如来世》中的韩唐生，在沉迷于看日本 AV 之下，突然对一个自杀的日本女优产生了同是天涯沦落人之感，在一种兔死狐悲的感情中，寄放了自己对爱的全部向往。《抚摸》中那个受尽了凌辱的张子屏，终于告别了自己体内那个经常匍匐乞怜的小矮人。《光辉岁月》里的女博士梁姗姗，在硕士阶段就致力于傍大款，看起来让人不齿，但细察其内心发展，又会让人唏嘘：大学时单纯的爱情败给了进国企换安稳生涯的抉择，谁知道国企的铁饭碗会在一夜之间失去导致她下岗，硕士阶段的放纵之后经历了"性神话、物质神话相继陨落"，变得"萧索与幽旷"，竟然在博士毕业之后回到老家山西小县城的中学教书，照顾寡母与不成器的弟弟。为了给犯事的弟弟打通关节减刑，她不惜出卖色相，做了县城文化局长的情妇，勉力支撑卑微的日常生活。看起来她是个时常为生存而折腰、放弃独立人格的失败者，但她却又是中学语文课堂上不顾应试的压力而不忘向学生大谈"魏晋风度"的女文人："现在再没有人效穷途之哭。……再没有人白眼向权贵，折齿为美人。……我多么希望你们能在心里对他们有一点向往，因为就是这一点向往也会让你们在漫长的后半生有一点风骨，有一点可爱。"看似多么矛盾的梁姗姗，却又似乎能找到她不同侧面并立的理路，孙频就是这样的观察者，她不加干涉地让人物在复杂生活的倾轧下自行挣扎，让复杂性自行呈现，让读者掩卷长思。

四　从苦难到达爱的关键在于认识"爱"

当孙频说"只有通过苦难才可能真正去爱"时，她表明了写苦难只是表象，爱才是目的，但这是指文本中的人物的认识和心灵发展，还是对阅读她小说的读者的期待呢？如果说是对作品中人物时的期待，那显然并没有完成，正如前文所说，孙频小说中的人物内心还存在着这样那样的问题，孙频显然不像 19 世纪的批判现实主义作家那样，会让笔触伴随着人物去找到精神出路，得到净化或升华，更多的时候她是20世纪现代主义的继承者，会近乎冷漠地展示人物的心灵废墟，就如《松林夜宴图》里，李佳音四处追寻罗梵，最后却目睹他撞在坚硬的汽车上血淋淋的场景，这无疑也是种精神归宿的隐喻。此后李佳音能放下心里的执念和空洞，更独立而温润地生活着吗？小说并没有给出这样的承诺与佳兆。如果说作品中的人物并没有摸索出那条从苦难到达爱的道路，那么仅凭展示他们灵魂的创伤，就能激起文本之外的读者的怜悯，从而让读者自行思索和顿悟到通往爱的途径吗？这个问题其实攸关一个小说家写作的取向，会影响到小说的面貌，我不知道孙频会怎么看，但我自己对此是存疑的。

如此这般，似乎变得需要我自己结合文本来正面回答这个问题了：如何从苦难到达爱？前面我分析了造成苦难的三个原因，其实它们殊途同归，不谋而合指向同一个根源，那就是对爱的认识的迷误。认清了这个根源，才能找到超越苦难的爱之道路。

例如对贫穷的资助为什么会变成施舍，善意为什么会变成折磨？究其实质，也就是其行为中真正的爱的缺乏，而更根本的就是对爱的认识的迷误。正如"五四"时期周作人就曾指出过的，人道主义的内涵绝不是好善乐施，它应该是着眼于人的本质的、长远的幸福，"在现在的平民时代，所有的人都只应守着自立与互助两种道德，没有什么叫慈善。慈善这句话，乃是富贵人对贫贱人所说，正同皇帝的行仁政一样，是一种极侮辱人类的话。"[①] 此外，就像《卡拉马佐夫兄弟》里佐西马长老说的："不应该只是偶然一时地爱，而是要始终不渝地爱。偶然一时的爱是每个人都会的，连凶手都会。"[②] 施舍的性质与偶然一时的爱，是引起受资助者心理苦难的重要原因。他们之所以对尊严如此敏感，也

---

① 周作人：《艺术与生活》，河北教育出版社2002年版，第6页。
② ［俄］陀思妥耶夫斯基：《卡拉马佐夫兄弟》，耿济之译，春风文艺出版社2017年版，第401页。

是出于对真正的、平等的与永久的爱的渴望。

中国文化中似乎缺乏柏拉图的《会饮篇》那样的专门探讨"爱"的篇章，我们隔膜于其中所说的"爱必然是奔赴不朽的"，隔膜于爱不只是关乎外在福利的道理。无论是前面所说的孙频小说中实施欺凌、背叛的作恶者，还是那些主体独立性缺乏的受害者，他们都是因对感官享乐、肉身生活的爱过于庞大，而蒙昧于对灵魂完善的爱，对正义良知的爱。这是现代中国人越来越陌生的话题。当鲁迅谈到人生的要义时，也只是说到"一要生存，二要发展"[①]，这句话演变到当下，"发展"又进一步被简化为经济水平和物质生活的发展，中国人的精神状况于是不断下滑，苦难的景观更为普遍。我们应该在爱的话语上，重新寻求资源，更新我们的理解，并持守在生活中。马丁·路德·金曾告诉我们，爱有好多词汇，例如希腊文的新约圣经里，爱有三个词语。其一叫作厄洛斯（eros）。在柏拉图哲学里，厄洛斯意指灵魂对神的国度的渴望。其二叫作菲利亚（philia），指朋友间亲密的友爱，因其被爱而去爱人。还有一个叫作阿迦披（agape），指的是对一切人所具有的救赎的善意，这一种满溢的爱纯然出于自发，充满创造性，没有动机，也没有理由。它并非由对象的性质或机能而推动，它是运行于人心当中的上帝之爱。[②] 在圣经的《约翰福音》第二十一章，耶稣三次问彼得，"你爱我么？"实际上希腊文版本里每次用的词都不一样的，有不同的含义，可是中文没有对应的词汇来体现，所以三次用的都是同一个词。这也体现了我们对"爱"这个最重要的话题的探讨，实在太不够了。借用这些资源，唤醒我们心中不同类型的爱，完备我们对爱的理解，引导我们的行为。这也是理解孙频小说中提出的问题的一条很好的出路。

要超越苦难，除了社会生产力和制度安排上的进步，就只有从这些

[①] 《鲁迅全集》第3卷，人民文学出版社2005年版，第47页。
[②] 何怀宏：《西方公民不服从的传统》，吉林人民出版社2001年版，第91页。

思想层面上去解决问题，从而将苦难转化为精神财富。苦难会给人的身心带来伤害，所以要回避。但苦难又不能全然回避，千百年来人们都无力将之完全消除，并且难以解释何以如此。所以，当苦难来临时，我们只有与它和平相处，将它视作化妆的祝福，用爱将它超越，这是唯一的路。正如有的神学家说的，连基督也并不是外在于这个苦难的世界，相反，他是躬身与人一起承担苦难，并且在十字架上为人作赎价的。这就是从苦难到爱的途径。① 孙频的小说中也经常会出现基督教文化元素，体现出她也有过借助这种力量来承受苦难的思路，例如《杀生三种》的结尾她写道，伍自明看着电视里的《动物世界》慢慢睡着了，但里面有个男中音仍在解说："巍峨雄伟的宫殿，庄严肃穆的教堂，沉重的十字架，还有端庄的贞节牌坊，每一种文明都浸透了亿万苍生的血和泪。"在《万兽之夜》里则写了一个年年躲债的老妇人，每晚读着祈祷书入睡，她在小年夜凄凉死去时，那本祈祷书还掉在她身边，小说就伴随着"天父啊，求你做我坚固的磐石，做我的避难所，求你为我修平崎岖之路"的文字而结束。但这些情节元素散落在作品中，却不像作者有心指明的去处，反而像是某种无力的讽刺。

如此看来，孙频所期待的"通过苦难真正去爱"还是路径模糊，希冀大于实际，理想的感召大于思想的启悟，有很长的路需要走。最后想提醒的是，孙频应该警惕，避免陷入一味渲染苦难的套路。王干曾说："孙频的下笔，像二十世纪五〇年代出生的那一批从苦难里长出来的作家一样，涩，硬，狠。她写的那些故事总有些触目惊心，总有些让人心里'咯噔'一下。"② 孙频的"狠"，部分地表现在她传递感觉和情绪时，喜欢诉诸强烈的身体感官，譬如《因父之名》这篇小说的开头两页，就能找到多处这样的表达："这肉体像猎人一样残忍地向屋里

---

① 刘小枫：《拯救与逍遥》，华东师范大学出版社 2007 年版，第 301 页。
② 王干：《一贯之"狠"的孙频》，《青年文学》2015 年第 8 期。

窥探着","就好像他们正在赤裸裸地骨骼相撞,这种碰撞声还在发酵、膨胀,像张开了血盆大口,要把三个人都吞下去",等等。此外,孙频习惯在一个人身上叠加许多的不幸,就像《祝福》里的集丧夫、再嫁、丧子各种悲惨于一身的祥林嫂那样,比如《我们骑鲸而去》这部看起来比较空灵、诗意的小说,写到王文兰这个人物时,也忍不住酷烈了一把,让她经历了离异、杀夫、坐牢、丧子、多次被骗等惨剧。孙频似乎有点沉迷于这种加强冲击力的方式,但我想说,并不是这样一味地"生猛酷烈",就能激起读者的同情,从而增加爱心。苦难可以到达爱,却不是唯一的道路。卢梭曾说:"人之所以合群,是由于他的身体柔弱;我们之所以心爱人类,是由于我们有共同的苦难",所以他主张要让青年人心存博爱,就要使他能看到人的命运和他周围的人的痛苦,但是,又不可看得太多,因为"同样的景象看得多了,对它们就觉得无所谓了"[1]。这点值得孙频深思,既要考虑读者的接受心理,也要防止写作陷入套路,只有这样,真正的爱才能在文本中自然生成。

第三节 对"平庸之恶"的不同审视

当代文坛有道别致的风景,或许还未广为人知,那就是莫言的《蛙》与郑小驴的《西洲曲》在计划生育题材上的同台献技。这两部作品的写作时间前后相继[2],两位作者则分属不同的两代,一个后来荣获诺贝尔文学奖、享有世界声誉,另一个则是年轻了31岁、初出茅庐的"80后"新锐。学术界迄今为止还没有人将这两部作品放在一起对读,这或许跟后者还没有广泛进入批评家的视野有一定关系。实际上这样的

---

[1] 卢梭:《爱弥儿》,李平沤译,商务印书馆2014年版,第333、352页。
[2] 据郑小驴在《西洲曲》"后记"中的讲述,其初稿在2009年秋天已经完成,但在2012年作了近乎重写的大修改,其后在2013年由人民文学出版社出版。莫言的《蛙》则是在2009年12月由上海文艺出版社出版。

对读很有意思，可以看出在面对这个庞大的社会问题题材时，两代作家在文学处理方式上，在情感倾向和思想立场上，都有很大的差异，彰显出不同的智慧与激情。这样的比较之价值不在于判定两代作家艺术才情的高下——事实上我对他们各有激赏和不满，而是为两代人之间的对话交流架起桥梁——这种坐在书斋里不约而同的创作对话，远比现实中召集起来的手握话筒面对公众的交谈来得真实。借助这两部作品的交汇，对当代文学如何穿透社会现实问题，承续形塑人类灵魂的艺术使命，将获得更多的启示与教益。

一 "历史化"与"切片式"的文学处理方式

客观地说，在对计划生育这一重大事件的表现上，《蛙》更为丰富，《西洲曲》则相对单薄。这不能仅用莫言是驰骋文坛的老将，而郑小驴是初露峥嵘的新秀来解释，而应看到这是由"历史化"和"切片式"的共时叙述这两种不同的文学处理方法所造成的。

批评界通常说《蛙》是一部计划生育题材的小说，但如果加以细究，则可以发现，《蛙》其实写了一部新中国的生育史。它是以"一对夫妇只能生育一个小孩"的计划生育时期为主体，可它也写了此前以"地瓜小孩"为代表的多生多育政策时期，以及此后的以"代孕小孩"为代表的变相多生多育的混乱时期，完整地展现出至小说写作时期为止的新中国人口生育状况的变迁。说《蛙》采用了"历史化"的讲述方式，主要是就此而言。其次，它设计了一个贯穿三个历史时期的重要当事人——姑姑——来充任主人公，通过一个退休老人——蝌蚪——回忆往事见闻、写信与人交谈的方式来讲述故事，这也是拉开时间距离、让故事"历史化"的一种艺术策略。这些方法相辅相成，让《蛙》的艺术整体变得饱满、丰富、立体。

历史化的讲述方式，不仅让《蛙》的故事显得一波三折、跌宕起伏，也让它的意味更为绵长深远。《蛙》有一个聚焦的中心，即计划生育，它是故事的主体，是对小说中各色人物影响最深远的事件。可是它又不是孤立地审视这一事件，而是力图清理它的前因后果，从而避免武断、片面、肤浅的观照，代之以体贴地进入事件的内在逻辑，以便更准确地理解原委。于是读者可以看到，正是因着有了"地瓜小孩"时期的人口膨胀，才在某种程度上给计划生育埋下了伏笔；而有了计划生育时期的惨烈，才更能凸显出后来"中美合资妇婴医院"里那种看起来过于隆重的对生育的敬重和呵护。历史化的处理方式，体现了作家整体观照社会生活的努力，以及难能可贵的理性精神。

但是因为观照对象的特别，这种历史化的处理方法相应地取得了特别的艺术效果，它一方面让人对每一时期有更深入的同情之理解，可另一方面，又奇妙地催生了各个时期之间的强烈对比和差异，它把每一时期的极端与疯狂都凸显出来，从而引发人的惊诧，强化了故事的荒诞意味，其批判力量也由此传达出来。若非已经经历，我们很难想象，历史的转折会如此惊人，就像魔怔发作一样。譬如计划生育时期那么严防死守生命的降生，那么贱视生命，"流产如麻"，而新世纪的中美合资妇婴医院又那么敬畏和体贴着生命的降生，呵护入微，视为神圣。以前多生一个孩子是天大的事，例如蝌蚪和王仁美当时要生二胎，就得丢乌纱帽，前程尽毁，回家种田，并且还有很多人要受牵连，而后来不过是花些钱就可以找代孕妈妈轻易实现。所以《蛙》里面几次说"许多当年严肃得掉脑袋的事情成了笑谈"。历史的荒诞，的确让人愕然、怅然。在这一幕幕历史活剧之后，我们也会更为那些无辜牺牲的弱小生命叹息悲愤，对制造悲剧的制度和幕后之人产生反思和批判。

不仅是主题内容的呈现，在主要人物形象塑造方面，《蛙》也是采用"历史化"的方法。这主要是就"姑姑"的形象塑造而言。小说的主体是浓墨重彩地表现姑姑在计划生育政策中冲锋陷阵的铁娘子形象，但在此之外也写了她童年时期与日本人周旋的传奇经历，以及青年时期的婚恋剧变和中年时的"文革"遭遇。这些人生前史虽然写得较为简略,却不可或缺,它让我们看到姑姑性格的由来:因着革命血统,也因着未婚夫叛逃台湾的剧变,姑姑希望用更狂热的政治热情来证明自己的政治正确。"文化大革命"中惨痛的经历,更彻底了结了姑姑对尘世幸福的念想,动乱结束后转而一心投入国家政策的执行当中。童年、青年、中年时期的历练,将姑姑的生命锻打成了革命和政治事业的"纯金"。在小说开头不久插入的一段姑姑晚年亮相的描写中,她活脱脱就是"红色娘子军"的形象,与新世纪以来的时代氛围颇有错位尴尬之感。应该说,"历史化"的方法,的确让姑姑的人生经历清晰,并意在增加其形象的真实可信。尽管就其最终效果来说,小说中的姑姑似乎打从娘胎里出来就是革命,一直到老,成分和元素都没有变化,形象其实有些刻板单调,可能会让多年后的年轻读者生厌、生疑,但实际上这样的"革命"老太太在今天我们的生活中还并不鲜见,他们卷在历史的旋涡里,没有获得过别的选择可能性,可悲悯地被塑造成了单向度的人。

《蛙》的历史化叙述一直延伸至当下,它不仅重点回顾了中国生育史上冲突最激烈的那段时期,也写到了当下的市场、资本与政治扭结在一起影响着中国人的生育状况的混乱时期。这时期,计划生育政策仍在大众生活中运行,但新晋资本家如"破烂王老贺"、官僚权贵"肖下唇"们,却可以利用金钱或特权,暗中逾越法规的栅栏,轻而易举地生二胎、三胎。这种混乱状态催生了巨大的不公平,暗中滋生的罪恶对弱势者造成了残忍的伤害和压榨,最后蝌蚪和小狮子等人,利用毁容的弱女子陈眉来代孕,并巧取豪夺导致骨肉分离,引发陈眉的控诉,正是对这种混乱和不公正的批判,体现了作家在面对当前乱象时的愤怒和悲哀。

相比之下,《西洲曲》就没有这样的纵横捭阖的历史视野。它采用回望童年的方式,以一个小男孩的口吻叙述他所经历的一段时光,所有事件都是框限在这段时光内的,所以可称为"切片式"的共时叙述。

第十章 对底层苦难的书写

对于计划生育，《西洲曲》其实只详细写了一个事件，即北妹因躲避计生工作者的搜查，藏在氧气稀薄的地窖内过久而导致流产，进而在巨大的精神痛苦中投河自杀，其丈夫展开报复，谋害了计生干部罗副镇长的儿子。这是一起惨烈的凶杀事件，但以此为聚焦点，小说也牵扯出计划生育所造成的各色农村景观，由点及面地辐射这场重大的社会事件。其中有身先士卒让老婆去引产以换取官职的村长八叔，有"我"因引产而患上忧郁症的母亲，有赶集路上看到的因逃避计划生育而造成的墙壁被砸开大窟窿、里面长满荒草的空弃民居，以及满拖拉机被拉去做孕检的哭喊的妇女，等等。这些共时性的事件交织在一起，集中呈现出计划生育在一个时期内对农村生活的巨大影响，尤其是通过一个孩子的眼光来叙述的时候，更刺痛读者的心灵，让人禁不住思考，公权力蛮横的一面，将对一代公民的精神成长造成怎样的阴影。

考虑到《西洲曲》的实际写作时间是2012年，在《蛙》出版的三年之后，它选择这种文学处理方式或许有避开《蛙》的"影响的焦虑"的原因。也就是说，在《蛙》之后，已经很难找到新的办法来重讲一遍新中国的生育史，所以郑小驴只能截取最富历史争议的一个时间片段，来集中展现。除此之外，还有个原因即是，这是郑小驴自己最有感触的一个历史片段。在小说的后记中，他将计划生育称为"80后这代人的集体记忆"，声称"它就像一座黑沉沉的大山，横亘在我的写作道路的前方"。根据后记中的讲述，郑小驴是怀着巨大的个人感情来书写这段故事的，其中的北妹的遭遇，确实有他的亲人的经历作为蓝本。这种亲历感，驱使他选择了共时性地书写计划生育，这种选择给这部小说带来了强烈的现场感，使其情绪饱满澎湃，这是优点，但也造成了某种缺失，这也有待后文详述。

值得一提的是，《西洲曲》还存在一个问题，即因为它采用的是回望童年的叙事方式，因而不可避免地包含着很多成长记忆的表达，例如童年的自卑与孤独感、性意识的萌芽，等等。但这些并没有很好地和计划生育的内容融合渗透到一起，即如我失去了儿时的第一个同龄朋友罗圭，但我也没有因此而对背后的罪魁祸首——计划生育而引起的恩怨情仇——有更多的深度思考，其他的诸如哥哥姐姐的高考失利、恋爱悲剧等，也有些像"凑戏份"的内容，在与有关计划生育的故事共时呈现时，并没有融进一个框架内，犹如两张皮没有缝合到一起，这不能不说是小说在艺术上的缺憾。

二 面对"平庸之恶"：虚假的忏悔与过激的报复

与对题材的处理方式的差异伴随而来的，也是被其内在决定了的，是小说中隐含的作者的情感倾向和思想立场的不同。在《蛙》当中，情感倾向和思想立场主要在两方面表现出来：一是姑姑对自己经历过的计划生育工作的反思，二是"我"对姑姑的情感态度。

姑姑毫无疑问是个"革命闯将"。她把计划生育政策的执行当作革命事业来对待，为之可以说是"抛头颅，洒热血"。小说写了她在其中的三个典型事件，都很血腥。第一次是被抗拒计划生育的"暴民"张拳打破了头颅，第二次则是大公无私地将侄儿媳妇送上引产台，意外断送性命，从而自己也遭致报复，被"我"的岳母用剪刀扎伤大腿。第三次是运筹帷幄抓袖珍美人王胆，又一次将人逼上死路。三次亮相，姑姑目睹了五条生命的丧生，也救下了王胆肚子里的孩子一命。可以说，年轻时的姑姑真的是不惧危险，同时对计划生育工作也没有任何反思的可能，甚至在老上级、老相好杨林想调她去县医院工作，离开计生工作的第一线时，她毫不犹豫地拒绝了。直到退休后，晚年的姑姑才因为偶然的事件，而对那些被引产的孩子产生歉疚，悔恨自己的罪过。然而，她的悔罪是真诚的吗？

在我看来，还断然不是。这从姑姑悔罪的起因、方式和结果等方面都看得出来。姑姑并不是退休后而自发有悔罪之心的，而是经历了一次酒醉之后的"蛙袭"事件的惊吓：无数的青蛙跳到她身上，撒尿，撕咬，直到将她身上的衣服抓成碎片，使她赤身裸体。正是这一带有魔幻色彩的蛙袭事件教训了她，让她这个在逼人引产的时候曾声称"共产党人无所畏惧，真有地狱也不怕"的铁娘子，也开始有所畏惧。她把这次蛙袭事件理解为那些被她引产的婴儿来向她讨债了，也就是说，她是在一种报应思想的威胁之下，才被迫开始悔罪的。这种起因，也决定了她的悔罪方式的特别：她口述被引产的小孩及其父母的外貌特征，让民间艺人郝大手捏出相应形象的泥娃娃，然后把它们供奉起来，烧香祝祷，让它们得灵性，转世投胎，这样来安慰自己内心的不安。很难想象，这是曾经号称"彻底的唯物主义者"的行为。这样的赎罪，也只能换得一点自欺欺人的内心平和而已，很难真正换得良心的洁净，或者是皈依信仰。所以最后，姑姑煞有介事地为"怀孕"的小狮子听诊、接生，事实上是作伪证，与小狮子夫妇沆瀣一气、狼狈为奸，从弱女子陈眉那里夺走她的亲生骨肉。这就是悔罪的姑姑，或者说这就是她悔罪的结果：一边悔罪，一边继续作恶。这能是真诚的悔罪吗？

按照基督教的思想，悔罪应该包含认罪、悔改、转向神这几个步骤。并且悔罪所悔的，不仅是某个单一的"罪行"，还更是根植在人深处的"罪性"，如但丁的《神曲》中展现的，人在"炼狱"中补赎的，是具体的行为背后的更深层次的骄傲、忌妒、发怒、怠惰、贪财、贪食、贪色等七宗罪。[①] 而按照德国思想家舍勒的观点，悔罪有两种方式，一是"行为懊悔"（Tatreue），一是"存在懊悔"（Seinsreue），后者针对的不是具体的罪过，而是"身位的欠罪"（Vers chuldestsein der Person）。如果说行为懊悔表述的是"我竟然干了这种事"，存在懊悔表述的就是"竟然是我干了这种事"。舍勒认为，相比之下，存在懊悔对罪过是更有效的，更能消除罪过的持续发生。[②] 对照这些理论来看，姑

---

① ［意］但丁：《神曲·炼狱篇》，田德望译，人民文学出版社1997年版，第108页。
② 刘小枫：《罪与欠》，华夏出版社2009年版，第28页。

姑的悔罪过于肤浅，她只是出于一种恐惧心理，怕遭报应，所以像善男信女一般做点法事以求避祸、心安，其本质是为了保全自己的肉身生命，而根本没有真正上升到认罪，认识人性当中的冷漠、伤害等"罪性"，从而产生灵魂的净化与升华。换句话说，姑姑只有行为懊悔，而没有存在懊悔，没有认识"身位的欠罪"。在这种情况下，她的悔罪注定敷衍轻飘，虚情假意，而她还不自知。虽然基督教思想里也从来没有启示圣徒在受洗得救之后，或者是在忏悔之后，就能彻底根除罪行，而是如圣保罗所说的，仍然经受罪的律与灵的律的交战。但是，他们至少不会像姑姑那样一边忏悔一边主动去作恶（作伪证伤害弱女子陈眉）。小说结尾处，剧本里的姑姑说："一个有罪的人不能也没有权力去死，她必须活着，经受折磨、煎熬……罪赎完了，才能一身轻松去死。"单看这话，很真诚，很沉痛，但放在整部小说中和姑姑的整个生涯来看，却实在虚假。同样的毛病也存在于"我"身上，在给杉谷义人的信中，"我"动不动就说自己"有罪""忏悔"之类的话，可是"我"在侵夺陈眉的事上又何尝有过坚定的抵抗？

悔罪的实质之虚假，还根源于悔罪前提的模糊：姑姑到底有没有罪呢？小说中体现出来的倾向与立场是暧昧的。"我"在姑姑的手下，失去了原配妻子和一个孩子，可是却毫无怨恨，纯然的宽容谅解，甚至对姑姑还有几分崇拜和依赖。在"我"眼里，姑姑无罪，非但无罪，简直还可以说有贡献。最典型的论述是这样的："这不能怨她啊。她不做这事情，也有别人来做。而且，那些违规怀胎的男女们，自身也有不可推卸的责任。而且，如果没人来做这些事情，今日的中国，会是个什么样子，还真是不好说。"对于这样的观点，我们该如何回应呢？

站在今天的立场来看，国家的"二胎"政策出台以后，再回头看当年计生工作的努力，似乎又应了小说中那句话："许多当年严肃得掉脑袋的事情变成了笑谈。"但是放在一些后来在灾难和意外中"失独"的家庭的生活中看，当年的政策造成的遗憾已经永远无法弥补了。设身处地站在历史当时的情境中,我们是否就能完全认可姑姑的行为呢?当那么多生命消逝时(小说中写的三个故事就包括了三个大人和两个胎儿的生命),姑姑是否全无一丁点儿责任?按"我"的说法,姑姑不去做,也会有别人去做,意思是姑姑就像政策运行的机器上的一个零件,不需要负有责任。可是汉娜·阿伦特早就驳斥过这种"零件论",她认为,"根本不存在集体罪责和集体清白;罪责和清白只有在应用于个人时才有意义";对于"不是我,而是那个体制犯下的,我在其中只是一个零件"的抗辩,她认为很自然的追问是:"那么,对不起,你为何成为一个零件,或者,在这样一种情况下还继续做一个零件呢?"① 姑姑并不是完全身不由己,如前所述,她曾经是有机会离开这个工作岗位的,但她主动拒绝了调离,选择继续做一个零件。而且,有时是在悲剧可以避免的情况下,姑姑执意制造了悲剧。最典型的例子是,"我"曾考虑让妻子王仁美生下肚子里的孩子,宁愿承受失去军队的职位的代价,可是姑姑却以自己乡村的计生工作荣誉为由,断然否定了"我"的提案,才导致了王仁美母子的丧命。这就不能不说姑姑的某些行为确实有责任了。当然,阿伦特的理论是由对纳粹的审判而引出来的,与姑姑的情况还是有些区别。但像"我"所认为的那样,姑姑完全没有责任,我还是不能赞同。当然,如果依照《圣经》中耶稣对法利赛人说的"你们当中谁是无罪的,就可以第一个拿起石头打她"这话的思路,我们确实都没有资格苛责姑姑有罪,因为从根本上说我们都是罪人,可是在一般的道德伦理是非上,我还是认为姑姑应当对亲身经历的一些人间惨剧负有责任。

相比之下,《西洲曲》就来得痛快得多。在计划生育中失去了妻儿的谭青,在策划报复行动,准备杀害村长八叔时,有一段直抒胸臆的言

---

① [美]汉娜·阿伦特:《反抗"平庸之恶"》,陈联营译,上海人民出版社2014年版,第154页。

论,即便用在《蛙》中的姑姑身上也不无相称。其中说到,在某些时候,他们是可以睁只眼闭只眼的,所以别什么责任都往政策上推,制度是死的,但人是活的。不得不说,谭青的话也有部分道理,哪怕在同样的制度下,不同的人也会有不同的表现,所谓在危急关头"枪口抬高一寸",这就是人性中的恻隐之心的表现。可以说,在对待计生工作者的情感倾向上,《西洲曲》与《蛙》的态度截然不同。与《蛙》中蝌蚪的逆来顺受、毫无反思、一味同情理解甚至是歌颂相比,《西洲曲》中的义愤填膺之情跃然纸上。当然,这跟《西洲曲》中的八叔等人假公济私、人品不端等劣行也有关联。但总的来说,《西洲曲》是站在计生政策的极端行为的受害者的立场,同情这些人们的不幸,而谴责那些悲剧制造者。郑小驴在小说的后记中写到自己的堂姐的经历,写到童年时看到的乡亲们的屋瓦被揭、墙壁上被砸出窟窿、弃家而逃、蒿草丛生的景象,可以解释为什么他会有这样的一腔义愤。他说:"我没办法忘掉计划生育带给我童年时代的恐惧和不安。"老实说,作为同龄人,我的童年记忆里也有同样的恐惧和不安,所以看到郑小驴这部小说颇为感动。郑小驴还写道:"我们习惯于将这些悲剧的根源归罪于体制,却很少归罪于执行国家命令的具体个人。这些人麻木不仁,缺乏同情心和道德感,披着合法的代表国家意志的外衣,有恃无恐地制造着一起又一起的暴力事件,没有任何人能给他们法律或道德上的约束与惩戒。""而受害者们在强大的体制面前,也只能够直截了当地从千人一面的施暴者当中揪出具体的个人,以牙还牙。"[①] 这些话又让我想到了阿伦特的观点:"在所有人都有罪的地方就没有人有罪。""法律和道德尺度有一个重要的共同点——它们总是与个人和个人做的事情相关","当你面对个体的人时,提出的问题就不再是'这个系统是如何运作的',而是

---

① 郑小驴:《西洲曲》,人民文学出版社2013年版,第261页。

'被告如何变成了这组织中的一员'"。① 可以说,郑小驴的观点与阿伦特正如出一辙,而两者正好构成对《蛙》中"我"为姑姑开脱的那些话针锋相对的回应。当然,阿伦特虽然认为在体制中执行恶行的那些人在法律上道德上负有罪责,却并不认为他们一定是特别邪恶的人,而认为他们只是因为"无思",即不再有自己与自己的对话,不再去问"我做了这件事以后我还能与自己相处下去吗?"因为"无思",所以随波逐流作恶,这就是"恶的平庸性"②。在某种程度上,姑姑和罗副镇长是否也可作如是观呢?《西洲曲》里,罗副镇长在查知自己的儿子是被谭青报复致死的之后,离开了计生工作的岗位,而且还收养了一个被遗弃的孩子,也可以理解为是良知受到了触动,从"无思"而进入了"有思",觉得不能再跟过去的那个自己相处下去了,从而告别了平庸之恶,告别了零件般的生活。这一点无疑比姑姑的思想要走得远,对于当下许多人生选择也有启示价值。但在《西洲曲》中这样的迹象也是凤毛麟角,大多数人显然并没有这样的思想自觉。

此外,《西洲曲》也有很明显的问题,那就是它的以恶抗恶的暴力倾向。悲剧固然让人同情,义愤却不能失去控制。谭青失去了妻儿,断了传后的梦想,某种程度上是不幸,但他却向无辜的弱小者、一个孩子伸出了毒手,企图让逼死自己妻儿的人也尝受丧子的痛苦,却无疑有些丧心病狂,与那些自己所谴责的人已经没有两样。当他犯下这样的罪行时,他已经失去了控诉的资格,站到了被审判的位置。可他却毫不自知,毫无反省,继续策划杀人的勾当,并说了一番义正词严的话。在被捕之后的审讯中,在最后接受极刑处罚时,小说都突出了他的平静如水,毫无触动,这似乎也是违反人之常情的。作者在刻画这个人物的时

---

① [美]汉娜·阿伦特:《反抗"平庸之恶"》,陈联营译,上海人民出版社2014年版,第80页。
② [美]汉娜·阿伦特:《反抗"平庸之恶"》,陈联营译,上海人民出版社2014年版,第69页。

候，也有些过于简单粗暴了。这样的情节当然直观地体现了当今社会戾气过重的现实，但作家却不能不对此有所反思和提醒，并不是站在受害者的立场就可以让义愤没有节制的燃烧，人性中总有些对生命的眷恋和敬畏是不可灭绝的。所幸郑小驴在后记中也写道："这样的暴力循环并不能终结悲剧，相反只会让更多的悲剧上演。"① 但他在创作中，却并不是总能清醒地意识到这一点，而有时候显得失去了该有的警惕和节制，被感情的洪流席卷而走。在差不多同时期写的两个短篇小说中，这种暴力倾向都曾有所体现。一篇是《七月流血事件》，讲述的是一个底层的进城青年，在交不起房租、公司欠薪、电动车被警察查扣、刚借来的钱又被骗走的情况下，终于被逼得失去了理智，在争吵中捅杀了骗子的悲惨故事。另一篇是《香格里拉》，同样是写一个底层青年，在旅游途中，既因为城市生活中的困窘造成的抑郁没法宣泄，又因为当下心仪的女孩被富有的老外抢走的刺激，而在力比多和酒精的驱动之下，将那个外表和经济实力都优于自己的老外痛揍了一顿。这些小说一定程度上都写出了社会贫富分化的实情，写出了底层青年的艰难和辛酸，体现了作者的同情心和忧患感，可是他们最后的结局，都成为情绪的奴隶，这让人不仅为小说中表现的社会现实担忧，而且为作者担忧。郑小驴是个质朴的作家，血液里有着湘人的骁勇与抗争精神，这对于文学创作来说也是一种可贵的精神，但是如果失去了节制，却也有好事变坏事的危险。

三 互相烛照的文学智慧

将《蛙》和《西洲曲》置于同一束聚光灯下，能够看出更多问题。《蛙》用历史化的方法，写出了一个国家的一段历史变迁，以及一个人的人生传奇，这种处理方法胜在视野宏阔，内容丰富，显示了一个老作

---

① 郑小驴：《西洲曲》，人民文学出版社 2013 年版，第 263 页。

家强大的文学掌控力。在对人物及事件的情感倾向和思想立场上，作者试图基于历史背景而给予同情之理解，固然老成持重。然而，这种态度的背面，则可能隐藏着暧昧与圆滑。或许是出于投鼠忌器，在表达对这段历史的触目惊心的无限感慨时，作者又不得不有所迎合——既让姑姑忏悔，又为姑姑开脱，就是最坚实的例证。作者似乎试图调和各方面的期待，按照各种思潮，在小说里进行配方般的勾兑，既要批判政策的粗暴，也要理解政策的苦衷，既要让人物有所不安，又不能直指人物的罪责。这样的小说，理性固然是理性了，然而作家的真诚何在？它如何可能穿透迷障，向着真理纯粹？

《西洲曲》则用"切片式"的共时叙述，讲述一段童年记忆，反映一个时代悲剧。相比较俯瞰历史的整体呈现，它甘愿投身于目睹的现场，没有距离感，却情感浓烈。对于悲剧的直接制造者，它单刀直入，加以谴责。这种立场态度鲜明，但停止了思想继续探进的努力。面对时代的局限，个人如何做才能去超越它？作者似乎没有试图回答。这或许不仅是体现了两代作家之间的不同的文学风格和水准，也是两代人的心理情感结构和价值观念的区别——初出茅庐的年轻作家显然更倾向于站在受伤害的底层立场说话，对受压制的弱小者有更强烈的天然感情。然而它相应的问题则是，义愤如何能解决最终问题？在彻底的分清罪责之后，应该用什么来建设新生？

这各自的问题其实在呼唤一种合力，我们需要回到传统的"允执其中"的智慧上来，在暧昧与激烈之间，找到更为明晰、坚定和智慧的中间道路。然而，何谓"中道"，"中道"在哪里，却需要更多的作家和作品加入探索才知道。真理越辩越明，历史在反复的多声部的书写中才能接近真实，文学也需要互相烛照。我们欣喜地看到莫言与郑小驴一老一少两代作家在同一历史领域留下了珍贵的文学记录与艺术探索。扩展开去，还应该有更多的作家参与进来，在这两个足迹之外接力，去继续接近那真实与温暖的"中道"。那核心的问题仍然在召唤答案：如何在这样重大、复杂、紧密影响到我们的社会生活中,写出真正丰富的人物灵魂来,人物的灵魂如何既被动地承受生活又如何坚韧地反作用于改变社会,作家如何借此在作品中传达出深刻通达的道义力量与思想担当,都是值得探讨的问题。这两部小说从不同的角度为我们提供了经验,未来还应该有无数部小说的接力,去承续这个光荣的艺术使命。

余　　论

第一节　反"秩序收割"，与传统争胜

这部书稿的写作时间拖得太长了，最初是在 2013 年写下关于笛安的评论，到写这篇结语，已有了八年。还有许多优秀的作家未能纳入考察，所幸这是个开放的课题，今后还会继续进行。也因此之故，本书的结尾不是"结论"，归纳前文的观点，而是"余论"，表达未尽之意。

可叹的是，物转星移，"80 后"作家的提法或许已让人倦怠甚至厌弃，甚至有那么种可能，这么因拖延而迟到的书，会是近期内最后一本以此来命名的书？我在这本书里写了十几位不同的作家，有年少成名、曾经类似偶像作家的张悦然，有"后发制人"、似乎横空出世的东北作家班宇，有科班出身或可称寒门学子的甫跃辉，有跨界高人、以导演身份获得最巅峰荣誉的早逝英才胡迁，有文备多体、兼经济学研究者、公益教育推动者诸多身份的郝景芳，也有以诗歌为志业的"打工妹"郑小琼。这么多身份、背景、经历、个性、志趣迥异的人，只是因为共享相近的出生年月，而被聚集到这个研究课题之中，也难怪有人会质疑。

这些年因种种限制，文学的交流有了些许不便利之处。或许同侪友朋之间的私交仍然活跃，圈子依然密集，但形成文字的关于"80 后"一代的"共同体"意识的探讨，却非常稀少。反倒偶尔见到对这种划分"同代人"的方式的调侃，可见学界视此为自我作限、"画地为牢"

的态度，连以前参与这个课题讨论的"当局者"也渐渐调整了说辞，以更笼统的"青年文学"代之。也许"80后"这个提法，当其面世之初，因其裹挟的异质文化因子，而被当作文化现象受瞩目于一时，但时过境迁，它的新奇性与阐释力已被消耗殆尽。这让我的写作，犹如孑孑独行于一片荒凉的古战场废墟上，念着一份早已消散了的聚会名单。但未来这片古战场或许会被重新谈起，它的含义或许会被历史重新塑形，那么当下的废墟上的寻索也不无意义。

我试图去重温自己开始做这个课题研究的初衷。某种程度上，我也是被命名者，"80后"这个说法给予过我某种代际意识，让我循此去寻找代际归属，探索自己置身世界的坐标系。当我受陈思和先生等的影响，开始这项课题研究时，我想知道我的同代人在文学中思考些什么，他们如何认识世界和自己，他们的人生经历如何转化为精神财富，他们的安身立命之道能给我什么启示，是否能解答我的某些困惑。同时，我也期待"做同代人的批评家"，在互相砥砺中携手成长，完成属于我们这代人的文化使命。因着这样的"初心"，我考察了十余位同龄的作家，描述了他们的文学图景，按着惯常的思路，到最后也许是要试着作出评判和展望了。

前面说过，"80后"作家初起之时，颇激动过部分人的心，引发过很高的期待，"质变""颠覆""断裂""革命性"的说法此起彼伏。但也有人对此表示冷漠，认为他们并没有为当代文学提供新的重要因素，文学并没有重新开始，新人出现了，但没有出现真正的新事。[①] 时至今日，天平似乎在向后者倾斜。虽然"80后"作家每有新作，我们还是习惯于多肯定其中可贵的质素，但让人不得不正视的事实是，正在逐渐步入不惑之年的"80后"作家，仍然没有写出具备经典可能的大作品。陈思和认为，"某种意义上看，'80后'作家的文学创作与当前主流的

---

① 李敬泽：《为文学申辩》，作家出版社2009年版，第64页。

中国当代文学分道扬镳,实行了某种'断裂'。但是他们更多地带有媒体文化的商业气息和现实态度","年轻的'80后'作家已经开拓出新的文学道路,扬长而去了"。① 但冷静去看,早期"80后"作家的商业化写作催生的很多"作品",根本没法算是文学,我印象特别深刻的是,曾有出版商狂言,"韩寒的书,就算里面是白纸,我们把它塑封了也能卖10万册——很多人就是冲着韩寒这个名字去买的"②。这种对文学赤裸裸的挑衅和愚弄让人心寒。对韩寒的《一座城池》之类的作品,也的确可以作如是看。至于后起的致力于严肃文学创作的"80后"作家,"80后"批评家何同彬也有过非常悲观的论调:"我对自己及我的文学的'同时代人'没有任何信心,几乎可以肯定地说,这是唯唯诺诺、碌碌无为的一代。原因或者说'最大的困境'在于我们既无能力也无勇气动摇庞大的文学体制,只能或无奈或蒙昧地顺应着体制、顺从着那些'志得意满''趾高气扬'的'老人'们制定的游戏规则"③。

"80后"作家会成为低谷的一代吗?这代人的文学景观,会不会也如同《麦克白》中说的:"人生不过是一个行走的影子,一个在舞台上指手画脚的拙劣的伶人,登场片刻,就在无声无臭中悄然退下;它是一个愚人所讲的故事,充满着喧哗和骚动,却找不到一点意义?"④ 在最近爆出"80后"作家林培源抄袭道歉事件⑤以后,不禁又引发了很多人对这个问题的担忧。当然,我自己认可林培源的道歉态度,并相信他会净化自己,知耻后勇,有更好的人生。

何同彬认为问题的根源是文学体制,他的许多批评令我激赏,大部

---

① 陈思和:《未完稿》,东方出版中心2019年版,第188、190页。
② 《从写手到书商 路金波:作家是我的摇钱树》(https://cul.sohu.com/20081105/n260448015.shtml)。
③ 何同彬:《历史是精神的蒙难》,北岳文艺出版社2017年版,第231页。
④ [英]莎士比亚:《麦克白》,朱生豪译,中国对外经济贸易出版社2000年版,第149页。
⑤ 2022年3月20日,林培源为2009年发生的小说《黑暗之光》抄袭事件发表了道歉信,在网络上引发热议,多个平台都有报道,可参考http://news.sohu.com/a/536608822_701814。

分赞同，但也有些稍觉不足。他说，"文学权力与政治权力强烈的同构性，文学权力显著的区域性、机构性集中，导致青年写作、文学新人在被制度命名和生产的过程中，不可避免地遭遇到源源不断的、难以抗拒的吸纳性、诱惑性、抑制性和同质性的挑战"，"秩序在收割一切"。青年人在这一挑战中几无胜算可言，于是成为共谋，"在权力和固有的秩序面前，他们已经迅速变成一群文学'乞食者'，或者是安静排队领救济的精神的'穷人'，或者是那些趾高气扬的文学大人物的'仆从'"。青年实际上已经衰老、世故，"当前，最让人沮丧的是，文学新人之间缺少分野，缺少对立，缺少各种形态的冲突，缺少因审美偏执和立场差异导致的'大打出手'"[①]。这些现象或许有目共睹，但能犀利地揭穿开来，足见何同彬的敏感、纯真、勇敢。但在揭穿以后呢？何同彬自言，对自己是保持"批评的敌意"，"敌意让我保留了适度的愤怒，以及由这种愤怒激发的反抗意志；而懂得反抗让我勉强对得起'青年'二字，让我知道失败和哭泣未必是一桩丑闻"。对于学界，何同彬则提出重建"青年性"，"重新呼唤一种源于自由渴望的反抗冲动，或者进一步强调，这种重建首先要构筑在对现有文化的祛魅和破坏之上"，"把抽象、空洞而恶性重复的文学问题放置在一个更具共同体关怀和责任意识的'公共性'的局面上来"。[②]

何同彬的观点当然有道理，但似乎不够周全。在他的表述里，无论是"敌意"还是"青年性"，其核心内涵其实是"反抗"。反抗很可贵，鲁迅当年也说"立意在反抗，指归在动作"[③]者，谓之摩罗诗人。反抗意味着文学保持先锋性的可能。但是光有反抗的心，没有反抗的力，愤怒冲动而没有从容建设，肯定还不够，会沦入悲观或者是何同彬自言的

---

① 何同彬：《历史是精神的蒙难》，北岳文艺出版社2017年版，第3、4、7页。
② 何同彬：《历史是精神的蒙难》，北岳文艺出版社2017年版，第24、22页。
③ 《鲁迅全集》第1卷，人民文学出版社2005年版，第68页。

"越来越浓厚的虚无主义倾向"①。环境的腐败可恨,向环境的屈从可悲,这些绝对需要抨击,但一味归责于此,忽略了实力养成之道,也并非明智和公允。总有些人,如何同彬一样,是游离于那个霸道腐坏的"政经秩序"之外的,这时候需要探讨的就是,为什么在觉醒之后,在逸出那个泥淖之后,实力却没有卓然独立成峰。

这里面有大环境的原因,许多学者提到过文学的危机。美国学者哈罗德·布鲁姆曾说:"我们正在经历一个文字文化的显著衰退期。我觉得这种发展难以逆转。"② 无独有偶,希利斯·米勒也曾经惊呼:"文学就要终结了。文学的末日就要到了。""印刷的书还会在长时期内维持其文化力量,但它统治的时代显然正在结束。新媒体正在日益取代它。"③ 在"地球村"时代,东西方同此凉热,日本的千野拓政则指出,对于当下很多年轻人来说,阅读文学作品已经不是为着接触真实、获得启蒙,而是进入某种感情共同体,通过 cosplay、游戏等各种再创作,转化为同好之间的交流。④ 在这样淡漠的文学时代,仍然有年轻人因各种机缘从各个方向汇聚到严肃文学的殿堂里,这让人欣慰。但在文学内部面临的困厄又有不同,就像周嘉宁的《密林中》这个书名所揭示的,作为后来者的年轻作家,面临的是巨木成荫的文学森林,或者像笛安在《告别天堂》中说的,世界如同字典,所有事物都有了事先的定义。文学的功能和使命早已有了经典的约定,它的主题、技巧、读者心灵互动的各种可能,似乎都已被尝试和演绎,文学世界似乎已没有处女地,所有的角落都已是小径交叉的花园。文学对后来者的想象力和思想力的要求似乎越来越苛刻,要写出像布鲁姆说的那样"与传统做必胜的竞赛

---

① 何同彬:《历史是精神的蒙难》,北岳文艺出版社 2017 年版,第 229 页。但在另一处,何同彬说"虚无"不过是为了迎接所喜爱的文学和敬重的文学人而做的准备,见于第 212 页。
② [美] 哈罗德·布鲁姆:《西方正典》,江宁康译,译林出版社 2011 年版,第 3 页。
③ [美] 希利斯·米勒:《文学死了吗》,秦立彦译,广西师范大学出版社 2007 年版,第 7、17 页。
④ [日] 千野拓政:《东亚诸城市的亚文化与青少年的心理》,《东吴学术》2014 年第 4 期。

并加入经典"、具有"无法同化的原创性"① 的作品,越来越如同"蜀道难,难于上青天"。

  时代在很多方面突飞猛进,却又在别的方面往复迂回,例如5G时代,万物互联,但人的悲欢却不一定相通。"80后"作家有的年少成名,刚进入文坛的视野就出版了好几部长篇小说,这在以往是难以想象和奢望的,可是这些作品却不一定达到了前人的高度。或许如卡林内斯库说的,"进步和颓废似乎的确是紧密相连的:生在一个新时代的人较他们的先辈更进步,但同时却又不及先辈们有作为;绝对而言,通过知识的积累他们知道得更多,相对而言,他们自己对于知识的贡献是如此之少"②。不是我裹挟他人共同矮化,至少就人文学科而言,这或许不争的事实,"超人"远矣,我们似乎处在了"末人"的时代。别人的情况不敢说,就我自己而言,何尝没有疏离腐败生态、持守良知向学的心呢?今天的阅读很便利,获取信息的渠道不少,我自己看似也用过一点功,却远没有形成健实的知识体系,更谈不上无所依傍的自立新说。所谓研究,也不过是在有限的残破的知识里捉襟见肘,运用前人的思想,就一些材料,拼凑些可能是拾人牙慧的观点,跟真正的原创性的著书立说相去不可以道里计。如果说存在着完美的学术的"理念",自己所折腾的不过是此"理念"的拙劣的"模具"。

  这不是自轻自贱,不是以哀兵取胜,也不是表演谦和真诚,而是认清事实才能对症下药。认清事实,才能少些虚骄之气,从而相对沉稳,意识到某些看似不可调和的对立与争执其实是多么微不足道,无须把自己的某点小发现就当作大道理,将一己的私见当作全世界必得服膺的圭臬。世界自有其真理、真道,如此才可以维系其不坠。人最需要做的,是超越世俗的纷争,追寻世界的真道与真理,所谓"朝闻道,夕死可

---

① [美]哈罗德·布鲁姆:《西方正典》,译林出版社2011年版,第5、2页。
② [美]马泰·卡林内斯库:《现代性的五副面孔》,商务印书馆2002年版,第21页。

矣"。道不可见，但道不远人，它体现出在人类最优秀的文明传统中。所以，人要战胜虚无、灵魂得救，需要学习和融入传统，"80后"作家要写出"与传统争胜"的大作品，首先也是要融入再超越传统，舍此并无他途。世间或有天才，远超出我的想象，不需要沉潜磨炼而横空出世，那也有可能，但在没有确证天才之前，就只能如此谦卑学习。生而知之者少，学而知之者多，连鲁迅都在晚年说"倘能生存，我当然仍要学习"[1]，后生晚辈们又有什么理由不抛弃奔走争竞的功夫，而静下心来学习呢？

我曾经想做个问卷调查，了解"80后"作家们是如何与传统对话，文学对自己到底意味着什么，如何看待自己的写作在文学史发展长河中的位置，期冀着何种突破，如何与传统争胜，等等。虽然最终没有将此付诸实施，但我仍然期望能将这些问题写出来与他们交流。还记得20世纪90年代韩东、朱文发起的"断裂"问卷，他们固然切中了文学界的某些陈腐积弊，有提醒人们回归更纯粹文学的意义，但是真正的"断裂"怎么可能发生呢？除了人事上能够分离，文学的思想命题、艺术形式，总是有着内在的渊源，强行制造"敌意"，其结局只会两败俱伤，一些有才华的人离开了文学界，投身电影等门类，留下来的也从此隔着无形的壁垒，失去了深入的交流。以此为鉴，我们更应该重温席勒忠告艺术家的那番话："在你还没有确信在你心中已有一个理想的随从之前，你切勿冒险地冲向令人担心的现实的社会。你要同你的时代一起生活，但不要做它的宠儿；你献给你同时代人的应是他们所需要的，而不是他们所赞美的。"[2]

尽管文学高度依赖情感表现力、想象力等看似极需天赋的事物，不是下笨功夫就可以达成的学究活动，但仍然不可否认，在拥有天赋的情

---

[1] 《鲁迅全集》第6卷，人民文学出版社2005年版，第558页。
[2] ［德］席勒：《审美教育书简》，冯至、范大灿译，人民文学出版社2022年版，第43页。

况下，学养和思力仍然可以起到不可获取的帮助。只有打破一叶障目的幻想，沉潜到传统中学习磨炼，学与思并重，言说才有根基和生力，这在本书的第三章已有所表述。这与胡适当年劝青年人进研究室或许略有类似，易招误解，所以需要声明：这并非保守与投诚，它同样意味着对传统的辨析和扬弃。日本学者小熊英二曾说，"所谓'传统'也不是固定不变的，而是在与'现代'的自反性关系中塑造与被塑造的"，"江户时代明明是工匠商人之花的樱花，突然成了'武士道的象征'……对历史与传统的这类重新编辑简直到了荒唐的地步"[①]，所以认同何种传统实在是个致命问题。勒庞则说："自有人类以来，它便一直有两大关切，一是建立某种传统结构，二是当它有益的成果已变得破败不堪时，努力摧毁这种传统。没有传统，文明是不可能的；没有对这些传统的破坏，进步也是不可能的。"[②] 向传统学习不等于盲从传统，继承中也当有创新。在王威廉这类学者型的"80后"作家身上，我看到了这种对传统的沉潜与扬弃的迹象，从年轻作家的自述中可以看到，大多数人都在学习和揣摩前人的成就，融入古今中外的文明结晶。文学的生机和未来或在其中，"桐花万里丹山路，雏凤清于老凤声"，但愿如此。

第二节 "原始地开始"，在孤独中对话

对于"80后"作家，也不必过于悲观。所谓"一时代有一时代之文学"，不必完全用过去的模式来框限当下的进程，犯下刻舟求剑的错误。毕竟时代的差异是明显的，前辈们的青春或许是"野蛮生长"，"80后"的青春却可能挣扎在应试教育的流水线上，怎么能苛求文学的成熟一定同步呢？再用个并不严谨的推理，既然人类的整体寿命在延

---

① [日] 小熊英二：《改变社会》，王俊之译，上海译文出版社 2017 年版，第 210 页。
② [法] 古斯塔夫·勒庞：《乌合之众：大众心理研究》，冯克利译，中央编译出版社 2004 年版，第 96 页。

长，精神成熟期的推迟又有什么好苛责呢？正面"80后"的文学景观，哪怕只有现在这么微薄的力量，但我们用尽了最大的诚意，勇敢与自己所面对的时代问题对峙，就配得上期望那更乐观的愿景。

本书前面几章的分析试图表明，"80后"作家在文学的各个层面施展火力。文学要表现这个飞速发展变化的社会，理解这个纷纭万象更替的时代，就像王威廉在《没有指纹的人》等小说中所关注的工具理性对人的本质的压制等问题。文学要探讨人在此时代中的生存境遇，叩问生命终极的信仰根基，如哲人所说，世界之夜已经漫长到进入夜半，凡没有担当起在世界的暗夜中追问终极价值的诗人，都称不上贫困时代中真正的诗人。在这样的挑战面前"80后"作家也没有缺席。孙频在小说中曾借人物之口指出过："现在的人都已经不知道自己到底该去做什么、该去想什么，或者说什么都不能做、什么都不能相信的时候，人就会开始向情欲靠拢吧，纵欲成了一个社会必然的需要。要不然做什么？"但她也让人物说出："人要是只为自己活都活不下去的，都要为点别的，都得在心里相信点什么。"[1] 这点微弱的呼求，也算这代作家对这个声色犬马的世界有限的批判，提请这时代的读者用警醒的态度来反思自己的存在。文学要表现历史真相，担当良知道义，在论述张悦然的《茧》、郑小驴的《西洲曲》等作品时，我也曾分析过"80后"作家对此的回应。文学要滋养性灵，守护诗意，追求人内在的解放与自由，我在蔡东、王威廉的书里也看到了对此的自觉。蔡东自述跟学生常讲的一段话："在欲望丰饶、遍地成功的时代，要成为身心健康的个体，最好就不要脱离艺术太久，要有意识地为自己留存住这样一个维度，这可能是最后一个避难所。"[2] 王威廉则说他经常以策兰的一句话来自勉和自况："艺术就是要进入你深层的困境，让你彻底自由。"[3]

---

[1] 孙频：《盐》，北京联合出版公司2017年版，第283、270页。
[2] 蔡东：《我想要的一天》，花城出版社2017年版，第217页。
[3] 王威廉：《内脸》，太白文艺出版社2017年版，第306页。

这也可以看作是"太阳底下并无新事"的印证，前人所经历的，我们将以自己的方式重新再来。我由此又想到克尔凯郭尔说过的一段话："任何一代人都无法从上一代人那里学到那真正人性的东西。从这个角度去看，每一代人都是原始地开始的，没有什么不同于从前的每一代人的任务，也达不到更远（只要前一代没有逃避开自己的任务并欺骗自己）。"① 从这个角度来看，我们这一代人也是原始地开始的。刘小枫曾说："每一时代都有纠缠着自身的整体灵魂的基本问题。太多事实表明，纠缠着我们这个时代的根本问题是虚无主义。"② 其实此后的多少代，不都被笼罩在这个大问题之下吗？

　　从这个意义上说，我们也没有什么不同于前代人的任务，如果我们最终并没有走得更远，那也不算是完全的失败和退化。像王威廉说的："在这个时代，将写作作为谋生手段不但风险重重，而且非常低效"③，这个世界充满了名利的诱惑，但仍然有很多人像"被选中"般终生不得不从事文学这个职业，这本身就是"真正的传奇已经消亡"④ 的时代的小奇迹。这些汇聚到文学身边的年轻人，有力地回答了希利斯·米勒的"文学死了吗？"的问题，证明了文学作为世俗世界里的"魔法"与"梦境"依然具备生命力。⑤ 如果暂时抛开那些好高骛远的空洞宏愿，看到这份更纯粹的热爱与更耐心的守候，难道其中不蕴含着可贵的奉献与希望吗？

　　布鲁姆曾说，大师们的作品之真正作用是"增进内在自我的成长"，"西方经典的全部意义在于使人善用自己的孤独，这一孤独的最

---

① ［丹麦］克尔凯郭尔：《恐惧与颤栗》，一谌等译，华夏出版社1999年版，第116页。
② 刘小枫：《拯救与逍遥》，华东师范大学出版社2011年版，第419页。
③ 王威廉：《内脸》，太白文艺出版社2017年版，第306页。
④ 王威廉：《听盐生长的声音》，花城出版社2017年版，第191页。
⑤ "魔法"和"梦境"说，均见于［美］希利斯·米勒《文学死了吗》一书，秦立彦译，广西师范大学出版社2007年版，第32、71页。

终形式是一个人和自己死亡的相遇"。① 暂时抛开文学史的意义,"80后"作家的写作,首先也是对于自我的拯救。他们的自述中,有时不约而同地出现"孤岛"这个词,譬如孙频在新冠疫情期间接受的采访中说:"就是没有疫情的时候,我的大部分时间也主要是面对自己。人的本质就是这样,每个人其实都是一座孤岛。""我是很感谢小说的,它除了让我不至于太孤独,让我有了自我愈合的能力,还因为……我在那些小说里的人物身上嫁接了我自己的生命。"② 双雪涛则说:"人越来越成为孤岛,……也许正因为如此,我用自己笨拙的大脑创造一点点东西,印成一个方方正正的实体,遥远的某个人,关上门倚在床上,拿起它,用他(她)的灵魂去识读,是我们能够对抗这孤独的唯一方式。"③

在托尔斯泰这类有宗教背景的19世纪作家笔下,人是不应该如此孤独的,人的使命就是恢复与上帝和他人之间爱的连接,彼此宛如家人与兄弟。可是在缺乏宗教背景的文学中,关于孤独的浩叹几乎难以避免,尤其是在21世纪的无神少信的中国,如果人仅仅是为着外在的福利与娱乐性的心理满足而活着,孤独几乎就是宿疾,因为利益会让人心产生争竞与隔离,而娱乐犹如抱薪救火的游戏,不可能带来真正的满足,所以灵魂总是虚空、孤寂。可是,在文字营造的虚拟世界里,在无功利的审美活动中,人心反而自由释放、拉近贴紧、休戚与共了,防备的铠甲和伪装的面具统统除去了,人的情感被触动,人性的美善被唤醒。正因如此,一代又一代的人类之间,总有文学的香火绵延。"80后"作家们也常叹孤独,却因着向文学投靠而获得疗救,用文学撞门而慰藉了身边人群的寂寞。当然,我更期待人们不是永远停留于文字的按摩,而是在文学的熏陶中真正潜移默化地被影响,在现实的世界里勇敢地迈出相爱的步伐,化解内在的与人际之间的坚冰,人不再是孤岛,

---

① [美]哈罗德·布鲁姆:《西方正典》,江宁康译,译林出版社2011年版,第24页。
② 孙频:《我们骑鲸而去》,上海文艺出版社2020年版,第257、254页。
③ 双雪涛:《飞行家》,广西师范大学出版社2017年版,第2页。

人类皆为同胞。这才是真正的大功德。

  日本学者小熊英二曾特别强调对话，他认为这是来源于苏格拉底的问答法的启示。再高调的说教都很难造成美好的结果，因其是来自外部的单方面的，而难有内心的自发性改变，只有在对话中才会心生认可，从而在对话前后产生对话者彼此的改变。对话也就是一种参与，参与者少的时候，社会一定会出现不好的问题，"只要自己存在……就在改变社会。所以，即便不关心政治的人，或心怀不满也不想行动的人大量增加，社会也定会因此而改变，问题仅在于这样的改变是不是自己希望的。"小熊英二反对那种"自己被坚硬冰冷的墙壁包围无法发声"的论调，认为说这种话的人，"不发声的你就是这面墙的一部分"，"一旦发声，或许就会与某些人处于一时的敌对状态，但你的真正伙伴也会出现"。他在这个意义上鼓励发声、对话、参与，认为"面对'对话又能改变什么'的诘问，就答之以能创建一个可以对话的社会"。① 面对个体内在的或者是群体被时代边缘的孤独，"80后"作家们持续的书写，正是这种发声、对话和参与精神的彰显，即便它没能立即显出宏远的价值，但它或许也阻止了更糟糕局面的速胜。

  正因如此，我才想说，这代人可以暂时抛开在文学史的大祭坛上争夺位置的焦虑，只是全身心地投入不问前程、埋头耕耘的事业，像王小波说的，我们做一切事不是为着给别人观看或评说，而是像草长莺飞马发情一样发乎自然。② 各依本心，各擅胜场，在绵绵无尽的坚持中，将文学的接力棒传递下去。古人说"学以成人"，今天我们的写作也应该首先是为着成就自己，洗净自己心中的骄傲、势利、冷漠等各种因"无知"而生成的障碍，成就与"道"相融为一体的灵魂。要继承文学"立人"优良传统，首先应该"立"自己。人是第一位的，先得做个好

---

① ［日］小熊英二：《改变社会》，王俊之译，上海译文出版社2017年版，第198、202、201、270、278页。
② 王小波：《黄金时代》，文化发展出版社2017年版，第67页。

人，有伟大的人格出现，才有更大的机会让伟大的文学作品出现。

时代呼唤文学。"五四"的时代有了自己的文学，"十七年时期"也有了杜鹏程、柳青这样的作家，20世纪80年代的青年创造了80年代的文学景象。作家的使命与荣耀就在于与自己的时代同行。虽然阿甘本在谈论"何谓同时代人"时说，"跟很多个世纪以前的人都可能是同时代人"，但他也说："同时代性就是指一种与自己时代的奇特关系，这种关系既依附于时代，同时又与它保持距离。"这种关系的奇特还在于，"同时代人是紧紧凝视自己时代的人，以便感知时代的黑暗而不是其光芒的人。……黑暗不是一个否定性的概念（光的缺席，或某种非视觉的东西）……感知这种黑暗并不是一种惰性或消极性，而是意味着一种行动和一种独特能力。"阿甘本说，根据当代天体物理学的解释，在一个无限扩张的宇宙中，最远的星系以巨大的速度远离我们，因此，它们发出的光也就永远无法抵达地球。我们感知到的天空的黑暗，就是这种尽管奔我们而来但无法抵达我们的光。[①] 借用阿甘本这个说法，"80后"一代人也有可能是"趋光的孩子"，这其中有些情感丰富者，在等待那"奔我们而来但无法抵达我们的文学之光"。这代人中的文学者亦是可敬的，在长久的坚持中，在诚实的耕耘里，即便退一步说，这一代不幸就是文学的"低谷"，没有出现天才，也至少可以成为孕育将来的天才的土壤，成为陪衬未来的花果的绿叶。

周作人很喜欢引用蔼里斯的一段话，这段话用来表达我对"80后"作家和这代人的感情，也很贴切，所以我将它转引在此："在道德的世界上，我们自己是那光明使者，那宇宙的顺程即实现在我们身上。在一个短时间内，如我们愿意，我们可以用了光明去照我们路程的周围的黑暗。正如在古代火炬竞走——这在路克勒丢思（Lucretius）看来是一切

[①] ［意］吉奥乔·阿甘本：《裸体》，黄晓武译，北京大学出版社2017年版，第18、20、24、25、27页。

生活的象征——里一样，我们手里持炬，沿着道路奔向前去。不久就要有人从后面来，追上我们。我们所有的技巧，便在怎样的将那光明固定的炬火递在他的手内，我们自己就隐没到黑暗里去。"① 无独有偶，鲁迅也写过一段很相似的话，堪称互相辉映："有一分热，发一分光，就令萤火一般，也可以在黑暗里发一点光，不必等候炬火。此后如竟没有炬火：我便是唯一的光。倘若有了炬火，出了太阳，我们自然心悦诚服的消失，不但毫无不平，而且还要随喜赞美这炬火或太阳；因为他照了人类，连我都在内。"② 你看，同样的思想在蔼里斯、鲁迅、周作人的身上流转，如今又将流传到我们这代人身上。我们重新体验这样的使命，不仅仅是在文学，也在更宽广的文化担当和传承中努力创造，以期能郑重地将它再交到未来人们手上。

---

① 周作人：《雨天的书》，河北教育出版社2002年版，第90页。
② 《鲁迅全集》第1卷，人民文学出版社2005年版，第341页。

参考文献

一 专著

白烨:《新实力与新活力:"80后"文学现象观察》,长江文艺出版社2019年版。

残雪:《趋光运动》,上海文艺出版社2008年版。

陈丙杰:《内心的火焰:中国80后诗歌研究》,复旦大学出版社2021年版。

陈思和:《未完稿》,东方出版中心2019年版。

崔卫平编:《不死的海子》,中国文联出版社1999年版。

范家进:《当代乡土小说六家论》,浙江文艺出版社2021年版。

郜元宝:《小说说小》,上海文艺出版社2019年版。

郭艳:《像鸟儿一样轻,而不是羽毛:80后青年写作与代际考察》,文化艺术出版社2012年版。

何怀宏:《西方公民不服从的传统》,吉林人民出版社2001年版。

何同彬:《重建青年性》,北京大学出版社2014年版。

洪治纲:《中国新时期作家代际差别研究》,人民出版社2014年版。

黄平:《大时代与小时代》,北京大学出版社2014年版。

黄平:《反讽者说:当代文学的边缘作家与反讽传统》,上海文艺出版社2017年版。

江冰：《新媒体时代的80后文学》，人民出版社2014年版。

焦守红：《当代青春文学生态研究》，湖南师范大学出版社2008年版。

金理：《历史中诞生——1980年代以来中国当代小说中的青年构形》，复旦大学出版社2013年版。

金理：《青春梦与文学记忆》，北京大学出版社2014年版。

雷达：《当前文学症候分析》，作家出版社2009年版。

李敬泽：《为文学申辩》，作家出版社2009年版。

李其纲：《新概念作文大赛历史》，华东师范大学出版社2016年版。

李云雷：《当代中国文学的前沿问题》，山东文艺出版社2017年版。

李泽厚：《中国现代思想史论》，东方出版社1987年版。

刘小枫：《二十世纪西方宗教哲学文选》，上海三联书店1991年版。

鲁迅：《鲁迅全集》，人民文学出版社2005年版。

孟繁华：《新世纪文学论稿之作家作品》，人民文学出版社2018年版。

祁春风：《自我认同与青春叙事："80后"作家研究》，中国社会科学出版社2019年版。

邵燕君：《"美女文学"现象研究：从"70后"到"80后"》，广西师范大学出版社2005年版。

石培龙：《第二媒介时代的文学景观："80后"写作现象研究》，中国社会科学出版社2016年版。

苏文清：《"80后"写作的多维透视》，中国社会科学出版社2011年版。

孙桂荣：《新世纪"80后"青春文学研究》，人民出版社2016年版。

索甲仁波切：《西藏生死书》，浙江大学出版社2011年版。

陶东风：《当代中国文艺思潮与文化热点》，北京大学出版社2008年版。

陶东风：《知识分子与社会转型》，河南大学出版社2004年版。

王涛：《代际定位与文学越位："80后"写作研究》，巴蜀书社2009年版。

吴秀明：《当代中国文学六十年》，浙江文艺出版社2009年版。

徐勇：《所有坚固的一切都将永驻：青年文学与"80后"写作》，上海人民出版社2018年版。

杨庆祥：《80后，怎么办？》，北京十月文艺出版社2015年版。

于文秀等：《物化时代的文学生存》，中国社会科学出版社2013年版。

张嘉骅：《儿童文学的童年想象》，福建少年儿童出版社2016年版。

张志忠主编：《中国当代文学60年》，高等教育出版社2009年版。

郑也夫：《后物欲时代的来临》，上海人民出版社2007年版。

周作人：《艺术与生活》，河北教育出版社2002年版。

［德］爱丽丝·史瓦兹：《拒绝做第二性的女人：西蒙·波娃访问录》，顾燕翎等译，中国友谊出版公司1989年版。

［德］尼采：《朝霞》，田立年译，华东师范大学出版社2007年版。

［德］尼采：《历史的用途与滥用》，陈涛等译，上海人民出版社2005年版。

［德］朋霍费尔：《狱中书简》，高师宁译，四川人民出版社1992年版。

［德］席勒：《审美教育书简》，冯至、范大灿译，人民文学出版社2022年版。

［法］古斯塔夫·勒庞：《乌合之众：大众心理研究》，冯克利译，中央编译出版社2004年版。

［法］帕斯卡尔：《思想录》，何兆武译，商务印书馆1985年版。

［美］布罗茨基：《文明的孩子》，刘文飞译，中央编译出版社1999年版。

［美］哈罗德·布鲁姆：《西方正典》，江宁康译，译林出版社2011年版。

［美］汉娜·阿伦特：《反抗"平庸之恶"》，陈联营译，上海人民出版社2014年版。

［美］马泰·卡林内斯库：《现代性的五副面孔》，顾爱彬等译，商务印

书馆 2002 年版。

［美］韦勒克、沃伦：《文学理论》，刘象愚等译，生活·读书·新知三联书店 1984 年版。

［美］希利斯·米勒：《文学死了吗》，秦立彦译，广西师范大学出版社 2007 年版。

［日］小熊英二：《改变社会》，王俊之译，上海译文出版社 2017 年版。

［日］伊藤虎丸：《鲁迅与日本人》，李冬木译，河北教育出版社 2001 年版。

［意］但丁：《神曲》，田德望译，人民文学出版社 2002 年版。

［意］吉奥乔·阿甘本：《裸体》，黄晓武译，北京大学出版社 2017 年版。

［意］卡尔维诺：《为什么读经典》，黄灿然译，译林出版社 2012 年版。

二　论文

白烨：《崛起之后——关于"80 后"的问答》，《南方文坛》2004 年第 6 期。

陈家琪：《我们如何讲述过去》，《读书》2014 年第 2 期。

陈思和：《从"少年情怀"到"中年危机"——20 世纪中国文学研究的一个视角》，《探索与争鸣》2009 年第 5 期。

陈思和：《低谷的一代——关于"七〇后"作家的断想》，《当代作家评论》2011 年第 6 期。

陈思和、金理：《做同代人的批评家》，《当代作家评论》2012 年第 3 期。

丛治辰：《表达的黑洞——"80 后"写作的集体症候》，《西湖》2009 年第 12 期。

邓晓芒：《论"自我"的自欺本质》，《世界哲学》2009 年第 4 期。

丁帆：《青年作家的未来在哪里》，《文艺争鸣》2017 年第 1 期。

方岩：《诱饵与怪兽——双雪涛小说中的历史表情》，《当代作家评论》2017年第2期。

高玉：《"80后"小说的文学史地位》，《学术月刊》2011年第12期。

郜元宝：《灵魂的玩法——从郭敬明〈爵迹〉谈起》，《文艺争鸣》2010年第11期。

何同彬：《重建"青年性"》，《文艺报》2013年6月21日。

胡迁：《〈大裂〉之后》，《西湖》2017年第6期。

黄发有：《文学年龄：从"60后"到"90后"》，《文艺研究》2012年第6期。

黄洪基等：《关于"80后"的研究文献综述》，《中国青年研究》2009年第7期。

黄平、金理：《什么是80后文学》，《南方文坛》2014年第6期。

江冰：《80后文学：青春、网络、非主流》，《文艺争鸣》2014年第5期。

金理等：《"80后"写作与"中国梦"——我们时代的文学想象与生产》，《上海文学》2011年第7期。

金理：《失败青年故事的限制与可能——以〈可悲的第一人称〉为例》，《中国现代文学研究丛刊》2018年第5期。

李定通：《"80后文学"：符号化建构的尴尬》，《文艺评论》2016年第3期。

千野拓政：《幸福国度的绝望青年——东亚现代文化的转折与日本当代青年文化》（四），《花城》2016年第4期。

唐小兵：《让历史记忆照亮未来》，《读书》2014年第2期。

陶东风：《两代人还是两种人？——关于当今中国青年文化的几点思考》，《山花》2012年第7期。

吴俊等：《初赛评委眼中的"新概念"》，《萌芽》2005年第3期。

吴俊：《文学的世纪之交与"80后"的诞生（下）——文学史视野：

从一个案例看一个时代》,《小说评论》2019 年第 3 期。

吴俊:《文学史的新视角:新媒介·亚文化·80 后——兼以〈萌芽〉新概念作文的个案为例》,《文艺争鸣》2009 年第 9 期。

吴俊:《新时期文学到新世纪文学的流变与转型——以〈萌芽〉"新概念"作文、新媒体文学为中心》,《小说评论》2019 年第 1 期。

谢泳等:《"80 后"作家办杂志》,《江南》2010 年第 4 期。

谢有顺、李德南:《中国当代小说叙事伦理的基本类型及其历史演变》,《文艺争鸣》2014 年第 4 期。

徐妍:《"90 后"写作:以回归纯文学传统的方式低调出发》,《创作与评论》2014 年第 22 期。

杨庆祥:《当代小资产阶级的历史意识和主体想象——从张悦然的〈家〉说开去》,《文学评论》2013 年第 2 期。

杨庆祥:《"孤独"的社会学和病理学——张悦然的〈好事近〉及"80后"的美学取向》,《南方文坛》2009 年第 6 期。

张定浩:《一个干净明亮的地方——评周嘉宁的短篇小说》,《创作与评论》2015 年第 17 期。

赵毅衡:《论黄平:新理性批评的精神世界》,《南方文坛》2015 年第 3 期。

朱大可:《文学的终结和蝶化》,《文艺争鸣》2008 年第 1 期。

后记：这十年

一

十年前，我一度有点迷茫。那时刚毕业不久，研究周作人的博士学位论文确定出版后，我失去了在这个领域继续探索的热情，颇有四顾茫然，不知何去何从之感。我是个很感性的人，常因偶然的机缘而做选择，这会带来些率性而为的自在，但也会造成很多问题。

一开始，我为阎连科的文字所激动，而立意为他写一本书，于是通读了阎连科的作品，还去北京做了两天访谈。那时候虽也年近三十，但在许多方面还像没见过世面的乡下孩子。比如我印象颇深的是，那几天阎连科会开车来接我，一起去他在中国人民大学的办公室，然而每次上车以后，我都没有系安全带的意识，以致他不得不提醒我。这样一种初出茅庐的状态，导致后来在遇到些困难后，我放弃这个研究计划，也就不难想见了。虽然那段经历，也让我留下了一些关于阎连科小说的文字，那两天的访谈，大部分也整理出来在刊物上发表了，但现在想起自己的半途而废，仍很自责，觉得愧对阎连科先生。或许当年他也很诧异，为这个小伙子的倏来忽往，但如今他多半应该忘记了，然而我仍想写出来，表达深深的歉意。

后来，我读到陈思和与金理的对谈，《做同代人的批评家》，心思又一次活跃了。陈老师这篇谈话，与他之前的《从"少年情怀"到"中年危机"——20 世纪中国文学研究的一个视角》等文章，勾勒出一片新领域，那就是对尚在成长之中但独具特色的"80 后"作家的研究：这个领域是被忽视的，然而它又有不应被忽视的价值，身为同代人，既有责任与使命，也许在这个领域还有某种优势能有所作为。我成了那个听了就去行动的人，开始大张旗鼓地投入"80 后"作家论的写作中。2013 年我写了两篇相关的文章。第一篇是《理想的破碎及重生——笛安论》（即本书第五章第二节），写好以后发给读博时比我高一届的学长金理，他帮忙推荐发表后，又收入了 2015 年出版的《"80 后"批评家年选》。第二篇是现收在本书第二章第三节的《我是 80 后，我怎么办?》，它是回应杨庆祥《80 后，怎么办?》那篇长文的，我写好后投给当时在《天涯》杂志的赵瑜老师，后来发表在《天涯》2014 年第 6 期。

接下去，我陆续写了关于双雪涛、周嘉宁、苏瓷瓷、胡迁、郝景芳、张悦然、甫跃辉、蔡东、郑小琼、孙频、郑小驴、班宇、王威廉等十余位"80 后"作家的评论，阅读的数量则远为更多，可以说这本书是由作家论组装而成。这中间经历了我进入博士后流动站，以此为选题申请中国博士后基金的资助，并作为博士后出站报告等过程，到后来修改成将与读者见面的这本书，这件事时断时续，拖延了十年。虽然这十年里，我的兴趣又游移到鲁迅研究、儿童文学研究等领域，但这本书的写作，仍然是难以忘却的回忆。

二

"80 后"作家这个提法，在这十年由盛而衰，渐要销声匿迹了。这本书写到最后，我似乎有种在夜幕下，打着手电筒的光，追寻流星影迹的感觉；也像我还想拉住几位同龄人的衣角，交换一下对同代人的意见，可是大家已索然无味，各自隐入了尘烟。只能如鲁迅所说的，"我只得由我来肉薄这空虚中的暗夜了"，这或许也是次"为了告别的写作"。犹记得 2000 年前后，韩寒在东部魔都上海横空出世，颇为激励了在西部小城永州的我去想象文学的可能。然而如今，在"代笔门"风波之后，以电影《后会无期》为应，文学的韩寒，已真假莫辨，成为我心目中与这代人相关的最大悬案，也成为这代人精神交流的吊诡隐喻。

说到精神交流，这是我渴望的。有人说，文学批评就是与作家促膝谈心，这话很吸引我。像周作人和郁达夫那样，以文会友，成为知交的佳话，让我神往，所以每次写完文章，我都想跟当事人交流，可惜这样的热情后来也倦怠了。2015 年，我写完了现为本书第六章第二节的《与虚无和好——苏瓷瓷论》，在为写作而搜集资料的过程中，我得知武汉的诗人张执浩先生对苏瓷瓷影响甚大，他们之间应有联系，就在微博上给张先生发私信，问到了苏瓷瓷的邮箱，就这样辗转地将这篇文章发给了她。读过苏瓷瓷的小说和诗歌，以及她的长篇散文《一个人的医院》的读者，应该知道她是个多么桀骜不驯、对文学有不容置疑的主见的人，幸运的是我的文章打动了她，我们互相加了微信好友，我看到她在朋友圈发了这篇文章的长图，并称这是有关她的评论中"最全面、最准确的"。后来我常向她请教文学问题，夜深人静时也还语音往来，她直言如果是换作别人来问，有些问题她根本不屑回答，但对我却网开一面。这种因文字而结缘的感觉很美好。再后来，我们也不聊天了，只是常在朋友圈里看她讲述跟学生之间的心灵交流，为她的仁慈而感动，也为她找到了平静和热爱的生活而欣慰。

写这本书时有过交流的第二个作家是郑小琼。这个故事比较曲折一点，值得一说。在研究郑小琼的过程中，被她的经历所激励，我也重燃了青春时有过的诗人梦想。那段时间天天在笔记本上划拉些长长短短的分行句子，还想着参加各种诗歌比赛，但又怀疑这是自己的谵妄。苏瓷瓷就曾直言不讳地说，有的篇章根本不能算诗。当时可能也是在微博上联系到郑小琼的，她没有对我的诗直说什么，但有几句话令我至今难忘，大意是，无须去问别人的评价，任何事情，只要埋头做上两万个小时，自己就明了做得怎么样。很奇怪，这几句话让我如同大梦初醒，从幻想的悬崖摔到现实的地上，没有了鄙俗的功利之心，却也冷却了那些写长短句的热心。当时写过的情热之句，如"把我的命，我的一生／我经历的全世界／都聚拢，再裁开／裁成一行一行／写成诗句／像长短不一的木材／搭成房屋／遮风挡雨……"后来再看，颇为尴尬，只能当作偶尔凭吊的梦痕。

恰好在那之后，我开启了假期的长途旅行，出发前我将已写好的文章《诗人何时归位——郑小琼论》（即本书第十章第一节）发到郑小琼的邮箱。当晚在火车卧铺上，我接到了郑小琼的电话。电话里，她的语气颇为嗫嚅，既是感谢我写的那篇文章，似乎也为之前轻慢了我的诗歌而有所歉意。但我毫不怪她，反而很感谢她，说了那番对我如同醍醐灌顶的话，那对我一生都是可贵的警醒。在那通电话以后，我们就没有再联系。直到几年后，郑小琼突然通过赵思运老师找到我，让我把那篇文章发给她，说是要编入某本书里。写这些绝非为了炫耀，但实话实说，这给过我很大的安慰，说明这篇文章在郑小琼的心里，的确还有点分量。可以顺便一提的是，前不久也有一次类似的经历。国家一级编剧、创作过电影《刮痧》的霍秉全先生，突然给我发邮件，说是十几年前，我为他的小说写过评论，让他颇有知音之感，最近又读到我的文章，于是打电话到我工作的学院，问到了我的邮箱，与我联系。时隔十几年，还能再续文字之缘，这真是我的笔墨生涯中为数不多的欢喜时刻。

在这本书的写作中，我还与甫跃辉和周嘉宁有过交流，并通过周嘉宁将文章发给张悦然。在学术界对我帮助最多的则是金理。读博的时候，他是比我高一届的学长，但因为不同师门，所以交集并不多。前面讲到，他与陈思和老师的对谈，对我走向这个研究的影响，而且我把他看作这项研究的领军人物，所以写了文章，就想跟他交流，期待同行之间的砥砺切磋。他很无私地帮助我，那篇关于苏瓷瓷的评论，就是他推荐给方岩，从而在《扬子江文学评论》上发表的。他跟杨庆祥、黄平是这个研究领域的引领者，我抱着对"五四"时期、20世纪80年代的文学氛围的想象，希望我们也能像前辈们那样胸怀坦荡唯道是求，所以写过几篇与他们争鸣商榷的文章。比如前面提到的那篇《我是80后，我怎么办？》，写好后发给杨庆祥，他认为写得很不错，但时间上赶不上他们在《今天》杂志发的那组专稿了。另一篇是现为本书第八章第一节的《自欺、隔绝与疗救——评张悦然的〈家〉兼与杨庆祥、金理商榷》，当时不知道是否有何影响。过了好几年，素不相识的刘欣玥老师，在编选张悦然的作品集《让故事结束在一个新的开始》时，将它和杨庆祥的文章同时收录了进去，算是保留了一点争鸣的痕迹。

我必须再次声明，记录这些绝非炫耀什么，我清楚地知道这本书里有很多不足，诚心地期待读者的赐教。摘录写作过程中发生的这点故事，一是为了说明，文学仍然像周作人说的"结缘豆"那样，可以带来些心灵交流；二是为了感谢曾带来过温暖的这些人事。对我这样不善交际更无从谈钻营的人，这年头能有人认真地读文章已是大幸，能留下些情谊则更为可贵。流行歌曲里说，野百合也会有春天；赞美诗里说，每一个最卑微小子，也都有他蒙恩的故事。在我平凡的人生里，没有获过什么奖，发表过什么重磅权威文章，这一点文字情缘，就是我最宝贵的财富了，因为我借此知道自己还不是一无是处，在沮丧和挫败中还能找到一点支撑力量，所以我珍视这些微小的故事，若连这点"雪泥鸿爪"也没有，人生就真的黯淡了。

三

这是我的第二本书，距第一本书的出版正好是十年。这绝不是夸自己十年磨一剑，而是反省自己的疏懒无能。我并非全无理想的人，但总是胜不过自己的弱点。看王蒙的《活动变人形》，倪吾诚在年近七十的时候，问自己的黄金时代是什么时候，得出的结论是自己的黄金时代还没有开始，而在倪藻心里，这却是"彻头彻尾的轻佻，是脑袋掉了不知道怎么掉了的混账！"这看得我暗自心惊，很怕自己也沦落到那种境地。

这十年，无论是世界和个人，变化之大都有些猝不及防。谁能想到，地球上会突然冒出新冠病毒，让神州大地的人们突然挨个儿躺倒，发烧疼痛辗转难眠，然后又像一阵风般远去。三年多之前，我从来没有碰过口罩，以至于第一次拿到它时，竟搞不懂正反面，也不懂那些条子褶子到底是用来做什么的，直到在网上看了视频，才知道何为规范佩戴口罩。然而到如今，它几乎成了出门时的护身符。在这样的大变局中，一晃我也走到了四十周岁，难免会想到"四十不惑"之说。但我越发觉得，那是圣人的修为。凡夫俗子如我，说"不惑"实在太难，论困惑实在太多，大到世界如何发展，小到个人如何生存，To be or not to be，这些问题常让我陷入苦闷。虽然在十年前写的现收录于本书第二章第三节的文章中，我写过这样两段话：

> 我对世界的基本体认是，在好的一面，它当然还有让人热爱、敬畏、欣赏、沉醉的地方；但在坏的一面，它也已经坏到了极点。不幸的是，在我的观察里，前者是处于弱势的，正义是被压制的。更不幸的是，根本看不到好转的迹象和势头。许多人已经没有了独立不移的良心标尺，永远只是在趋附利益和权势中摆动。我不相信凭个人的力量可以扭转这种局面，短时期内也看不到这种局面可以扭转的迹象。但是，闷死吗？沉沦吗？在死去之前狂欢作恶吗？
>
> 我的答案是，不可以，一定要做个好人。像易卜生说的，世界像一艘船要沉了，要紧的是救出你自己。在黑暗的世道里，首先是让自己成为一个正确的人。当掀翻铁屋子无望，我只有转向内心，在肉身死去之前，让内里的灵魂得救。当我不敢与恶势力抗争的时候，我至少不与它合作；当我不敢公然斥责它的时候，我至少不违

心地赞美。在任何时候都要求自己谦卑爱人，反躬自省，对天上的神明和内心的良知负责，心甘情愿承受代价。我曾将自己出版的小书自序题为"萤光自照，汇涓成海"，当时我也说过，"汇涓成海"是太遥远的理想，现在我要补充的是，在自己成为一个正确的人的前提下，能感染三两个知己好友，互相扶持走完一生，在不完美的现世享一点瞬时和局部的喜乐，也已经很不错了。

这些话看起来也很通透了，然而人也许是会退步的，或者是如同赞美诗里说的，"天天疑惑，天天相信"，时常处于反复之中。日益疏离人生整体性问题，而埋首于眼下的事务性需要，对比之下，生命境界真是不进反退，灵明之光日趋浑浊，可悲可叹。很多时候，我将这归咎于环境，总觉得如果是在某些文字所讲述的20世纪80年代的文学环境中工作就好了。那时候的学术还没有像今天这样变成生意和江湖，那时候文学还是于人生很切要的事业，文学研究还直指心灵、个性和才情，没有那么多伪饰和无聊，周嘉宁所写的那种"就像是在玩那种大型的网络游戏，……大部分时候，你无法在这个游戏中碰到一个真正的人，能够对话的，同时代的，和你在玩一个游戏的人"的困境还不是那么严重。可是现在，借这篇后记回顾这十年，重温十年前写过的文字，我认识到问题更多在于自己疏懒无能。在尘世的竞技场上，人所能做的，永远都只是改进自己，不是与他人争短长，而是向自己要长进，更多地融入真理，舍此之外很难有真正解决问题的途径。我希望这本书的出版是个契机，促使我更认真地对待学术，到下一个十年，不再如此自责。

四

最后是感谢时刻。上面提到的这些名字，张执浩、苏瓷瓷、郑小琼、周嘉宁、甫跃辉、金理、杨庆祥、刘欣玥等，他们对这本书的写作有直接或间接的帮助，都是我衷心感谢的。除了甫跃辉和金理之外，其他几位都素未谋面，仅有文字之交，或许他们都不一定能记得了，但如前面所说过的理由，我仍希望在后记里表达由衷的谢意。

其次是感谢发表过本书部分章节的刊物和编辑老师。第二章第三节的部分内容曾以《我是80后，我怎么办？》为题发表在《天涯》杂志，编辑是赵瑜老师，我的另一篇文章《知识分子的修身课程——读保罗·约翰逊〈知识分子〉》也是经他审稿而刊发的。第三章的内容则是经朱晓江老师编审发表在《杭州师范大学学报》（哲学社会科学版）。第六章第二节和第八章第二节，是经方岩老师编审而发表在《扬子江文学评论》，第八章第一节则是发表在王双龙老师主编的《文艺争鸣》，第十章第一节发表在《上海文化》杂志。我与《上海文化》结缘是在读博士的时候，我投了一篇论王安忆的文章到杂志的公共邮箱。过了一段时间，我在操场打球时，突然接到电话，是吴亮主编打来的，说会发表那篇文章，带给我很大的惊喜。工作以后，我读张定浩老师的书，在"后记"里看到他的邮箱，于是我试着投稿，没想到过了两个小时就收到了他的回信。后来我又给定浩老师投稿，他依然是阅后即回，稳居我所接触的中国编辑里给作者回复速度最快的一个，而且中间要断好几档。我给定浩老师投稿，也不是都能发表，但他会回信讲述他的看法。我不知道他是否对所有作者都这样，我心里充满感恩，他的为人和为学都让我钦佩，他是我的标杆。对于以上刊物和编辑老师，借此机会，我一并表示最深挚的感谢，除了朱晓江老师、王双龙老师和吴亮老师，其他几位其实也还素未谋面，"君子之交淡如水"，也特别美好。

然后要感谢我的老师们。首先是陈思和老师。如前所述，陈老师直接促成了这本书的诞生，所以当他应允作序时，我的喜悦难以言喻，觉得一切都圆满了。喜悦之外，就是感动。陈老师发给我的邮件中说："这几天正好疫情关闭在家里，处理一些事情。"谁都知道那个4月上海是怎样的局面，陈老师的话轻描淡写，波澜不惊，但我能想见这背后的不易与辛劳。从学生时代起，就见证陈老师的忙碌，在忙碌间从青丝到华发。陈老师为学术、为育人，无私地奉献自己，他的胸怀境界，我铭感不尽，唯愿能记得他写的序文里的鼓励，无论在哪个研究领域，尽力做得更好，不负他的提携。接着要感谢我的博士导师郜元宝老师，他热心地帮我推荐这本书里的文章。在师门的微信群里能时时聆听他的教诲，是新媒体时代最幸运的事。我有个心愿，就是以后能出一本关于鲁迅的书，请郜老师作序，那就圆满了。还要感谢我的博士后合作导师高玉老师，他对我的写作有极大的督促之力，本书的大部分内容曾作为我的博士后出站报告，得到他宝贵的指点。感谢我的硕士导师范家进老师，他在各方面关照和指点我，安排我在他召集的学术会议上报告本书的某些章节。借此机会，也一并感谢给我极多的鼓励和帮助的方卫平老师、曹禧修老师、汤汤老师等。这些都是我最为亲近的师长，此外还有些来不及一一道来的师友，我的人生因他们受益太多，需要学习的也太多，永远感谢！

最后，要感谢浙江省哲学社会科学规划后期资助项目的评审专家，让这本书得以面世。本书还受到浙江师范大学学术著作出版基金的资助，以及浙江师范大学人文学院一级学科建设经费的资助，在此一并表示感谢。责任编辑田文老师和她的同事们，还有许多不知名的人们，为本书的出版面世付出了辛劳，感激不尽。感谢可能存在的读者，还有我的亲人和朋友们，谢谢你们对我的爱，愿我能以同样的爱回报，爱是人世的全部意义。

黄江苏
2023 年 4 月